教育与社会改造

（修订本）

雷沛鸿与近代广西教育及社会

曹天忠 著

天津古籍出版社

图书在版编目(CIP)数据

教育与社会改造:雷沛鸿与近代广西教育及社会(增订版)/曹天忠著.—天津:天津古籍出版社,2010.4
ISBN 978-7-80696-101-8

Ⅰ.教...　Ⅱ.曹...　Ⅲ.①雷沛鸿—生平事迹②雷沛鸿—教育思想—研究　Ⅳ.①K825.46②G40-092.6

中国版本图书馆 CIP 数据核字(2004)第 043893 号

教育与社会改造

——雷沛鸿与近代广西教育及社会(增订版)

曹天忠/著

出版人/刘文君

*

天津古籍出版社出版

(天津市西康路 35 号　邮编 300051)

天津新华印刷三厂印刷

全国新华书店经销

开本 787×1092 毫米　1/18　印张 24　字数 292000

2004 年 7 月第 1 版　2010 年 4 月第 2 次印刷

ISBN 978-7-80696-101-8

定价:36.00

总 序

“近现代中国政治与社会变迁”学术研究丛书是广州中山大学“985”研究课题的最终成果，重点是研究近现代中国政治与社会变迁的关系。

政治是一个涵义广泛、内容复杂的概念。本课题将政治作广义的论述，研究视野拓展到近现代中国的政治思想、政治制度和国际环境、对外关系，以及在此基础上的重要政治人物和重大政治事件，将政治与社会结合起来，考察政治与经济的关系、政治对教育和人才培养的影响、政治与社会的稳定和文明进步、政治与对外关系，尤其是对一些重要人物的政治态度和他们的治国理论、方针、手段造成的社会影响，做多角度、多层面的透视，试图用政治社会学的理论和方法就政治与社会的互动关系做新的探索，用社会的稳定、进步、发展和文明的程度来衡量与评论政治思想、主张和政治人物施政的正误。这是一种新的尝试。

近代中国政治是在半殖民地半封建社会政治架构下形成的。以资本帝国主义与封建主义、官僚资本主义作为一方，掌握中国的统治权；以广大的爱国、革命的人民大众和追求进步、追赶时代潮流的各种知识分子作为另一方。两方代表着中国的两种社会势力，反映近代中国的 两种前途，他们的政治理念、思想，以及改革中国的主张制约着近代中国的发展路向。近代中国政治是考察近代中国社会转型的中

心内容和基础背景。现代中国的政治权力掌握在广大人民的手里，国家的权力中心是以中国共产党为核心的中央政府，国家集中力量发展经济、文化和教育，使中国社会迅速发展。以往中国近现代史在各方面的研究取得了丰硕成果和显著突破，但是也有不足，比如控制近现代中国社会转型的关键枢纽——政治变迁，对社会影响的研究较为薄弱，有更迫切研究的需要和更高的要求；研究重心有从社会各面向中心回归的发展趋势和从具体研究向整体把握提高的客观要求。既往的政治史研究，着重于讲阶级斗争和革命运动，单向性地解释政治变迁给社会造成的动荡和不安，对经济、文化、教育的影响，在一定程度上限制了近现代中国政治史研究领域的拓展和理论的提高。本课题把近现代中国政治与社会变迁的互动作为基本切入点，在既有微观研究的基础上，建立富于创见和有时代特征的宏观阐释系统，以观察视野的拓展和研究层面的深入为主导，通过宏观和微观相结合的研究和方法的创新，提升研究水平，开辟新的路径。

中国近现代政治史是中国近现代史研究的重要方面，从整体上看，过去的研究兼具成果数量多而缺陷严重的双重特点，可以进一步开发的空间仍然较大。我们中山大学在近现代中国政治思想、政治制度、政治人物和国际关系等方面的研究有良好的传统和优势，在孙中山与近现代中国政治等方面的研究走在国内外学术界的前列，讲求学术规范，长期以来形成求实求真的精神和相互协作的学术风气，在多个方面颇具潜力。参与“近现代中国政治与社会变迁”课题研究的有老一辈的教授、博士生导师，有博士后研究者，其余均是取得博士学位的博士，是一个老中青结合的研究班子，各人就其兴趣和研究所得进行新探索；不少论著是他们的博士学位论文，曾获得答辩委员的良好评价，经过反复修改才拿出来出版示人的作品。他们围绕近现代中国政治与社会的关系，从不同视野和不同角度进行的专题研究各有特色、各有优长，具有前瞻性和学术性。现在奉献给读者的“近现代中国政治与社会变迁”学术丛书，是他们辛勤劳动的成果，希望这些成果能对人们从新的角度理解政治与社会变迁的关系有所帮助与启迪。当然，我们更期望读者和学术界的批评和指正。

天津古籍出版社在得知我们所从事的研究工作之后，慨然应允，表示将以最快的速度和高质量组织出版这套丛书。我们除了对他们的大力支持表示衷心的感谢外，也对他们为出版学术著作、传播精神文明的精神表示我们崇高的敬意和钦佩。

林家有

2003年11月于广州

中山大学近代中国研究中心

序

雷沛鸿（宾南）是中西文化培育的我国著名的教育家和教育革新家。他的教育思想、理论与实践，不仅对旧中国的教育产生过巨大的影响，而且对新中国的教育改革也有着重要的启迪和现实意义。

雷沛鸿出生于广西南宁市，自幼好学，聪颖过人。1904年到广州进入两广高等实业学堂读应用化学，受革命思潮影响，次年参加中国同盟会，追随孙中山反清革命，参与广州新军庚戌起义和辛亥黄花岗起义。辛亥革命失败后赴美国留学，学习政治学和教育学。他在美国生活工作近十年后返国回广西从教、从政，为国家、民族和人民做出了重要的贡献，是一位值得后人敬仰和怀念的具有崇高爱国情怀的先进人物。

遗憾的是，在过去较长的时段里，中国人知道雷沛鸿的人不多，就连公开出版的中国教育史书，不但没有关于雷沛鸿教育业绩的文字，就连名字也极难见到。改革开放以后，随着科学春天的到来，学术开始讲求实事求是，南国的广西一部分学者在学术界凸现了雷沛鸿，成立了雷沛鸿教育思想研究会，掀起了研究雷沛鸿的热潮，举办了多次大型的国际、国内教育思想研讨会，在南宁创建了纪念雷沛鸿学校，广西电视台还拍摄了雷沛鸿教育生平的纪录片。拂拭历史的尘埃，雷沛鸿这个闪光的名字走入南国广西的千家万户，其本来面目逐步得以清晰再现。

我不是雷沛鸿研究的专家，但我了解雷沛鸿的经历，也略知其教育思想产生的原委和发展变化的因缘。谈到这里，我有必要多费点笔墨，讲个故事。事情是这样的：1991 年 10 月，广西社会科学院等单位在南宁举行纪念辛亥革命 80 周年的学术研讨会，我有幸被邀请参加。在 10 月 10 日的学术研讨会上，我做完学术报告后，一位温文尔雅、举止大度，操着江浙口音、年事已高的妇人走到我的面前，叫声"林教授"，我肃然起立，向这位老先生应声"您好"。可是不知道她是谁。接着她赠送我两本书，书名为《雷沛鸿文集》，上下两册，在书的扉页上题写"林家有教授惠存马清和持赠 1991. 10. 10 于广西"。我连声道谢。随后人们才告诉我，这位马清和先生便是雷沛鸿先生的夫人。就这样我同雷沛鸿研究结下不解之缘。由教育家韦善美教授任会长的雷沛鸿教育思想研究会还聘任我为该会的顾问。就这样，我这个与雷沛鸿毫无关系的外省人得混迹于雷沛鸿教育思想研究会，在会中招摇几年，参加了在南宁、重庆、北京举行的雷沛鸿教育思想研讨会，获益良多，也为我的人生谱写了一个小插曲。

曹天忠同志是雷沛鸿教育思想研究会的老会员，在 20 世纪 80 年代后期，他在广西师范大学师从太平天国史、广西社会史著名专家钟文典教授攻读硕士学位时，就以雷沛鸿研究作为方向，并以优异成绩取得学位，毕业留校当教师。正是由于雷沛鸿学术研究的机缘，使我认识了曹天忠，曹天忠也就认识了我。后来，曹天忠表示要投奔到我的门下跟随我学习和研究中国近现代史，我曾征询过钟文典先生对他的看法，钟先生说："小曹是个可塑的材料。"就这样曹天忠参加中山大学博士生考试成为我的博士生。所以，我与小曹，是他选择了我，我选择了他，是双向选择使我们结合在一起，现在他已成为我的同事。

本书是曹天忠在他的博士论文的基础上，经过补充材料，删繁就简，进行文字的修饰，历经数年才拿出来示人的作品。我与小曹虽是师生，也是朋友，他对雷沛鸿的了解比我多，所以有些问题我也向他请教，我们经常在一起以平等的地位相互切磋，在学术问题上我没有以居高临下的态势教训他应该怎么做，不该怎么做。对于他撰写《雷沛鸿与民国广西教育、社会双改造》博士论文，我只是在指导思想、方法及评论上做些原则上的指导。从搜集材料到撰写成稿，曹天忠费了大力气，这点我是十分了解的。现在更名《教育与社会改造——雷沛鸿与近代广西教育及社会》出版，比起原稿有了提升。曹天忠通过雷沛鸿在美国欧柏林大学、哈佛大学研究院学习时就政治学、教育学进行探研和关心的迹象，来追溯雷沛鸿教育改进思想和社会变革思想的渊源，这是前人在雷沛鸿研究中的薄弱环节，这个问题的提出和解决，便为雷沛鸿将教育改造与社会改造结合起来，进行教育理论的新构造和教育实践找到了思想的源头。我觉得本书在这些问题上所做的研究很有意义，因为不了解他的开头就很难明白他的后来。

教育不是政治，但教育离不开政治。雷沛鸿作为新桂系统治广西时期的教育厅长，无疑也算是政界人物。雷沛鸿正是在教育厅长的任上推行他的国民教育体系，实实在在地开展广西的教育改造。对于这段历史，尤其是对于雷沛鸿在这个时期的作为，学术界也许会有不同的看法，但本书不是采取回避的办法给人留下疑团，而是坚持实事求是的办法，就政治与教育的关系作了解析，指明雷沛鸿把教育置于整个社会的大视角下进行改造和重构，把教育放在抗日救亡的大环境下，进行国民教育新体系的实践，可见他是以爱国教育为灵魂、生产教育为内容，有计划地将广西的教育改造和社会改造结合起来，详细地论述了二者的互动关系、国民基础教育与基层政治建设、经济建设的关系。这就回答了雷沛鸿这个文人虽然从政，但他所关心的不只是政治，他的追求还是文化还是教育还是培育人才，是建设广西，使广西成为抗日救亡的中流砥柱。本书从具体细微的描述中凸现雷沛鸿的爱国情怀和作用，这样的评述，我认为是一种比较符合实际的做法。

人才在近现代化建设中是最关键的，没有近现代化的人才就不会有近现代化的社会。培养人、教育人，提高国民的综合素质，不仅仅是人们谋生的手段，更重要的是强国之本。所以，雷沛鸿将他的教育革新思想和时代性、民族性结合起来，在广西推行民众教育，促进了广西社会的改造，顺应了抗日战争的需要，这是他智慧的结果，也是他爱国爱乡精神的体现。雷沛鸿作为一个留美学生，并在美国成家立业，在国家有难时毅然回国将自己的知识奉献给国家和民族，这是很不容易做到的，值得我们敬佩。他是一个对国家、民族有重大贡献的杰出教育改革家。本书对雷沛鸿的评价实事求是，对他的经历的叙述该略的则略，对他的教育思想和实践该详的则详。本书比前人的研究有新的突破，有些议题还颇有新意。

总之，本书有许多优长，例如文字朴实，叙述清楚。但也有不足，如理论思考方面。不过著书难，著精品书更难，本书写成这样已经很不错了，所以，我要借本书出版问世之机，向小曹道喜、祝贺。并写了上述一些话，以为序。

林家有

2003 年秋于广州中山大学

近代中国研究中心书斋

目 录

导　言

一、雷沛鸿生平简介

雷沛鸿（1888—1967 年），字宾南，乳名寿增，笔名鲁儒，今广西南宁市郊津头村人。出身小商家庭。其父母少时家贫未能读书，深感失学之苦，故重视雷沛鸿等子女读书。

沛鸿幼时聪颖好学，4 岁破蒙，5 岁入私塾。后参加岁考和科考，均获第一，补廪生。1904 年到广州，进两广高等实业学堂读应用化学。1906 年，受革命风潮感染，参加同盟会。1910、1911 年，参加广州新军庚戌起义和黄花岗起义，事败亡命桂林，任《南风报》编辑；旋至桂平中学任教。1911 年 10 月，与刘崛等人策动广西提督陆荣廷脱清反正，使南宁宣布独立。1912 年任左江师范监督；旋任南宁府中学校长，并与马驹誉、蒙云程创办《西江报》，任总主笔。1913 年因不满部分革命党人官僚化等原因，决定出国求知，考取留英公费生资格。是年冬入英国克里福学校学习英文。1914 年转学美国游学工读。在纽约，参加中华革命党，进行反袁活动和从事华侨教育，并加入致公堂。1916 至 1921 年，先入欧柏林大学，后进哈佛大学研究院学习，以政治学为主，教育学为副，分获学士学位和文科硕士学位。在美近十年，吸纳社会学等理论，留心平民政治韬略，研译戴雪之《英宪精义》、庞德之《法学肄言》等法学名著。在教育学上着重研究英国、丹麦、苏俄的成人教育，深受启发，立志从事大众教育事业。

1921年，雷沛鸿学成回国，任广西省行政公署教育科长，自此与广西教育行政结下不解之缘。1922年，离桂到粤，任广东省教育委员会委员兼广东高等甲种工业学校校长，并赴菲律宾考察教育。1924年，到上海国立暨南学校任教。1927年，第一次出任新桂系统治下的广西省政府委员兼教育厅厅长，提出整改广西中小学方案。9月，赴欧洲考察丹麦等国高等教育。回国后，在中央大学、江苏省立教育学院等任教，讲授《英吉利宪法》、《比较成人教育》等课程。1929年，俞作柏任广西省主席，雷氏应邀回省，第二次出任广西教育厅长。旋离桂往沪，受聘江苏省立教育学院，兼研究实验部主任。1930年，受邀到粤，参与广东省立民众教育学院筹备工作。

1933年夏，应新桂系之邀，任广西省政府委员，第三次兼任教育厅长。提出以教育大众化为广西教育实施方针，大力开展广西普及国民基础教育运动。在改造广西初等教育的同时，也开始对广西中等教育进行整改。1934年提出创办广西国民中学，1936年付诸实践。1939年11月，在田阳代行广西医学院院长之职，于战乱中致力恢复院务。1940年8月，任广西大学校长。为纪念南宁光复，倡议、创办南宁农业专科学校。1942年，受聘为国立中山大学研究院教育研究所教授。1943年，任广西教育研究所所长。在南宁农业专科学校基础上，建议进一步创办国民大学。1945年，国民大学的试验园地——广西西江学院宣告成立，出任院长。1949年，雷沛鸿以为西江学院募捐为名，赴南洋，居美国。新中国成立后，毅然返国。1950年继续担任西江学院院长。

20世纪50至60年代,雷沛鸿积极改造思想,并担任许多要职。先后出任广西省监察委员会副主任,第一、二、三届广西壮族自治区政协副主席,第二、三、四届全国政协委员,中国致公党中央常委、广西主任委员,全国侨联委员、广西壮族自治区侨联主席。1967年7月21日病逝于南宁。

雷沛鸿一生勤奋著书立说,论著颇丰。主要有译著《英宪精义》、《法学肄言》、《法学史》(均为商务印书馆发行);专著《成人教育论丛》(江苏省立教育学院出版)、《国民基础教育论丛》、《国民中学创制集》、《广西地方文化的研究一得》(以上均为广西教育研究所印行)、《辛亥革命的回忆》(广西人民出版社出版)等。后经韦善美、马清和等人整理、编辑成《雷沛鸿文集》(上、下、续编)三大册,由广西教育出版社出版发行。

二、缘起

桂系,尤其是李宗仁、白崇禧、黄旭初为首的新桂系,军事上能征善战,建设上使广西成为"模范"省,在民国历史上具有举足轻重的影响,历来受到海内外学者的重视,但多着眼于广西地方史或区域史的角度。在新桂系与近代中国的视野下,前者的跨省扩张,并非仅仅在军事,实则包括政治和文化方面。雷沛鸿创造的国民基础教育及其密切相关的"双三体制"[1]的经验和做法,由地方到中央,成为20世纪40年代国民政府新县制的重要渊源。国民基础教育既是广西"模范"省建设的标志性成果,更是其主要动力之一(另一动力为民团)。民众普遍受

[1]自卫、自治、自给"三自"政策和基层政治、军事、文化互动结合"三位一体"制度。宾敏陔:《桂游日记·晏阳初序》,湖南地方行政干部学校,1938年印。

识字和政治教育，踊跃入伍，成为“文化兵”，并具有国家、民族意识[①]。国民基础教育另一功能，是在广西政治、经济、军事、文化“连锁性”为特征的建设中，起着统整和媒介的作用。探求崛起于贫瘠落后的广西的新桂系得以跨省扩张，一度入主最高权力中枢的历史之谜，研究国民基础教育与广西社会建设的关系是一个有效的途径。

在中国近代教育史上，教育与政治的关系，一波三折，争议颇多，在20世纪30年代的民众教育和乡村建设中尤其如此。教育究竟应由民间办，还是政府办，梁漱溟持前种观点。晏阳初则认为在理论研究和实验阶段以民间为主，应用推广阶段须借助政府的力量。产生于同一大背景下的国民基础教育，在民族危机日重的情况下，一开始就主张后一种看法。雷沛鸿说：“我始终承认教育总得政治力量、军事力量，不能全依赖个人的自发自动。”[②] 1933年底，白崇禧鉴于国际形势险恶，以为邹平、定县等地靠民间力量推行的“放任式的民众教育颇难发生迅速而伟大的效力”，向新任广西教育厅长雷沛鸿建议“利用民团组织来推动教育”[③]。后者表示首肯，双方一拍即合。从乡村教育的走向和终局上看，由民间向官方过渡，成为国民教育的有机组成部分，广西普及国民基础教育则是其中的关键环节。

从近代中国教育本身的缺陷来看，鸦片战争后，国门洞开，处于前工业文明时代落后的近代中国，在西方列强的压迫下，民族危机日益加重。国人为拯救国家危亡，必须同时面临双重的任务：一方面反对外来侵略，挽国家于水火；另一方面，则设法调整、改造过时、落后的旧文明以赶超西方先进的新文明。救亡与发展，成为近代中国所要

①崔载阳：《记广西一个军人》，载《石牌生活》第7期，1936年2月。

②雷沛鸿：《现代中国教育思想的两个潮流》，载韦善美、马清和主编：《雷沛鸿文集》（续编），广西教育出版社，1990年版，第242页。

③漕浓：《广西普及国民基础教育面面观》，载《教育杂志》25卷11号。

解决的两大历史主题。

以天下为己任的仁人志士，想方设法，通过各种途径，探索救国救民的道路。拿教育做武器，即是其中的代表。但当时的教育，主要是来自西方的"洋化"教育和源于中国古代的"养士"教育。以"为帝国主义所需要"[①]的洋化教育，去反对外来侵略，无异于与虎谋皮；用产生于西方现代社会基础之上的西式教育，来改造在中国传统农业社会基础上形成的旧文明，难免格格不入。"养士"教育的缺点，一如 1940 年林励儒所指出的，是一种"太贵族化"——少爷小姐和脱离生产劳动，专门造就高等消费者的教育；同时，又是一种"闭户造车，甚于孤芳自赏，和政治完全脱节"的教育[②]。因此，"洋化" 和"养士"两种教育，均不足以担负救亡和改造社会，铸造文明的重任。所以，不以教育救国则已，要之，则首先必须改造其自身，以改造了的教育进行社会的改造。民国时期梁漱溟的乡村建设派，晏阳初的平民教育派，陶行知的生活教育派以及高阳的民众教育派，对于教育的改造，都做了可贵的探索。稍后的雷沛鸿在吸收诸贤思想的基础上，形成了具有自己特色和风格的教育改造与社会改造相结合的"双改造"的思想和实践。

从方法论上看，本课题研究具有相当典型的跨学科意义。教育与社会的内在互动，涉及多学科研究教育史的方法。不过，这里主要指的不是借用当今外烁的多学科的理论和方法，而首先发现并"激活"研究对象中的跨学科事实和因子。此节近代教育学者每有论及。陈礼江云："所谓社会背景，包括甚多，欲真能了解，非对全部社会科学，如历史、经济、政治、社会学、哲学和文化等都有研究不可。"[③] 1949 年董

---

①任时先：《中国教育思想史》下册，上海书店，1984 年影印本，第 436 页。

②北京师范大学编：《林砺儒文集》，广东人民出版社，1994 年版，第 415 ~ 416 页。

③古楳：《现代中国及其教育 · 序》，载《民国丛书》第四编第 42 册，第 3 页，上海书店影印本。

渭川在谈到外来教育社会化、中国化时指出:“要教育中国化,必先研究中国底历史,民族性,社会,政治,经济……各方面的传统,特点与趋势……尤其为纠正中国教育走错了的方向，不能不特别着重社会学的基础。先从社会学入手来决定中国教育底路径与政策,这应该不是偏见。”[①]恰巧雷沛鸿教育思想的学科基础是社会学,包括历史学、文化学、政治学等多维视野的理论。显然,不从教育以外的学科入手,是很难把握好教育与社会关系的。

而在具体研究过程中，如何恰当地处理好不同学科之间的关系,尤为不易。以历史学和教育学这一密切的方法而论,由于学科积累程度和关注点的不同，历来存在歧见。1924 年章太炎批评以史学为主的文科弊病有五：“一曰尚文辞而忽事实”，“二曰因疏漏而疑伪造”，“三曰详远古而略近代”，“四曰审边塞而遗内治”，“五曰重文学而轻政事”。实际上是“旨在批评中国教育界忽略史学，因而不能保存国性,发扬志趣,使志趣与智识并进”[②]。1932 年 10 月,傅斯年甚至指斥“不学无术之空气充盈于中国的所谓教育家之中”。一个名为轶尘的教育界人士对此作了辩解的同时,也检讨了教育研究者自身的弱点：第一,“最大的弱点,就是一味的学时髦”;第二,“太会适应环境”;第三,“在实际教育方面,既不能有所展开,而对于学问方面,又不肯下苦工夫去研究”;第四,“对于研究的兴味,实太狭隘”[③]。如此尖锐的批评和自我批评,至今振聋发聩。

20 世纪末，学界对历史学和教育学研究教育史方法的优缺、差异做了指陈。历史学者侧重从当时具体历史环境出发,重建史实,持历史主义方法;教育学者注意从今天现实着眼,联系实际,提供借鉴,

①董渭川:《教育民主化之路》,上海中华书局,1949 年版,第 35 ~ 36 页。

②桑兵《晚清民国的国学研究》,上海古籍出版社,2001 年版,第 6 页。

③轶尘:《教育的学问为什么给人家瞧不起》,载《东方杂志》第 30 卷 2 号。

多用规范分析法（normative analysis）。历史学者一般善于从教育外部、宏观背景上把握问题，重历史过程、细节揭示，显得较"实"；教育学者比较长于探讨教育内部问题和规律，教育术语准确，强调议论，显得较"虚"[①]。诚然，教育史既姓"教"，也姓"史"，但似有一个先姓什么，后姓什么的问题。如果没有弄清历史的本相，把握真实，所探讨的规律和提供的经验教训不准确或不全面，就可能与主观愿望相反。因此，做足"史"的功夫，成为更基础的工作。这一教育史研究中的共性问题，同样适应雷沛鸿教育思想研究的实际。正因为两学科方法上的差异，必须互相结合，取长补短。事实上，已有的"雷研"成果中存在着思想与实践活动脱节，教育和社会割裂的缺憾，在很大的程度上是因为没有进行跨学科研究（详见于后）。

三、学术史

国民基础教育发动不久，即受到时人关注。推介的论文有徐旭《广西普及国民基础教育的前程》、《广西教育新动向中的国民基础学校》[②]，梁漱溟《广西国民基础教育与乡村建设运动》[③]，漕浓《广西普及国民基础教育面面观》[④]，陈家盛《广西国民基础教育的理论与实际》[⑤]等。介绍了国民基础教育的主旨、计划、内涵、特征及其评价。徐旭的

①宋恩荣、李剑萍：《民国教育史及其研究中的几个问题》；李华兴主编《〈民国教育史〉读后》，载《历史研究》2000 年第 3 期；吴承明：《中国的现代化：市场与社会》，北京生活·读书·新知三联书店，2001 年版，第 3 页。

②《中华教育界》，第 22 卷 1、2 期，1934 年 7、8 月号。

③《国民基础教育丛讯》创刊号，1935 年 3 月。

④《教育杂志》第 25 卷 11 号，1935 年 11 月。

⑤《群言》第 12 卷 2 期，1935 年。

文章强调国民基础学校的功能并非单纯的学校，而是乡村政治、经济、文化建设多种功能的“村单位训练”组织；并认为该教育具有学术与政治、学校与家庭、社会、做学教、教育与训导等“连锁”的特征。梁氏比较了广西国民教育与山东乡村建设的异同。澧浓着重介绍国民基础教育的实验机关——广西普及国民基础教育研究院（以下简称研究院）“政教合一的”功能，对国民基础教育做了较高的评价：在普及教育的声浪中，“能以一省作整个计划，用大部财力人力积极推行，于最短期间已有相当成效的，要算广西国民基础教育了”。陈家盛则将国民基础教育的主要特色概括为“连贯”性。

1936年7月，《教育杂志》在“全国教育现状专号”征文中，发表了雷沛鸿总结性论文《三年间广西国民基础教育运动的回顾与前瞻》。编者称国民基础教育为“全国闻名”的教育[①]。以《教育杂志》的地位，如此赞扬国民基础教育，表明此时它在全国已经具有相当的影响。同年，中国社会教育社由俞庆棠、童润之、崔载阳等专家，组成广西考察团到广西做了为期三周的考察。最后经集体讨论，在《广西的教育及其经济》一书中，在充分肯定国民基础教育优点和特点的同时，也指出其中的不足[②]。

1935年1月，杨煊出版了《广西建设初编》一书，全面介绍广西各种建设的情形，将国民基础教育归入政治建设的范畴，视其为广西建设的组成部分。广西师专学生到研究院作了九天的调研，大约受唯物论的影响，在肯定国民基础教育配合“建设广西，复兴中国”，提高民众文化水平，训练生产技能的意义的同时，对其爱国教育、生产教育的内容以及忽视理论的教学做合一的方法，提出质疑，强调只有推

①《教育杂志》第26卷9号，1936年9月。

②中国社会教育社广西考察团编：《广西的教育及其经济》，（无锡）民生书局民国二十六年（1937年）版。

翻帝国主义和封建残余，教育救国才会有效[1]。1936年6月，龚家玮主编的《广西教育之观感》[2]，内收胡适《广西的教育与武化精神》、胡政之《广西的教育事业》、陆诒《建设途中的广西国民基础教育》、红叶《广西之文化建设现状》、苏阳恂《富有军事化的广西教育》、此庵《新广西的学生军训》、王义周《广西国民基础教育及其评价》、侯鸿鉴《广西教育之观感》、李斗山（朝鲜）《广西之文化建设》、艾迪（Eddy，美国）博士《广西的实际教育》、史丹巴（Stampar，国联卫生专家）《广西教育的动向》等论文，反映了国内外旅桂人士对广西新教育（主要是国民基础教育）的认识和评介。

30年代末40年代初，是《广西建设纲领》和《广西普及国民基础教育六年计划大纲》的完成时限。省政府、教育厅为彰显成就，总结经验教训，保存资料，编写一系列专题和综合性建设丛书。关于国民基础教育，主要有金步墀《广西之国民基础教育》、卢显能《国民基础教育实施法》[3]。前书着眼于国民基础教育的演变和发展。后书共17章，包括国民基础教育的认识，国民基础学校的设置及筹办，校舍及设备，学生、校长和教师，编制、教务、视导，社会事业，特种教育、战时设施，回顾与前瞻等。内容全面而丰富。

广西综合建设记载，主要有李宗仁等著的《广西之建设》[4]、《桂政纪实》[5]。两书按广西政治、经济、军事和文化四大建设分类编排，间或记及教育与广西四大建设的关系。其中文化建设包括国民基础教育。

①广西师专调邕训练班全体学生报告：《参加广西普及国民基础教育研究院报告书》，1935年1月。

②广西普及国民基础教育研究院1936年印行。

③广西省政府教育厅编审室，1939年、1940年。

④桂林建设书店1939年版。

⑤广西省十年建设编纂委员会，1940年编印。

《桂政纪实》第四编为文化建设，其中第三章为国民教育（国民基础教育的变称），下有国民教育计划、实施、成人教育及成人教育年、边地教育（主要指特种教育）以及国民教育之回顾等。此外，还有亢真化《黄旭初先生之广西建设论》①、黄旭初《国民基础教育与广西建设》②和《县政建设与基层建设》③。这些丛书，论及广西四大建设的具体内容以及它们之间在理论上的“连锁性”的关系和重要性。后一书还从微观上专门论述了国民基础教育与广西建设的内在互动关系。

国民基础教育在广西少数民族地区实施，是为特种部族教育（简称特种教育）。1940 年 5 月，长期负责特种教育的专家刘介（字锡藩），出版《广西特种教育》④一书。省主席黄旭初、教育厅长雷沛鸿分别作序。共 5 章，包括广西民族概况、旧时代的特种教育、现阶段的特种教育、特种教育实施后的检讨和结论等，论述广西特种教育的由来、实施经过、成绩和今后注意的事项。

1936 年 2 月，雷沛鸿为衔接国民基础教育，培养干部，参与广西建设，创制了国民中学。由于准备欠充分，发展过快，触及传统教育观念，引起社会和云集桂林文化城的教育文化名人的非议和争论。这一争论旷日持久，轰动桂林文坛，几与“国中”发展相始终。为了解决争论和探讨“国中”如何参与广西“四大”建设，雷沛鸿先后组织和编辑了“国民中学教育研究专刊号”上、下两辑⑤。雷沛鸿、苏希洵、林砺儒、梁漱溟、童润之、唐现之、曾作忠、操震球、董渭川等人积极参与，发表论文 36 篇。与此同时，桂林其他报刊如《建设研究》、《广西日报》、《教

①南宁建设书店，1938 年版。

②广西省政府编译委员会，1940 年印行。

③桂林建设书店，1941 年版。

④广西省政府编译委员会，1940 年版。

⑤《广西教育研究》第 3 卷第 5 期，1942 年 5 月；第 5 卷，1～2 期合刊，1943 年 2 月。

育与民众》等也参与其事。董渭川还专门编写了有关国民中学教育问题的论文索引。争论围绕"国中"存在的问题,形成以国民中学代替普通中学的"代替派";国民中学问题繁多,毋须存在的"取消派";"国中"问题虽多,不在于取消而是如何改进的"改进派"。论争还牵涉广西政局争斗的内幕,十分复杂,惜没有引起学界足够的重视。

论及国民中学与广西县政建设的主要有:雷沛鸿《国民中学与县政建设》[1]、童润之《国民中学与广西建设》[2]、范云迁《国民中学教育与农业经济》[3]、林砺儒《国民中学的学生自治》[4]、张锡昌《国民中学怎样参加合作事业》[5]、刘嘉伟《阳朔县国中农业生产训练与意见》[6]、周静远《广西灌阳国民中学的农业生产实施》[7]、何文炳《如何使国中达成县文化中心的任务》[8]、乐茂松《国民中学怎样辅导国民基础教育》[9]。卢显能收集国民中学的论文编成《国民中学教育论丛》(第一辑)[10],为研究"国中"的基本材料。

40年代中期,雷沛鸿主要精力转向高等教育,创办西江学院,试图完成民族教育体系的构建,并使之参与桂南社会的改造。创设的经过主要见诸《公立西江学院创设纪事》[11],办学理念散见于《教育导报》各期之中。1946年,雷沛鸿为总结一生的办学经验,将自己的文章和

①《建设研究》5卷5~6期合刊,1943年。

②③《广西教育研究》3卷第5期。

④⑤《广西教育研究》5卷1~2期合刊。

⑥《广西教育研究》1卷4期。

⑦《教育与民众》10卷9期。

⑧《广西教育研究》3卷1期。

⑨《广西教育研究》5卷1~2期合刊。

⑩南宁图书供应社,1948年版。

⑪《广西教育研究》7卷1期。

报告结集，出版了《国民基础教育论丛》、《国民中学创制集》[1]，成为研究雷沛鸿教育思想的主要资料。至此，通过推行国民基础教育运动，创制国民中学，试办西江学院，雷沛鸿初步完成了民族教育体系的建构，在全国产生了相当影响。学界开始从宏观、整体上关注和评价雷氏的教育事功，并与全国同行加以比较。其中，教育部督学刘寿祺认为雷是“中国学术界有数的人物”，其在广西所作的教育改造，与抗战前乡村建设派、民众教育派各家之不同在于：“先倡导国民基础教育普及运动，跟着有国民中学制度的创制，现在又进一步创办西江学院，依于一贯的理想主张，从下而上逐步进行教育改造的工程，这种高瞻远瞩，鸟瞰全局，实地施工的做作，实在不可多觏。”[2]

总之，20 世纪 30 至 40 年代，学术界对雷沛鸿的教育思想及其在广西的实施做了初步研究。这具有双重的价值：既是一种学术的探索，又是不可多得的史料，反映雷氏教育理论和实践在当时的影响，并为尘埃落定后的进一步研究打下了基础。

80 年代

1949 年后，由于种种原因，雷沛鸿其人其事成为尘封的历史。首先发起和推动雷沛鸿教育思想研究的是其遗孀马清和。1984 年 12 月，她编辑出版了《雷沛鸿先生教育思想研究资料集》(一、二)[3]。第一集收雷氏关于国民中学的论述，并附有关“国中”教育论述的部分资料目录。第二集收雷氏关于西江学院的文章、讲话。虽系内部发行，流

①广西教育研究所 1946 年 9 月、11 月编印。

②刘寿祺：《我对于西江学院的希望》，载《教育导报》第 1 卷第 8 期，民国三十五年（1946 年）8 月 1 日。

③南宁私立西江业余职业学校编印（内部发行）。

传不广，但引起了人们对雷氏的注意，对后来整编《雷沛鸿文集》有筚路蓝缕之功。1984至1985年，梁小克先后发表了《近代广西著名教育家雷沛鸿与广西普及国民基础教育和国民中学教育》和《试论雷沛鸿对近代广西教育的贡献》两篇论文[①]。作者在后一篇论文中，“遵照历史唯物主义的观点，以国家和人民的根本利益为出发点”，认为雷沛鸿不愧是“近代广西著名的教育理论家、教育改革实践家，他的事业在广西教育史上占有重要的地位”。这是1949年以来首次发表肯定雷沛鸿的研究文章。1988年，广西师范大学历史系中国近代史研究生何龙群在题为《雷沛鸿与近代广西教育》的硕士论文中，论述了雷氏教育思想的时代背景、形成过程、内容、特征、实践活动及评价。这是一篇从历史学角度专门研究雷沛鸿教育思想的学位论文，收集了不少第一手的资料，在比较系统地研究雷氏教育思想上有初创之功。1988年，马秋帆发表了《雷沛鸿在中国现代教育史上的地位》一文[②]，从全国的范围认为雷沛鸿教育思想和实践具有“注重成人教育、劳苦大众教育和普及教育”，“兼顾各级各类教育，构成整个国民教育体系”以及“教育学术研究与教育行政密切联系”三个特征。

同时有关雷沛鸿的资料开始整理。1988年1月，《雷沛鸿纪念文集》[③]出版，收雷氏门生旧故、亲朋好友童润之、秦柳方、刘光、杭苇、杨应彬、陈汀声、吴强、叶蕴贞、张家成、马清和等人所写五十余篇文章，从不同的侧面回忆了雷氏办学的思想和道德人格。1988年2月，在韦善美等人筹划下，广西区政协、教育厅等单位，举行雷沛鸿100周年纪念会和教育思想第一次学术研讨会，决定成立雷沛鸿教育思想研究会和教育科学奖励基金会。韦善美在会上作了题为《雷沛鸿教

①《玉林师专学报》，1984年第1期、1985年第1期。

②《沈阳师范学院学报》（社科版），1998年第2期。

③政协广西文史资料研究会、致公党广西区委编：《广西文史资料选辑》第26辑。

育思想的现实意义》的报告，认为雷的工作对当时中国产生过强烈的影响，并在教育批判性、建立大众化、中国化民族教育体系以及教育科研系方面提供了借鉴[①]。学术会议则一致认为雷沛鸿是“中国现代教育史上一位卓越的教育实践家，其论著丰富了我国的教育理论宝库”[②]。

1989年4月，雷沛鸿教育思想研究会和教育科学奖励基金暨学术研讨会在南宁举行。会上，韦善美当选两会会长。韦氏以其杰出的组织才能和协调能力，广结善缘，为“雷研”工作的开展，做出了重要贡献。两会成立，标志着雷沛鸿教育思想研究“成为一种有组织的行为”，有力地推动了研究工作。10月，韦善美、马清和主编的《雷沛鸿文集》（上册）[③]印行，共收雷氏文章五十余篇，按教育性质分为“教育泛论”和“国外教育”两大类，并有自传一篇。文集出版，颇便研究者。然编排以类相从，不按时间先后进行，不便把握雷氏思想变化脉络。

80年代，为雷沛鸿教育思想研究的起步阶段。主要标志有：第一，搜集和出版了雷氏的文章、讲话和回忆录，为研究打下了基础；第二，举行学术研讨会，发表第一批论文，使雷氏尘封的历史得以重见天日，开始肯定其在近代中国，尤其是在广西教育史上的地位；第三，成立专门研究机构，使研究一开始即成为有组织的行为，学术与宣传并进，加速“雷研”的发展。

90年代

进入90年代后，“雷研”获得长足进步。主要表现在：

①韦善美：《教育泛论》，广西师范大学出版社，1990年版，第147～154页。

②雷坚编著：《雷沛鸿传》，广西人民出版社，1997年版，第264页。

③韦善美、马清和主编：《雷沛鸿文集》（上册），广西人民出版社，1989年版。

印行相关资料，为研究工作创造了良好的条件。1990年3月，由李彦福、黄启文、莫雁诗等编的《广西教育史料》(上、中、下编)作为广西史志资料丛书的一种，由广西人民出版社发行。下编为民国时期广西的教育。“教育行政”部分的行政机关，教育施政方针等，出自时人李绍雄的《广西教育史》，对了解雷氏20年代至30年代初的教育思想及背景颇有帮助。“各级各类教育”部分，涉及到西江学院、国民中学、国民基础教育和特种教育。1990年9月，韦善美、马清和主编的《雷沛鸿文集》[1]成为“雷研”的基本史料。《文集》(下册)在“民族教育体系的理论和实践”的主题下，收雷氏关于国民基础教育论文28篇、国民中学、国民大学(西江学院)文章、讲话、序言、外论凡65篇。《文集》续编，分成政治经济文化、宏观、初等、中等、高等教育以及由10项教育法规组成的附录，凡六大部分。不仅是研究雷氏教育思想的重要史料，而且为扩大其政治、经济、文化社会和法律思想的研究，提供了条件。1992年12月，陈友松主编的《雷沛鸿教育论著选》[2]，是中国近代教育论著丛书的一种，所录文章共四十余篇，虽没有超出《文集》的范围，但按发表文章时间先后顺序编辑而成。卷首有主编的话，次有刘寿祺序言，卷末有雷氏遗著目录索引，便于检索。该书出版，表明雷氏已跻身于近代中国著名教育家之列，其事功进一步为人所知。1998年3月，韦善美、潘启富选编的《雷沛鸿文选》[3]，作为广西现代文化名人学术著作，共收雷氏政治、经济、文化、教育方面文章近七十篇。卷首有选编者所作雷氏长篇评传，卷末有雷氏简谱和主要著述目录。是书出版使雷氏不仅作为著名教育家，而且以广西文化名人面目出现。

①韦善美、马清和主编:《雷沛鸿文集》(下册)、(续编)，广西教育出版社，1989年版。

②人民教育出版社，1992年版。

③广西师范大学出版社，1998年版。

举行系列学术会议，出版数部论文集。90年代以来，广西雷沛鸿教育思想研究会牵头组织，先后与中央教科所、广西教育学会、东北师范大学、黑龙江教育学院、沈阳师范学院、中国教育研究会、广西教科所、西南师范大学、四川省教育史研究会、广西政协、中国教育学会及其所属的教育史专业委员会，分别在南宁（1991.1）、哈尔滨（1992.8）、南宁（1993.3）、重庆（1995.9）、北京（1998.3）举行第三、四、五、六、七次雷沛鸿教育思想学术讨论会。这种频繁、有意识地在中南、东北、西南、北京等地召开学术会议，中外学者参加，表明"雷研"已由广西走向全国。这些会议的主要成果凝结在《雷沛鸿教育思想研究论文集》（一、二、三）[①]中。

《论文集》（一），收入韦善美、吴畏、陈友松、刘寿祺、马秋帆、刘光、杭苇、张家成、胡德海、李德韩、李书堤、梁全进、马清和、雷炳寅、杨汉清、尹曲、黄旭朗、覃德平、石玉昆、郭道明、马佳宏、高敏贵、吴桂就、曹又文、黄明光、杨启秋、龚家玮、黄宝山、黄代铭、雷坚、毛松寿、宋光翊、陈业强、覃树冠、潘启富、高增德等人的论文。他们各自对雷氏的教育思想的历史地位和现实意义、特征、比较教育、理论基础、教育经济学、教育社会化构想、爱国观、对传统教育的继承和批判、国民基础教育、国民大学、中学教育理论与实践、成人教育、特种教育、文化学思想及其与新桂系的关系等方面做了研究。其中马秋帆《对雷沛鸿教育理论与实践的再认识》、杨汉清《雷沛鸿比较教育思想学习札记》、吴桂就《雷沛鸿教育社会化构想的价值探讨》、杨启秋《三十年代广西的国民基础教育运动》、覃树冠《雷沛鸿教育改革与"新桂系"》、毛松寿《雷沛鸿改革大学教育的理论与实践》、高增德《略论雷沛鸿文化思想及其区域文化研究》等论文，选题均属雷氏思想的重要方面，

①分别为广西教育出版社，1992年、1995年、2000年出版。

对有关问题的研究取得了明显的进展。

《论文集》(二)收有吴畏、韦善美、林家有、钱宗范、王炳照、高时良、梁全进、胡晓风、徐仲林、郭齐家、陈时见、张定璋、高增德、宋恩荣、曹又文、胡德海、马秋帆、陈重光、孔棣华、吴桂就、宋荐戈、喻本伐、熊明安、王玲华、冯卫斌、冯力行、唐国英、曲铁华、程刚、李彦福、谭群玉、齐红琛、李定开、戴本博、麦群忠、宋铭华等人的论文。其中,林家有《民族性与时代性的高度结合——论雷沛鸿教育思想的特征》、韦善美《雷沛鸿及其思想研究》、胡晓风《雷沛鸿——构建中国教育系统工程大师之一》、宋恩荣《民族主义教育家雷沛鸿》、马秋帆《雷沛鸿与梁漱溟的教育思想比较》、吴桂就《陶行知与雷沛鸿教育实践的相互关系》、熊明安《雷沛鸿创制国民中学的历史性贡献及其现实意义》、陈时见《雷沛鸿教育改革论的宏观考察》、曲铁华《试论雷沛鸿改革高等教育的理论与实践》、戴本博《教育家雷沛鸿的治学之道》、麦群忠、宋铭华《教育家雷沛鸿与图书馆事业》等,推进了相关问题的研究。

《论文集》(三),载有钟文典、林家有、朱浤源、孙培青、包国庆、杨洁、孙德玉、胡德海、熊明安、阎国华、张传燧、潘启富、钱宗范、熊贤君、吴桂就、董保良、石玉昆、程刚、高敏贵、赵银生、高时良、郭齐家、王建梁、李全伟、曹天忠、李露、郭道明、王慧、赵俊杰、周可贞、刘业超、杨海文、陈重光、杜学元、陈时见、刘虹、牟映雪、宋荐戈、高增德、韦善美等人论文。其中,熊明安《略论雷沛鸿在中国现代教育改革史的特殊作用和贡献》、董保良《雷沛鸿的教育本质论及其新的创意》、朱浤源《救亡兼启蒙的良方:雷沛鸿训政式普及教育改革思想》、高增德《教育家雷沛鸿与中西文化遗产》、郭齐家、王建梁《雷沛鸿教育社会学思想初探》、曹天忠《社会法学理论的吸收与雷沛鸿的教育研究》、李露《论雷沛鸿教育行政管理思想与实践》、郭道明《雷沛鸿师范教育初探》、宋荐戈《雷沛鸿主持下的广西教育改革与陕甘宁边区教育改革之比较》等，在相关问题上有了新的突破。

产生了一批相关专著。随着雷沛鸿教育思想研究的深入，编撰专著的条件已经成熟。90 年代以来，先后出版与“雷研”有关的专著有莫济杰[美]、陈福霖主编的《新桂系史》[1]，钟文典主编的《20 世纪 30 年代的广西》[2]，Eugene William Levich 的《国民党治下的广西模式》(*The kwangsi Way in Kuomintang China* , *1931—1939*, M. E. Sharpe, Inc. 1993)，雷坚编著的《雷沛鸿传》[3]，韦善美、程刚合著的《雷沛鸿教育思想研究》[4]，朱浤源著的《从变乱到军省：广西的初期的现代化，1863—1937》[5]，郭道明主编的《雷沛鸿国民教育概论》[6]，钱宗范主编、韦善美审定的《雷沛鸿的生平与事业》[7]，蒙萌昭、梁全进主编的《广西教育史》[8]等。

其中能代表 90 年代研究水平的当推《雷沛鸿教育思想研究》。全书共分“峥嵘岁月”，“艰苦探寻”，“民众教育 、成人教育”，“民族教育体系”，“国民基础教育”，“国民中学教育”，“ 国民大学”，“理论博大精深、事业辉煌卓越”等 7 章。马秋帆在该书前言中认为，这“是第一部全面系统地研究雷先生前期和后期教育思想的开创之作”；“脉络清晰，意旨明确，客观公允，充分展示了雷先生教育思想的时代性、民

①上、中、下，广西人民出版社，1991 年版。

②广西师范大学出版社，1993 年版。

③广西人民出版社，1994 年 4 月。

④辽宁教育出版社，1994 年版。

⑤台北“中央研究院”近代史研究所，1995 年版。

⑥广西师范大学出版社，1998 年版。

⑦广西师范大学出版社，1998 年版。

⑧广西人民出版社，1999 年版。

族性和个性特征。其中对有些问题所作的分析和评论具有独到、精辟的见解”。《雷沛鸿传》共11章，包括“从倾向变法维新到参加辛亥革命”，“出国寻求救国救民道路”，“赤子回归、报效祖国”，“从事民众教育、成人教育教学研究”，“发动并推进广西普及国民基础教育运动”，“创建国民中学制度”，“投身抗日救亡运动”，“出任国立广西大学校长”，“创办公立西江学院”，“回国参加社会主义建设”，“雷沛鸿教育思想述评”。书后附雷沛鸿生平年表和著作目录。该书以时间为经，以雷沛鸿生平活动为纬，比较详细地展示了雷氏的生平事迹，是第一部关于雷沛鸿的传记。资料较丰富，尤其是使用不少《广西普及国民基础教育研究院日刊》，颇为难得。在雷氏教育思想述评中，提出一些新看法。如认为雷沛鸿“接受了科学的辩证唯物主义观点”，其教育思想体系是以“教育民族化、大众化为核心，以教育动态观为基础的民族教育思想体系”。《雷沛鸿的生平和事业》，是继《雷沛鸿传》之后的又一部传记。共10章，以“爱国、奉献、求实、创新”的“沛鸿精神”为主线，对雷沛鸿一生做了较全面的叙述，线索清楚，文笔流畅，方便阅读。《雷沛鸿国民教育概论》内容分8章，其中第五章“道德与德育”为他书所无。

与雷沛鸿相关的研究，《新桂系史》简单提到国民基础教育，并认为这种教育“虽然是给新桂系扩充军队提供合格兵源，但客观上也使广西初等教育得到一些发展”。这是从军事角度评价国民基础教育；对国民中学则是一笔带过，西江学院则没有涉及。《20世纪30年代的广西》一书，按“问题性质，分为政治、经济、军事、文教和纪事五篇”，集中论述。其中《文教篇》则与雷沛鸿研究关系密切，篇幅6章200页，占全书920多页的近1/5。第一章教育行政，第二章国民基础教育，第三章中等教育，第四章高等教育，第五章广西特种部族教育。第二章主要叙述了国民基础教育产生的简单背景、实施过程及特色和成效。认为雷氏是这一教育的"一位总设计师和实际主人";国民基础教育"是广西普及义务教育上的一件大事,同时也是30年代广西建设的一项重要内容",为广西成为当时全国知名的"模范省"做出了"一份贡献"。从广西建设的角度肯定国民基础教育的作用,颇有新意。第三章对国民中学的课程教材几次变化过程用了较多的笔墨,结论说"从国中课程最初设置,到几次反复修订,均无不体现国民中学教学之围绕广西地方建设,强调实践,侧重培养基层建设干部人才的基本精神",从课程角度强调国民中学与广西建设的密切关系。还分析了国民中学最后被调整转向的原因。第五章论及特种教育的产生、师资训练所的结构和功能、开展情况、效果。认为广西特种教育在设校、培养师资和推动特族地区的乡村组织建设等方面,均有一定的作用。

《国民党治下的广西模式》(*The kwangsi Way in Kuomintang China*,1931—1939)。该书主要内容包括三篇17章。第一篇介绍新桂系意识形态的起源,后分析桂系的世界观、意识形态、广西建设纲领的务实的根源,三自政策,广西组织的标准章法;第二篇介绍政治措施,再分三一体系、军管训练、妇女的动员、教育、省府与区政府、地方政府与公共医疗行政、政府与人民的紧密结合、广西空军与陆军、战时的民众动员、少数民族;第三篇谈的是经济措施。其中,第二篇第九章为教育,作者认为广西教育目的不在教育,而是达成政治、经济以及目标的手段,与民团合而为一,但对教育的作用并未清楚地做正面评价,认为此种教育的终极成效如何,是非常难以评估的。此外,广西当局通过乡村两级基层组织加强了对基层行政的有效控制[①]。

①转引自朱浤源的《评〈国民党治下的广西模式〉》,载台北《"国史馆"馆刊复刊》,1999年第26期油印本。

《从变乱到军省》一书，乃研究近代广西早期现代化专著。全书共5章，凡640页。第一章背景：变乱社会的形成，第二章西方冲击，第三章初期现代化的政治面，第四章初期现代化的经济面，第五章初期现代化的社会面与文化面。前有绪论、后有结论。书以作者自创的士、农、工、商"四民分析法"和政治、经济、文化、社会配合的"现代化一体论"为理论框架，研究广西初期社会结构变化，即现代化。著者在广西初期文化现代化层面上特别重视教育，认为"教育对象的普及、教育品质的改良，是提升文化水准的不二法门"。指出国民基础教育的性质是"根据军政统一的最高原则，强制执行军事化、大众化、生产化的义务教育和民众教育合流的一种文化改造运动"，并与广西"政治、经济、社会、文化各面均密切互动"，并在抗战中发挥了效用。从效果上说，以量而论，"其成就非他省所能匹敌"，相反其品质则"明显是较为不足"。在论及特种教育时，认为"成绩甚著"，并运用了一些县志材料，具有说服力。最后作者总结广西初期的现代化成绩时，说"政治最长，文化次之，经济再次之，而社会殿后"；其主要的特色是"政治的现代化"。

《广西教育史》是全国哲学社会科学"九五"规划国家重点课题集体成果。其中第十、十一章新桂系统治时期的教育（上、下）、第十二章雷沛鸿的教育理论与实践，与本题有关。在雷氏教育思想一节中，作者以"传统中国教育现代化，外来教育中国化为主线"，从教育观念、功能、目的、对象、内容、方法、管理等方面研究了雷氏教育改造的思想。在民族教育体系构建一目中，著者从理论基础、内容结构和特征方面做了探讨，提出了该教育体系的学科理论基础，是以社会学为基础的，包括生物、历史、文化、哲学、政治等多学科组成，为一家之言。

20与21世纪之交

跨入新世纪，雷沛鸿的教育思想研究之“热”有增无减，明显反映在专题研究上。在资料方面，有马清和《风雨相依——回忆宾南先生》[①]和雷沛鸿译、[英]戴雪（A. R. Dicey）著《英宪精义》（*Introduction to The Study of The Constitution*）[②]。前书作者为雷氏遗孀，她以特殊的身份和独特的视角，向读者展示雷氏许多鲜为人知的故事，丰富了人们对雷氏的认识和理解。后者为雷氏重要译著，1930年商务印书馆万有文库版，多不为“雷研”和宪法学者重视，今蒙戚渊博士慧眼识珠，玉成该书再版，对扩充史料，探究其教育与法律思想有相当意义。

专题研究方面，刘业超承担的全国教育科学“九五”规划国家教委重点课题研究成果《雷沛鸿高等教育理论研究》[③]出版。该书是研究雷氏高等教育理论的专著，共16章。作者就自己所理解的雷氏高等教育本体论、本质论、地位论、功能论、枢纽论（上、下）、体制论、结构论、教学论、科学论、产业论、校长论、教师论、学生论、校风论、扩张论，做了淋漓尽致的发挥。2001年1月，吴桂就负责、黄艳兰、覃伟合共同承担的另一全国教育科学“九五”规划国家教委重点课题《雷沛鸿构建民族教育体系实验的个案研究》，已告杀青，并通过了专家组鉴定。课题“抓住了雷沛鸿教育实践与理论的核心——民族教育体系的构建，系统回顾了它的时代背景、实验过程、操作环节，同时总结分析了有关的理论特征、学术体系，揭示了它的历史意义与现代价值”[④]。

---

①香港天马图书有限公司，2000年版。

②中国法制出版社，2001年版重印。

③湖南教育出版社，2001年版。

④《雷沛鸿研究通讯》总第24期，2001年5月22日。

胡德海《雷沛鸿与中国现代教育》①一书，系作者在已有研究论文的基础上，参考《雷沛鸿教育思想研究文集》(1～3)成果写作而成。共分6章，包括雷沛鸿的家世、生平事业、所处的时代、社会理想和政治道路、教育实践的思想准则与哲学特征、教育思想的文化学术渊源、发展过程及其能够在广西得以实施的原因、民族教育体系的理论和实践。明显特点，是从全国范围内将雷氏的教育思想与同时代教育家做比较，认为雷沛鸿是属于“视野更为宽广的宏观领域的教育改革家”。在专题论文方面，曹天忠在其博士论文的基础上，连续发表了《国民基础教育与广西基层社会》②、《哈佛欧柏林大学游学工读与雷沛鸿的教育思想》③、《桂林文化城时期的国民中学之争》④、《20世纪30—40年代广西初等教育改革》⑤等系列论文，对有关问题做了较深入的探讨。

综上所述，雷沛鸿在广西致力教育改革，作为广西三民主义“模范省”建设的标志性成果之一，业经报章、杂志、游记等传递，闻名全国。1949年后，由于种种原因，反而被人遗忘了。自1988年起，在有组织的活动下，学术与宣传齐头并进，“雷研”获得长足进展；其也由尘封日久的历史人物变为著名的教育家，成为“常论不衰”的人物。据统计，十余年来，参与研究活动者近一千人，分布地域覆盖全国26省、市、自治区，远至台港、欧美、大洋洲。发表论文近五百篇，出版资料八部，专著七本，成绩显著，为进一步深入研究打下了良好的基

①甘肃教育出版社，2001年版。

②台北《“中央研究院”近代史研究所集刊》第34期，2000年12月。

③《广东社会科学》，2001年第3期。

④《中山大学学报》(哲社版)，2001年第2期。

⑤《历史档案》，2001年第3期。

础[①]。然而，从学术进展的更高要求上看，“雷研”仍有许多方面有待努力和拓展。

从资料的使用和扩充上看，资料的多寡，可靠与否，是决定研究水准高下的重要因素。此前“雷研”主要依靠《雷沛鸿文集》（三册）和一些回忆录等基本史料。随着研究的深入，雷沛鸿本身和相关的新资料需要不断挖掘和扩展。如雷氏所译的《英宪精义》、《法学肄言》、《法律史》以及一些重要佚文，就很少有人使用过。其在广西进行的教育、社会改造，牵动全省，影响全国，有关的档案、会议录、文集、年鉴、丛书、报刊、日记、游记、总结报告、法令汇编、各种小册子等比比皆是，不下二百五十种。史学在这一方面仍大有用武之地。

从深度和广度而言，前段的研究，囿于资料使用，除少数功力深厚的专家及比较研究外，雷氏本身的研究较多，相关的人与事着墨较少。“就雷论雷”，难识庐山真面目，且容易将研究对象放大和拔高。以雷氏教育思想研究而言，理论方面较多，实践部分较少。就教育与社会关系论，雷氏教育改造的目的在于社会改造，两者相结合是其整个思想的轴心。教育改造研究多，社会改造少，尤其是深入、具体地结合当时广西政治、经济、军事、文化四大建设的研究非常薄弱。就广西综合建设史研究而言，中外学者多有浓厚的兴趣，并注意到按政治、经济、军事和文化分类加以研究。这虽有助于问题的深入，但将原本综合性很强、内在联系紧密的四大建设问题“条块分割”研究，有违于广西建设“整个性”和“连锁性”（黄旭初语）为特征的历史实际。而从雷沛鸿在广西进行各个层次教育改造入手，则是弥补新桂系、广西建设史以及雷沛鸿本身研究不足的较佳切入点，使广西建设史研究走向

①韦善美：《雷沛鸿研究十年》，《教育泛论》（续集），广西师范大学出版社，2000年版，第242～246页。

纵深,“雷研”也因此得到拓展。因此,从深度和广度而言,“雷研”仍有很大的拓展空间。此外,“雷研”发展快速,队伍水平参差不齐,不可避免存在着选题重复,资料单一,用他人成果不注明,分不清彼此贡献等学术失范现象。而广西建设史研究中,观念先行,框架预设,后来附会等做法,也所在多有。

总之,本书在追踪有关学术史的基础上,试图运用历史与逻辑相统一的方法,以时间为经,相关史事为纬,挖掘材料,重建历史,力图使“雷研”有明显的推进。就主要方面而言,加强雷氏教育思想的渊源、流变和发展的考察,尤其是雷氏1933年以前海外游学工读、初整广西教育、奔走苏沪之间以及其对广西原有教育遗产继承和借鉴的研究。广西建设,“纵的方面,分为全省建设、各县建设、基层建设三级;横的方面,分为军事建设、政治建设、经济建设、文化建设四部门”[①]。通过研究,可发现这种“三级四部”、纵横交错的建设结构,恰好与雷沛鸿所创立的初、中、高等各个不同的教育层次,存在着内容和空间的梯度对应关系。即国民基础教育运动与基层四大建设(含特种部族教育与少数民族社会改造),国民中学论争及其与县级社会改造,西江学院与桂南社会互动。学界除了国民基础教育与广西四大建设理论上的关系外,对二者在实践中如何结合及其运作具体情形,论之甚少,遑论国民中学与县级社会,西江学院与桂南社会之间那种逐级上升的正比关系了。这些自然成为本书的又一重点。此外,在有关的微观、具体问题上,力求在已有的研究基础上有所推进和深入。通过雷氏教育思想、活动的时代背景和社会环境的考察,有助于恰如其分地确立他及其教育思想在历史上的地位,进而为深入研究新桂系与近代中国的历史打下基础。

①邱昌渭:《广西基层政治与基层经济建设》;广西省政府建设厅合作事业管理处编印:《基层经济建设之理论与技术问题》,广西省合作文化印刷厂(未注出版时间),第53页。

第一章

游学工读

1913年4月，雷沛鸿在桂林参加广西都督府组织的公费留学生考试，榜上题名。1913年冬，时年25岁的雷沛鸿，从北京出发，经俄、法等国，千里迢迢来到英国，入西南部之克里福（CLEVER SCHOOL）学校补习英文，拟报考剑桥大学的应用化学专业。次年8月，因广西巡抚张鸣岐以公款支绌为由，裁撤留学官费；复因第一次世界大战爆发，英伦被于战火，沛鸿无法久居该国，遂转学美国，半工半读[①]，继续未竟学业。从1913年冬负笈赴英，到1921年从美国学成归国，雷沛鸿在欧美呆了整整9个年头。"十年去外，离乡别井"，艰险备尝[②]。在这一歧路彷徨，求知欲旺盛的人生转折时期，雷沛鸿的教育与社会思想，开始萌芽，并逐渐形成，很值得重视和研究。惜资料缺乏，相对于20世纪30至40年代雷沛鸿的教育思想研究来说，这一时期的研究比较薄弱，以往雷沛鸿的生平传记虽有所涉及，但总觉太

①雷沛鸿：《广西中等教育的评价》，载《广西教育通讯》第2卷第3～4期合刊，民国二十九年（1940年）4月16日。

②雷沛鸿：《西江学院的世界文化基础》，载韦善美、马清和主编：《雷沛鸿文集》下册，广西教育出版社，1990年版，第475页。

简，有意犹未尽之憾[1]。其实深入考究，就会发现，这近十年的留学求知，对雷沛鸿教育与社会思想的形成，有着密不可分的关系，并对日后教育实践活动产生影响。这可从读书、译述、师承、研究与雷沛鸿的知识结构、理论方法、对教育与社会及政治关系的认识，确定献身于教育事业的志向等方面表现出来。

第一节　读书与主体知识结构

一、学校·专业·学位

关于雷沛鸿在美国就读的学校和所学专业，他自己后来有过追忆，主要集中于《我的自白》和《西江学院的世界文化基础——西江学院创设史的一章》两篇文章中。前文云："在美入米诗根大学、欧柏林大学，所学以政治为主科，教育为副科，毕业后入哈佛大学研究院，加工研究。戴雪之英宪精义，庞德之法学肄言，及社会科学史纲等名著之译述，即于是时着手。"[2]后一文载，1914年8月，由英转赴美，得同盟会元老吴稚晖的推荐，任国民党纽约分部筹办的《民气周报》主笔，并兼任分部书记。"白天很忙，晚间进哥伦比亚大学夜班……一年以后，我到美国中部入欧柏林大学，以三年半时间，修完四年课程，所习以政治学为主系，教育学为副系。毕业后，入哈佛大学研究院，加工研究，历时二年"[3]。

这一问题，1948年广西《邕宁教育》记者"特综合各种资料，及所

①雷坚编著：《雷沛鸿传》，广西教育出版社，1997年版；钱宗范主编，韦善美审订：《雷沛鸿的生平与事业》，广西教育出版社，1998年版。

②雷沛鸿：《我的自白》，载《中央日报》（南宁版）民国三十六年（1947年）11月18日。

③雷沛鸿：《西江学院的世界文化基础》，载《雷沛鸿文集》下册，第478～479页。

闻所知与访问所得材料”,作过详细的报道:雷沛鸿赴英留学,“先就读克里福学校攻读英文学,以后又转学美国,进入欧柏林大学研习政治学及教育学,继又入米诗根大学攻社会学及心理学,再考入著名的哈佛大学研究院研究政治学、教育行政学及法律哲学。经过这一段刻苦力学的努力,终于取得欧柏林大学文学士,及哈佛大学硕士学位”[①]。这是迄今为止见到的雷沛鸿专业知识学习最为详尽的材料。根据当事人的回忆和记者的报道,雷沛鸿在美国曾入哥伦比亚、米诗根、欧柏林(1916—1919)、哈佛(1919—1921)数所著名大学求知。入前两所学校大约是补习性质,不入学籍,故学者多不重视;入后两所名校乃正式注册学生,分别获学士和硕士学位[②]。本科所学专业以政治学为主,教育学为辅;研究生则以政治学为主,兼修经济学,旁及社会学、心理学、教育行政学和法律哲学。

关于雷沛鸿在哈佛大学所获学位的级别和专业问题,存在着不同的说法。就学位级别来说,有博士、硕士两说,就学位归属学科来说,有文科硕士、教育学硕士、哲学硕士、政治学硕士之谓。持博士学位说者认为,雷沛鸿 1936 年夏天去美国参加哈佛大学校庆,以广西普及国民基础教育运动为课题,提交学位论文,获博士学位[③]。或谓雷氏去英、美留学,“获得美国哈佛大学硕士、博士学位”[④]。与前一说又略有不同。在获学位时间上,有 1921 年、1936 年两说。

①本刊记者:《他的字典没有“消极”!——国民教育运动家雷沛鸿先生》。《邕宁教育》,1948 年第 2 期。

②本刊记者:《他的字典没有“消极”!——国民教育运动家雷沛鸿先生》。《邕宁教育》,1948 年第 2 期。

③李彦福等编:《广西教育史料》,广西人民出版社,1990 年版,第 653 页。

④宋光翊:《怀念尊敬的雷校长》,载政协广西区委会文史资料研究委员会、致公党广西区委会合编:《雷沛鸿纪念文集》,政协广西区委会文史资料研究委员会,1988 年版,第113 页。

1921 年之说不能成立。因为雷沛鸿说得很清楚，他获得欧柏林大学学士学位后，“到哈佛大学加工研究，历时二年”。在两年之内，连获哈佛大学人文社会科学的硕士、博士两个学位，简直不可思议。

1936 年说乍看似乎有点道理，但经不起仔细推敲。雷沛鸿 1936 年夏天的确去过哈佛大学，但他只说去参加哈佛大学 300 周年校庆，并提交参加哈佛大学校庆学术会议的论文，未提到领取博士学位之事。按照常理，领取博士学位乃人生大事，事先雷氏为何不动声色，无任何表示？此疑问之一。只提交一篇论文就拿世界著名的哈佛大学的博士学位，不合哈佛校制。哈佛大学也有授予非在哈佛攻读者以博士学位的，不过那是荣誉博士学位。按该校惯例，“荣誉博士是哈佛最高的荣誉，只授予对人类文化与社会有杰出贡献的人，照例只有极少数人才能获得，其荐选作业极为秘密，在典礼之前不轻易透露，以免人情干扰”[①]。可见，获哈佛荣誉博士学位，不一定要论文，但须对人类文化与社会有杰出贡献。以雷沛鸿当时的资历与声望，似尚不足享此殊荣。此疑问之二。持博士学位说均没有当时直接材料印证，不知何据。哈佛大学 300 周年校庆为发扬现代学术，特于 1936 年 8 月 31 日到 9 月 12 日举行文科学科会议两周，邀请世界著名学者参加，发表学术讲演。北京大学文学院院长、大名鼎鼎的胡适博士为讲员之一。胡适曾于 1935 年 1 月参观过广西教育，并就国民基础教育的方法问题，与雷沛鸿开展过热烈的讨论[②]，与雷氏有交谊，并有坚持作日记、述学界大事的习惯。如果雷沛鸿被授予博士学位或荣誉博士学位，这是中国人的光荣，胡适在日记中应有所反映。但《胡适日记》对此事没有留下任何雪泥鸿爪。此疑问之三。据中山大学人类学系周大鸣教授

①吴咏慧：《哈佛琐记》，北京生活·读书·新知三联书店，1997 年版，第 118 页。

②雷沛鸿：《国民基础教育的基本概念》，载《广西普及国民基础教育研究院日刊》（以下简称《日刊》）第 2 号，民国二十四年（1935 年）1 月版。

在哈佛大学所查，1936年校历上授学位的名单上找不到雷沛鸿的名字，此疑问之四。又查1948年8月制定的30年代广西教育厅历任厅长简历，在学历一栏清楚注明，雷沛鸿是“哈佛大学文科硕士”而非博士[①]。基于上述四点疑问和一份履历记载，雷沛鸿在哈佛大学所得的最高学位应是硕士而非博士。至于雷沛鸿所得为何科硕士，据周大鸣教授在哈佛大学研究生院资料室所查，其在1921年获得的是AM学位，即文科硕士。这与1948年8月雷沛鸿制定的简历表记载一致。

二、主体知识结构

雷沛鸿的知识结构，究竟是中国传统文化，还是西方现代社会科学占主导地位，又是一个需要重新厘定的问题。

研究者一致认为，雷沛鸿乃“精通古今，学贯中西”的学者。在少年时代，即受到了良好的中国古典文学和历史知识熏陶。初入私塾，熟读《铁网珊瑚》之类的八股范本[②]；后又学诗作赋，涉猎讲韵用典的《故事琼林》、《辞类通典》、《佩文韵府》等书。十岁左右，家乡南宁受维新思潮影响，废八股，改学策论。在世风催动下，“学风文风为之丕变”。“一改过去废书不读为大读其书。上至周秦诸子，下至三教九流，稗官野史，杂书禁书，无所不读”。以至“只要看见书就抢来读，书店来了新书就抢来买，买不到就借来看，甚至借来抄”[③]，如饥似渴。乍一看，雷沛鸿所读之书，经、史、子、集，四库具备，仔细按察，还是有所偏好，指向明确。

其一，多读反映下层民众生活的“三教九流，稗官野史”与维护正统相反的“杂书禁书”。这对他起到了改变观念，开阔思路的作用。

①《广西教育》第2卷第1期，1948年8月版。

②雷沛鸿：《辛亥革命的回忆》，载《雷沛鸿文集》下册，第595页。

③雷沛鸿：《辛亥革命的回忆》，载《雷沛鸿文集》下册，第595页。

其二，侧重读历史方面的书。雷沛鸿说："我对于本国史，从稗官小说以至历代史乘，自幼时喜欢阅读，如《资治通鉴》，《了凡纲鉴》、《通鉴纪事本末》等书，尤喜细心磋读，计日程功。在其中，我的一颗幼稚心灵，对于春秋战国的文化演变，以至宋末明初和明末清初的史事，尤受感动。"[①]具体言之，正史有《明史》，历史小说有《东周列国志》，通史有《资治通鉴》，纪事本末有《通鉴纪事本末》等。各种体裁不同的史书，对培养其日后忠公体国、匡扶正义的爱国思想和道德情操，不无影响。

其三，注意史识培养。这一点与其幼时的业师莫炳奎的影响有关。莫炳奎（1871—1954 年）乃南宁学界名宿，以育人修史闻名于世。1934 年，他受命主修的《邕宁县志》，以取材宏富、记载翔实，注重近代经济社会生活纪录，时代特点鲜明，富民族大义等见长，为民国时广西所修县志中不可多得的善本。莫氏一生设馆授徒，培育人才，邑中硕学之士多出其门下。其传道不仅授生以知识，而且注重"灌溉爱国思想"；强调教育，尤其是小学教育在爱国思想教育中的重要地位[②]。雷沛鸿对乃师"教学生们既要通晓历史史实，更重要的还要有史识"[③]的师训铭心刻骨。唐代史论家刘知几谓史家要有才、学、识三才，其中史识最为难得。在"要有史识"的师训熏陶下，雷沛鸿读史作文注意独立思考。对中国古代读书人"只知向上仰攀，忘却向下俯视"，帮助皇帝"任意奴役百姓"；虽往往来自民间，却"离开民众甚至背叛民

---

①雷沛鸿：《西江学院的世界文化基础》，载《雷沛鸿文集》下册，第 476 页。

②梁万柱：《育才修志为桑梓——记乡贤莫炳奎恩师》，载广西南宁市政协文史资料研究委员会编：《南宁文史资料》总第 7 辑，1988 年 10 月版，第 92～93 页。

③雷沛鸿：《辛亥革命的回忆》，载《雷沛鸿文集》下册，第 596 页。又《雷沛鸿传》第 298 页谓雷沛鸿遵师训，"即通史实尤重史德"、"史识"写作"史德"，误。

众”的做法深为不满[①]，表现出一种批判精神。读大馆时，对科考中“天下有道，则庶民不议”的考题，反其道而作之，谓“天下有道，则民必议”。主考官惊其才思“廉悍无匹”，判为府学第一[②]。研究者皆誉之为反封建专制之举，实则也是一种求异性和创造性思维的表现。后来雷氏借鉴外国教育思想时，轻蔑照搬照抄，重视创造运用的做法，似乎于此事已见端倪。

雷沛鸿青年时期先在两广高等实业学堂（后改为两广高等工业学堂）攻读应用化学，尔后到欧美留学近十年，接受的是西方近代自然科学和社会科学的新式教育。雷氏涉猎之书颇多。据其侄子雷荣立回忆，1922年秋，雷沛鸿的夫人露丝·晏德生回中国省亲，“从美国带回了全部行李共十六大件，除了两三箱日常衣裳用具，全部都是书籍，有教育方面的，有政治、化学、工程学等方面的，这就是沛鸿伯父在欧美八九年辛勤节约置下，由露丝伯母带归的全部财产”[③]。

雷沛鸿在建立自己的知识结构中，为使之趋于合理，尽量兼收并蓄，融会贯通，但并非无的放矢，而是将博通与专深相结合，紧守“政治学为主系，教育学为副系”的专业阵地，在政治学和教育学理论修养方面，达到了相当的造诣。以其主攻专业政治学而论，雷沛鸿读过、有案可稽并对其思想产生过影响的，就有如下著作：亚里士多德（Aristotle）的《政治学》（*Politics*），古德诺（Frank Goodnow）的《政与治》（*Politics and Administration*）[④]，斯密（J. S. Mill）的《代议政府》（*Representative Government*），蒲徕士（James Bryce）的《现代民主政治》（*Modern Democracies*），门禄（W. B. Monro）的《市政纪事》（*Bibliography*

①雷沛鸿：《西江学院的世界文化基础》。《雷沛鸿文集》下册，第477页。

②雷沛鸿：《辛亥革命的回忆》。《雷沛鸿文集》下册，第596页。

③雷荣立：《记雷沛鸿和他的美籍家庭》，载《雷沛鸿纪念文集》，第163页。

④《雷沛鸿文集》下册，第345、343页。

of Manicipal Government)、笃奎尔（今多译作托尔维尔，Toqueville，法国人）的《美国平民政治》（*La Democrativeen Ameriqure*），卢儿（A. L. Lowell）的《公意与大众的政府》（*Public Opinion and Popular Government*）等等[①]。对这些著作，雷沛鸿不仅阅读，而且时常点评、推介或引用。他曾这样向国人推荐最后一部著作："诸位如果留心今世平民政治的韬略，不可不读此书。"[②]

对那些既是政治学家，又是教育家的"一身而二任"的作者及其著作，雷沛鸿尤为重视。令他最为倾倒的，为《英宪精义》的作者、英国人 A. V. 戴雪（今译作戴西，A. V. Dicey）和《法学肄言》的作者、美国人罗斯科·庞德（R. Pound）等。据雷氏考证，戴雪除在法学上卓有建树外，还积极从事教育事业。曾执教于牛津、剑桥、哈佛、普林斯顿等世界一流大学，"并十分热心于工人教育"。1899 至 1912 年，一度兼任以成人教育著名于世的伦敦工人学院（the Working Men's College）院长职务，对校务"规划周到"；并"结识工人与引进劳动者于学问不少"[③]。庞德除在 1916 至 1936 年任哈佛大学法学院教授外，还于 1946 年应邀到中国担任国民政府司法行政部和教育部的双料顾问[④]。雷沛鸿不仅读他们的书，而且在美国留学时即开始翻译他们的著作，向国人介绍、传播。这一点下面还要论及。

①散见于《雷沛鸿文集》上册，第 14、10 页；《雷沛鸿文集》（续编），第 2、9 页等。

②雷沛鸿：《地方自治与代议政治》，载韦善美、马清和主编：《雷沛鸿文集》（续编），广西教育出版社，1993 年版，第 2 页。

③[英]戴雪（A. V. Dicey）著，雷宾南（沛鸿字）译：《英宪精义》（*Introduction to the Study of the Law of the Constitution*），商务印书馆大学丛书版，民国二十四年（1935 年）初版，第 713 页。又该书另有雷宾南译、商务印书馆民国十九年（1930 年）10 月，万有文库版。

④潘念之主编、华友根著：《中国近代法律思想史》下册，上海社会科学院出版社，1993 年版，第 214 页。惜将 R. Pound 误作 R. Pownd。

从上可知，雷沛鸿在少年时代，接受的主要是中国传统知识的教育，阅读书虽多，但按现代学科归类，仅属文史学科范畴。从他16岁到广州求学，到33岁从美国学成归来，在这一人生重要时期，学习的内容包括化学、工程学、政治学、经济学、社会学、心理学、法学、教育学等学科的现代自然科学和社会科学的理论和知识，而尤以政治学、教育学影响为大。雷沛鸿学贯中西，为说明自己的观点时，常常引经据典，中外对接，珠联璧合。然中国传统之说，似常以辅助性、补充功能的面目出现。比如他要解释教育大众化的信条，即先论之以美国人"教育是每个儿童一生下来就带有的权利"(Educaion is the birth right of every child)的谚语，后证之以中国古代"有教无类"之说①。其他情况，多数如此，不一而足。根据雷沛鸿受学读书的年龄、学科门类的多寡、知识理论影响程度的深浅，其中西合璧的知识结构中，西方现代社会科学知识当居主导地位。具体地说，是一种以政治学为主、教育学为副的人文社会科学为其主体的多学科的知识结构。

第二节　译述与理论方法

一、社会学理论的选择

雷沛鸿在美国游学期间，不仅注意获取现代西方各种人文、社会科学知识，而且重视掌握各种现代社会科学的理论和方法。其主要途径，是通过译述英美法学名著，从中认识、采纳以社会学为基础的多学科的理论和方法。

关于雷沛鸿教育改造和社会改造的理论基础及思想渊源问题，

①雷宾南：《广西国民基础教育运动的时代使命》，载《中华教育界》第24卷第8期，民国二十六年(1937年)2月1日。

学术界有不同看法。包括爱国主义的政治思想、理论与实践相结合的理论、导源于欧洲18世纪的哲学和中国传统的文化思想①，甚至是马克思主义的方法论。1992年，笔者曾将雷沛鸿整个思想的理论基础，归纳为综合的、以社会学为基础的多维视野的理论，看法与时贤不同②。但对这种理论从何而来，不甚了了。随着研究深入，特别是系统研读雷氏留美期间翻译的、不为学人所注意的法学著作后，才恍然大悟，原来雷沛鸿教育和社会改造的理论，与其译述工作有着极深的思想渊源。

如前节所述，雷沛鸿于1914至1921年在美国欧柏林、哈佛大学游学工读期间，开始有选择地翻译戴雪《英宪精义》、庞德《法学肄言》及《社会科学大纲》等名著。其在林林总总的法学书中，选中戴雪与庞德的著作，一因名家名作，二则为原作之研究方法所吸引③。

---

①广西雷沛鸿教育思想研究会编:《雷沛鸿教育思想研究文集》(一)，广西教育出版社，1992年版，第116~184页；韦善美、程刚著:《雷沛鸿教育思想研究》，辽宁教育出版社，1994版，第90页。

②曹天忠:《雷沛鸿思想的历史考察》，广西师范大学历史系硕士研究生学位论文，第一部分，1992年5月。

③雷沛鸿:《我的自白》，载《中央日报》(南宁版)，民国三十六年(1947年)11月18日第3版。笔者按:雷沛鸿通读翻译戴雪、庞德两人的法学名著始于留美期间，正式译成汉文出版则在雷氏回国后的30年代前后。《法学肄言》(*Introduction to Study of Law*)，[美]滂恩，又译作庞特、庞德(Roscoe Pound)、雷沛鸿译，商务印书馆，社会科学小丛书版，民国十七年(1928年)初版。《社会科学大纲》，经查原译本，实则《社会科学史纲》之误。且《社会科学史纲》为系列丛书，共9册。只有庞德原著的第9册的《法学》(*Jurisprudence*)才是雷氏所译，民国二十九年(1940年)商务印书馆出版。《法学》(*Jurisprudence*)，雷氏又译作《法学史》，有上海商务印书馆两种单行本。一种是民国二十年(1931年)11月初版；另一种为民国二十二年(1933年)第1版。本文下面引用《法学史》内容，均出自1933年版的单行本，不再一一注明版况。

《英宪精义》为英国人戴雪之代表作之一。该书于1885年首次出版，到1926年已重印15次。“不但在本国中成为法律的经典文学，而且在外方各国中迭受翻于各国文字”[①]。原书流传之广，价值之高，影响之大，可见一斑。罗斯科·庞德，为雷氏就读哈佛时该院的法学教授，社会法学最重要的代表人物和该学说最系统的阐述者[②]。雷沛鸿对其推崇备至，誉之为“法学界久被仰为泰斗”。其“学说不特足以转移美国法院及议会之风气，而渐次改良全国法律，且足以促进世界法律思想之改造，而隐然为其领袖”，具有世界性影响。《法学肆言》作于1899年，雷氏目之为庞德众多著作中的先导，“可视为著者后来一切研究之纲领”[③]。

雷沛鸿受现代西方社会科学影响，平日即十分留意方法论问题。曾说：“研究资料大抵寄附于自然现象、生物现象及社会现象，万象纷呈，星罗棋布。倘若不有精当方法，自不免茫无头绪，无所适从，又无所取材，更谈不到有什么收获。因此之故，研究方法的确定最为重要。”[④]在所有各门社会科学的方法中，雷沛鸿最主张社会学的方法，而这种社会学又源于他在哈佛大学研究院读研究生时接受的“社会学派的法学”的影响。据他言：“到哈佛研究院，我始闻社会学派的法学。于是，在学问与事业上，我所需运用的方法，就是社会学方法(Socialogical Method)。所以，对时代，对社会环境，对生活在现代社会的人，我要认识很清楚，至少，我要努力来认识清

---

①《英宪精义》，载商务印书馆，大学丛书版，第714页。

②[美]爱·麦·伯恩斯著，曾炳钧译、柴金如校：《当代世界政治理论》，商务印书馆，1983年版，第122页。

③《法学肆言·雷沛鸿译序》。

④雷沛鸿：《从教育观点研究英宪》，载《建设研究月刊》第9卷4期，民国三十三年(1944年)3月1日。

楚。"[①]这表明，雷沛鸿在哈佛大学研究院开始接触和接受了社会法学中的社会学理论，并对他一生产生了重要影响，成为他学问、事业、察时、认事和观人的指导方法。

雷沛鸿吸收社会学方法的主要途径，是通过翻译和研究庞德的社会法学著作。译书时，一向有留心原著者的研究方法的习惯。在译戴雪的《英宪精义》时，对"著者的生平与时代，复体察入微，务求有所以会悟著者的研究方法和写作精神"[②]。译《英宪精义》如此，译庞德的《法学肆言》、《法学史》尤其如此。庞德在《法学肄言》中，列举研究法律的科学方法有：历史法家、分析法家、哲学法家和社会学法家四派[③]。雷沛鸿对这些学派十分留心：第一，以译者按方式，将上述四派法学家按顺序以英文录出，以示强调：(1) Historical School; (2) Analytical School; (3)Philosphical School; (4)Sociological School。第二，提示读者如果想进一步了解上述流派的详细情况，"可读著者之 Interpretations of Legal History"。第三，特在译者所开列的"问题研究"一栏中，要求学生探讨上述"法学的四大宗派之源流"[④]。可见雷氏对庞德所列的研究方法"体察入微"，并非虚言。第四，这四家研究法律的方法，曾原原本本出现在雷氏《民族教育基本问题》这篇重要的论文中[⑤]。

①雷沛鸿:《本院改为省立与我们的课题》。《教育导报》1 卷 7 期，民国三十五年(1946 年)7 月 1 日。

②雷沛鸿:《从教育观点研究英宪》,《建设研究月刊》第 9 卷 4 期，民国三十三年(1944 年)3 月 1 日。

③《法学肄言》，第 6 页。

④《法学肄言》，第 7～8 页。

⑤雷沛鸿在《民族教育基本问题》一文中罗列英美法学流派时说：第一是分析派，第二是历史学派，第三是哲学派，第四是社会学派。这显然源自雷氏所译之《法学肄言》。《广西教育通讯》第 2 卷第 1～2 期合刊，1940 年版。

行文至此，一个问题油然而生：法律方法有四家，为何雷沛鸿只对社会学派的方法情有独钟？主要原因是由社会学派顺应法律史研究的方法潮流及其所具有的方法论上的优势决定的。

据庞德在《法学史》中的研究，20 世纪法学研究的潮流走向，是"从分析研究改为功能研究的变迁"①。分析研究是指流行于 19 世纪的历史学派、分析学派和哲学学派三派，功能研究则为社会学派。尽管历史学派有可以帮助了解法律社会控制的连续性和吸取教训的长处；分析方法则可以寻求法律，逻辑清楚，前后一致，紧凑连贯，以及避免冗长的优点；哲学方法长于思辨。但它们各自的缺点，也是显而易见的。历史学派有保守的观念和总结经验时以偏概全的不足；分析学派只求逻辑完整，而不顾法律的社会发展需要和社会秩序目的②。更为严重的是，历史分析研究三派均有一个共同的缺陷，就是只关心法律的、书本的理论研究，而对法律执行问题"概置之不理"，以至书本之法律与行为上之法律"名实相异"③，理论与实践相脱节。这是一种"试图完全从法律本身来建立法律的科学"的缺陷④。

20 世纪社会学派法家对法律的戒令、法律原则和制度，"一概要就其所有功能研究"。具体而言，该法视法律为"一种社会制度"，留心"法律的作用"，考察法律"所必须服务的社会终局"⑤。可见，社会学派法学与前三种功能方法相比，具有法律社会价值论的优势。因此，浸淫庞德社会法学日久的雷沛鸿，在选择理论方法时，很自然地吸纳了社

---

①《法学史》，第 56 页。

②上海社会科学院法学研究所编译：《法学流派与法学家》，知识出版社，1981 年版，第 5 ~ 6 页。

③《法学史》，第 57 ~ 58 页。

④《法学流派与法学家》，第 5 页。

⑤ 《法学史》，第 26 页。

会学。

值得指出的是，雷沛鸿在关注社会学方法在法律科学中研究的重要性时，对其他各种社会科学的研究方法并不排斥，而是批判地吸收其"合理内核"，在此基础上与社会学方法相结合。他在译《英宪精义》过程中，对英国宪法学术方法史下过一番功夫。在戴雪书出现之前，世界各国研究英国宪法主要有历史学派、法律哲学派和政治哲学派。关于这三派的代表人物和优缺，雷沛鸿在《英宪精义·译者导言》中有过精当的比较：

历史学者的研究可以符礼门(Freeman)为代表，他们对英宪学问的贡献是在于穷原竟委，使宪法学生由之得以知英宪所由生成。法律学者的研究可以朴莱克斯顿(William Blackstone)为代表，他们对于英宪学问的贡献是在于确定英宪的研究所有重心及要旨，使英宪学生由之得以知英宪在英格兰法律中之正当位置。政治学者的研究可以贝吉(Walter Baghot)为代表，他们对于英宪的贡献是在于阐明英宪在宪政上之妙用，使英宪学生由之得以明白英格兰的政治制度在当代中所有运行实况。这是诸家学派所有长处，然而他亦不无短处。短处何在?在于各有所偏。试证实说：例如，历史学者的研究详于古而略于今，未免迷于考古学中之古典主义；法律学者研究详于理论而略于实际，未免失于侧重法律的形式主义；政治学者的研究详于典则而略于法律，未免遗漏英宪所有特殊法律精神。惟其如是，戴雪先生对于诸家学说并不能满意。惟其不能满意，戴雪先生遂不得已，发奋立说著书，而自成一家言①。

戴雪对上述三派的研究方法，"既不完全根据"，也不完全否定，

①雷宾南：《〈英宪精义〉译者导言》，载《英宪精义》(卷首)，商务印书馆万有文库版，民国十九年(1930年)，第20~21页。

而是在三家的基础上，另辟蹊径，独具匠心，创造出一种分析与综合相结合的科学的研究方法。雷沛鸿对戴雪研究英宪的方法十分赞赏，说："有时他运用分析方法，恰如剥茧抽丝，条条抽出，蛹虫的全体毕现。他是以能在变化无穷的政治经验中，析出英宪的中心思想。""有时，他运用综合方法，恰如飞行天际，俯首下视，作一鸟瞰。地上锦绣山河，仿佛一幅图画，呈现眼前，过后当以一个整体涌现于脑海。""他是以能在继续演进的民族生活中，诠释英宪的基本概念。"①根据汤姆生科学的概念——"系统化、概括化和组织化的知识"，雷沛鸿判定戴雪所用研究英宪的方法，是分析与归纳、综合相结合的方法，为"法律科学方法"，以示和上述三派在研究法律的方法上相区别②。

在上述四种方法基础上，雷沛鸿提出要用"社会学方法"来研究英宪。这种方法的优点在于：1."可以洞察英国的、乃至整个不列颠平民政治的、宪政生活的演化历程"；2."可以侦察与寻出矗立于这样古老宪法的背后之理性及其法律精神"；3."可以把握住一要点，这就是全部法律的、尤其英宪在社会剧变下之极端社会化作用"；4."可以诠释全部英宪精义的教育涵义"③。

可见，雷沛鸿无论是翻译庞德的《法学史》、《法学肄言》和戴雪的《英宪精义》等原著，还是研译英国宪法学术方法史，在肯定历史学派、分析学派、政治学派、哲学学派、科学学派的优点，指出各派的不足后，最终都归向社会学的研究方法。这并非偶然，实乃雷沛鸿本人自觉选择的结果。

---

①雷沛鸿：《从教育观点研究英宪》，载《建设研究月刊》第9卷第4期，民国三十三年(1944年)3月1日。

②雷沛鸿：《民族教育基本问题》，载《广西教育通讯》第2卷第1～2期合刊。

③雷沛鸿：《从教育观点研究英宪》，载《建设研究月刊》第9卷第4期。

二、社会法学理论的启发

社会学派的法学是20世纪初由法学与社会学相结合产生的新兴法学流派。雷沛鸿研究教育的方法，不但受社会学的影响，而且与法律学本身也有千丝万缕的关系。也就是说，雷沛鸿研究教育，注意采用各种社会科学合作的方法，运用综合的思维方式，相当程度上得益于社会法学中的法学理论的启发。

(一)法学局限与法律和其他社会科学的“合伙”研究

法律学本身的局限，有两个含义，其一是法学研究的局限性；其二是法律功能的局限性。

法学研究的局限，与19世纪法律学研究重分析研究而轻功能研究相适应，有一种固步自封的行为和自给自足的态度。法学对与法学相关的其他社会科学研究的问题和结果，“不闻不问”，拒之门外，怀抱“遁世”主义。这就常令法家在解决法律问题时，不免有一种“极狭隘而又偏私的眼光及见解”，最终使法律应付社会的终局问题“甚为落伍”[①]。法律研究方法的滞后，直接导致法律社会效果的落伍。到了20世纪，法律学者终于醒悟，法律与其他社会科学分立，不相往来是一大错误，从而主张法学要由遁世走向开放，与其他社会科学合作。

庞德曾强调法律是社会控制的主要手段，但他对法律在纷繁复杂的社会中所起的作用，保持着清醒的头脑和认识。法律并非万能，法力并非无边，而是有局限性的。因此，法律必须谦虚、谨慎，借助其他控制工具——社会科学来弥补自己的不足。庞德在《法学史》中说：“法律以外，其他社会制裁的工具，尚须利用。在此际，法律所能为的只是维持秩序，务使其他工具得以运行有效。”[②]对法律这种基础性、

①《法学史》，第31～32页。

②《法学史》，第86页。

有局限性的功能，庞德在另一书中作了更具体的阐述："如果法律在今天是社会控制的重要手段，那末，它就需要宗教、道德和教育的支持。"[①]因此，法律要想弥补自身的不足，达到它的社会目的，就必须与其他社会科学"合伙"，携手共进，同唱友谊地久天长之歌。对此，庞德有一段堪称经典的论述：

> 现代法家概能认识一要旨，即是，除却为研究及申说之便利外，介于社会科学的各个会员间，没有明白清楚的分界线。……倘若人间知识专就关于社会生活的一部分立论，可以从各个圆周线仍不免互相跨越。当我们徒见圆面中心点，而且只一味注视圆面中心点。这种分析的区别诚然是十分确凿。不过，就是这一中心点，我们终不会彻底了解；至于由这一中心点面画成的圆周或由所有许多瓯脱地方，我们更不会完全明白；倘若看得到、明白及了解，除非我们时时准备从这个圆周荡入别几个圆周，而参观游览必不成功。因此之故，所有社会科学必须合伙；若从法学自身方论，所有其他社会科学务须与法学成为伙计。[②]

庞德的精彩表述，雷沛鸿的传神翻译，可知要更好掌握法学本身，除了专精的本学科研究外，还必须与其他社会科学跨学科的合作研究。因此，雷氏在研究社会科学方法上，力主采用跨学科的方法。"诚以社会科学发展至于今日，已达于成熟时期。在此际，学者不但在术业上各有专攻，而且，在应用上均能透视全体，看出彼此相互关系"[③]。

在翻检雷氏著作时，经常看到他分析研究问题时而用社会学方

①[美]罗·庞德著，沈宗灵等译、杨昌裕等校：《通过法律的社会控制、法律的任务》，商务印书馆，1984年4月第1版，第33页。

②《法学史》，第66页。

③雷沛鸿：《国民中学制度之当前重要问题》，载《雷沛鸿文集》下册，第343页。

法，时而从历史学角度，时而用生物学观点，颇为费解。如果明白雷沛鸿接受庞德社会法律学观点，认识到法律的局限性，决定其必须与社会科学合作，从而认识到教育的局限性，也必须与社会科学合作，这个问题就迎刃而解了。

教育与社会科学的合作研究，可分为两大类。其一是教育学与各社会科学的合作；其二为教育学与社会科学、认识论方法的"联袂"合作研究。社会科学包括历史学、生物进化论、法律、政治行政学、社会学等科学。认识论方法则包括分析与综合，演绎与归纳等。

教育学与各社会科学的合作研究，又可分为两种情况。其一是一种社会科学与教育的合作，其二为两种科学方法——历史学、社会学与教育的合作。

雷沛鸿运用历史学方法，探讨、研究、总结中国三十多年来普及教育失败的原因，认为根本原因不是人们常说的什么经费的缺乏和人才的稀少，而是当局对义务教育无施行的决心，以致教育没有原动力和一贯的政策；教育者误认为教育可以与现实和经济分家；教育家对教育的社会基础缺乏清醒的认识①。

1936 年，在研究新文字运动和广西国民基础教育的关系时，雷沛鸿采用了历史学方法和群学（社会学）两种社会科学相结合的方法。前者用于观察新文字运动的重大关系，后者用于观察"国民基础教育运动下之新文字研究的社会关系"②。

教育学与社会科学、认识论方法的"联袂"研究可分为三种情况。

历史学、社会学的结合。1936 年，雷沛鸿在谈到用教育解决中国

①雷沛鸿：《中国过去的普及教育运动》，载《雷沛鸿文集》下册，第 26 页。

②雷沛鸿：《中华民史的最光荣时期开始》，载《南宁民国日报》，民国二十五年（1936 年）3 月 28 日。

和广西青年的苦闷问题时，主张采用分析的方法，以“析出苦闷的内容”，以“推究苦闷的由来”；通过现代观察方法，即社会学方法，以“观察其现实性”；提出用指导国民基础教育，实验中等教育改造方案，改革广西教育制度，以“帮助全省青年适应环境，进而控制环境、运用环境”，以期解决广西青年苦闷的问题①。

分析、综合方法与历史学方法兼用。1936年，雷沛鸿在《三年间广西国民基础教育运动的回顾与前瞻》一文中首先用历史方法追溯了国民基础教育产生前的社会状况、开端、推动、发展前景及其贡献；然后，运用分析方法分析了国民基础教育的时代背景和实际要求，开始及推进情形，进程中所遇到的各种难题，并审问解决这些问题的答案，运用综合的方法综览社会上错综复杂的事变，而求取它们的“前因后果”，又要综观整个教育上的改造建设的中心思想及实际行动，而求取它们的“得失长短”；末了，再运用历史学方法以求取历史上的教训，以得到今后“在教育设施上的向导”②。

分析、综合、归纳、演绎法与历史学、社会学的综合考察。在谈到民族教育的社会目的时，雷沛鸿主张用分析、综合、归纳、演绎以及社会观察和历史学法进行研究，以获得民族教育“涵盖一切”的教育理想和宗旨③。这其实是一个学科方法群及集团式的研究方法，所得的结论自然较单一学科的方法来得可靠。

从上述教育学与其他社会科学“合伙”研究的两大类型五种情况

---

①雷沛鸿：《现代青年的苦闷与广西中等教育》，载《日刊》第485号，民国二十五年（1936年）6月18日。

②雷沛鸿：《三年间广西国民基础教育运动的回顾与前瞻》，载《教育杂志》第26卷第9号，民国二十五年（1936年）9月10日版。

③雷沛鸿：《民族教育基本问题》，载《广西教育通讯》第2卷第1～2期合刊。

的分析中可知，雷沛鸿吸收法律与其他社会科学“合伙”的思想，并结合教育领域的实际加以具体化和细目化的运用，且将其进一步深化为与认识论方法的“联袂合作”研究。这种跨学科、创造性、多元式的教育研究方法，无疑为雷沛鸿的教育改造，准备了更加科学的前期工作。因为就一般情况论，越是经得起多种学科和认识方法检验的研究，其所得结论的科学性和正确性就可能越大。

（二）法学优点：调和、综合思维

庞德认为，法律为了保持公正，必须不偏不倚。因此，它“常以调和两极端为事，思有以自立于宽大裁决与细碎立法之间”[①]。国外有人认为，庞德的社会法理学理论主张，“对于相冲突的权利主张，要以选择、调解和妥协为基础”[②]。雷沛鸿在哈佛期间，就着手翻译戴雪的《英宪精义》，受到了英国人“在宪政上素富于调和精神”的熏陶[③]。甚至断言，戴雪前书中“能在继续演进的民族生活中，诠释英宪的基本概念”，是因为他“运用了综合方法”，并对综合法大加称赞。据此，可知雷沛鸿从法律中力主调和的观点中受到启发，并把它从特定、具体的法律学科中的一个观点，提升为具有哲学认识论意义上的综合、多元的思维方式。或者说，雷沛鸿由于深受法律中“调和”观点的影响，所以他在确定研究教育问题的方法时，倾向于“调和”意义的综合、多元的思维方法。

首先，在判定研究教育的方法优劣时，反对各走极端、各有偏废，欣赏互相发明，取长补短的综合研究。他之所以向同仁和学生推荐黄尊先生的《中国问题之综合研究》一书，是因为该书所用的方法，是研

---

①《法学肄言》，第 29 页。

②《法学流派与法学家》，第 279 页。

③雷沛鸿：《从教育观点研究英宪》，载《建设研究月刊》第 9 卷第 4 期。

究中国问题“均属需要而不能偏废”的历史研究法和现实观察法[①]。该种方法与他研究问题所持的方法不谋而合，故引为知己，力加推介。生物进化论是雷沛鸿研究教育常用的方法，但他认为，达尔文的“生存竞争论”和克鲁泡特金的“互助进化论”单独地看，均有“偏执一方”的片面性。为纠正各走极端的毛病，主张两者综合使用，“互相发明”，取长补短[②]。

其次，在研究教育问题时，雷沛鸿尤其重视对教育的相关性和整体性的研究，反映出一种综合、协作、网络化的思维模式。在教育制度上，主张社会教育与学校教育合流，“学校教育社会化，社会教育学校化”[③]。在教育方针上，中等教育的设施方针，以爱国教育为灵魂，生产教育为骨干，二者不能分裂，视为“一个整体”[④]。在教育观点上，对民众教育者要“民众化”还是“化民众”的分歧，主张折中，一方面须能“民众化”，一方面又须能“化民众”，使二者“互为调剂”，“不偏不颇而得其当”[⑤]。在教材上，主张国民基础学校教材“各科不分，一切教材均以大单元来编辑”，养成学生获得综合知识的习惯和方法。此外，甚至有一种网络化的思维方式。反映在国民中学理论与实践关系上，主张“四合一”：一是“教育与生活合一”；二是“学校与社会沟通”；三是劳

①雷沛鸿：《介绍黄尊先生所著〈中国问题之综合的研究〉》，载《日刊》第388号，民国二十五年（1936年）3月11日。

②雷沛鸿：《本院第一期建设募捐运动的教育意义》，载《教育导报》第1卷第8期，民国三十五年（1946年）8月1日。

③雷沛鸿：《民族教育基本问题》，载《广西教育通讯》第2卷第1～2期合刊。

④雷沛鸿：《广西全省中等教育改造方案》，载《雷沛鸿文集》（续编），广西教育出版社，1993年版，第540页。

⑤雷宾南：《广东民众教育事业的曙光》，载《教育与民众》第2卷第1号，民国十九年（1930年）。

动与学问合一;四是劳动生活与学校和生产社会关系结合[①]。

上述做法,显然是想借助综合思维方法,将教育的各个环节、各个部分,串联集合起来,达到由教育的相关性求教育的整个性的目的。这里有两个问题值得研究,其一,为什么雷沛鸿在研究教育时强调采取综合多元的方法?其二,这种综合的思维是否为折中主义?

关于第一个问题,除了综合调和的思维方式本身,有看待问题较全面、较正确的方法论上的优势外,更重要的原因是,这种综合的思维方式,正如法律调和极端以求公正,保护人们的生命财产安全一样,使教育者在创立新方法或借取他人旧学说时,慎重行事,"取人之长,补己之短",力求科学,"顾全民族的黏合力(National Coherence)",以维护中华民族的生存和安全[②]。从保护民族生存这一中华民族最大利益高度上,强调综合多元的方法论的重要,这是雷沛鸿吸收和运用社会法学"调和"方法论上的一种创造和贡献。思维方式的社会功利化特征,是近代中华民族灾难深重的现实,在思维领域的一种折射。

关于第二个问题,综合、多元的思维方式并非折中主义,而是根据客观实际需要,在综合全面的基础上,有所侧重,甚至创造。面对中国近代教育史上,是以个人主义自发力量还是以国家集体主义力量办教育的争议,雷沛鸿持理智的态度,以一种类似辩证法中两点论中重点论的口吻说:"照我看来,均不能走极端的路。但在某种环境之下,承认它可以倾向于某一种主义。"[③]因此,根据个人主义自发力量办教育,不足以帮助人们应付近代中国多灾多难的"现代的事变",不适应环境的需要,雷沛鸿倾向于选择国家和政府的力量推行和实施教育。他认为,"需要为创造之母"。所以,雷沛鸿综合全面中有所侧重

①雷沛鸿:《劳动生产的教育意义诠释》,载《雷沛鸿文集》(续编),第451~452页。

②雷沛鸿:《国民教育简论》,载《雷沛鸿文集》上册,第160页。

③雷沛鸿:《现代中国教育思想的两个潮流》,载《雷沛鸿文集》(续编),第241页。

的思维模式,实际上是一种创造性的思维方法。故谓在对待教育的问题时,惟有创造才是思维的上策[①]。

综上所述,雷沛鸿在美国游学时,通过阅读、翻译和研究戴雪的《英宪精义》、庞德的《法学肆言》和《法学史》等世界法学名著,尤其是从庞德的后两部社会法学代表著作中吸纳、摄取了社会学、法律学、历史学、政治学、生物学,以及其他人文、社会学科的理论和方法,并以它们作为自己研究教育与社会的方法论基础。多种学科理论的构成和运用,反映了雷沛鸿观察、分析和研究问题的多维性;从而也为后人从跨学科的角度切入、理解和研究雷氏教育和社会思想,提供了客观依据。多维之中有侧重。由于社会学理论符合学术发展的潮流,又具有其他学科不具备的综合、全面、系统的优势,以及它对雷氏思想产生决定性影响等因素,社会学方法遂成为雷氏学术理论中的基础部分。所以,雷沛鸿教育与社会思想的整个理论基础或理论原型,一言以概之,就是以社会学为基础的多维视野的理论方法。

如果按这个理论原型去重新规范、解读雷氏的言论和著作,许多难题将迎刃而解,不少困惑会豁然开朗,一些结论需重新审视。如有论者看到雷沛鸿迭次强调"实事求是"的重要性,就断言其理论"已具有自觉的、完全地符合了马克思主义的特征,'实事求是'与马克思主义教育观点完全一致"[②]。理由是,马克思主义哲学是批判吸收了人类哲学思想文化精粹而成;雷沛鸿生活在马克思主义传入中国的时代,其本人又常抱兼收并蓄的主张,因而有受马克思主义影响的可能性。然而以"实事求是"而论,雷沛鸿的解释:"实事"就是科学的内容,即从实际出发;"是"就是科学的真理;"求"则是用科学的方法(如观

①雷沛鸿:《国民中学教育之目的理想及设施》,载《雷沛鸿文集》下册,第391页。

②毛殊凡:《论雷沛鸿教育理论的马克思主义哲学特征》,1991年南宁雷沛鸿教育思想学术讨论会上提交的论文。

察法、统计法）去实践[1]。观察法、实验法、统计法是社会学常用的方法，科学事实则是社会学方法调查的结果。可见，这个"实事求是"，是以社会学方法为基础的。雷沛鸿的社会学理论渊源于庞德，而后者却认为社会学"是一种实用主义的方法"[2]。由此可知，雷氏的"实事求是"是以唯心实用主义为指导思想的，这与以历史唯物主义作理论基础的马克思主义哲学，在指导思想上截然不同。因此，笼统地把雷沛鸿的"实事求是"主张，说成是与"马克思主义教育观点完全一致"，显然欠妥。

第三节　教育与政治、社会思想的确立

一、游学收获

1914 至 1921 年，雷沛鸿在美国数所大学留学工读，成为他一生中重要的转折时期。其中，又以欧柏林大学三年半本科和哈佛大学二年研究苦读生涯，对他一生影响颇大。

（一）研究近代教育启示

雷沛鸿在欧柏林、哈佛大学期间，虽以"教育为副科"，但对教育理论的钻研下过一番功夫："在教育理论的学习方面，我用了很多时间，研究近代世界成人教育运动，对英国、丹麦、苏联三国的成人教育，尤三致意焉，随之，并获得深切的启示。"[3]

其一，深感中国革命建国要成功，"必须力谋教育大众化"。通过

①雷沛鸿：《"实事求是"的再估价》，载《教育导报》1 卷 6 期，民国三十五年（1946 年）6月 1 日。

②《法学史》，第 66 页。

③雷沛鸿：《西江学院的世界文化基础》，载《雷沛鸿文集》下册，第 479 页。

研究，雷沛鸿受英国工人教育协会和丹麦教育先觉者格龙维（N. F. S. Grundtvig）倡导的成人教育运动的感召，更留心于现代国家的基础教育。认定这种教育，不分贫富、贵贱、男女老幼，人人均有享受的权利。反观中国，人民向无此种权利，殊不足以置身于现代国家之列。这些觉悟和见解，使雷沛鸿“大发宏愿，愿以有生之日，为穷而失教之劳苦大众教育事业而奋斗。此一心愿，为海外十年工读生活之结束，又为回国后二十年学问事业之开端”①。

其二，民众教育可以启发民智，救穷要与救愚相结合，救穷先救愚。由于英国工人教育协会的积极倡导，该国“广大的劳工群众自觉愚昧与贫穷实狼狈为奸，并认定先打破愚昧一难关，以开拓人生大道”。丹麦在这个问题上和英国相同，“都直向群众的愚昧挑战，不作富而后教奢望”②。又说，民众如果“不受教育，不识不知，蠢如鹿豕，如何叫他荷负开发国家资源的责任”。因此，通过教育开发民智资源，较之开发自然资源更为重要③。

其三，教育改造运动必须与社会改造运动“相辅而行”，始克有济，才能成功。雷沛鸿通过研究发现，英、丹两国成人教育运动的共同点，都是“使教育改革运动与社会改造运动相辅而行”④。1944 年 7 月，他在起草《创设西江学院建议书》时强调，教育与社会改造两者关系，“必须互相依倚，互相渗透，始免顾此失彼，而相得益彰。就本省而

①雷沛鸿：《我的自白》，载《中央日报》（南宁版），1947 年 11 月 18 日。

②雷沛鸿：《西江学院的世界文化基础》，载《教育导报》第 1 卷第 12 期，民国三十六年（1947 年）12 月 25 日。

③雷沛鸿：《墨西哥六年计划与广西六年计划》，载《日刊》第 8 号，民国二十四年（1935 年）1 月 27 日。

④雷沛鸿：《西江学院的世界文化基础》，载《教育导报》第 1 卷第 12 期，民国三十六年（1947 年）12 月 25 日。

论，近十年来，全省致力于'建设广西'，可说是社会改造之初步工程，而国民基础教育普及运动之推行，国民中学之创制，则为教育改造的具体表现"[1]。雷沛鸿整个教育思想的轴心，是教育改造和社会改造"双改造"相结合，而这一思想轴心，则源于游学美国之时[2]。

其四，教育改造要有计划。雷沛鸿在广西进行教育改造，重视教育立法和计划性，以"社会策划（Social Planning）"与"教育策划（Educational Planning）"相匹配。社会策划，相当于苏俄五年计划，在广西则为《广西建设纲领》；教育策划，体现在初等教育上是《广西普及国民基础教育六年计划大纲》；在中等教育上，则为《广西全省中等教育改造方案》；高等教育有《西江学院五年建设计划大纲》（1946—1950）。这得益于他在美国游学时，研究苏联成人教育"在各次五年计划中，教育得以相辅而行，进展很快"[3]的成功经验。这一实践表明，雷氏吸纳外国教育经验，对新兴的社会主义国家苏联的成功做法也不放过。反映他兼收并蓄的胸怀。当然，雷氏是在美国本土研究英国、丹麦、苏联的教育经验，尽管体会颇深，但终究是一种理论上的探索，不免有笼统、间接、隔靴搔痒之嫌。这些不足，有待于他来日亲临英、丹等国的实地考察加以弥补。

欧柏林大学（Oberling College）位于美国俄亥俄州，创办于1833年。该校在美国大学教育史上以鲜明特色而著称。首先，平等开放，一视同仁。该校首先允许男女学生同校同学、招收黑人学生，开美国大学教育民主、种族平等风气之先。其次，将"非以役人，乃役于人"作为

①雷沛鸿：《创设西江学院建议书》，载《广西教育研究》第7卷第1期，民国三十五年（1946年）1月1日。

②曹天忠：《略论雷沛鸿教育、社会"双改造"的现代化模式》。《教育史研究》1996年第1期。

③雷沛鸿：《方法论发凡》，载《雷沛鸿文集》下册，第62页；《西江学院的世界文化基础》，载《教育导报》第1卷第12期。

立校宗旨，注重培养社会服务人才。再次，求学与治生并行，“修学与做工”并重。亦即雷氏所谓“学问与劳动（learning and labour）”相结合的校风[①]。中国留学欧柏林大学的学生有感于该校的校旨校风，希望“勤苦力学之风”遍播于海内外，遂于1914年8月15日创设勤学会。1916年8月15日改名为欧柏林中国学生工读会，“以半工半读为助成学业之方法，以节省费用为推广留学之方法”[②]。雷氏在欧柏林大学问学三年有半，又加入欧柏林中国学生工读会；并于1916年在该会会刊《工读杂志》一卷一期发表题为《工读主义与教育普及》的论文。认为社会国家对个人、人民的普及教育有义不容辞之责；中国普及教育欠发达，是因为经济窘迫，“财政困难为之中梗故”；工读主义是“解决财政窘乏之善法”、“促进教育普及之要具”[③]。

雷沛鸿在欧柏林大学的工读生活经历，直接与他日后从事教育改造和社会改造运动的关联，至少有三点。其一，认识到经济生活水平对教育普及的客观制约。在中国这样的穷国办教育，“只有作穷的打算”[④]；在广西这样中国最穷的省份办教育，更是要穷打算，不能“因袭过去老方法”[⑤]，须结合广西的实际加以变通和创造。其二，深感“工读、勤工俭学的重要”[⑥]。1934年，雷沛鸿就任广西普及国民基础教育

①《留美中国学生工读会简章》，载《东方杂志》第14卷第4号，1917年4月；雷宾南：《大众教育的一个呼吁》，载《教育与民众》第2卷第4期，民国十九年（1930年）12月。

②《留美中国学生工读会简章》，载《东方杂志》第14卷第4号，1917年4月。

③雷宾南：《大众教育的一个呼吁》，载《教育与民众》第2卷第4期，民国十九年（1930年）12月。

④雷沛鸿《西江学院的世界文化基础》，载《教育导报》第1卷第12期，民国三十六年（1947年）12月25日。

⑤雷沛鸿：《办理国民基础教育的三个要素》，载《雷沛鸿文集》下册，第176页。

⑥雷沛鸿：《西江学院的世界文化基础》，载《教育导报》第1卷第12期，民国三十六年（1947年）12月25日。

研究院院长时，为了让来自广东、贵州和越南计划外的穷学生能入院读书，几经考虑，最后"用工读生的办法"，把他们安顿下来，不使辍学[①]。其三，注意学问与劳动结合。雷氏后来反复强调，无论哪一个层次的国民教育，"决不贱视劳动，相反地，我们要尊重劳动，而且更进一步，要实践劳动与学问合一的理论"[②]。这些见解的提出，欧柏林大学学问与劳动合作的校风校训，当是其中一个重要源泉。

哈佛修业影响。哈佛大学研究院短短的两年研究生生涯，在雷沛鸿一生的教育事业中，打下了深深的烙印，产生了久远的影响。这些影响包括：翻译法学名著，接受庞德的社会法学理论；借哈佛同学林毕的机缘，得以熟知纽约市政治研究所的组织与功能，重视学术制度建立，于1933年在南宁创设广西普及国民基础教育研究院[③]；推崇并征引哈佛大学教授的学术观点，以增强论点的权威性，或加以吸纳，作为构建自己理论的思想养料；创设西江学院，借鉴哈佛大学的教育制度和学府生活。

哈佛大学是世界一流学府，大师辈出，素执世界学术牛耳。雷沛鸿以研究生资格亲炙诸大师的学问，自是非常幸运、优越。他多次引用在哈佛大学任过教或讲过学的名家的学术观点。戴雪(A. V. Dicey)、门禄(W. B. Monro)、卢儿(A. L. Lowell)、怀特海(A. N. Whitehead)、拉斯基(Harold. J. Laski)、何尔康(A. N. Holcombe)、卡发等政治、教育、经济学名家的学术观点，均为雷沛鸿引用或阐述过。其中，后三者为他在哈佛留学时的业师。何尔康为哈佛大学政治学教授，曾到过清华大学讲学[④]；实地考察过中国的国民革命，著有《中国革命——一个世界强

①李振翻:《雷院长的风格》,载《雷沛鸿纪念文集》,第188~189页。

②雷沛鸿:《国民中学创制集·序》,广西教育研究所民国三十五年(1946年)9月印行。

③雷坚编著:《雷沛鸿传》,广西教育出版社,1997年版,第21~22页。

④黄延复、马相武:《梅贻琦与清华大学》,山西教育出版社,1995年10月第1版,第308页。

国的再生之片面》(*The Chinese Revolution: A Phase in the Regeneration of A World Power*)一书。作者在书中研究古代中国政治,提出一重要观点,称古代中国为"士人帝国"(The Scholar Empire)(本人在新教育与新秩序一演讲中亦以此名中国——原注)和"世界帝国"(World State)[①]。雷沛鸿在1934年所作的《新教育与新秩序》演讲中,对何尔康的中国是"世界帝国"的观点加以引申,说:"试以政治学的国家论,一加研究,则中国的国家形式,四千余年,实是一个世界的帝国(World State)。"新教育,即国民基础教育;新秩序,包括新政治秩序,新经济秩序和新文化秩序等。就新教育与新政治秩序建设的关系论,中国新政治建设目标,只有借助新教育,中国古代的"世界的帝国始能进步为民族的国家"[②]。卡发为雷沛鸿在哈佛研究院时的农村经济学教授,他对合作经济制度推行的难点,有敏锐把握。雷沛鸿曾这样引证其观点:"曾记我师哈佛大学农村经济学教授卡发先生云,合作制度推行并不难,惟生产合作不易办;尤其是农村社会中的农夫,要他们办生产合作实在难乎其难。因为农业是倾向于个人主义的经营。"[③]这一看法,可谓一针见血。雷沛鸿对其师的话有切身感受,引起共鸣;同时,这也证明雷沛鸿在哈佛确实受过经济学的训练。

西江学院的创设,在制度上与哈佛大学大有渊源。雷沛鸿创设国民基础教育、国民中学和国民大学,重组中国学制,建构了民族教育体系。其中,国民大学是高等教育部分,是居于民族教育体系顶端必不可少的环节。作为国民大学试验园地的西江学院,与哈佛大学甚有瓜葛。雷沛鸿在谈到西江学院与哈佛关系时说,该院的教育理想,即

①雷沛鸿:《孙总理逝世纪念与植树节的教育意义》,载《日刊》第389号,民国二十五年(1936年)9月12日。

②《新教育与新秩序》,载《雷沛鸿文集》下册,第50、52页。

③《水利事业与养鱼合作问题》,载《日刊》第44号,民国二十四年(1935年)3月19日。

"孕育"、复"营养于"他在哈佛大学加工研究的收获和启示[①]。1946年,雷沛鸿在对西江学院新生作入学训词中说:"本院将以文理科大学教育为中心与基础,有如哈佛学院为哈佛大学的中心与基础。"[②]文理科教育,在哈佛又称为博通教育(General Education),或译为自由教育(Liberal Education),主张大学生不仅应有专门知识,还应接受通才教育。这种教育并非为专门学科知识的准备而设,而应该渗透于整个大学的课程之中。它要求"大学四年的课程,至少要有三分之一的分量是属于普通教育的。每一个学生对于人文科学、自然科学、社会科学三种,都应融会贯通"。其目标,是要"在共同的文化中培养具有共通理想的公民"[③]。雷沛鸿认为:"大学教育的功能之一是研究高深学术;但学问不可以侥幸成功,高深学术的研究,须要博通教育(Liberal Education)的文理科教育为基础。文理科学大学教育之'文理'不可分割……文理教育融会贯通,而成为渊源透彻的学问,以应用于人生。此番,我们在国民大学教育的初步试验中,用'射人先射马,擒贼先擒王'的方法,先着手于'学院'的组织,即欲以文理科教育为大学教育的基础与中心,由西江学院而徐图构成森罗万象、兼容并包的西江大学。"[④]西江学院的文理科教育,即哈佛学院的博通教育或自由教育;西江学院的远景目标为哈佛大学。可见,西江学院的教育理想和办学

①雷沛鸿:《西江学院的世界文化基础》,载《教育导报》第1卷第12期,民国三十六年(1947年)12月25日。

②雷沛鸿:《西江学院学则的开宗明义》,载《教育导报》第1卷第3期,民国三十五年(1946年)3月15日。

③《美国哈佛大学:〈自由社会中的普通教育〉》,载《教育通讯》(重庆),1946年第7卷第9期。

④雷沛鸿:《西江学院是什么》,载《教育导报》第1卷第7期,民国三十五年(1946年)7月1日。

方向，均借鉴于哈佛大学。当然，西江学院并非一味盲目抄袭、模仿哈佛大学，而是根据中国实际、广西省情加以变通。西江学院的教育层次和结构，为大学教育、专科教育和预科教育。开设后两种教育，结合中国抗战和广西教育水平的实际，使中等教育与高等教育更好衔接起来，以适应现实需要。

西江学院的学府生活源于哈佛。雷沛鸿说："哈佛大学在最初创办的时候，所有教师学生和经费都很少，并且它的生活在创办人的心目中是一种学府生活，就是他们所说的 Collegiate Way of Life。"①这种学府生活不单指物质设备，更是一种精神生活。西江学院创办于战火纷飞的 1945 年，设备简陋，人称"茅棚大学"②。因此，雷沛鸿特别重视该院的学风、生活等建设。1946 年 1 月 17 日，他在《教育导报》创刊号上发表文章，要求西江学院的学生对学府生活要"热烈地参加，或勤学，或深思，或商量旧籍，或研究新知，或发诸言论，或见诸行动"③。西江学院学府生活内容丰富多彩，直接与哈佛相关者有两端。一为精神重于物质。雷沛鸿说，哈佛大学"Owen College 的校长（President King——原注）对我说过'Simple living high thinking'简陋的生活，高尚的思想"④。二为活用哈佛学分制。学分制首倡于哈佛大学，传入中

①雷沛鸿：《广西中等教育的评价》，载《雷沛鸿文集》上册，第 182 页。

②岑崇业：《"茅棚大学"》，载《雷沛鸿纪念文集》，第 208 页。

③雷沛鸿：《学府生活的报道——代发刊词》，载《教育导报》第 1 卷第 1 号，民国三十五（1946 年）1 月 25 日。

④雷沛鸿：《广西中等教育的评价》，载《广西教育研究通讯》第 2 卷第 3、4 期合刊，民国二十九年（1940 年）4 月 6 日。这句英国浪漫主义诗人华兹华斯（Words Worth）的名言似乎在 20 世纪 20 年代初哈佛校园里十分流行。吴宓在 1920 年 3 月 4 日的日记中亦谓"Plain living high thinking"。吴宓著、吴学昭整理：《吴宓日记》（第二册），第 135 页，北京生活·读书·新知三联书店，1999 年版。

国后，雷沛鸿以为变了质，有两大流弊：一方面“养成学生的偷惰”；另一方面，教育行政当局以学年制强行约束，主科三科，非主要科若干科不及格者留级。雷沛鸿认为，这种惩罚性做法不合现代进步教育要求，主张打破陈规，“活用学分制，辅以学年制”。其最大的用意是“适应个性差异，使每个人的学问造诣，受着指导，而按部就班地学习”；“实事求是，指导每个人的向上进展”；“不及格学科继续补修，不影响学年制”①。

哈佛大学对雷沛鸿教育思想的影响，还可以从他1936年重返美国，参加母校300周年校庆所受启发，获得新知反映出来。重估森林的文化生态价值即为一例。最先注意到雷沛鸿教育思想中有文化生态意义的是高增德②。这里要补充的是，雷沛鸿文化生态思想植根于哈佛。1936年以前，雷沛鸿估价森林的价值，主要基于经济学上的考虑。1938年后，则从文化生态的角度。当其重返哈佛时，看到剑桥市等地嶙峋山石的隙缝之间，无不遍种树木，景色优美，惊叹不已。于是“返哈佛大学图书馆及自然历史博物馆，检阅各种有关书籍及图案”。在其中，“发觉一个重大要旨，这就是，森林价值的重发现和重估价”③。

二、教育与政治、社会思想关系溯源

(一)教育与政治：雷沛鸿与法国大革命研究、拉斯基和蒲徕士

按照雷沛鸿原意，出国求知本非学习政治学和教育学，而是化学。促使他改变初衷，客观上固然与第一次世界大战爆发，在英国无

①雷沛鸿：《对自己的学问与行动负责》，载《教育导报》第1卷第2期，民国三十五年(1946年)2月25日。

②广西雷沛鸿教育思想研究会编：《雷沛鸿教育思想研究文集》(一)，第353～354页。

③雷沛鸿：《广西地方文化的研究一得》，载《雷沛鸿文集》下册，第581页。

法久居有关；主观上则与他研究法国大革命史，认识到教育在政治中所起的重要作用分不开。经他考究，法国大革命几经反复，最后胜利的原因，在于极力“谋使政教分离”，教育“从教会束缚中解放，使归国家管理”；并认为法国教育有三大原则：“（甲）法兰西教育世俗化（即现代化——原注），（乙）以政府的力量强迫教育，（丙）教育免费。”①所以，雷沛鸿认定法国革命最后胜利的原因，“与其说一味靠武力革命，一次又一次地屠杀流血而成功，毋宁说法国人民借教育的改革运用，乃能树立共和国的深厚基础”。这一结论，与他当初在国内听到的主张恰恰相反，因而强调“这真值得我们深思”②。雷沛鸿对法国大革命最后成功的真正原因的分析，未必全对，但引起他对教育在革命中所起作用的重视。这一收获，是他一生中的重要转折。从此，他开始有系统地从理论上探究教育与政治的关系。这大约是他在美国游学时，确定“以政治学为主系，教育学为副系”的契机。因此，雷沛鸿游学时专业方向的确定，并非仅仅出于学科专业知识的考虑，实乃其政治道路的重新抉择：由原来以武力为工具的政治革命，转变为以教育为手段的政治革命③。看来，那种认为雷沛鸿这次选择，是从“政治斗争转向立志献身教育”，放弃政治的说法并不贴切。

雷沛鸿在美时对法国大革命史的研究，以及对教育与政治革命关系的关注，对他后来教育理念的形成，也有相当影响。这常为研究者所忽略。1935 年 7 月，雷沛鸿在谈到国民基础教育与法国大革命的关系时说：“过去国民基础教育有相当进展，可是我们也同样地需要

①雷沛鸿：《抗战建国历程的中国教育》，载《广西乡贤文选》第 1 辑，民国三十六年（1947年）9 月第 1 版。

②雷沛鸿：《西江学院的世界文化基础》，载《教育导报》第 1 卷第 12 期，民国三十六年（1947年）12 月 25 日。

③李彦福等编：《广西教育史料》，广西人民出版社，1990 年版，第 281 ~ 282 页。

法国的教育三大政策。”[①] 1937年2月，雷沛鸿对自己的教育理念作了如下的概括：“教育是人民的权利，而非人民的义务，强迫而又免费的实施是政府的义务，而非政府的权利。惟其如是，我们的教育具有三个特性：其一，是生长性（Everlasting）；其二，是普遍性（Universality）；其三，是现代性（Worldliness）。”[②]这段话有较强的概括性和理论性，乍看颇为费解，若联系雷沛鸿在美国游学经历进行阐释，可知这一教育三个特性说，实是法国教育三大政策与中国实际相结合的另一种创造性表述。

生长性，涉及到教育的管理权和所有权问题。法国教育三大政策中的强迫教育，是政治与宗教分离，教育权由僧侣手中转为民族国家所有，用政府力量实施强迫教育。中国教育向来是家庭所有的个人教育，没有像法国那样强大的宗教垄断，故教育权之争表现为个人与民族国家之争。个人所有的教育有一明显不足，即人一死教育就停止；而民族国家掌握的教育则可以世代相传，长生不死。因此，时人说，雷沛鸿教育改造的主要目的之一，是把过去以“个人或家庭为中心”的“家庭教育体系（Family Educational System——原注）”改造、发展为以“整个民族为中心”的“民族教育体系（National Education System——原注）”[③]。这是民族教育体系建构的理论根源之一，也是教育管理近代化的表现。

普遍性，即教育的免费、普及和平民化。这个特性既受法国大革命后教育政策的影响，又有美国本土“教育是每个人生下来就有的权

①《人才问题与经费问题》，载《日刊》第157～158号，民国二十四年（1935年）7月。

②雷宾南：《广西国民基础教育运动的时代使命》，载《中华教育界》第24卷第8期，民国二十六年（1937年）2月1日。

③不兴：《民族教育》，载《日刊》第152号，民国二十四年（1935年）7月4日。

利”的特色文化的作用[①]。雷沛鸿在这两者基础上，提出了教育乃天赋之最基本人权的观点。天赋人权，“在18世纪所要求者为生命权、自由权及幸福(权)的追求。现在我们更承认人类除此三者之外，还有享受教育的权利。这是新人(权)的理论……我们承认人有教育权，而且承认教育为做人最基本的权利”。广西国民基础教育在对象上不论男女老少，不分穷富贵贱，“有教无类”、“一视同仁”，在很大程度上是本此而来[②]。

现代性，即法国教育政策中的“世俗性”(Secularity)。原指教育脱离宗教束缚，从天堂回到人间，获得解放。中国教育虽向未与宗教发生密切联系，但有复古的特点，“一味钻研古典，穷年矻矻”。因此，现代性，表现为由厚古薄今到厚今薄古的转变，“与时代并进而具有现代化的精神”[③]。在这个意义上，现代性即反映为社会现实需要的时代性。这与前述教育的社会学理论指导是一致的。总之，由法国大革命三大教育政策而来的教育生长、普遍和现代三个特性，既反映游学美国对雷沛鸿教育理念的深刻影响，又说明他的教育理念和教育的特性，结合中国历史文化和国情实际的变通和创新。

1919年雷沛鸿进入哈佛大学研究院，受业于该校年轻的政治学教授、英国人拉斯基(又译作赖士基)(Harold J. Laski)，服膺其师的政治理念。此后，即使拉氏的政治思想不断变化，雷氏仍矢志追踪。他在其言论中多次提到拉斯基及其著作[④]。这表明拉氏对雷沛鸿的政治思

①雷沛鸿:《以地方文化为教》,载《教育导报》第1卷第3期,民国三十五年(1946年)3月15日。

②雷沛鸿:《国民基础教育的产生》,载《国民基础教育丛讯》第2期,民国二十四年(1935年)3月15日。

③雷宾南:《广西国民基础教育运动的时代使命》,载《中华教育界》第24卷第8期,民国二十六年(1937年)2月1日。

④参见《雷沛鸿文集》上册,第99、133~134页;《雷沛鸿文集》下册,第129页。

想有重要影响。然而，研究者对此并没有多少留意，迄今为止没有任何研究。稽考拉斯基原著和后人对其学说研究的成果，对读雷沛鸿的论著，二者在政治理论上的源流关系，可作如下钩沉。

在政治道路上，拉斯基主张“零星改良”，不要革命。认为革命家的持论，“不特不达目的，反以障碍之”[1]。雷沛鸿对中国政治上由旧社会向自由社会的进化，持一种“有秩序的变”的思想。认为中国现代的革命，“刻意苛求机械的组织权力”；或者“一味施用暴力革命”，其结果都“阻碍”或不可能让自由社会产生[2]。这种不主张国家、政党组织权力过强的观点，与拉氏在早期时坚持的多元主义国家论，极力否认国家至高无上的权力，认为那易导致专制结果的观点十分相似。

在自由的限度与概念界说上，拉斯基早年为反对国家极权，为个人争自由，曾主张自由是一种“无束缚之状态”，不受任何限制。后来他自己修正了这一看法，承认自由必定是一种限制。因为个人自由与公共规则互相制约，互相存在，“无公共规则，则无相互生存，无相互生存，则无自由，乃历史之明训也”[3]。因此，有人十分恰当地称拉氏的个人主义是一种“民主的个人主义”[4]。雷沛鸿也一向主张，学术应有研究自由，但自由并非随心所欲，“必须有限制”[5]。对那种放任的“自私的无责任心的个人自由主义”，明确表示为己所不取[6]。雷沛鸿认同

①[英]拉斯基著、张士林译:《政治典范・拉氏学说概要》,第31页,商务印书馆,民国二十六年(1937年)版。

②雷沛鸿:《科学发明的社会条件》,载《教育导报》第1卷第6期,民国三十五年(1946年)6月1日版。

③《政治典范》卷下,六,第84页。

④《政治典范・拉氏学说概要》,第30页。

⑤《日刊》第161号,民国二十四年(1935年)7月13日。

⑥雷沛鸿:《向地方文化的缺点挑战》,载《教育导报》第1卷第2期,民国三十五年(1946年)3月15日。

拉斯基对自由主义所下的定义。他说，“自由主义，依吾师英国政治学者拉士奇教授（Prof. Harold. J. Laski）所解释，是一种社会态度，依之，人们对于一切行为与制度，均以理性为准则，去批判或试验其当否及适用与否”①。所谓理性，雷氏在《发扬理性的批判精神》一文中，作了非常具体的阐发，“这就是说，我们批判别人或团体，须从理性出发，不蔽于感情、意气，而流于无建设的谩骂、诬蔑、攻忤。我们对于别人的容忍、或接受别人的批判，也须以理性为权衡，并非一味逆来顺受，盲目服从”②。据此，可以肯定，在自由的限度和自由主义的界说上，雷氏的观点是师从于拉斯基并有所发挥。

关于平等，拉斯基作如下释义：“平等之义之至显者有画一齐等之意。意谓人各有其社会地位，甲之地位，不应驾乙而上，使乙之公民地位消灭。”反之，不平等“即少数人把持政权之局，独任少数人之意思，应当尊重，独许以自由，其他人则蹂躏之耳”。怎样才能实现平等？拉斯基继续论道：欲求平等的实现，“第一事在袪除特别权利”；“第二事在令人人有适宜机会”③。对于民主，拉斯基简要地说，就是全体公民都“应平等参政”④。拉斯基是从政治学角度给平等与民主下定义的。雷沛鸿也说，民主，“从人类在政治上所得经验说，‘人人有均等机会，无人有特殊权益’”⑤。雷氏对民主的界定虽然简洁，但也是从政治立论，基本上将拉氏的民主与平等的含义概括进去，二者一脉相承的关系也显而易见。

①雷沛鸿：《学习蔡先生的“学”与“教”》，载《文化杂志》第2卷第1号，民国三十一年（1942年）3月25日。

②《教育导报》第1卷第6期，民国三十五年（1946年）6月1日。

③《政治典范》卷上，二，第90～91页。

④《政治典范》卷上，第18页。

⑤雷沛鸿：《自由与民主》，载《教育导报》第1卷第1期，民国三十五年（1946年）1月25日。

在教育与政治关系上，拉斯基非常强调公民受教育与教育的平等在民主政治中的作用。拉氏有一名言，教育“为自由之基石”[①]。公民天职在于，“各人本其理智之判断，以贡献于国家公善”。因为“公民有应受教育之权力，使其智识充分发展，然后能尽公民之责任……居近世国家中，其至显之鸿沟，无过于甲方为有知识之人，乙方为无知识之人，希腊之智士安梯内氏曰，世事之第一重要者，当推教育，岂独希腊，今世为尤甚，号为人类而缺乏教育常识，非为奴隶不止矣”[②]。拉氏还进一步揭示了知识平等与政治平等的密切关系，指出：知识平等是前提，先有知识平等才可言政治平等。“必国民之知识财产约略平等，然后可语夫政治生计上之自由平等，非然者，虽有美制，徒成具文，明乎此义，则治国之惟一方针，厥在国民地位之抬高”[③]。如前述，雷氏吸收知识，非常注意把主、副修专业结合起来学习。拉氏之以知识平等填平政治上不平等的思想，对雷氏的影响十分明显。所以，后者也同样主张，以教育平等求政治平等，“先求教育平等，则法律的平等，当可以徐图实现”[④]。

从上可知，拉斯基与雷沛鸿师生之间在政治思想上，包括政治道路、自由民主平等观念，以及教育平等与政治平等的关系上，确实存在着一种师承关系。当然，这不是说雷氏对其师政治学说照单收取，而是有保留地采纳；并且，在不同历史时期，影响是不同的。如拉氏特别强调个人主义、个人自由在社会中的崇高地位。雷氏则主张加以限

①[英]拉斯基著、何子恒译：《现代国家自由论》第1章引言，商务印书馆民国二十一年(1932年)12月初版。

②《政治典范·拉氏学说概要》，第11~12页。

③《政治典范·拉氏学说概要》，第11~12页。

④雷宾南：《民主社会中的中等教育》，载《宣化学园》第4期，民国三十六年(1947年)4月20日。

制，国家民族的自由胜于个人自由。这是三四十年代民族危机逼迫的结果。此外，拉氏思想对雷氏的影响，主要体现在40年代中期抗战胜利之后，这点也是应该指出的。

如果说，拉斯基对雷氏政治上的影响，主要体现在宏观方面的政治理论上，那么，另一位英国政治学家蒲徕士对雷氏思想的影响，则另有特点。主要体现在微观的具体操作层面上。这在教育如何促进民主政治理论上尤为突出。

蒲徕士（James Bryce），英国著名政治家，与戴雪相善，为生死之交。两人曾于1870年结伴游历美国[①]。著有《美国平民国家》（*The American Common Wealth*）、《现代民主政治》（*Modern Democry*）等书。雷氏对他甚为推崇，在言论中颇多赞引[②]。但引用最多、影响最大者，当推作于1920年的《现代民主政治》一书。该书一特点，即对各层次教育如何促进民主政治的理论，论述甚详。雷氏与其思想之关系大抵如下。

在教育与民主政治作用关系上，蒲氏强调教育对民主政治的直接作用。在《现代民主政治》第一编第八章，特辟民治与教育专章，对此详细申论。他从教育与民主政治的关系演变着手，认为从前"选民应该先有教育，然后，才能运用选权"的格言，今已被"人民有了教育，就能执行公权"的观念所代替。即教育对民主政治之功能已由原来间接作用变为直接参与之作用。现代民主政治中，一方面"有了选举权，人民就有正当执行那选举权的'能力'"；更进一步说，民主国家的人民"如果教育得越好，他们的政府越会好"[③]。蒲氏这种在现代民主国

①《英宪精义》，第711～712页，商务印书馆，大学丛书版。

②《雷沛鸿文集》上册，第264、428页。

③[英]蒲徕士著，梅祖芬译，张慰慈校：《现代民治政体》（*Modern Democracies*），第一编，商务印书馆，1923年6月版，第97页。

家中，教育对民主政治作用越来越直接，教育程度与民主程度成正比的思想，体现在雷氏思想中，就是“一个国家有大多数民众都是文盲，都是‘不识不知，顺帝之则’，这个国家便不配做现代国家——事实上它也做不了”。不幸的是，中国恰巧就是这样一个文盲众多的非现代国家。因此，1933 年雷沛鸿特在广西创立国民基础教育制度，以尽快地、“普遍地扫除文盲”[①]。40 年代，雷沛鸿在谈到教育与政治的关系时，又强调：“民主政治的道理，用一句话语来说，只是取得被统治者——人民——的同意；不给民众以教育的机会，不采取教育的态度方法，去唤起人民对于政治的注意，从而诉诸人民的公共意志，政治民主化就不会有光明的前途。”[②]

在中等教育与民主政治关系上，蒲氏更进一步提出，一国公民不仅要进行文字教育，而且要进行政治教育。一种民治制度如果只养成“人民识字的能力”，而不养成他们的“思想及判断”，那么，这种制度“万不能因人民有识字的能力，而发生好的结果”[③]。在铸造良善国民方法上，蒲氏又说，“‘公共心’和‘诚实’比较‘知识’还要紧要一点”。这种主张被雷沛鸿在他 1936 年创制的广西国民中学制度中直接加以援引和发挥。提出：“公民训练的核心不是初等教育中扫除文盲，而是在中等教育中，如何进一步实施政治教育。”同时又引蒲徕士的话继续发挥，“至于文盲扫除一问题无论如何迫切，但比之认识时代、明白自己、公而忘私、国而忘家等等要求，尚属次要。为着证实其见解，蒲徕士乃引古代希腊的雅典及斯巴达所有成就，以与现代欧美国家

①雷宾南：《广西国民基础教育运动的时代使命》，载《中华教育界》第 24 卷第 8 期；《雷沛鸿文集》下册，第 101 ~ 102 页。

②雷沛鸿：《参加国民参政会的经验谈》，载《教育导报》，第 1 卷第 5 期，民国三十五年(1946 年)5 月 1 日。

③《现代民治政体》，第 101 页。

所有成就相比较，于是“优劣方见，低昂自判”[1]。

在大学教育与民主政治关系上，蒲氏认为大学教育对民主政治的贡献，集中体现在为培养政治精英所需要的能力和条件上。具体来说：其一，能够为将来可以做领袖的人培养一种有判断和创造性的能力。这种能力“可以使人辨别‘真正的’现象和‘偶然的’现象，并可以使人能作‘主义’的主人翁，不作‘主义’的奴隶”。其二，又能使准备做领袖的人“明了过去的事迹，取得历史的眼光，对于现在的事实都存在一种未来的观察”[2]。明乎此，对雷沛鸿在1946年3月召开的国民参政会上的提案：《如何进行和平建国》中的一段关于高等教育与政治家培养关系的话的来源，可试作索解。提案第四项要求“全国各级教育，尤其大学中之政治教育，宜在教室、膳堂、礼堂、运动场、实验室以至集体生活，设法培养政治家之风度，及新公民之实践道德”[3]。雷沛鸿这一关于大学教育与政治家培养关系的论述，与蒲徕士的大学要创造政治家的能力和条件的观点，不无相通之处。

（二）教育与社会：雷沛鸿与杜威

1914—1921年雷沛鸿在美国游学时，正是约翰·杜威（John Dewey，1859—1952年）实用主义教育学说如日中天之际。因此，学术界对杜威学说与雷沛鸿教育思想有无关系，一般持肯定看法[4]，但对雷、杜二人关系如何，要么无具体说明，要么仅做背景下的猜测和逻

①雷沛鸿：《国民中学教育之目的理想及设施》，载《雷沛鸿文集》下册，第385页。

②《现代民治政体》，第107页。

③雷沛鸿：《参加国民参政会的经验谈》，载《教育导报》，第1卷第5期，民国三十五年（1946年）5月1日。

④韦善美、程刚：《雷沛鸿教育思想研究》，辽宁教育出版社，1994年版，第75～76页；钱宗范主编、韦善美审订：《雷沛鸿的生平和事业》，广西教育出版社，1998年3月，第37～38页。

辑上的推理,很少以具体材料佐证。至于杜威学说对雷沛鸿教育思想究竟有多大影响,后者在思想上对前者有何继承、阐扬则语焉不详。要扩展和深化雷沛鸿思想研究,须对雷、杜这种思想上的内在"隐性"关系,加以揭示和彰显。

1915年,雷沛鸿在杜威长期执教的哥伦比亚大学夜班就读[①]。其时陶行知亦在哥伦比亚大学随杜威攻读博士学位。故陶门弟子说,雷沛鸿是"陶行知的留美同学,二人曾就学于杜威"[②]。雷的学生叶蕴贞也说:"雷沛鸿先生的民众教育思想跟陶行知先生的社会教育思想最为契合相同。他们同是留美接受杜威教育思想的中国教育界先知先觉者。"[③]因系间接材料,未敢遽断雷沛鸿是杜威的嫡传,但不排除雷沛鸿在哥大听过杜威演讲的可能性。雷氏留美期间,至少在1917年开始关注和研究杜氏的学说则无疑。他曾引杜威的名言:"人间智慧的进步可由两条路。其一是要将旧有园地加以整理,这是智慧在数量上之增加;其二要于旧有园地以外别辟新领域,人类在此际所要求的不是数量的增加,却是性质的彻底变易。"这一段哲理性的话,出自美国名记者立民(Walter Lipmann)在1917年4月14日出版、纽约最负盛名的《新民国》杂志上发表的"*A Clue*"一文中[④]。1929年,雷沛鸿在论述教育与社会关系时,特引杜威于1916年出版的英文原著《民主主义与教育》(*Democracy and Education*)一书中的一段话为证:"大凡

①雷坚编著:《雷沛鸿传》,广西教育出版社,1997年版,第301页。

②刘季平、吴瀚、谢永、张立克口述,曾经华记录整理:《生活教育在广西》,中国人民政治协商会议桂林市委员会文史资料研究会发行,《桂林文史资料》第12辑,1987年发行,第148页。

③叶蕴贞:《残梦缀珠——深切怀念恩师雷院长宾南先生》,高敏贵主编:《雷沛鸿纪念文集》(二),南宁市源流印刷厂,1999年印刷,第86页。

④韦善美、马清和主编:《雷沛鸿文集》上册,广西教育出版社1989年版,第221页。

在任一时代中一种教育运动，大抵具有社会的关系。这就是说，因为人们不满意于现行社会秩序，于是有各种改造的新尝试，而改造社会的一种教育新学理往往也可以应运而生，复由是，教育史的一个重要时代每在此时开端”（着重号为原文所有）[①]。雷沛鸿研究杜威教育思想及收获，早在1948年12月就有人说，他“对美国著名哲学家、教育家约翰·杜威博士的社会教育学说研究极有心得”[②]。

雷沛鸿与杜威在教育思想上的内在关系，大体可从如下四方面揭示出来。

在教育本质上，杜威主张“教育即生活”，“教育是儿童现在生活的过程而不是生活的预备”。就教育的理论基础论，杜威强调“过程的概念、自然的连续性”，则受惠于达尔文的进化论[③]。雷沛鸿认为，教育来自生物的生活，尤其是它们“所有群居的生活”[④]。显然，认同杜威的“教育即生活”说法，及其教育不是一种将来生活的准备，而是现实生活反映的观点：“倘使只有准备，教育历程不能与社会历程同其进展，准备介绍未成熟分子入成人社会之后便中止教育历程了”[⑤]。但他并不以此为满足，而是顺着杜威的思路，运用生物学中“群居生活互相感应”的本能原理，重新探究教育起源。

关于教育的起源，雷沛鸿认为，“不说自生活来，而必须说自群居生活来。换言之，有群居生活，才有教育。因为在群居生活之中，才能互相影响，互相感应，互相作用，互相帮助”[⑥]。雷沛鸿重新论证教育的

---

①雷宾南：《祝成人教育世界大会》，载《教育杂志》第21卷第8期。

②关山：《教育改造运动与西院（西江学院）》，载《广西日报》，民国三十七年（1948年）12月14日。

③[美]简·杜威著，单中惠编译：《杜威传》，安徽教育出版社1987年版，第4、181页。

④雷沛鸿：《什么是国民基础教育》，载《雷沛鸿文集》下册，第104页。

⑤雷沛鸿：《什么是国民基础教育》，载《雷沛鸿文集》下册，第115页。

⑥雷沛鸿：《什么是国民基础教育》，载《雷沛鸿文集》下册，第106页。

起源，目的在于，批评当时教育界在谈杜威的“教育即生活”和陶行知的“生活即教育”观点时，片面强调教育来自个体生活，结果使生活教育成为一种“工于自为”、“为个人打算”的个人主义教育，强调集体主义教育[①]。在教育本质上，雷沛鸿在杜威“教育即生活”基础上，主张“教育即群居生活”，教育不是为私而是为公，把杜威的生活教育思想向前推进了一步。这与杜威早期“把个性的发展看作是社会组织的惟一目的”的思想，大不相同[②]。在运用生物学理论方面，张栗原批评杜威主张纯生物的消极环境适应说“仅仅改变自身的机体的组织去适应外界的自然”，是一种“消极的适应”。相反，人类对环境的适应方式“不是改变个体以适应环境，而是改变环境以适应他的生活要求”。这是一种“积极的适应”[③]。教育的任务，就是要发展受教者这种“适应的积极性”。雷沛鸿也持此种观点。他不仅主张教育积极适应环境，而且强调要改造环境、改造社会。说：“我们对教育功能之认识，主要把教育看作是对生活的改造，尤其是对群居生活的改造，这种改造是要为个人对环境、对团体的调整、调整、再调整，这就是教育的功能。”[④]这说明雷沛鸿在运用生物学理论解释教育功能时，与杜威也有相异之处。

在教育过程和目的上，杜威主张“教育即生长”，认为“生活就是发展，而不断发展、不断成长就是生活”。就是说，“教育过程在它本身以外无目的，它就是它自己的目的”；“教育过程是一个不断改组，不

①雷沛鸿：《什么是国民基础教育》，载《雷沛鸿文集》下册，第105页。梁漱溟也认为，杜威的“教育即生活”，是“指个体生命而言”。中国文化书院学术委员会编：《梁漱溟全集》，第7卷，山东人民出版社，1993年版，第687页。

②《杜威传》，第189页。

③张栗原：《教育之生物学的基础》，载《中华教育界》，第24卷第12期。

④《日刊》第372号。

断改造和不断转化的过程”[①]。前者是指教育的目的,后者是说教育的过程。雷沛鸿对杜威这一思想加以吸收,并运用历史学、社会学等学科知识进行深化和发展。从历史学角度考察教育,教育有两个意义。第一,“教育是生活历程”。人类发生相互感应或调整作用的生活历程都是教育。第二,“教育是社会历程”。即说教育是引进未成熟分子加入社会而为成员,而负起社会责任的一种历程[②]。因为人类社会如果没有将未成熟分子的培养、介绍及参与成人社会,他便“不能继续生存”。这与杜威下面说法几如一辙:“如果即将离开团体生活的社会成员,不把理想、希望、期待、标准和意见传给才进入这个团体的成员,社会生活就不能存在下去”[③]。因此,雷沛鸿的教育是生活历程和社会历程说,是杜威“教育即生长”思想的动态表述。

在教育是社会生活的前提下,雷沛鸿进一步提出教育特性问题:一是“生长性”;二是“普遍性”。前者源于杜威不言而喻,后者是雷沛鸿从历史学角度,对杜威“教育即生长”说的发挥。首先,雷沛鸿援引杜威“教育是社会经验不断的改造”名言,进而逻辑地认为:这种经验不是个人经验而是社会及“社会前身的经验”的不断改造,亦即历代积累下来的集体经验的改造。在这个意义上说教育具有普遍性。其次,教育是生活的历程。这种生活“不是个人的生活,或各个个人的生活,乃是大家的生活,‘互相依倚(Interdependent)的生活’,而不是‘非独立(Dependent)的生活’”。教育为生活而办,所以教育具有普遍性[④]。杜威之所以提出“教育即生长”观点,并将他的教育思想概括成“经验的继续,不断的改造的思想”,是因为要与“把教育作为遥远

①赵祥麟、王承绪编译:《杜威教育论著选》,华东师范大学出版社,1981年版,第154页。

②雷沛鸿:《什么是国民基础教育》,载《雷沛鸿文集》下册,第110~111页。

③《杜威教育论著选》,华东师范大学出版社,1981年版,第144页。

④雷沛鸿:《什么是国民基础教育》,载《雷沛鸿文集》下册,第114~115页。

将来的预备，作为潜在能力的展开，作为外部的塑造工作和作为过去的复演等观点区别开来”[①]。

1945年，林砺儒具体指出，杜威提出教育无目的论，是为了对当时流行的教育学说，如斯宾塞的生活准备说（Education as Preparation）、福禄贝尔的显现启发说(Education as Unfolding)，以及教育外铄目的说等进行批判。要分析杜威以“教育即生长”对这几种教育说的批判，必须理解“教育即生长”的这几层含义。从时间上说，教育即生活，是指现在的生活，非未来的生活；“而生活准备”说，是指未来的生活，而非现在的生活，二者显然相左。从联系上说，“教育即生长”，指教育是一连续不断的过程；而把教育解作显现或发展，但“不是连续无限的”发展，二者不符[②]。从哲学观上说，“教育即生长”是运动而非静止的；而自然主义教育发展观，“先定一鹄的，以仿照自然的发展，实有语病”。这是一种以固定的、静止的观念看待教育，一旦目标达到，思想就会僵化，就不能继续生长，因而有缺陷。雷沛鸿还进一步认为：“教育是发展”与“教育是生长”两个法则，虽然对立，但亦可统一。因此，他说“我以为两个法则必须联想，然后相得益彰”。也就是要说“教育不但是一种发展历程，而且又是一个生长历程”[③]。从而弥补了教育只是发展的缺陷。这是雷沛鸿对杜威“教育即生长”和卢梭等人的自然主义教育发展观的一种综合和创新，也是雷沛鸿主张教育具有阶段性的短期功能和长远性的长期功能相统一的理论基础。因此，他将国民基础教育界定为一种民族历程和社会历程。前者面对30年代民族矛盾上升现实，强调“救亡”、“救穷”；后者结合近代中华文

---

①《杜威教育论著选》，华东师范大学出版社，1981年版，第163页。

②林砺儒：《教育哲学》，北京师范大学编：《林砺儒文集》上篇，广东教育出版社，1994年版，第180～190、195页。

③雷沛鸿：《什么是国民基础教育》，载《雷沛鸿文集》下册，第116～117页。

明落后于西方资本主义文明的窘境，“把中华民族的整个文明来彻底改造”，参与广西的政治、经济、文化、社会“四大”建设[①]。

在教育目的上，杜威主张教育生长本身就是它自己的目的。从教育的社会功能上说，这是一种教育无目的论。视教育的过程与结果为一事，混为一谈，在逻辑上难以自圆其说；否认教育的社会目的，在理论上站不住脚。所以，林砺儒认为，杜威对这一问题还“未得解决”[②]。表明杜威运用生物学理论，试图从教育本身的内部寻找教育目的的努力，在理论上陷入困境。1935年，雷沛鸿认为，走出这一理论困境必须借助社会学学说，到教育外部的社会中去寻找教育的目的。雷沛鸿在哈佛大学留学时接受社会学理论，并深受影响。教育的社会目的，“要以社会学的眼光，审查现实社会，探究当时当地所有急切需要”而定[③]。这样，雷沛鸿借助社会学理论，将杜威的教育无目的论，补充、发展为教育的社会有目的论。1937年张栗原才指出，杜威教育学说中过多充满了生物主义色彩的不足：“他只是拿生物学的法则说明人类的自然性，而不能拿社会学的法则说明人类的社会性。”[④]

在教育与社会关系上，杜威提出“学校即社会”思想。杜威说，学校是一种“小型的社会，一个雏形的社会”；要设法“使得每个学校都成为一种雏形的社会生活，以反映大社会生活的各种类型的作业进行活动……”[⑤]这是一种以学校小社会反映大社会的思想，目的是使社会学校化，是一种以学校为本位的教育观。杜威的学生陶行知，对其师的说法翻了半个筋斗，反其道而行之，主张“社会即学校”。雷沛

①雷沛鸿：《国民教育简论》，载《雷沛鸿文集》上册，第156～165页。

②北京师范大学编：《林砺儒文集》上篇，广东教育出版社，1994年版，第196页。

③雷沛鸿：《国民基础教育的基本概念》，载《日刊》第2号。

④张栗原：《教育之生物学的基础》，载《中华教育界》第24卷第12期。

⑤《杜威教育论著选》，第21、28页。

鸿对杜、陶两人的观点均有所吸收,并结合中国教育实际进行综合和发挥。1931 年,雷沛鸿为江苏教育学院起草研究实验计划,在讨论民众教育的社会基础时,“便确定了‘学校即社会’这个原则”①。1942 年,雷沛鸿说国民中学的职责是,设法提高公民道德和学生的社会实践能力,实现“社会即学校”②的理想。学者对杜威的观点有两种批评。有的认为“学校即社会”思想,企图将庞大复杂的社会改造、人类改造的问题缩小到学校教育范围内解决,是一种“可笑而又可悲”③的做法;又有的觉得“学校即社会”说法,实际上“取消了学校和社会两者之间的界线,忽视了学校教育本身所具有的特殊规律,忽视了学校为学生展现各种新的前景的特殊功能”④。雷沛鸿吸收杜、陶观点中的合理因素,认为中国教育,实际上是将学校教育等同于所有教育,包括社会教育,主张对学校教育进行改造。这是一种学校走向社会,学校教育社会化的社会本位教育观,与杜威“学校即社会”,社会走向学校,社会学校化的路向相反。同时,雷沛鸿认为中国教育有学校教育与社会教育之分,二者不能等同,但也不能对立,而应该使两者同时进步、交叉和“合流”,“必须学校教育社会化,社会教育定式化(即学校化——引者),组织化,制度化”⑤。

关于教育在社会中的作用,杜威极端强调教育在社会改造中的决定性作用。他说:“为了提醒社会认识到学校奋斗的目标,并唤起社会认识到给予教育者充分设备来进行其事业的必要性,坚持学校社

---

①雷沛鸿:《国民基础教育的理论与实际》。《雷沛鸿文集》下册,第 158 页。

②雷沛鸿:《国民中学与学制改革》,载《广西教育研究》第 3 卷第 5 期。

③北京师范大学编:《林砺儒文集》上篇,广东教育出版社,1994 年版,第 173 页。

④滕大春主编:《外国教育通史》第 5 卷,山东教育出版社,1993 年版,第 301 页。

⑤雷沛鸿:《社会教育与学校教育合流问题》,载《雷沛鸿文集》下册,第 165 ~ 171 页;《民族教育基本问题》,载《广西教育通讯》第 2 卷第 1、2 期合刊。

会进步和改革的最基本的和最有效的工具，是每个对教育事业感兴趣的人的任务。”[①]雷沛鸿虽然承认教育对社会改造的重要作用,但更强调社会发展对教育的制约和决定意义,并非教育万能论者。他把国民基础教育的功能视为一场社会改造运动,但设问“难道教育是万能的吗？其实不是,我们并不以为教育为万能”;教育是“实现广西整个新社会秩序的工具,就是以政治、经济为体,以教育为用,来达到这个目的”[②]。国民基础教育在与政治、经济关系中处于“用”的地位,这与杜威有所不同。

在教育与民主政治关系上，杜威在论及民主社会中教育的重要性以及什么是民主时说，“民主的社会既然否定外部权威的原则，就必须用自愿的倾向兴趣来替代它;而自愿的倾向和兴趣,只有通过教育才能形成。但是,还有一种更深刻的解释:民主主义不仅是一种政府的形式,它首先是一种联合生活的方式,是一种共同交流经验的方式”[③]。民主是一种集体生活方式，这是杜威从教育角度对民主的理解。这种界定,与政治学角度所说的民主含义不同。雷沛鸿论及民主时,也从教育方面论,继承了杜威的说法。故而,他在 1946 年 1 月说,“民主,在我们看来,它并不是可望不可即的东西,只是平凡集体的活动中经验的共同享受”;“集体活动之殷勤参加，经验之共享受，这就是民主的真谛”[④]。

总之，雷沛鸿早在美国游学工读时，即开始研究杜威的教育学说;后又在教育的本质、特性、目的以及教育和社会互动关系上，有选

①《杜威教育论著选》,华东师范大学出版社,1981 年版,第 12 页。

②雷沛鸿:《广西普及国民基础教育法案导论》,载《雷沛鸿文集》下册,第 40 页。

③《杜威教育论著选》,华东师范大学出版社,1981 年版,第 163 页。

④雷沛鸿:《学府生活的报道——代发刊词》,载《教育导报》第 1 卷第 1 号。

择地吸收、借鉴、补充和发挥了杜威的一些教育理论和思想，这对雷沛鸿教育与社会思想的形成及日后的教育改革实践都有相当影响。这是雷沛鸿在美国近十年受其本土教育思想影响为数不多的重要方面，在雷沛鸿教育思想研究中值得重视。

第二章
初整广西教育

雷沛鸿从1921年自美国游学工读归来，任广西省长公署教育科长起，到1927年9月辞去第一任广西教育厅长止，为期近八年时间。在这段时期里，雷氏学成归来，雄心勃勃，利用两掌广西教育行政之机，小试牛刀，初整广西教育。然由于主客观因素，多流于设想，成效不太显著，但为其日后在广西大规模进行教育改造，积累了经验，提供了教训。这一初整广西教育的时期，是他整个教育思想发展变化之链中不可缺少的一环，不仅应放在广西教育发展史上研究[1]，而且还要结合全国教育背景作深入的考察。

第一节 规划教育行政

一、拟设督学局

1921年，雷沛鸿从美国哈佛大学获得文科硕士学位后，立即回

①参见雷坚的《雷沛鸿传》，广西人民出版社，1997年版；钱宗范主编，韦善美审订：《雷沛鸿的生平和事业》第三章，广西教育出版社，1998年版。

乡，报效国家。时马君武任广西省长，重视教育，搜罗人才。雷沛鸿在同学潘作其、苏金生的推荐下，被马君武委任为省长公署教育科长。这是雷氏第一次执掌广西教育行政。当时，广西未设教育厅，高等教育尚无，所以，教育科长实际上管理的仅是中等教育的行政而已。雷任教育科长一周后，即对广西中等教育起草了一份意见书，并得马省长批准实行。这时雷沛鸿的主要业绩，是在规划广西教育行政上。其思路有两条，一是扩大教育科的组织机构，以"扩充成教育厅或教育司"；二是（也是主要的）关注地方教育行政，"着眼在县教育行政"。起草暂行规程，建议每县设一个名为"督学局"的教育行政机关（相当于后来的教育局）[①]。后来，雷氏又如法炮制，代广东省教育行政组织起草了同样的章程。雷氏拟设的这个县教育"督学局"，适应了中国近代教育发展的潮流，其创设较全国其他省同级教育行政组织为先。据《第一次中国教育年鉴》载："民国初年，广西各县因风气未开，人民受科举之遗毒太深，视学堂为洋教，入学读书为读洋书，故反对者甚众。至有纠集愚民，秘密结社，以图铲除新学。以是各县乡间，往往发生闹学与围殴劝学员之事。此种行为，直至民十始渐消灭。"[②]

民国甫立，广西地方教育行政机关沿袭清末旧制，各县设劝学所，劝不愿入新学者入学，故有"围殴劝学员之事"发生。逮 1921 年，风气日开，民众不再闹学，入学已无须劝说，劝学所功能已失，无存在之必要。在这种情况下，雷氏提出设督学局。马君武以其"或学无须劝而应该督"之识见，予以照准[③]。后虽因马君武去职，这一动议归于流产，但

①雷沛鸿：《广西中等教育的评价》，载《广西教育通讯》第 2 卷第 3～4 期合刊，民国二十九年（1940 年）4 月 16 日

②教育部编：《第一次中国教育年鉴》，上海开明书店，民国二十三年（1934 年）版，第 455 页。

③《地方教育行政机关》，载李彦福、黄启文、莫雁诗等编：《广西教育史料》，广西人民出版社，1990 年版，第 235 页。

为合时宜之举则无疑。就全国而论,1922 年 9 月,在教育部召开的学制会议上,有人鉴于劝学所已不适用,提议改各县劝学所为教育局,局长由教育厅直接委任。1923 年 3 月,全国县教育局规程正式颁行。此举较雷氏当年设督学局之举,已晚了一两年。

二、革新管理制度

1927 年 5 月,雷沛鸿第一次出任广西省政府委员兼教育厅厅长。上任伊始,除增加经费、添置校舍和设备外,着手整顿广西教育行政。

首先,颁行《广西教育厅组织条例》。以法规形式改革、规范教育厅内部组织机构,内设总务、导学、校务、编译四处,各司其职。如导学处的职责,负责分区视学、体育、卫生、职业、产业教育、农村教育、义务教育、学校建设、图书馆教育、社会教育等各种职能的指导。

其次,革新视学制度及方法。改视学为省导学,教育厅废除科名,以导学处代之,设处长 1 人,和其他导学为 12 人,内体育卫生及职业教育导学各 1 人。分全省为十指导区,按地方需要、社会状况及交通各条件划分,废除以前区域[①]。派员视察广西教育现状。各导学区已往视察者有郑宾、罗云、胡伟然、关秉玙等。他们分赴邕宁、横县、左县(今崇左)、昭平、贺县、崇善以及省立第六中学等各地视察学务,撰写调查报告,呈送教育厅以为决策之用[②]。据载,广西教育厅曾费两月之力,“编地方教育视察纲要一册,及视察与调查表格三十余种,各种规程与标本二十余种”。成绩不俗[③]。这种教育厅机构改革,一方面,使雷

---

①陈友松:《广西教育概况》,载《申报》(影印本),第 244 册,民国十七年(1928 年)3 月 12 日,第 285 页。

②转引自雷坚:《雷沛鸿传》,广西人民出版社,1997 年版,第 31 页。

③陈友松:《广西教育概况》,载《申报》(影印本)第 244 册,民国十七年(1928 年)3 月 12 日,第 285 页。

氏 1921 年任广西省长公署教育科长时，即欲将教育科发展为教育厅的夙愿得以实现；另一方面，广西教育厅自此各方面工作“有规可循，开始条理化”。桂教厅组织法之颁行，亦较各省同类法规为先①。

再次，继续整理地方教育行政。1927 年 8 月 23 日，雷氏提出《整顿广西全省县、市、乡立小学方案》，认为“整顿”广西小学，困难有 14 种。其中与地方教育行政问题相关者有三。一为教育厅与县教育局隶属关系不明；二为省视学与各基层学区教育委员会制度不善，用人不当；三为基层学区教育委员会充任者，多为对新教育不满之前清秀廪，或本乡团总，或系当地塾师。其意识到，这种组织法若不加改革，则“本省小学前途真不堪设想”。因此，提出了 13 条整顿规划。其中属组织制度方面者占 8 款，属地方教育行政者又占 4 款。重点解决制度不善、用人不当问题。如第 4 款云：“修正教育局组织条例，及慎选教育局长，以提挈小学教育行政，使其增加教育效率。”第 5 款规定：“修正广西视学暂行条例，慎重人选，以谋省教育行政与地方教育行政之切实联系。”第 6 款要求：“订定县视学暂行条例，以期小学收切实指导之效。”第 7 款规定：“订定学区教育委员会组织条例，以期小学之切实推广。”②可惜的是，这些有见地的主张，终因雷氏 1927 年 11 月辞去第一任广西教育厅长而作罢。事隔一年，即 1928 年 8 月，广西教育当局才认识到：“本省现行县教育局规程，系照旧日规程变道办理，按之时势，多不适宜。”于是另定《广西县市教育局暂行规程》③，内容和雷氏所定大同小异。这可见他整理广西地方教育行政制度先着一鞭。

①雷坚：《雷沛鸿传》，广西人民出版社，1997 年版，第 31 ~ 32 页。

②《广西教育公报》第 2 卷第 4 号，民国十六年（1927 年）版，广西人民出版社，1997 年版。

③李彦福、黄启文、莫雁诗等编：《广西教育史料》，广西人民出版社，1990 年版，第 235 页。

第二节　确定教育宗旨、方针与计划

一、宗旨:教育改造促进社会改造

雷沛鸿受社会学理论的影响，认为教育的宗旨“必依当时的要求、当地的需要而规定”。这种要求和需要即是“国民革命所将带来的社会变动”。教育的宗旨亦即是“国民革命所随身带来的民众运动”。因此,教育运动与社会运动密切结合,遂成为广西教育的宗旨①。从事实和逻辑上论,民众运动是国民革命的产物;而国民革命是继承孙中山的遗志和赓续辛亥革命未竟之业。雷沛鸿作为同盟会员,广州、黄花岗起义的参加者,主持广西教育行政,故逻辑地确定了以教育改造促进社会改造为宗旨。这一宗旨的形成有一个过程。早在1925年10月10日,他在上海国立暨南学校(后来暨南大学前身)作的《双十节的真谛》演讲中,提出继续辛亥革命的“民治”运动使命,使中国进入一种“新社会秩序”。这一新社会秩序包括8点内容:

(一)促进中国的产业化,以改进原有农村生活;

(二)将现代科学带到民间去,以改进生产技术;

(三)将艺术带到民间去,以善用休闲时候;

(四)注意民俗(folkways)的改善,以培养民治社会的道德基础;

(五)对寻常百姓应有极端依赖和信仰,尽量设法使他们享受法律的自由;

(六)对于寻常百姓应有极端依赖和信仰,尽力引导他们参与实际政治;

(七)笃信“人人有均等机会,无人有特殊利益”的原理,首先

①雷沛鸿:《十五年前许下的一个心愿》,载《雷沛鸿文集》(下),第134~135页。

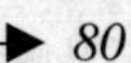

努力于教育机会的均等；

（八）笃信“人人有均等机会，无人有特殊利益”的原理，继续努力，并期以百年，徐徐谋实现政治机会，经济机会的均等于中华民国。[①]

把上述内容归类，（一）、（二）属经济；（三）、（四）属文化；（五）、（六）属政治；（七）为教育；（八）为社会。这是迄今为止看到的雷沛鸿关于新社会秩序、社会改造内容大体轮廓勾勒的最早记录。

1926年，正当国民革命方兴未艾之际，雷沛鸿到菲律宾考察教育，应菲律宾大学之邀，作“新教育与新秩序”的演讲，诠释国民革命的真义，并将教育与社会结合起来。指出“在一方面，我要宣告新社会秩序，将随革命运动而来临；在他方面，我要提示教育的任务，将随革命运动而打动民众的心坎，变动民众的一向对于政治的态度，而且最后感动民众的政治生活而趋于动”[②]，并特别强调教育对社会秩序建设的功能，“新秩序的建设，尤须赖教育以完成其全功”[③]。他在这次讲演中，已明确将教育与社会的互动关系展现出来，突出了教育在新社会秩序建设中的功能和作用。较之1925年“双十节真谛”演讲中把教育也包含在内的新社会秩序，已有所不同。

二、方针："党化教育"

教育宗旨决定方针。1927年7月13日，雷沛鸿向广西省政府提出《请确定党化教育为广西全省教育方针草案》获得通过。解读草案内容，有几点值得注意：第一，以法国大革命为例，说明“教育为国家

①雷宾南：《就辛亥革命的意义审察中国之教育问题》，载《东方杂志》第28卷第19号，民国二十年（1931年）10月10日。

②雷沛鸿：《十五年前许下的一个心愿》，载《雷沛鸿文集》下册，第134页。

③雷沛鸿：《新教育与新秩序》，载《雷沛鸿文集》下册，第48页。

重器”，十分重要，并与革命关系密切。第二，中华民国欲确定教育方针，“非以完成国民革命，建立新政治秩序，新经济秩序及社会秩序为国标不可”。即“应建筑于中国国民党的基本党义上；而此等基本党义，实为先总理所创之三民主义。故三民主义定为全国实施教育时必应依据，以之为施政方针而完成教育的党化”①。

雷沛鸿参考国民政府教育行政委员会委员韦悫的“党化教育”观，以及孙中山的思想主张，同意将党化教育定义为“在国民党指挥下，将整个的教育变成革命化与民众化”。对教育革命化与教育民众化，在学理上作了进一步发挥：教育革命化内含两个原则，“（一）实施革命的教育，（二）促成教育的革命。前者以革命的三民主义为根据，培养党的人才，而同化全国人民，后者以学理及事实为基础，改造教育制度与教育行政”。前者可谓教育的党化，后者可称之教育的科学化。教育民众化，内亦含两个原则，（一）民众的教育化，（二）教育的民众化。前者为普及小学教育、推广平民教育及补习教育，务使全国入学儿童之百分数逐渐升高，甚至全国无失学之人②。亦即教育的普及化。而教育的民众化，雷沛鸿将它与孙中山的“武力的民众化”相发明。按孙中山的解释，武力的民众化，“第一步使武力与国民相结合，第二步使武力为国民之武力”③。据此，将教育的民众化，理解为“将智识技能美术，带到民间去。第一步使智识技能美术与国民相结合，第二步使智识技能美术为国民之智识技能

①②雷沛鸿：《请确定党化教育为广西全省教育方针草案》，载《广西教育公报·计划》，第1卷第11号。

③孙中山：《北上宣言》。广东省社会科学院历史研究所、中国社会科学院近代史研究所中华民国史研究室、中山大学历史系孙中山研究室合编：《孙中山全集》第11卷，中华书局，1986年版，第297页（以下引用本书只引书号、卷数、页码）。

美术”①。为贯彻党化教育的方针，雷沛鸿提出17条教育政策。其内容《雷沛鸿文集》未见，故录之如下：

(一)统一语言，厉行平民识字运动，并以文字语言及历史地理等学科为工具，普及三民主义的理想，使成为民族思想，以求得中华民族的统一。

(二)推行有系统的训练及军事训练，以提倡尚武精神，增强人民的健康，及求得中华民族的独立。

(三)努力收回教育权，以取得中华民族的自主。

(四)依照党的方式及纪律，厉行公民教育，使学生民众习于相爱互助及自己牺牲，而成为团体化及社会化，以取得中华民族的自由。

(五)建设职业教育的组织，以增加人民的生产能力，改善人民之衣食住行，而促进民生主义的实现。

(六)改换传统之古代不良教育思想，并改造现代教育制度，务使学校生活得以适应新时代之社会生活。

(七)依照科学原理及实际需要，改订小学中学专门学校之学程，以应付新时代之要求。

(八)奖励学术研究，提倡科学教育。

(九)增加学校之教育效率，在智识方面，力求透彻；在技术方面，力求熟练。

(十)积极整顿师范教育，以培养党的师资；同时应增加在职教师进修之机会，以鼓舞教育专业的精神。

(十一)分期实施义务教育，使学龄儿童均得及时入学。

---

①雷沛鸿：《请确定党化教育为广西全省教育方针草案》，载《广西教育公报·计划》，第1卷，第11号。

（十二）提倡女子教育，务使之与男子在教育上有平等机会。

（十三）建设广西中山大学，以培植党的专门之才。

（十四）分年增设通俗演讲所；同时推广图书馆教育。

（十五）分年筹设动植物园、博物馆及美术馆。

（十六）保障及增加教育经费，以谋全省教育之充分发达。

（十七）教育行政采取省的集中制，使全省教育有计划及有系统的进步。[①]

从第十一、第十六及最后一款中，不难看出孙中山手订的《国民党一大宣言》对内政策第一条，即“厉行教育普及，以全力发展儿童本位之教育。整理学制系统，增高教育经费，并保障其独立”的明显烙印[②]。

理解广西实施党化教育，还应注意两广政局。李宗仁、白崇禧、黄绍竑为首的新桂系归附革命政府后，教育政策受制于广州。因此，雷沛鸿誓言旦旦：“抑广西与广东同为国民革命之策源地，关于党化教育事项，尤宜先行树立计划，为全国作先驱。”[③]筹设广西中山大学（国立广西大学前身），得到中央政治会议广东分会的支持。当分会议定广西教育行政方针时，决定“将增加教育经费，设立广西大学一项列为五大政纲之一”[④]。在党化教育方针政策指导下，雷沛鸿提出一系列整顿广西省各个层次和类型的教育方案和计划，计有《整顿广西全省

①雷沛鸿：《请确定党化教育为广西全省教育方针草案》，载《广西教育公报·计划》，第1卷，第11号。

②孙中山：《中国国民党第一次全国代表大会宣言》，载《孙中山全集》第9卷，第124页。

③雷沛鸿：《请确定党化教育为广西全省教育方针草案》，载《广西教育公报计划》，第1卷，第11号。

④雷沛鸿：《筹设广西中山大学草案》，载《广西教育公报》，第2卷，第2号。

县、市、乡立小学方案》、《改良及推广师范教育草案》、《请推广女子师范教育草案》、《整理广西全省中等学校相互关系草案》、《筹设广西中山大学草案》等。初等教育方案《整顿广西全省县、市、乡立小学方案》劈头就说，"为提议事：小学为一切教育之基础，吾人欲将一切教育使其党化，则不可不首先注意小学教育"；又说"当此党化教育开始之际，尤应将全省县、市、乡立小学极力整顿，务令其完全党化，以立基础"[①]。在《筹设广西中山大学草案》中规定："在进行党化广西全省教育之际，广西省政府及人民集合，群策群力建设中山大学于广西。广西中山大学实本孙总理爱民爱国之精神与其力行革命及自己牺牲之人格，形体化全省个个青年，以树党化教育之极轨。"[②]

广西推行党化教育，学界有不同看法。从雷沛鸿与孙中山关系立论，雷沛鸿心目中党化教育之"党"，当指孙中山领导改组后的国民党，而非后来蒋介石主宰的国民党[③]。因此，说雷沛鸿广西党化教育计划帮了"四一二"反共、于1928年也高唱党化教育的蒋介石的忙，并不恰当。广西教育方针，主要是依据孙中山的教育主张，尤其是他1921年11月29日在广西阳朔所做的演说："希望诸君之对于广西，以先觉悟，先负责任，实行三民主义相劝勉。"实施之法有二，"一，在使国民有世界之知识，普及教育，提倡科学，宣传三民主义，使人人皆知国为民有，非一家一姓所得而私，亦非腐败官僚，专横武人，阴谋政客所得而治。民国权利，非少数人可得而享，更非少数强权家可得而断送……将民国造成一极乐之世界，非国民有充足之知识不

①雷沛鸿：《整顿广西全省县、市、乡立小学方案》，载《雷沛鸿文集》（续编），第203页。

②雷沛鸿：《筹设广西中山大学草案》，载《广西教育公报》，第2卷，第2号。

③有人认为，《中国国民党第一次代表大会宣言》对内政策第一条，是广西实施"党化教育"计划的来源。李彦福、黄启文、莫雁诗等编：《广西教育史料》，广西人民出版社，1990年版，第281页。

为功”[①]。时在雷沛鸿身边任译员的陈友松说:“中山先生在桂林阳朔讲演的话,成了广西教育的中心思想。”[②]雷沛鸿以教育为工具,把孙中山的三民主义理论和思想,在教育领域加以植入和推广。

广西党化教育的地位和影响,应是全国最早最有组织和计划者之一。正如广东高要人周作福所说:“我国三民主义教育宗旨未确立以前,广西在民国十六年已经开始实施‘党化教育’——实在开了三民主义教育的先河。”[③]而说雷沛鸿反对党化教育更是为尊者讳。人们对党化教育不满,是因为其意识形态色彩过重,但从具体的历史环境去看,有一定的必然性。杨汝熊认为,“到民国十七年国民革命军北伐完成统一中国时期,一方面承袭着过去军队的政治训练工作及民众运动的兴起的影响;另一方面有感于训政时期开始后训练民众,使用四权及完成地方自治的必要。于是民众教育运动萌芽以后,便无形中采取了政治教育为其中心的工作”[④]。党化教育,作为“社会的教育学说”之一种[⑤],主张教育与政治、社会相结合,是对当时教育脱离现实社会的一种矫正,也使广西乃至全国教育第一次有了明确的方针,对广西教育的发展产生了影响。1933年9月,雷沛鸿第三次任广西教育厅厅长,继续将党化教育中的“教育的大众化”作为全省的教育方针[⑥]。

①孙中山:《在广西阳朔人民欢迎会的演说》,载《孙中山全集》,第5卷,第637页。

②《申报》(影印本)第244册,民国十七年(1928年)3月9日,第2版,第201页。

③李绍雄编:《广西教育史料·序(二)》(民元至二十一年),桂林,广西史地学社,1936年7月。

④杨汝熊:《五年来中国民众教育之回顾与展望》,载《教育与民众》合订本,第5卷下册,第8期。

⑤高卓:《现代教育思潮》,第79页,商务印书馆,1930年版。

⑥雷沛鸿:《今后本省教育的实施方针——九月一日在就职宣誓典礼中演说词》,载《教育论坛》,第2卷第12期。

三、整顿广西教育计划草案

雷沛鸿在初整广西教育过程中，引人注目的是，提出一系列整顿全省各个层次教育的计划。计有《整顿广西全省县、市、乡立小学方案》、《改良及推广师范教育草案》、《请推广女子师范教育草案》、《整理广西全省中等学校相互关系草案》、《筹设广西中山大学草案》等五个计划方案。这些计划，除贯彻党化教育方针外，还体现了"壬戌"学制的精神。

1921 年 10 月 27 日到 11 月 7 日，全国教育会联合会第七届年会在广州举行，出席代表共 35 人，代表 17 省区。时任广西省长公署科长的雷沛鸿，作为广西代表与会[①]。会议主要议题，为决定全国学制。会上，广东、黑龙江、甘肃、浙江、湖南等省提出有关学制议案共 11 件。经全体代表审查，广东省教育会所提议案较为完备，接受美国民主制度"最是彻底"[②]。所以，经过修正，本次会议通过之为六三三制学制系统草案。1922 年，该学制被北洋政府接受，以法律形式颁布全国通行。这就是是中国近代史上实施时间最长的壬戌学制。它有如下标准："(一)根据共和国体，发展平民教育精神。(二)适应社会进化之需要。(三)发展青年个性，使得选择自由。(四)注意国民经济力。(五)多留各地方伸缩余地。(六)使教育易于普及。"[③]学术界认为，它具有"灵活性、弹性，根据儿童年龄分期划分教育阶段，中学分成初、高两

①抱一:《第七次全国教育联合会始末记》，载《申报》(影印本)，第 175 册，第 309 页，民国十年(1921 年)11 月 14 日。

②雷沛鸿:《广西中等教育的评价》，载《广西教育通讯》第 2 卷第 3 ~ 4 期合刊，民国二十九年(1940 年)4 月 16 日。

③《第七届全国教育会联合会纪略》，载《教育杂志》，第 14 卷第 1 号。

级各三年,兼顾学生的升学与就业,加强中等职业教育等”[①]特点。这里仅以雷沛鸿整顿广西中等教育为例,加以分析。

关于广西省立师范学校整顿,将男子师范学校停招前期学生,一律改为高级中学师范科;女子师范学校一律改为初级中学师范科,根据学生个性,分流发展。男子师范学校前期学生,凡不专心于师范教育者,“一律送转各中学内肄业,稗得随其性之所近选习,自由发展其固有才能”;坚定师范教育者,升入师范科,按条例给膳免费。同样,女子师范学校一律改为初级中学师范科,如毕业后有志深造,得升入各级中学师范科,否则可出任初级小学教师。“有此伸缩活动之余地,则女子进可求高深之学术,退可谋个人之经济独立”[②]。这是雷氏根据广西中等教育的现状,所作的既有利于社会需要,又符合个性的、有伸缩性的改革,体现了新学制中灵活、弹性的特点。又如规定初级中学,“一律改为四年制,并增设师范、农、工、商、家政等选科科目,使学生趋重应用技能方面,而成为职业化”。这一规定既“斟酌地方需要情形”,又顾及学生“家庭经济现状”,把升学与就业双方结合起来,这是新学制兼顾升学与就业精神之又一运用和体现[③]。从贯彻“壬戌”新学制和精神的角度,对雷氏整顿广西教育诸草案,进行理解和诠释,表明他在广西的教育整改,切合当时全国教育发展的主潮。这是研究者以往注意不够之处。

雷沛鸿自始至终参与这个学制的制定和实施,并发表自己的看法。在正式讨论之前,他参与了广东教育会制定学制底本的预备会议;在正式讨论中,曾以审查员资格审查广东提出的学制草案。在变

①钱曼倩、金祥林主编:《中国近代学制比较研究》,广东教育出版社,1996年版,第300页。

②③雷沛鸿:《整理广西全省中等学校相互关系草案》,载《广西教育公报》第2卷第4号,民国十六年(1927年)8月23日。

成全国学制后，又出席了江苏教育会起草中学课程纲要的会议。广东新学制实施一周年时，再应广东教育会之邀，发表演讲，强调学制制定不仅要注意形式，更要注意内容实质。“自从民国十年，参加全国教育会议起，直到民国十七八年止，我认为学制的建立和改革决不是仅在年限的更变……还有它的核心问题”。这个核心问题，就是教育的“心理根据”、“社会经济和社会文化”根据①。又说，在 1921 年广州教育会议上，“我主张教育制度应依据社会经济条件而定”②。可见，雷氏主张采用外国学制和教育制度时，要注意年限形式问题，更要注重教育的社会基础，以符合中国社会需要这一根本性问题。他说：“我们一方面把六三三制采作全国学制，但是不能全抄美国，我们应该使它中国化。所以，我从民国十年以来，就根据这种态度来协助中国教育的发展。”③因此，雷沛鸿至少从 1921 至 1929 年初整广西教育期间，就开始明确意识到教育与中国社会实际相结合，中国化的重要性。另据最近研究成果表明，雷沛鸿等人参与制定的“壬戌”学制，“并不是盲从美制”④。这表明，他在初整广西教育时成效不大，是因为没有注意到一国的学校制度必须适合国情的说法，是欠妥当的。

第三节　成效与教训

学界对雷氏执掌广西教育行政的成效估价，基本持否定态度，认

---

①雷沛鸿：《广西中等教育的评价》，载《广西教育通讯》第 2 卷第 3 ~ 4 期合刊，民国二十九年(1940 年)4 月 16 日。

②雷沛鸿：《国民基础教育的理论与实际》，载《雷沛鸿文集》下册，第 157 页。

③雷沛鸿：《广西中等教育的评价》，载《广西教育通讯》第 2 卷第 3 ~ 4 期合刊，民国二十九年(1940 年)4 月 16 日。

④钱曼倩、金祥林主编：《中国近代学制比较研究》，广东教育出版社，1996 年版，第 230 页。

为没有建树，事实并非如此。

一、适时奠基之效

第一，一些做法符合或领先于当时全国教育发展的历史潮流。雷氏提出一系列整顿广西教育的草案，贯彻1922年"壬戌"新学制的富有弹性、升学与就业并重等精神，表明广西教育已融入当时全国教育革新的大潮中了。规划广西地方教育行政，拟设督学局和以县教育局代劝学所，适合新式教育发展潮流。此举先于全国同类机关设置一到两年。以孙中山改组后的国民党党义、新三民主义和孙中山在桂林阳朔讲话为指导思想的党化教育，作为广西省教育行政施政方针，并具体落实到教育政策和计划草案之中。这在当时实"为全国作先驱"的位置[①]。陈友松评其1927年整顿广西教育云：广西"去年得雷沛鸿为教育厅长，精神为之蓬勃一振，实施亦为之焕然一新。雷先生为邕宁世家，留学欧美，中西淹贯，又屡游南洋，在沪上办华侨教育，卓有成绩，故发表各种计划，皆中时弊，厉行尤力，其党化教育方针与广西大学计划皆为国人已知"；又说广西1927年的教育计划，如增加教育经费共计290万元，革新视学制度及方法，添设学校校舍和设备，以及初、中等教育计划的草拟等，已开始付诸实施。相信广西教育经过努力，将来"必能与任何他省抗衡"。以当时情况而论，比湖北、陕西教育"更好得多"[②]。部下赞赏首长的政绩，可能有所夸大，但也见雷沛鸿的教育整顿，确有一些成效，并不像有的学者所说那样"没有建树"。

第二，为日后广西教育的发展，奠定了初基。雷氏在整顿广西教

①雷沛鸿：《确定党化教育为广西教育方针草案》。

②陈友松：《广西教育概况》，载《申报》（影印本），第244册，第285页，民国十七年（1928年）3月12日。

育过程中，“新教育”与“新社会秩序”这一重要概念已经提出。整理全省初、中、高等教育时，涉及各个不同层次以及教育行政等各个不同方面，民族教育体系的建构工作已露倪端。它是一种全面、系统的整顿，而非零星、枝节的改良；且开始注意到各个教育层次之间的内在联系。首先是中等教育之间内在关系的调整。针对当时广西中等教育盲目发展，混乱重复，“纷歧破碎”，各不相谋，造成教育经费浪费的现状，坚决主张整顿。在师范与中学关系上，师范学校并入中学师范科；在初中与高中关系上，压缩初中、扩大高中；在升学与就业关系上，初级中学采用选科制，注意培养应用技术人才；高级中学注意根据经济和社会需要，设立分科高级中学，培养专门职业人才。从理论上大体理顺了中等教育各种门类教育之间的内在关系①。又如中等教育与高等教育的关系，依《筹设广西中山大学草案》第三条规定，“整理学制系统，以求中学大学教育之衔接，而解决人才之困难”②。具体来说，广西大学之组织，就原有省立工程专门学校、省立法政专门学校，以及省立第一高级中学的基础上进行改组。雷沛鸿在广西初整各级教育，实际上是在一省范围内，进行学制重组的最初尝试，这当是他后来以广西为基地探索、重构民族教育体系的源头活水之一。只有看到这一点，才不会低估其1927年进行全省教育整顿的应有价值。在确定广西教育方针时，强调“必须适应中国现时环境，本省现况暨时代背景，万不能剿袭他国成法”③；初理教育与社会的关系，主张教育社会化、中国化和广西化，这说明其教育改革的方向开始明确。由此，广西教

①雷沛鸿：《整理广西全省中等学校相互关系草案》，载《广西教育公报》，第2卷第4号，民国十六年(1927年)8月23日。

②雷沛鸿：《筹设广西中山大学草案》，载《广西教育公报》，第2卷第2号，民国十六年(1927年)版。

③雷沛鸿：《确定党化教育为广西教育方针草案》。

育界名宿李任仁谨慎地认为，这些整顿为广西教育发展，起了“略上轨道”、“稍值其基”的作用[1]。

二、主客观条件不足

雷氏对广西教育的整顿，初试牛刀，虽然取得一些成绩，但与他第三次任教育厅长时取得的成绩相比，不免相形见绌。究其原因，有主客观因素。客观上，有时局动荡，经费短缺，居位不久，人去政息等原因；主观上，则有行政流于理想化，经验不丰，政策欠当，教育知识间接、零星等不足。

客观上，最主要的原因是广西尚未统一，战乱连绵。任教育科长，欲有所作为，但“因粤桂兴兵，省自治军蜂起，学款挪作军费，校舍变为营房，加之土匪猖獗，社会秩序靡定，因此全省学校停办几半”[2]。一番宏愿终成画饼，只好离桂赴粤，人去政亡。手订党化教育方针时，“惟惜十八年政局动荡，致未完成而中止”[3]。1929 年雷氏第二次出任广西教育厅长，成立中等教育委员会，规定师范生享受贷金，又思振作。但残酷的现实再次将其美好的设想化作泡影，“是时滇、桂构衅，牵动全省政治、经济生活，因此教育事业，几乎完全停顿”[4]。所以，每当回忆起这段时期历史，雷氏总生无限的感慨：“人事纷纭时相缠扰，

①《民国二十年以后之教育施政纲领》，载李彦福、黄启文、莫雁诗等编著：《广西教育史料》，广西人民出版社，1990 年版，第 285 页。

②《初等教育 · 概况》，载李彦福、黄启文、莫雁诗等编著：《广西教育史料》，广西人民出版社，1990 年版，第 516 ~ 517 页。

③雷沛鸿：《确定党化教育为广西教育方针草案》，载李彦福、黄启文、莫雁诗等编著：《广西教育史料》，广西人民出版社，1990 年版，第 281 页。

④《初等教育 · 概况》，载李彦福、黄启文、莫雁诗等编著：《广西教育史料》，广西人民出版社，1990 年版，第 517 页。

世事沧桑饱尝忧患。"[①]一连串的挫折，给他"很大的教训和经验"[②]。这也说明，社会稳定对教育事业的正常发展之重要。

主观上，教育行政经验不足，政策欠当。雷氏在欧美留学近十年，行政理论训练当无问题，但归国即受命掌管全省教育行政。这是一富于挑战性、实践操作性很强的工作，非有丰富经验者不为功。检讨雷氏的这些行政教育经过，不可否认有急躁、理想化的一面。1927 年七八月间，制定 6 个整顿广西教育的计划。数月之内，计划六种，全面出击，不分主次。在教育质量问题上，齐头并进，不分先后。在《整顿广西全省县、市、乡立小学方案》中就规定："整顿小学可分两层工夫：其一，就数量着想，是为推广；其二，就质地着想，是为改良。以广西今日所有之教育状况论，两者必须同时着手及进行。"[③]在广西初等教育混乱、基础薄弱、时间短促的前提下，小学教育之整顿应该是有所侧重，或先质后量，或先量后质，不宜双管齐下。1931 年，继任广西教育厅长的李任仁，对初等教育就规定"以普及为主，设施应从简易适用"[④]，主张以量为主。1933 年，雷氏第三次任教育厅长时，对初等教育采取先量后质政策。后来两个反证材料，说明其进行初等教育整顿时，质量同时进行，系政策上的失误。在普及义务教育的路径上，有自上而下和自下而上两种完全不同的思路。1924 年，雷沛鸿以在野身份，向广西省政府提交了《广西普及国民教育六年计划大纲》。后经修正议

①雷宾南：《菲律宾教育研究发凡》，载《教育与民众》，第 4 卷第 2 期，1932 年版。

②《广西中等教育的评价》，载《广西教育通讯》，第 2 卷第 3～4 期合刊，民国二十九年(1940 年)4 月 16 日。

③雷沛鸿：《整理广西全省中等学校相互关系草案》，载《广西教育公报》，第 2 卷第 4 号，民国十六年(1927 年)版。

④《民国二十年以后之教育施政纲领》，载李彦福、黄启文、莫雁诗等编著：《广西教育史料》，广西人民出版社，1990 年版，第 285 页。

决颁发，改名为《广西施行义务教育大纲》[①]。这一大纲，《雷沛鸿文集》未见收录，但从别处查考，大体得知他这时在普及小学教育时，采取自上而下的做法。大纲规定，全省普及义务教育的实施步骤分为8期：第1期，省会办理完竣；第2期，一等县城一律办理完竣；第3期，各县城一律办理完竣；第4期，推行五百家以上之市乡；第5期，推行三百家以上之市乡；第6期，推行二百家以上之市乡；第7期，推行一百家以上之村，及不满一百家能联合编制者；第8期，不满五十家之乡村附近不联合者[②]。这种自上而下普及义务教育的政策，与其30年代后在广西推行的普及国民基础教育之自村街至乡镇、至县、省城的自下而上的做法，大相径庭。后者卓著的成效，反证了1924年所主张的自上而下政策的欠当。

就雷沛鸿本身的教育知识结构而言，存在纯理论、间接、零星的不足。如第二章已述，雷氏在美国研习教育，收获最丰的不是美国教育，而是英国、丹麦、苏俄的成人教育。尽管体会颇深，但多属理论上的体验；况且在美国研究第三国的教育，所得毕竟是一种间接、零星的理性知识，不免隔靴搔痒。因此，把这种有"先天不足"的教育理论知识运用到实践中，难免有"有骨无肉"的毛病。检视雷氏在1921至1927年所定的各种教育草案，内容上不乏抽象而不够具体，重理论、轻经验，多理性知识、少感性材料的缺憾。这一点，当事者最清楚。他承认："本省教育自确定广西全省教育方针，并拟具推广及改良大中小各级学校规划后，改造教育之规模可云粗备，此后所需惟在诸种具体方案之订定与实施，然欲着手实行，非博访周咨借镜异国不易为

①雷坚：《雷沛鸿传》，第303页。

②《初等教育》，载李彦福、黄启文、莫雁诗等编著：《广西教育史料》，广西人民出版社，1990年版，第510页。

功。”[①]这是1927年12月至1928年8月,雷氏亲赴向往已久的英国、丹麦等欧洲国家作实地教育考察的动机之一。事实证明,在这为期半年多的、为弥补缺憾、带着问题西去的考察,对其下一阶段教育改造的成功,产生了积极的影响。

在评价1921、1927年雷氏初整广西教育成效时,持基本否定的学者在论及谈及原因时,多认为是“不顾国情,热衷地方自治”。乍一看似乎有点道理,但细按材料,又没有那么简单。雷氏自学成归国后,在当教育科长的同时,主张地方自治。先在家乡南宁津头村发起组织村治协会,并亲自制定自治宣言及村约;1922年4月,又赴广东岭南大学作“地方自治与代议政治之关系”的演讲,竭力主张地方自治。但是,中国几千年来只有人治没有法治的传统习惯和老百姓没有知识活生生的政治现实,不久便将其良好愿望粉碎。于是,他开始反思自己的言行,逐渐放弃“应先从地方政治入手”的主张。到1927年,即第一次任广西教育厅长时,“已完全不再谈及此事”。因为他“感到老百姓没有教育,空谈自治,于政治无补;反之,且易为地方豪绅所操纵”[②]。学术界对雷氏这一教育与政治关系思想的变化,有不同的理解和评价。

首先,这一“不顾国情”的说法,与前述雷氏在广州会议上教育“应据社会经济条件而定”的主张相左。其次,这里所谓“完全不再谈及此事”,并非放弃地方自治主张,而是说在解决中国问题时,在操作秩序上应先从地方政治入手,还是先从地方教育入手。又,雷沛鸿在说这番话的具体语境,不是检讨推行教育失误的原因,而是说他“对于中国问题之考虑”[③]看法的变化。也就是说,这十多年间,雷氏对中

---

①《广西教育公报》第1卷第12号,计划类第7页,民国十六年(1927年)8月版。

②③雷沛鸿:《十五年前许下的一个心愿》,载《雷沛鸿文集》下册,第132、133页。

国问题的看法和解决办法，由原来的先从政治入手，改变为先从教育入手。在其思想发展变化上，是由原来的专业理论上由政治学为主、教育学为副，到实践上以教育学为主、政治学为辅的戏剧性变化。这种变化，时间约在 1927 年，正是他第一次任广西教育厅长整改教育颇有成效之时。恰好说明，雷氏整顿广西教育有一定成效，是结合中国实际，将地方自治与教育孰先孰后的关系在顺序上互相颠倒的结果。再次，把雷氏热衷地方自治视为教育失误的主观原因之一，这是将地方政治与教育关系对立起来理解。事实上，其在中国问题上，并非放弃地方自治，先从地方政治入手，而主张先教育老百姓，以教育为工具促进地方自治，而且，这种地方自治也不能简单否定，至少使其认识到，解决中国问题必须从下层基础入手。故而 30 年代初期，他在广西推行国民基础教育时，即首先从社会基层入手。所以，国民基础教育的指导思想"仍与他留学归来时的地方基层政治的改革一脉相承"①。因此，将雷沛鸿主张地方自治视为其初整广西教育时成效不大的主观原因根据是不足的。

①宋恩荣：《民族主义教育家雷沛鸿》，广西雷沛鸿教育思想研究会编：《雷沛鸿教育思想研究文集》（二），广西教育出版社，1995 年版，第 53 页。

第三章

往返苏沪之间

自1928年冬，雷沛鸿受高阳（践四）的邀请，到南京中央大学区立民众教育学院始，到1933年7月重返广西，第三次出任教育厅长止，历时5年。期间，雷沛鸿历任南京中央大学区立民众教育学院、劳动学院，以及江苏省立民众教育学院教授，集中精力，整理赴欧考察教育成果，致力于教学、学术研究，批评、反思中国教育现状。此乃雷氏一生中难得的潜心为教，专心向学的学术"充电"和储备时期，也是其教育思想承前启后的时期。

学界对雷沛鸿在这段时间的活动，已经给予了一定程度的注意[①]，对雷氏活动事迹作了叙述。这尚不足以概括说明他这段"大江南北，任大学讲席"的丰富多彩的教研生涯[②]。雷氏受聘江苏教育学院，但家居上海金神父路，每周来无锡讲课，住江苏教育学院教授楼。周六下午，"乘火车回上海"[③]。其教育学术研究分别在南京中央大

①参见韦善美、程刚著：《雷沛鸿教育思想研究》，辽宁教育出版社，1999年版，第55~61页；雷坚编著：《雷沛鸿传》，广西人民出版社，1997年版，第44~54页；钱宗范主编、韦善美审订的《雷沛鸿的生平和事业》，广西教育出版社，1998年版，第73~90页。

②雷沛鸿：《西江学院的世界文化基础》，载《雷沛鸿文集》下册，第480页。

③陈汀声：《雷宾南先生与电化教育》，载《雷沛鸿纪念文集》，第77页。

学、无锡教院和上海家中进行[①]。因此,用“往返苏沪之间”更能涵括雷氏近五年的教研活动。

第一节 任教江苏教育学院

一、缘由

研究雷沛鸿在苏沪期间的教育思想,首先要弄清楚的是,他何以辞谢其他大学的教席,而应聘到当时名气不大的江苏省立教育学院?这与该院的用人标准和地理、人文学术环境有关。该院招聘人才的标准,以是否愿意献身于民众教育事业为断。历任院长俞庆棠、赵叔愚、高阳(践四)等人都以十分慎重的态度延揽教员。“凡到此地来的同事,无论所授何科,担任何职,终不免对于民众教育与农事教育发生亲切之感”[②]。衡之此标准,早在海外游学工读时,就立下“愿以有生之日,为穷而失教之劳苦大众教育事业而奋斗”的雷沛鸿,自是一理想人选。对雷沛鸿而言,苏教院的立校精神和学术环境,有莫大的亲和力和吸引力。该院以“忍劳耐苦,公正无私,清廉不苟,事业至上”为立校精神[③],并倡导民众教育运动,以“注重人民教育”为办学

①如1930年6月1日于南京中央大学作成的《德国教育的新趋势》,载《教育杂志》第22卷第7号,民国十九年(1930年);《普及民众教育的几个技术问题》等系列论文,成于无锡江苏教育学院,载《教育与民众》第4卷第9~10期合刊,民国二十二年(1933年)6月;《就辛亥革命的意义审察中国之教育问题》等文杀青于沪寓,载《东方杂志》第28卷第19号,民国二十年(1931年)10月10日。

②童润之:《院庆感旧》,载《教育与民众》第11卷第3~4期合刊,民国三十六年(1947年)2月20日。

③周兰芝、周其辰:《怀念母院》,载《教育与民众》第10卷第10期,民国三十年(1941年)6月25日。

重点[①]。这些与雷沛鸿的教育思想主张十分接近。这种教育学术取向，便利于其在教学中，“将他所研究的各国成人教育思想，向大家进行介绍和宣传，同时在这比较合适的环境中，进一步对我国成人教育，作学术性的探索”[②]。就人文地理环境论，苏南自古为富庶之区，人文渊薮。苏教院坐落在无锡“惠山之麓，梁溪之滨”，依山傍水，环境优雅。人文资源和教学设备为时人所赞。有“轩敞之大厦，丰富之图书馆，宽旷之草地，广袤之农场，专精之学者，若干之志士，莘莘学子，以及各种蓬勃之试验事业，诚为游焉、甜藏焉、休焉之住处”[③]。加以无锡离当时雷沛鸿上海寓所不远，通火车，交通方便。所有这些条件和因素，使雷氏乐于到无锡这个规模不大、名气尚不很响的江苏教育学院任教。

二、教学相长

雷沛鸿就聘江苏教育学院后，很快就按院方要求，为学生开出新课程。已有关于雷沛鸿教学方面的研究，多注意身为教师的一面，而没有关注师生互动以及“教以致用”部分。其时苏教院分为民众教育、农事教育两系及民众教育、农民师范两个专修科。生源程度相当于高中毕业或同等学力。学生功课分为室内上课与农场实习及社会服务实习等三种。室内课程和结构大体分为四类。其一，基本学程——党义、国文、英文、军训、理化、生物、心理、伦理等；其二，社会科学教程——政治、地方自治、经济合作、社会学、社会问题等；其三，教育学程——教育概论、民众教育问题、成年学习心理学、各国成人教育等；

①钮永建语，载《教育与民众》第2卷第1期，民国十九年(1930年)9月。

②杨汝熊：《“中国的格龙维”》，载《雷沛鸿纪念文集》，第89页。

③陈大白：《我与〈教育与民众〉》，载《教育与民众》第10卷第10期，民国三十年(1941年)6月25日。

其四，专门学——农业、工艺、商业常识、农工、图书馆学、体育场管理法、家事、艺术(音乐、图画、戏剧、幻术等)、民众与农民、工人教育馆实施法等[①]。雷氏先后开设的课程，有《民众教育概论》、《成人教育》、《比较成人教育》、《教育哲学》和《法学基础》等。主要属于上述课程种类中的教育学类，无疑为核心课程。如《民众教育概论》，主要讲述民众教育的起源和强调民众教育的重要性。他在上课时认为，孙中山与民众教育大有关联。说孙中山先生遗嘱，必须唤起民众，“以达到‘中国之自由平等’的目的，乃有民众教育之创办”[②]。在走出课堂，开设实验民众学校的过程中，身为江苏教育学院研究实验部主任的雷沛鸿，在1931年9月16日开学典礼上训辞，重申民众教育的重要性。指出实验民众学校，“为引导民众由黑暗而入光明之明灯，来校学生，切不宜舍光明而不由”[③]。言词切切，语重心长。

其讲授成人教育概论时的情况，据学生叶蕴贞回忆：雷先生在课堂上讲述了成人教育概况，列出中国历史上属于成人教育的范例，举出中国已举办的各种各样的成人教育、平民教育、乡村建设研究的机构和设施；又重点介绍英国、丹麦等国——特别是后者积极推行成人教育的成就；证诸民国以来我国政治、教育、文化、国民经济及国际地位等情况；阐述了当时中国革新教育，改造社会的重要性与紧迫感[④]。可谓纵贯古今，兼及中外，视野开阔，关注现实。在讲《比较成人教育》时，重点明确，补充新知，注意资鉴。教导学生：各国成人教育中，丹麦的庶民教育对发展农业生产、改善农民生活、提高农民文化

①高阳:《三年来江苏省民众教育设施的经过》，载《教育与民众》第2卷第6期，民国二十年(1931年)2月。

②陈汀声:《宾南先生与电化教育》，载《雷沛鸿纪念文集》，第77页。

③《教育与民众》第3卷第2期(合订本)，第387页。

④叶蕴贞:《深切的回忆》。《雷沛鸿纪念文集》，第139页。

水准、促进农村经济发展，都起了极为重要的作用；认为丹麦的教育，值得“特别重视，非常值得我国借鉴”①。在课程内容上，则随时补充他亲临丹麦考察研究所得的最新内容和成果。学生说，雷老师“根据他自己亲目所睹的‘庶民高等学校’的实际办学情况，如数家珍般地讲给同学们听，娓娓动听，令人神往，个个都恨不能马上也到丹麦去看看才好”②。雷氏不仅上课内容新颖，而且讲究技巧，条理清晰，高潮迭起，富有节奏感和美感。几十年过去了，当初情景仍深深地印在学生的脑海里，历历在目：

> 开始时，声音低而缓慢，越讲越高，越讲越快，到达高潮时，也就是讲到这一节课最最重要的内容时，他的讲话铿锵有力，声似洪钟，面部表情也由和蔼而变为严肃。高潮过后，声调又逐渐缓和下来，不需多少时间就结束了，也就到了下课时间。
>
> 他慢慢讲时，同学们还来得及作笔记。等他讲得高昂快速时，我们也跟着紧张起来，用尽全副精力，争取把他的讲话全部记录下来。因为他上的课从来没有现成课本，也没有讲义。所以，我们上他的课有个共同的感觉：既畅快，又紧张，而收获也最大。③

上课注意启发学生思维，课内与课外相结合；师生双边交流，教学相长。这是雷沛鸿在江苏教育学院教学时，又一值得称道之处。在讲授理论性较强的《教育哲学》课时，“旁征博引，深入分析和评论，常常提出自己独到的见解，又善于启迪，使人进入一种沉思冥索的境界”④。课余之时，学生们常与雷沛鸿讨论问题。在探讨中，时常“把自己的见解坦诚相告，对方有的意见对他有启发，他也很认真地考虑和

---

①②③杨汝熊：《“中国的格龙维”》，载《雷沛鸿纪念文集》，第87～88页。

④马秋帆：《我到母院学习的经过》，原载《无锡文史资料》第25辑，政协江苏省无锡市委员会文史资料委员会1991年12月编印，第159页，转引自雷坚编著：《雷沛鸿传》，广西人民出版社，1997年版，第54页。

接受”[1]。学生得益，老师提高，相得益彰。1932年元旦，雷氏在为该院农民师范专修课毕业生的《同学录》写道：“诸位学友与我相处共学既两年，他们在课堂内外之切磋，所以益我者良复不浅，因之，这番毕业离校彼此诚未免临别依依。”[2]这种亦师亦友，感情笃深，互长见识的师生关系，对雷氏的学术研究和教育事业均有影响。以教学促科研，教学相长，雷氏因此撰成《英国成人教育》这一专著。在自序中有“年来札记日增，积稿盈帙”之语[3]。这大概也包括他课内外与学生交流的心得和体会，否则，作者何以要以是书“贡献于江苏省立教育学院及其前身所有同事及同学全体”[4]。雷氏渊博的知识，民主平等的教学作风，使师生间建立了深厚感情。30年代后，不少江苏教育学院的学生，如叶蕴贞、龚家玮等投奔其师麾下，成为广西普及国民基础教育研究院的骨干，是雷氏进行广西教育和社会改造的重要人才资源。

总之，雷沛鸿在江苏省立教育学院期间，开设重要课程，师生平等交流，“教以致用”，以教促研，为文著书。这些都是作为一个教育家必要的经历和应具备的修养。

第二节　教育学术活动

早在1993年，笔者即观察到，雷沛鸿在1930年前后，有一段一生中罕见的学术创造高峰，并意识到这与他借鉴、消化、整理外国教育思想有关[5]。惜没有与雷氏1927年底至1928年夏的第一次欧洲高

①胡耐秋：《怀念恩师》，载《雷沛鸿纪念文集》，第170页。

②陈汀声：《宾南先生与电化教育》，载《雷沛鸿纪念文集》，第78页。

③④《〈英国成人教育〉自序》。雷宾南著：《成人教育论丛》（第1集），江苏省立民众教育学院研究实验部出版，民国二十年（1931年）5月初版。

⑤曹天忠：《雷沛鸿教育思想的演进》，载《广西师范大学学报》（哲社版），1993年第1期。

等教育考察结合起来分析。1994至1996年,有的学者也注意到雷氏在这段时间致力于成人和民众教育研究,并开始将这些成果的取得,与其欧洲教育考察,联系起来分析。对雷沛鸿在江苏教育学院的教学活动,抗日救国以及进行民众教育、成人教育的学术研究作了研究①。不过,雷氏这段时期成果丰硕的学术研究,其范围远不止成人教育或民众教育研究,实际上还包括欧洲教育考察记录的整理研究、对现代世界教育发展动态的追踪、民族教育以及对中国教育现状批评、主张等一系列类型不同的教育学术研究;并且这些研究,与其日后在广西大规模进行教育和社会改造,有着密切的联系,存在深刻的影响。

一、整理欧洲教育考察成果

关于这个问题,为与时贤区别,有几点值得注意。其一是考察记录与研究成果的不同,前者是感性认识,后者乃理性认识产物。其二是此次考察与1936年雷氏第二次赴欧考察,作世界教育旅行,不可混淆。其三,此次考察,在雷沛鸿教育思想的发展史上,起到了承前启后的作用,上承,即与第二章中欧美游学时吸收的教育思想相关联;下启,即予30年代中期后雷氏的教育改革以借鉴。其四,注意作者在研究论文中,特地打上的着重号。

近代中国社会发展的滞后,决定了其理论思想的相对贫困。仁人志士要改革中国社会,几乎都要从西方引借先进思想,进行武器批判。雷沛鸿也不例外。1927至1928年夏,为弥补初整广西教育时“有骨无肉”之憾,雷氏借筹办广西大学之机,到欧洲丹麦、瑞典、挪威、芬兰、英国、意大利、德国等国,作了为期半年多的高等教育考察。此次

①韦善美、程刚著:《雷沛鸿教育思想研究》,第2章,辽宁教育出版社1994年版;雷坚编著:《雷沛鸿传》,广西人民出版社,1997年版,第55页。

考察，有备而去，目的明确，重点突出。凡所到之地，大概要做三件事："其一，明白当地所有的政治的、经济的和社会的状况；其二，综观学术教育的全体；其三，审问教育上所有特殊问题。"[①]具体考察情况，见诸文字不多。一些重要细节，生动珍贵，不妨录之如下。在以农立国的丹麦，农庄的情景："以作者见闻所及言之，丹麦小农庄平均有一公亩之大；庄内土地屋宇牲畜均备。土地垦辟，屋宇整洁，牲畜肥壮。就中尤以住宅一节给我以深刻印象。住宅大概系平房，至多有一层楼，惟四围必开窗。中座住人；左右两翼分建谷仓、牛栏、马棚。屋后有园，可以种蔬菜与洗晒衣服。以建筑论，并非华贵，但求适合卫生。以陈设论，并非都丽，但求实用。较之中国的农庄，我们不免有天堂地狱之感。"[②]这是关于丹麦社会生活的写照，有描述，有比较，形象跃然。对于独特的瑞典式体操，雷氏认为它在教育上有特殊贡献，从而给予特别留意："就我的观察所及，在斯干的那维亚的国家中，所有学校概以瑞典式体操为日常重要功课，他们喜欢它不止要把它来发育身体，而且要把它发育整个人的人格。"[③]健身与修身结合，在教育上确有独特之处。这显然属教育特殊问题一类的考察。

雷沛鸿回国后，利用在苏沪期间相对稳定的时期，从容地将半年多教育考察所得材料，加以整理、诠释和研究。其成果去向，除向家乡广西教育行政人员作演讲外[④]，更多的是在刊物上发表文章，使自己

①雷宾南：《瑞典教育制度概观》，载《教育杂志》第22卷第7号，民国十九年(1930年)7月20日。

②雷宾南：《丹麦土地立法》，载《成人教育论丛》，第1集，江苏省立民众教育学院研究实验部出版，民国二十年(1931年)5月初版。

③雷宾南：《瑞典教育制度概观》，载《教育杂志》第22卷第7号，民国十九年(1930年)7月20日。

④《申报》(影印本)第254册，第320页。

在理论研究上有所收获,在教育实践上有所启示。

(一)成人比较教育研究

关于成人教育理论研究的成果,主要体现在下面几个方面:除了补充授课的新内容外,其一,参加《教育杂志》组织的"成人教育"专号征文活动;其二,发表了系列纯学术性论文,结集出版了成人教育专著《成人教育研究论丛》。

1931年8月20日,教育界著名学术刊物——《教育杂志》在23卷8号举办"成人教育研究专号"的征文活动。雷氏踊跃参加,以《远瞩未来——成人教育的一个现代理论》、《瑞典成人教育概观》、《北欧成人教育者轲勒》三篇论文应征,全部入选。三篇论文占该期杂志约三分之一版面,其中《远瞩未来——成人教育的一个现代理论》位于篇首[①]。入选论文数量如此之多,如果没有现成的稿件准备,是难以想象的。这表明雷氏整理教育考察成果用力之勤,也有助于提高其在教育学术界的声誉。第二,出版《成人教育研究论丛》(第1集)。该书由《英国成人教育自序》、《丹麦土地立法》、《成人教育概观》、《丹麦成人教育》等10篇论文组成[②]。有人评介该书"都以成人教育为中心论旨,堪称杰作,确为研究成人教育者必备之书"[③]。系列论文,则包括在《教育杂志》、《教育与民众》等专业刊物上发表的关于成人教育论文。主要有《丹麦公立图书馆运动》(1929年7月20日)、《祝成人教育世界大会》和《英国成人教育运动之起源和发展》(1929年8月20日)、《北欧的成人教育》(1929年)、《和勒殿自传》(1930年)[④]等。

---

①《教育杂志》23卷8号。

②雷宾南:《成人教育论丛》,第1集,江苏省立民众教育学院研究实验部出版,民国二十年(1931年)5月初版。

③《教育与民众》第3卷第8期(合订本),民国二十一年(1932年)4月版,第1606页。

④《人文月刊》第1卷第9期,民国十九年(1930年)11月。

就研究涉及的内容而论，主要集中在成人教育上。学界已从成人教育的起源、发展动力、功能、优缺点等方面加以探讨[①]，但尤须从比较教育学的角度加以研究。事实上，雷氏一直都以比较眼光，审视外国教育，整理研究考察成果。在苏教院最早开设的《比较成人教育》课程，即为明证。在教育学术研究时，雷沛鸿也一直重视和擅长比较研究法，进行国内外成人教育事业的比较研究，旨在“以求借助于他人所有经验”[②]。其成人教育比较法，大体上可分为纵向比较和横向比较两种。两相权衡，较为重视后者。

纵向比较，即时间上的比较，或说是历史与现实的比较，重在后者。这突出反映在英国成人教育研究上。雷氏研究英国成人教育时，将他在1913年留学英伦时的历史，与1929年到英国的现实考察作一对比：“不但世界大战前后所有当地民众生活异同得以两相比较，而且战前战后——尤其是战后——生活之所以影响于成人教育情况，复得确切观察，于是民众生活与成人教育的在英格兰中之密切关系，益能心领神会。”[③]

横向比较，是指空间上的比较，主要指国与国之间、包括外国与中国成人教育之间的比较，目的在于求同，取其经验或批评不足。典型的例子，是《北欧的成人教育》一文。它将北欧诸国——丹麦、瑞典、挪威、芬兰四个国家的成人教育分别研究，明其特点。

就教育种类言，丹麦重视农民合作教育；瑞典推崇工人教育；挪威则为职业教育；芬兰最有特色的地方，在于有专门办理成人教育的

①雷坚编著：《雷沛鸿传》，广西人民出版社，1997年版，第55～60页。

②雷宾南：《本院（江苏教育学院——笔者）研究实验工作计划总纲并说明书》，载《教育与民众》第3卷第4期，民国二十年（1931年）。

③雷宾南：《〈英国成人教育〉自序》，载《成人教育论丛》，第1集，江苏省立民众教育学院研究实验部出版，民国二十年（1931年）5月初版。

组织机构——成人教育促进会[①]。在人生教育方面,丹、瑞、挪相异点较明显:“丹麦重精神上之修养,而不重实用教育。而瑞典、挪威兼而有之。丹麦是男女分校,而瑞典、挪威则男女同校。”而其主要相同点,“俱注重培养人民使能知道如何做人,如农,如工,不只是面包问题,应当有相当修养”[②]。

就宏观总体而言,瑞、挪、芬的教育均脱胎于丹麦,但就理想境界而论,有高下之分,三国均不如丹麦。在教育与民族和宗教关系上,四国成人教育均建筑在民族及宗教上,但以丹麦为最盛。四国成人教育有一个重要的相同点,即都“注重本国的历史及本国的语言”[③]。

尤须指出的是,雷沛鸿在进行成人教育的比较研究中,时刻不忘以中国成人教育为参照系,进行批评或借鉴。在研究丹麦的成人教育时,服膺其合作精神,反观中国,适与丹麦相异,遂大发感慨:中国人在谋生上,“其一,概是 exploitation,其二是 squeczing,尔虞我诈,缺乏公共信托心。所以合作事业,很难成功”[④]。谈到成人教育的教材内容,他对芬兰在成人教育中重视乡土教育十分欣赏,并希望中国办理成人教育者留心。因为这不但能使本地人民明了本地状况与自己环境,而且激发和陶铸民众之爱国心[⑤]。

雷沛鸿 1927 至 1928 年在欧洲考察的重点是高等教育,但收获却主要在基础的成人教育上,可谓种豆得瓜。回国后,首次在中国开设《比较成人教育》课,并致力于各国成人教育的比较研究,成果不俗。这表明雷氏不仅在中国比较教学史上有重要地位[⑥],而且在成人教育比较研究中的位置,同样不可忽视。

(二)教育考察若干收获

---

①②③④⑤雷宾南:《北欧的成人教育》。《雷沛鸿文集》上册,第 337、344、347、331、347 页。

⑥杨汉清:《雷沛鸿比较教育思想学习札记》,载广西雷沛鸿教育思想研究会编:《雷沛鸿教育思想研究文集》(一),广西教育出版社,1992 年版,第 163~164 页。

雷沛鸿一生均以“理论家而兼实践家”的双重角色活跃于教育界和政界①。无论是从事国外的教育实地考察,还是将考察材料抽象为理论成果,目的都是为了更好地为日后的教育与社会改造提供帮助和准备。此次在国外进行教育考察的主要收获:

更加坚定教育具有改造国家和社会功能的信念。《北欧的先觉者格龙维(N. F. S. Crundtvig)》,是雷氏 1928 年 7 月 4 日在欧洲教育考察回国途中的船上所写的第一篇论文。论文第一段话,就说丹麦教育是近二十年来世界上最好的榜样。这个榜样,“给我们一种无穷希望,这就是教育的能事是足以改造社会,又足以改造国家”②。1930 年 9 月 14 日,雷在《成人教育概论》这一总结性论文的结论中,再次强调:“我们从丹麦、英国两个国家看来,就可以晓得成人教育,的确(着重号为引者所加)是改造社会、改造国家和改造个人的人生观的惟一利器。”③之所以强调这一点,是因为雷沛鸿在 20 年代游学北美时,已经在理论上和思想上确立了教育可以改造社会和国家的信念。但纸上得来终觉浅。这种认识毕竟属于理论上的、间接的东西,如今亲临英、丹实地考察,并在考察后的首篇论文及总结性论文中,均反复强调教育的重要功用,使雷氏更加坚信原来教育可以改造社会和国家的理念。这成为日后他发动国民基础教育运动,改造广西教育与社会的根据之一。

重视并献身成人教育。学界认为,雷沛鸿把民众教育等同于成人教育④。其实民众教育包括但并不等于成人教育。后者主要是相

①雷沛鸿:《地方自治与代议政治》一文甘乃光按语。《群言杂志》,广州,广西留穗学会出版,民国十一年(1922 年)4 月。

②《教育杂志》第 20 卷第 9 号,民国十七年(1928 年)9 月。

③雷宾南:《成人教育概观》,载《成人教育论丛》,第 1 集。

④雷坚编著:《雷沛鸿传》,广西人民出版社,1997 年版,第 55 页。

对儿童教育而言。雷氏这次教育考察所得的一个直接影响，是在英国时，承世界成人教育协会总干事钟女士 Miss Donthy W. Jones, M. A. 殷勤指导，于是“深有所感动，立愿从那时以后，勉尽绵力，以参加成人教育运动”①。从此，成人教育在雷氏教育生涯中重要性开始凸显出来。1931 年 8 月，雷沛鸿在《远瞩未来》一文中强调了成人教育的重要性：“成人教育在 20 世纪中，行将如儿童教育在 19 世纪中，对于国民生活必有重大贡献，因之，在教育制度上自然要占据一重要位置。”②雷氏将成人教育的重要性和儿童教育并列，这当是日后广西国民基础教育把儿童教育与成人教育合并办理的一个先兆。

神交古人，觅到知音；总结经验，吸取教训。在雷氏一生中，就教育而言，对他影响最大的是三个成人教育家。即丹麦人格龙维（N. F. S. Grandtvig, 1783—1872 年）、其继承人轲勒（Kristenkold, 1816—1870 年）以及英国人和勒殿（R. B. Haldane, 1856—1928 年）。三人均为雷氏在本次教育考察中特别关注和推崇的人物。在他所写的教育考察的系列论文中，涉及格龙维者最多（共 5 篇）；其次是和勒殿（3 篇）；再次是轲勒（1 篇）③。

格龙维对雷沛鸿影响极深。雷氏称其为北欧的先觉，庶民高等学校的父亲。讲到丹麦成人教育时，几言必称格氏，推崇备至。故他也被学生亲切称为“中国的格龙维”④。关于和勒殿与雷沛鸿的渊源，学者也间有论述，但多着墨于其成人教育与高等教育的关系，以及高等教育与民主的关系⑤。但和氏对雷氏还有一个重要影响，或许是更重要

①雷宾南：《〈英国成人教育〉自序》，载《成人教育论丛》，第 1 集。

②《教育杂志》第 23 卷第 8 号，民国二十年（1931 年）8 月 20 日。

③据《雷沛鸿文集》上册目录统计。

④杨汝熊：《“中国的格龙维”》，载《雷沛鸿纪念文集》，第87页。

⑤《雷沛鸿教育思想研究》，辽宁教育出版社，1994年版，第32 ~ 33页。

的影响,这就是他的教育行政思想。

和勒殿,苏格兰人,英国著名哲学家、政治家和教育家,一生兴趣在哲学,全副精力则在于平民教育。政治上任过许多要职,担任过英国上下两院议员达43年,人称“议会制度大家”;做过七年陆军部长和枢密院院长,又被誉为“治国能手”[①]。最有魅力之处,是同时在政治和教育两个领域用力,使政治与教育这两个时有冲突的领域实现良性互动,游刃有余,相得益彰,故被雷氏称为“教育的政治家”[②]。和氏宣称,自己整个灵魂长期以来关切的有两件事:“其一要努力改造教育;其二,要改组所有各部行政。”[③]二者关系,是以政治为手段,实现改造教育为理想[④]。其行政原理和技巧,对雷氏产生深刻影响:

其一,“知人善任”。和氏非军人出身而任军事首脑,然有自知之明和知人之明。因为有自知之明,所以能求教于专家,以人之长补己之短;又因为有知人之明,因此能网罗国内英才,各安其位,为国效力。

其二,“三思而后行”。和氏乃实行家,行事之前广采众议,进行若干次商量与思虑。他的格言为“力行之前务先慎思”(Careful Thought Before Actions—原文注)[⑤]。

其三,“眼高手低”。雷氏评论和氏对于成人教育,“虽从高处远处着眼,却在人生的实际需要构思”[⑥]。也就是说,眼界高远,做事却从实

①雷宾南:《“远瞩未来”——成人教育的一个现代理论》,载《教育杂志》第23卷第8号,民国二十年(1931年)8月20日。

②③雷宾南:《和勒殿自传》,载《人文月刊》第1卷第9期,民国十九年(1930年)11月15日。

④雷宾南:《“远瞩未来”——成人教育的一个现代理论》,载《教育杂志》第23卷第8号,民国二十年(1931年)8月20日。

⑤雷宾南:《和勒殿自传》,载《人文月刊》第1卷第9期,民国十九年(1930年)11月15日。

⑥雷宾南:《“远瞩未来”——成人教育的一个现代理论》,载《教育杂志》第23卷第8号,民国二十年(1931年)8月20日。

际出发。雷氏 1933 年 9 月第三次出任广西教育厅长起，时常挂在嘴边的一句话，就是“从大处着想，由小处做起”[1]。远大的理想和脚踏实地的作风相结合。

其四，政治家应具备的本领。雷氏总结和氏一生，从中勾勒出大政治家处事方法和行政本领，概括为“启发思想，集中思想，构成方案，施行政策，以致选用贤能及指挥实际工作”[2]。

在雷沛鸿看来，和勒殿以哲学家的头脑，政治家的涵养，教育家的力行，令人大为心折，堪称各领域的楷模。尤其是他在陆军部的所作所为，“就是政治家在实行时之所有绝好榜样”[3]。因此，特作数篇关于和氏生平与思想的文章，“而郑重介绍之于读者”[4]。观和勒殿的生平事迹，比较雷氏在 20 世纪三四十年代时期，担任立法委员，出席国民参政会，多次出任广西省政府委员兼教育厅长，筹策广西教育行政，调理广西普及国民基础教育研究院，在行政与教育两个领域同时用力，运用自如。不难看出，在雷氏身上有着和勒殿的某些影子。既然人们因雷氏对丹麦格龙维教育理想推崇，而称之为“中国的格龙维”，那么，从上述雷氏对和勒殿的教育与行政本领的倾心和日后的事功，亦不妨称其为“中国的和勒殿”，或者“广西的和勒殿”。

轲勒，格龙维的信徒，丹麦又一杰出成人教育者。雷氏对他的事业和精神的赞赏，仅次于格龙维与和勒殿，所写《北欧成人教育者轲勒》一文，对其事迹，言之甚详[5]。但是较之格龙维与和勒殿，他从轲勒

①雷沛鸿：《何谓国民基础教育》，载《雷沛鸿文集》下册，第 124 页。

②③雷宾南：《和勒殿自传》，载《人文月刊》第 1 卷第 9 期，民国十九年(1930 年)11 月 15 日。

④雷宾南：《“远瞩未来——成人教育的一个现代理论》，载《教育杂志》第 23 卷第 8 号，民国二十年(1931 年)8 月 20 日。

⑤雷宾南：《北欧成人教育者轲勒》，载《教育杂志》第 23 卷第 8 号，民国二十年(1931 年)8 月 20 日。

身上除借鉴经验外，还吸取了教训。由于过于重视实行之故，轲勒并无著作传世。因此，雷氏在赞颂轲氏的伟大人格、精神不死的同时，也非常遗憾地说："所可惜者，轲勒本人，以一生注重实行之故，于其死后，并不留有任何著作。"[①]这于轲勒和历史都是一种损失。或许有鉴于此，雷氏十分注重著书立说，立言立功。日后他在重掌广西教育行政时，无论是行政训示，还是学校教育会议讲话，哪怕只言片语，多使专人记录在册；并谓，自己要像捷克的爱国者、教育者可缅尼士Bomehing(1592—1670年)一样，"把著作留于人间，而得后人发扬光大之"[②]。这种有意识的存文录史，为今天研究广西教育，留下了许多珍贵的材料和方便。吸取轲勒的"做而不述"的教训，亦可以算得上是雷氏此次整理考察成果的一个收获吧!

总结归纳成人教育若干理论和原理。雷氏对欧洲成人教育考察的研究，无论是历史溯源，还是现实审视，都注意勾玄归纳，提炼出一些带有规律性和普遍性的意义名言和警句；并在能反映成人教育精神或实质的理论和原理处，或者在某些段落中，特地打上着重号，以示强调。目的在于他山之石，可以攻玉，以为国人"从事于中国教育大众化运动之工作的一种借鉴"[③]。

坚持教育的自然权利和普遍性。英国成人教育的实际经验，瑞典成人教育成为世界各国民众所共有、共享、共治的利益与权利的历史事实，使雷氏深信："教育不是任何人所专有的一特殊利益，却是人人所应受用的一种自然权利。此项权利不受任何人褫夺，任何人亦无权

①雷宾南：《北欧成人教育者轲勒》，载《教育杂志》第23卷第8号，民国二十年(1931年)8月20日。

②雷沛鸿：《几句提撕警觉语》，载《广西普及国民基础教育研究院日刊》(以下简称《日刊》)第34号，民国二十四年(1935年)3月6日。

③雷宾南：《〈英国成人教育〉自序》，载《成人教育论丛》，第1集。

以从他人身上褫夺之。"[1]这成为雷氏后来在广西推行国民基础教育，坚持教育普遍性、大众化的理论源泉之一。

办理成人教育，必须教育的主体和客体合作，实现平等与自由，才能成功。雷沛鸿研究英国成人教育起源，从中吸取两条经验：一个是"欲教育工人，工人的合作必须取得；不然，必败"；另一条就是"除非教育与学者立于平等地位，双方可以自由交换意见，工人教育必无由进展"[2]。即办教育非要平等合作、实行民主化不可。雷氏认为这两条经验可视作为教育的基本原理。

借用外国教育经验，必须本国化、创造化。这可从丹麦之于英国文明，瑞典之于丹麦成人教育的历史中得到证明。雷沛鸿在总结丹麦教育成功经验时，特别提醒"丹麦所有并不是'依样画葫芦'的教育。倘若'依样画葫芦'，丹麦的教育"[3]决不能改造丹麦的社会和国家。当年丹麦的先觉者格龙维考察英伦，羡英人之强盛，但他从英引入的只是该国的教育思想；对英国产业革命后引起的劳资冲突，城乡差别这些"可怕"的现象持保留态度；相反对丹麦作为农业国中"耕者有其田"的状况深以为自慰。因此，格龙维对于英国的文明，"并不一概盲从"[4]。瑞典的庶民高等教育脱胎于丹麦。在教学方法上，丹麦有一种理智与感情相结合，以口授演说为主的行之有效方法，即格龙维所谓"生活的字句"教育方法。该法传入瑞典后大受欢迎，但瑞典人并不以"专工模仿"为满足，而是在此基础上加以补充完善，注入"独立的思考和自动的作业"的新鲜因子。从而将丹麦人创造的"生活的字句"

---

①雷宾南：《〈英国成人教育〉自序》，载《成人教育论丛》，第1集。

②雷宾南：《英国成人教育运动之起源与发展》，载《教育杂志》第21卷第8号，民国十八年(1929年)8月20日。

③④雷宾南：《北欧的先觉者格龙维(N. F. S. Grundtvig)》，载《教育杂志》第20卷第9号，民国十九年(1930年)9月。

的方法，再次创造性地发展为融合自动原理于口授的“动的教育”方法[①]。这种外来文明和教育本国化的思想主张，当与后来雷氏在广西大规模办教育强调以“土化”代替“洋化”的做法有一脉相承之源[②]。

雷沛鸿在研究发表有关第一次欧洲教育考察部分论文中，对某些精当的段落，大感共鸣，特地加上着重号，以示强调。下择其要者，特加申论。试看《祝成人教育世界大会》一文，所打上着重号的字句：

> ……我们在观察与选择确立新社会秩序的方法，必须注意一要旨：“即是罗素所时常申辩‘大凡人们要努力建筑新社会秩序，他们必须首先思念在田间和工厂中的平民’，这是成人教育的基本概念。”“发于这种最大动机，根据这种基本概念，成人教育在将来又能直接造成教育的解放，复能间接助成政治与经济的解决。”[③]

强调了成人教育的平民对象，及其社会功能。或许这一着重强调与《广西国民基础教育六年计划大纲》中所规定的“指引全省有志青年重回田园间去，商店间去，工厂间去——学问与劳动合作方法”有关[④]。在《“远瞩未来”——成人教育的一个现代理论》一文中，同样有加上了着重号的话：

> 在均等机会的教育制度下，他们庶几可以祈求及希望人类平等，徒以举国所有大学狃于故常，未能改革旧习，于是，高等教育在过去及现在时代，一若专为富家子女而设立。因此之

①雷宾南：《瑞典成人教育概观》，载《教育杂志》第23卷第8号，民国二十年(1931年)8月20日。

②雷沛鸿：《国民基础教育实施步骤》，载《雷沛鸿文集》下册，第71页。

③雷宾南：《祝成人教育世界大会》，载《教育杂志》第21卷第8号，民国十八年(1929年)8月20日。

④雷沛鸿：《六年来广西国民基础教育》，载《建设研究月刊》第3卷第4期，民国十九年(1930年)6月15日。

故，我们遂不得不从事于成人教育的运动，倘若我们所有原定计划得以实施，则自由发展的机会当能推广及于全国人民的大多数。[①]

此段话的中心思想，是以教育平等促进人类的平等。这是高等教育民主化的重要表现，也是雷氏日后创设西江学院，以谋高等教育平等化、平民化的思想源头之一。这类加上作者重点标记的话，还散见于《英国成人教育运动之起源与发展》一文的若干段落之中。其中，在谈到英国合作运动促进成人教育作用时，雷氏论道："合作运动（co－operative movement）合作者都是战士；然而他们决不愿替资本家或军阀效忠。他们所有作战目标是努力向社会内两种恶魔决斗。这两种恶魔：其一，是贫穷；其他是愚蠢。在合作者眼光看来，愚蠢较贫穷尤为可恨。所以合作运动的创办人都注意于教育——尤其是成人教育。"[②]雷沛鸿日后办国民基础教育以"救穷"和"救愚"为目标，显然也与此强调不无关系[③]。

上述雷沛鸿打上着重号的字句，深刻地反映作者本人的思想观点和价值取向。遗憾的是，这些原汁原味地反映雷氏教育思想的文字，因转编《雷沛鸿文集》时被漏掉，多年来一直没有引起研究者注意。

二、世界教育发展动态及启示

在1929至1933年之间，雷沛鸿在整理研究欧洲教育考察报告、探讨成人教育研究的同时，也拨冗对现代世界教育发展动态进行了

①雷宾南：《"远瞩未来——成人教育的一个现代理论》，载《教育杂志》第23卷第8号，民国二十年（1931年）8月20日。

②雷宾南：《英国成人教育运动起源与发展》，载《教育杂志》第21卷第8号，民国十八年（1929年）8月20日。

③曹天忠：《论雷沛鸿的爱国教育思想》，载《广西师范大学学报》（哲社版）1991年第3期。

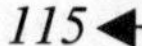

跟踪。时间主要集中在1930年，地点在南京中央大学。现代世界教育专题研究与成人教育研究相比较，有其特点。首先，在取材上，成人教育研究绝大部分是考察得来的第一手资料，现代世界教育研究则主要是根据当时世界各地新出论著为主，间有考察所得材料。其次，从研究的视角上看，成人教育主要是国别之间的比较研究，属中观研究；世界现代教育则多关注于世界或一国全部教育大势和潮流，多属宏观研究。但两种研究都对雷氏教育思想的发展和实践产生了较大影响。其世界现代教育研究的主要标志，是以三篇文章参加由当时《教育杂志》发起的"现代世界教育专号"专题征文活动。显然，只关心雷氏这段时期的成人教育研究，而忽略其关于现代世界教育的研究及其与以后广西教育实践的关系，是不全面的。

关于这一研究专号征文的背景，据该杂志编辑周予同云："我国自创办新式教育以来，不容辩护的是在轮流的抄袭外国制度；这种不审国情的削趾就履的办法，在今日已形成非常严重的恶现象。这种盲目的抄袭的原因，根本上是因为缺乏教育之国际的鸟瞰。这专号的出版，或者可以挽救那偏狭的观念于万一……"[①]可见，《教育杂志》发起"现代世界教育专号"征文活动目的，是希望通过教育的国际眼光以补救盲目抄袭的偏狭积习。专号分上、下两集。上集首篇便是雷氏的《欧美最近进步教育综观》[②]；下集又有两篇论文同时刊出，头篇论文是雷氏的《德国教育的新趋势》一文；另一篇题为《瑞典教育制度概观》[③]。

(一)欧美进步教育

①《教育杂志》第22卷第7号，"现代世界教育专号"编辑后记，民国十九年(1930年)7月20日。

②《教育杂志》第22卷第6号，"现代世界教育专号"，上，民国十九年(1930年)6月20日。

③《教育杂志》第22卷第7号，"现代教育专号"，下，民国十九年(1930年)7月20日。

在《欧美最近进步教育综观》一文中，有几点值得留意：

第一，世界教育正处于变革时期。雷沛鸿通过综观第一次世界大战后，欧洲十余年来的教育发展趋势，如各国间各种教育思想的风行，及各国在教育上的种种改造旧教育的努力，得出现时世界教育“正在踏步进入性质的彻底变易时期”[①]（着重号为原作者所加，此文收入《雷沛鸿文集》时着重号略掉）的结论。也就是说，世界各国教育正处于由旧教育向新教育彻底改革的时期，其目标大体上都是为了“改造个人和社会”。这不仅是世界各国的大趋势，而且也为雷氏数年后在广西进行大规模教育改革提供了国际背景。

第二，提出一国教育改造成功的要求和条件。“这是要说，将欲谋一国教育的改造，我们必不能专就教育的新方案着想；新方案而外，我们必须着意于站在这些方案背后的一宗重要原理”（着重号为雷氏所加）。这宗原理，就是所有新学校的工作，必须充分激发学者的兴趣，培养学者的德性，与发展学者的才能。将欲实现此项工作，“一国必须具备两要件：其一，社会全体须能努力在哲学上、宗教上、经济上、政治上、文学上、美术上创造一国的新文化；其二，教师人人对于这种新文化的背景须有热烈的同情，真切的了解及切实奉行的能力与事实。果能如是，教育改造，我们敢信，必有成功的希望”[②]。这段话的主要意思是，欲想教育改造成功，不能就事论事，应放开思维，除关心学生，取得教师支持外，还必须有全社会共同创造新文化的氛围。这或许是雷氏在广西推行国民基础教育，特别关注广西社会环境的原因。

第三，开始关注美洲的教育，尤其是墨西哥的新教育。在墨西哥

①②雷宾南：《欧美最近教育进步综观》，载《教育杂志》第22卷第6号，民国十九年（1930年）2月20日。

教育中，印象最深的是其文化使者团（Cultural Missions）那种将文化送下乡的使命，及以“做为学”(Learning by Doing)的方法[①]。从此，雷沛鸿留心墨西哥的教育，并在日后将其与国民基础教育结合起来，互相发明[②]。

(二)德国教育的趋势

在《德国教育的新趋势》一文中，雷沛鸿运用历史与现实结合起来研究的方法，根据“个性、创造、自由精神与自由性格”的教育精髓观点，分析了德国所有教育中，自由主义与军国主义、人文主义与功利主义互相冲突，彼此消长，后者正走向优势的情况。最后，归纳总结出德国新教育中否定与肯定、消极与积极两个方向的发展趋势[③]。

此外，雷氏还在《就辛亥革命的意义审察中国之教育问题》一文中，对德国新教育加以补充和发挥。他先援引《新趋势》观点，证明教育在社会剧变之际所起的重要作用；再用简约的语言，提示德国新教育改造的原则和路向，即“不但在政策方面要更新，而且在组织和方法方面也要更新。更新的要着，系根据民族统一及机会均等的基本原理”[④]而进行。大体思路和步骤是：第一步，“在于基础学校(Groundschools)的设立和推广”，尽废贵族式的私立学校；第二步，“在

①雷宾南：《欧美最近教育进步综观》，载《教育杂志》第22卷第6号，民国十九年(1930年)2月20日。

②雷宾南：《三年间广西国民基础教育运动的回顾与前瞻》，载《教育杂志》第26卷第9号，民国二十五年(1936年)9月10日。

③雷宾南：《德国教育的新趋势》，载《教育杂志》第22卷第7号，民国十九年(1930年)7月20日。

④雷宾南：《就辛亥革命的意义审察中国之教育问题》，载《教育杂志》第28卷第19号，民国二十年(1931年)10月10日。

于中学教育制度的改组”。即遍设免费的高级小学，打破中学教育为特殊阶级垄断之格局；升学则重在学生的兴趣和能力。高等教育向女子开放；师资训练极力设法提高；教学方法“大凡从前教育所有压抑个性、牺牲创造、以至摧残自由精神及自由性格的恶弊”，一扫而空[1]。雷氏在20年代初整广西教育时，采用的是初、中、高等教育同时上马的办法；三四十年代重新改造广西的教育，思路有了变化，采用由低到高，由基础教育到中等教育，再高等教育，有计划、循序渐进、按部就班的方法。这与德国新教育的改革思路近似，有可能受德国教育的影响。所以，在论及外国教育与雷氏教改思路关系时，德国新教育的影响也是不能忽视的。

(三)瑞典教育制度概观

《瑞典教育制度概观》一文，最有价值者在结论部分。这个结论分为四点，其一，为“国民教育的博大基础”；其二，“女子教育的特殊色彩”；其三，“瑞典式体操”；其四，“手工教育的贡献”[2]。其中，又以第一点最为雷沛鸿所称道。瑞典的国民教育，初等及中等教育制度具有“犬牙交错的奇观”、复杂多型的特点。一类是全国所设的普通学校和高等学校中的文理科高中，以及地方教育行政区设的区立中继学校(Kommunala me. lan. skolor)。这些是义务教育，以升学考试为归宿。另一类是公家设立的继续学校和徒弟学校。学生毕业之后，进入各种实用学校。这类属于解决生活问题为主旨的职业教育[3]。瑞典这种上通下达，学生分流，结构合理，既满足个性发展，又符合社会需要的初、中等教育制度，对雷沛鸿日后建构民族教育体系中的“多型”的中等

①雷宾南：《就辛亥革命的意义审察中国之教育问题》，载《教育杂志》第28卷第19号，民国二十年(1931年)10月10日。

②③雷宾南：《瑞典教育制度概观》，载《教育杂志》第22卷第7号，民国十九年(1930年)7月20日。

教育,不无影响①。

可见,关于现代世界教育的研究,引用了新出材料,关注到时下各国教育的走势,这使雷氏对教育问题的思考具有国际眼光,避免了照搬照抄外国教育的偏狭与失误;同时,也能借鉴一些国家的教育制度和结构,以调整教育改革思路,置广西、中国教育改革于世界潮流之中。

三、民族教育的理论研究与实践

关于这一部分内容的研究,一些学者称为民众教育研究②。如前所述,此时雷氏所说的民众教育,可以涵盖成人教育,但不等于成人教育③。如果将二者等同,何以雷沛鸿没有将二者合在一起研究,而是先研究成人教育,然后才研究民众教育,将二者划分开来? 这在逻辑上难以自圆其说。似只有从民族教育的新角度入手考察,才能合乎事实。

雷氏在《民族自救运动下之民众教育析义》一文中,认为民族教育是在"民族自救运动之下",即在"九一八"事变后,民族矛盾上升的时代背景下,由民众教育发展而来的教育。关于雷沛鸿的民族教育思想问题,林家有与宋恩荣两位先生较早意识到其重要性,并发表了相

---

①雷沛鸿:《国民中学制度之当前重要问题》,载《建设研究》第7卷第2期,民国三十一年(1942年)4月。

②韦善美、程刚:《雷沛鸿教育思想研究》第2章,辽宁教育出版社,1994年版。

③1929年9至10月间,与雷沛鸿同在江苏教育学院任教的傅葆琛也说,民众教育与成人教育有区别:"民众教育,英译为 Mass Education or People's Education;成人教育,英译为 Adult Education。民众教育包括一切年龄的人;成人教育专为成年的人办的。所以成人教育只是民众教育的一部分。"参见陈侠、傅启群编:《傅葆琛教育论著选》,人民教育出版社,1994年版,第102页。

关论文①。两位先生主要研究了 20 至 40 年代雷氏的民族教育思想与实践，时间跨度较大。这里着重将雷氏民族教育的理论，置于其整个教育思想的流变中考察，视其为雷氏大规模进行民族教育实践前的必要的理论准备，时间集中在 1931 至 1933 年间。在研究过程中，注意补充了部分新资料，挖掘些新内容。

(一)民族理论思考的新变化

雷沛鸿第二次执掌广西教育行政、整顿广西全省教育时，已提出了“请确定民族教育的教育宗旨案”。认为教育与民族关系密切，试图通过教育以求得中华民族的统一、独立、自主和自由，但内容仍比较笼统。1931 年 9 月 18 日，爆发了“九一八”事变，全国震动，民族矛盾急剧上升。这直接催促民族主义教育思潮，由涓涓细流变成了排空巨浪，也促使雷氏原有的民族主义思想，在这个阶段进一步发展起来。突出的反映，是加强对民族主义理论研究，且观点发生了明显变化。在 1931 年 8 月至 1932 年底，雷氏先后撰写 5 篇阐述与民族主义有关的论文：《就辛亥革命的意义审察中国之教育问题》(1931 年 8 月 17 日，上海)、《民族自救运动下之民众教育析义》(1932 年 1—4 月，无锡)、《民族的概念分析》(1932 年 3 月，上海)、《南洋华侨与祖国文化》(1932 年 11 月，上海)、《怎样善用我们的生命》(1932 年 12 月，上海)。这些论文的内容，若以“九一八”事变为界，可看出雷氏民族主义理论的发展，分为两个阶段。

在前一阶段，阐述的重点，是从辛亥革命的角度出发，提出“民族运动”的概念。在《就辛亥革命的意义审察中国之教育问题》一文中，雷氏首先从近代世界历史事实出发，论述了世界民族主义的潮流及

①林家有：《民族性与时代精神的高度结合——论雷沛鸿教育思想的特征》；宋恩荣：《民族主义教育家雷沛鸿》。分别载广西雷沛鸿教育思想研究会编：《雷沛鸿教育思想研究文集》(二)，广西教育出版社，1995 年版，第 103～115 页；第 48～65 页。

其"双刃剑"的两重作用：各国人民因善用它可以自强，因不能善用它，如不知有它而遭人灭亡；或因用它太过而欺人太甚而自取灭亡。雷氏认同前一种观点，反对后一种做法。各国人民能运用民族主义的力量取得好成绩，生得好结果，这就是"民族运动"[①]。这种运动的内容特征，有对内和对外两项。对内，努力于保障人格或国内的统一；对外，图保民族自决（national self-determination）、民族自治（national autonomy）和民族独立（national independence）。辛亥革命作为一种民族运动，具有这两种功能。因此，要继续辛亥革命的使命，致力于辛亥革命的民族运动，就要对内谋民族的统一和建立民族国家；对外废除一切不平等条约，争取中华民族在国际上平等地位[②]。

"九一八"事变后，雷沛鸿对民族主义理论研究发生了较大的变化，由原来的辛亥革命转换为抗日救国革命，民族理论的重心由对内移置为对外。民族运动概念的内容，已具体充实为"民族自救运动"、"民族统一运动"和"民族建国运动"。"民族自救运动"之说，始见于《民族自救运动下之民众教育析义》一文。它的含义，是"我中华人民在公众生活上，因为受着了敌国和外患——日本帝国主义的猛烈刺激，而发生的反应"[③]。它的内外含义有了变动。

民族自救运动，作为一种民族运动，在新的历史条件下，就对内论，它是整个中华民族的生死存亡的大事。因此，"我们当不能以抗敌御侮之责诿卸政府——中央或地方——或诿卸局部的人民——东北居民或华侨。反之，我们必须运用整个民族的力量以图自卫"[④]。这种希冀以全面代替片面、国家整体代替地方局部的民族总动员的思想，

①②雷宾南：《就辛亥革命的意义审察中国之教育问题》，载《教育杂志》第28卷第19号，民国二十年（1931年）10月10日。

③④雷宾南：《民族自救运动下之民众教育析义》〈四〉，《雷沛鸿文集》上册，第47、48页。

随着国难日蹙,尤其是全面抗战的到来,日显其合理性。民族自救,顾名思义,就是抵御日寇侵略,拯救民族生命,捍卫国家的主权和领土要靠我们民族自己的力量。亦即"既是自救运动,我们就不可一味依赖国联,而托命于'国际正义';亦不可一味依赖美国,而乞怜于九国公约"[①]。这是民族自救运动中的对外内容,也是这时雷氏民族理论研究中关注的重点。强调民族自救,隐含着对当局在日本侵略东北和上海这些重大是非问题面前的软弱和幻想信赖他国的不满。

《民族的概念分析》,是这一时期雷沛鸿民族理论研究的代表性成果之一,集中体现了其"民族统一"的思想[②]。文章的中心思想,是讨论如何将全中国民众组成一个中华民族的问题,也即是如何进行民族统一运动的问题。在此基础上,作者对民族的概念及其关系,作了多层次的分析:一、"民族与种族";二、"民族与国家";三、"民族意识及民族爱国心";四、"民族生命与个人生命";五、"民族生存的继续及民族的独立";六、"民族运动及民族斗争(National Struggle)";七、"我们所得的教训"。最后,作者引用了王船山名言,十分肯定地说,保种保族,行仁行义,"以保我子孙黎民,又以融化在我中华民国四境以内之民众,使之成为整个的中华民族;这样就是我们在目前救亡图存的惟一出路,亦是我们在将来得到绵绵福祉的惟一方法"[③]。作者运用政

---

①雷宾南:《民族自救运动下之民众教育析义》〈四〉,《雷沛鸿文集》上册,第 49 页。

②雷沛鸿:《民族的概念分析》,最早刊于上海《新社会半月刊》第 2 卷第 7 号,民国二十一年(1932 年)3 月版,第 156 ~ 159 页。《雷沛鸿文集》未录,为雷氏重要佚文之一。他本人后来追忆该文,认为《民族的基本概念分析》,载于《新社会》第 2 卷第 4 号,题目与号数有误,参见韦善美、马清和主编:《雷沛鸿文集》(续编),第 104 页。又陈友松主编:《雷沛鸿教育论著选》,人民教育出版社,1992 年版,第 399 页,题目,刊行时间,号数皆误。

③雷沛鸿:《民族的概念分析》,载《新社会半月刊》第 2 卷第 7 号,民国二十一年(1932 年)3 月。

治学和民族学理论,借用近代西方民族观来分析中国民族问题,并试图通过以民族和国家的统一为纽带,建立一个新的中华民族。这未必符合中华民族多元一体的历史实际,但在30年代日寇企图灭亡中国的大背景下,这种集合全民族力量抗日的思想主张,有其合理性和进步性。

《怎样善用我们的生命》一文,作于1932年元旦之前,发表于1933年2月15日出版的《申报月刊》第2卷第2期上。该文的动机是"在社会上、在政治上、文化上,以至在经济上——尤其是在经济上——均未能走入一定轨道"[①],即通常所谓近代中国社会新、旧交替过渡时期,中国应该"往哪里走"这一根本性和方向性问题,以及回答国人为民族国家应"怎样善用我们的生命"的拷问而作的。依雷氏看法,国人应该这样善用自己的生命:"其一,我们要把我们的一生奉献中华民族,以为民族生存、民族独立奋斗。其二,我们要把我们的一生服事中华人民,为寻常百姓谋利益,为民族生活谋改善。"[②]这是30年代初,雷氏以全局性的眼光,把握中国走向问题,从而提出明确的奋斗目标、及实现目标的主体力量是民众的战略思路。此不啻为雷氏半年后回广西实施教育改革,以试图解决中国社会问题的宣言书。实质上触及了《申报月刊》在5个月后发起组织所谓"中国现代化问题"大讨论的历史主题,且倡之在先[③]。这是该文第一个值得注意之处。该文第二个值得注意的地方,是作者首次将民族运动的三个不同层次内容——民族自救运动、民族统一运动与民族建国运动连带、完整地提了出来。在进一步追问国人怎样献身于中华民族时,提出要注意三项

①②雷宾南:《怎样善用我们的生命》,载《申报月刊》第2卷第2期,民国二十二年(1933年)2月15日。

③罗荣渠主编:《从"西化"到现代化——五四以来有关中国的文化趋向和发展道路论争文选》,北京大学出版社,1990年版,第14页。

事业，“第一，毕此一生，我们要致力于民族自救运动”；“第二，毕此一生，我们要致力于民族统一运动”；“第三，毕此一生，我们要致力于民族建国运动”①。如果将这种提法，与前面几篇关于民族理论问题的研究论文加以联系和比较，可以看出，这时雷氏关于民族理论的研究，又有了明显进展。首先，民族运动三个紧密联系、互为条件而又层次不同的内容，被整合在一起。这是理论化、概括化的结果；其次，民族自救、统一、建国三个运动的具体内容和不同要求的明确化和细目化，表明了民族理论研究的深入；再次，民族运动与它的主体实现力量——民众发生了联系，反映其民族理论不再是空中楼阁，而是一种可能转化为现实性的物质力量。

(二)民族教育的理论阐发和实施构想

1931至1933年间，伴随着时局的紧张及其民族理论的新变化，雷沛鸿对民族教育的构想也逐步成型。“九一八”事变一爆发，雷沛鸿就异常关注东北问题，并极其敏锐地断言：这是第二次世界大战的导火线②。教育界，尤其是民众教育界，对此反应十分强烈：“中国的民族乃遭遇了一个亘古未有之莫大的刺激和打击。全国国民咸致力于觅取救此民族危机的良策，于是民众教育及素以教导民众为惟一职责之民众教育者，乃不能再事缄默，而负起救国的责任来。”③随时注意事态的发展。9月26日，即“在日本军队侵入沈阳后之八日”，雷沛鸿在其主编的《教育与民众》第3卷第1期卷首语上指出，“民众教育与

①雷宾南：《怎样善用我们的生命》，载《申报月刊》第2卷第2期，民国二十二年(1933年)2月15日。

②雷沛鸿：《第二次世界大战与中国教育》(导论)，载《广西教育研究》第7卷第1期，民国三十五年(1946年)1月1日。

③杨汝熊：《五年来中国民众教育之回顾与展望》，载《教育与民众》第5卷下册(合订本)，第8期，民国二十三年(1934年)4月18日版，第1387页。

爱国行为,从今以后,必须相应和复相融合"①。雷氏或许是全国最早从教育的角度,对"九一八"事变作出反应,并将它与民众爱国教育相关联的教育界人士之一。10月6日,他在《辛亥革命与民众教育》一文中,对日本的侵略行径给予了严正谴责②。23日,即"日本军队侵占辽吉两省一月后之第五日",又呼吁:教育界的同人,应"在此存亡绝续之秋,当然不能忘却,复又无情于中国的全国民众,尤其是现在尚颠连窘迫于外敌的铁蹄下之东北民众……如其不然,试问除却民众的力量之外,我们还依赖什么力量以摧败我们的民族生存的惟一大仇敌?"③雷氏身在苏沪,心系东北。随着日本侵略的步步深入,雷沛鸿发表愈来愈烈的抗日言论,奉劝大家以教育为武器,发动民众力量,以抗击日本帝国主义。

民族自救与民众教育,既不能托命于外国,眼睛向外,又不能全靠政府,眼睛向上,而"必须集合全国人民,以共赋同仇",眼睛向下。为此,"我们遂不能忘情于民众,尤不能忘情于民众教育"④(因为它是为民众而办的教育——原注)。所以,从民族自救依靠的力量而言,必定与民族教育或民众教育联系起来。这是雷氏在《民族自救运动下之民众教育析义》一文中强调的一个中心思想。

那么,民众教育应当怎样努力于民族自救呢?雷沛鸿认为下面这四点极为重要,即:(一)"启发民族的基本概念";(二)"唤起民族意识";(三)"恢复民族的自信力";(四)"唤起他们(指国人——引者)本身的自觉心"⑤。雷氏鉴于鸦片战争失败后,国人由盲目虚骄到矫枉过

---

①《教育与民众》第3卷第1期,民国二十年(1931年)9月版,"编者的话"。

②雷宾南:《辛亥革命与民众教育》,载《教育与民众》第3卷第2期,民国二十年(1931年)10月。

③《教育与民众》第3卷第2期,"编者的话"。

④雷宾南:《民族自救运动下之民众教育析义》(四),载《雷沛鸿文集》上册,第48页。

⑤雷宾南:《民族自救运动下之民众教育析义》(二),载《雷沛鸿文集》上册,第39页。

正，妄自菲薄，百事不如人、自信心顿失的状况，认为自信力的培养十分关键。为了鼓舞信心，特以弱国丹麦战胜强大的普鲁士为例，加以论证。进而强调，通过民众教育启发民众的力量，然后足以抗拒强敌，救民族于危亡之中[①]。民族自救，依靠政府还是人民，反映出两种不同的抗战救国观。

雷沛鸿是当时国内较早从事民族自救与民众教育关系研究的学者。集中体现他这一思想的论文——《民族自救运动下的民众教育析义》，成为当时国内论及民族教育的代表作之一。1932 年，时为江苏省立教育学院研究实验部主任的雷沛鸿和他的同仁，鉴于"民族危机之愈显，莫不焦心苦虑，以研求民族教育"，决定把 1932 年研究工作的重心，放在民族自救教育上。研究内容计有"民众教育之救国方案；民众教育如何唤起民众之民族意识；如何实施自卫教育；如何灌输抗日救国的观念等。研究成果著成论文，散见于《教育与民众》月刊者甚夥。如雷宾南氏之《民族自救运动下之民众教育析义》一文即其一也"[②]。该文即在全国来说，也是独领风骚的作品。据说文章刊出后，"此后国内一般教育家所发表的此类言论，不胜枚举"[③]。至于该文连载发表情况和主要内容，也一直为《教育与民众》的编者所津津乐道[④]。

民族自救，是一场全中华民族都要参与的爱国运动，不仅要依靠国内民众，同时也有赖海外华侨的支持。事实上，华侨的爱国热情与行动，丝毫不逊色于国内民众。"任你走遍天涯海角，凡是华侨的足迹所至，你在随时随地可以耳闻目见我们的侨胞于生计艰难之下，仍然

①雷宾南：《民族自救运动下之民众教育析义》(二)，载《雷沛鸿文集》上册，第 40 页。

②③杨汝熊：《五年来中国民众教育之回顾与展望》，载《教育与民众》第 5 卷下册(合订本)，第 8 期，民国二十三年(1934 年)4 月 28 日。

④《教育与民众》第 4 卷第 4 期，编者按。

慷慨输将，以纾国难”[①]。雷氏一贯重视华侨教育。早在美国留学时，即开始筹办华侨教育[②]。1924年，在上海暨南学校任教时，对此热情未减。“九一八”事变后，雷氏数度远赴南洋，调研华侨教育；回到上海后，写成《南洋华侨与祖国文化》这一导论性文章。该文从教育与民族文化、教育与民族生活的关系立论，研究华侨教育问题。值得指出的是，雷沛鸿在文章中，较早地提出了教育具有“普遍性”和“生长性”[③]特征的观点。认为教育是“一种有普遍性自然权利，与同生命，人人得受，华侨自然不例外。教育具有生长性，是一种生活历程。因此，通过教育个人不但可以得到行为的正路，而且可以得到生活的大道”[④]。惟其如此，凡是教育，包括华侨教育，“首先着意于个人修养，其次，复须注意于身教家教以至化民成俗”。因此，当把这一原理应用于华侨教育时，“我们必须首先要问华侨的个人生活、家庭生活、社团生活以至其他社会生活及经济生活”[⑤]。雷氏在谈到如何教国内民众爱国时，也强调，“以身为教，以家为教，以社团生活为教，又以民族生活为教”[⑥]。这反映雷氏实际上将海外华侨教育，视为国内民众教育的延伸和拓展。因此，民族教育既包括国内民众教育，也包括海外华侨教育。

这一时期，雷沛鸿还思考了民族教育付诸实践的问题。在实施民族教育时，身为工作者，首要的是转变教育观念。认识到民众教育，并非仅是一味注意识字读书，或注意善用休闲，或增加生产的教育；更不是一种恩赐，而是“全国人民应享的权利”[⑦]。从而把民族教育的实

①雷宾南：《民族自救运动下之民众教育析义》(四)，载《雷沛鸿文集》上册，第47页。

②雷沛鸿：《我的自白》，载《中央日报》(南宁版)民国三十六年(1947年)11月18日第3版。

③④⑤雷宾南：《南洋华侨与祖国文化》，载《申报月刊》第1卷第6号。

⑥雷宾南：《民族自救运动下之民众教育析义》(四)，载《雷沛鸿文集》上册，第50页。

⑦雷宾南：《怎样善用我们的生命》，载《申报月刊》第2卷第2期。

施和时人所倡导的平民教育区别开来，上升到政治层次，反映了民族教育实施理想的崇高和目标的远大。至于民族教育实施的步骤，大体上分为两步：首先，“要唤醒民众”——使之能认识自己，认识周围地方，认识民族以至全世界；其次，“要辅导民众”——使之能组织民团以自卫。能组织自治团体以办理本地事务，又能组织各种合作社以谋经济复兴。只有这样，“民族自救运动才有力量，民族统一运动和民族建国运动才有根基”①。透过雷氏实施民族教育的构想，一方面，可为民族理论的研究成果——民族运动及其三个层次的逐步推进，奠定力量基础；另一方面，这种构想也可视为稍后广西国民基础教育的教人做“新国民”、以及与广西政治、军事、经济建设发生联系的前兆。

（三）抗日民族教育的实际行动

国难当头，民族教育不仅要在理论上作出阐释，而且要在事实上做出行动来。江苏省立教育学院以培养民众人才为急务，以关心民众生活的疾苦为职责。“九一八”事变后，日本帝国主义发动侵华战争，威胁中华民族的生存，也将东北民众逼进苦难的深渊。因此，该院对事变反应强烈。院内学术期刊《教育与民众》大量刊载国难教育文章，“极愿供其作为喉舌”②；教师发动国货运动，组织抗日救国会；全体学生发出罢课宣言③，奔赴南京请愿。全院上下充满着浓烈的抗日救国氛围。雷沛鸿不仅在言论上成为院中最早提倡民族自救教育的人士之一，而且在以后一系列抗日活动中，都能看到其活跃的身影，听到其激昂的陈词。笔者在1991年已注意到雷氏在江苏教育学院的爱国表现，但所用多为回忆性材料④。今依据新发现的原始材料，加以

①雷宾南：《怎样善用我们的生命》，载《申报月刊》第2卷第2期。

②《民众教育征稿启事》，载《教育与民众》第3卷第4期，民国二十年(1931年)12月。

③《最近民众教育消息》，载《教育与民众》第3卷第4期，民国二十年(1931年)12月。

④曹天忠：《论雷沛鸿的爱国教育思想》，载《广西师范大学学报》(哲社版)，1991年第3期。

补充。雷沛鸿在江苏教育学院实践民族教育活动，大体有以下几种方式：

其一，参与组织抗日救国会及其活动。1931 年 10 月 30 日，全院员工在会客厅开会，讨论抗日救国事宜。通过会章，“正式推荐雷宾南、陈湘圃、俞庆棠、赵步霞、高院长（践四）五行政先生为执行委员”[①]。设执行委员会作为组织机构，下设各部，部下有股。在执委会第一次会议上，推俞庆棠为常务委员，其余四个执委各任一部主任。其中，雷沛鸿为宣传部主任，部又分编辑、图画、游艺、演讲、出版五股。抗日救国会成立后，即举行常会，决定以江苏省立教育学院抗日救国会的名义，向正在东北孤军奋战、为国争光的黑龙江代省主席马占山捐爱国款、发慰问电，鼓励东北义勇军杀敌，“捍卫疆圉”[②]。此外，从雷氏主持召开成立抗日救国会，并当选为五人执委之一来看，后来不少学生回忆时说雷氏与俞庆棠、高践四等同为江苏教育学院的“领导核心”之说，当为可信[③]。

其二，筹办国货流动展览。国货运动是近代国人抵御外国经济侵略的实在手段。雷沛鸿对此向来重视。1928 年 11 月 25 日，国民政府工商部在上海举办中华国货展览会。在广西特别宣传日上，时为该省代表的雷沛鸿莅临并发表演讲。他对展览会“成绩斐然”，表示祝贺，并将广西农林、矿业、工业、交通等现状，向与会者作了介绍[④]。江苏教育学院救国会决定举行国货展览会，“推定雷宾南、俞庆棠”等 12 人负责筹备。目的是“征集各种国货，轮流在本院各实验室实习机关陈

---

①②《江苏教院教职员组织抗日救国会》，载《教育与民众》第 3 卷第 3 期，民国二十年(1931 年)11 月。

③刘光：《缅怀吾师雷沛鸿》，载《雷沛鸿纪念文集》，第 72 页。

④《中华国货展览会 · 广西日之宣传》，载《申报》(影印本)第 252 册，第 709 页，民国十七年(1928 年)11 月 25 日。

列，以期唤醒民众乐用国货，不购仇货”。具体办法由宣传部和社会服务处拟定[1]。雷氏重视并有办理国货展览的经验，由其负责筹备设计此次活动，可谓得人。

其三，作抗日救国演讲。江苏教育学院规定，每逢周一、四上午8时至9时，聘请对中日问题有研究者担任抗日救国演讲，对全体师生员工进行爱国教育，加强爱国精神。雷沛鸿亦应邀演讲。其演讲内容精到、感人。据记载：“雷宾南先生痛陈政府当局对于此次事变，事前既勇于私斗，不先防御，以致东北锦绣之地，尽落暴日手中；诵古人‘一寸山河，一寸伤心地’之言，五内如焚；事后又不恤民意，别有怀抱，妄自菲薄，摇尾乞怜。今后全国上下，应励行征兵，组织强有力之政府，俯采舆论，和衷共济，保持民族意识，发扬民族精神，使中华民族为整个的民族，共同对外，以‘血’与‘肉’与被帝国主义者相周全，求中国之自由平等。雷先生学问渊博，且富情感，此番演讲，语多沉痛，泣下沾襟；而悲愤之气，溢于言表，听者莫不动容。”[2]揆诸雷氏上大课时高潮迭起，极富节奏感的事实，以上描述谅不会有太大的夸张。

总之，雷氏此段时间，潜心民族教育理论研究，积极参加抗日救国活动，体现了一个爱国教育理论家与实行家的双重品格。

四、其他学术活动

（一）主撰《教育与民众》

《教育与民众》，是江苏教育学院研究实验部负责出版的学术刊物。作为该部主任的雷沛鸿也一度主编此刊，并发表过大量文章。

雷氏从《教育与民众》第3卷第1期始，担任主编。本期首篇文

---

①《教院筹办流动国货展览会》，载《教育与民众》第3卷第3期，民国二十年（1931年）11月。

②《最近民众教育消息》，载《教育与民众》第3卷第3期，民国二十年（1931年）11月。

章，即是其《民众教育的自觉运动》一文。论者大多以为该文反映了作者关于民众教育的基本宗旨，不过往往忽略了作者的办刊思想。他指出："本刊命名《教育与民众》，其旨趣是要致力于一种企图，即是：设法使教育与民众联合，庶几整个教育所有利益能贡献及供奉中华民国的全体人民，直截了当言之，本刊实以鼓吹'民众的'教育为帜志。"在此宗旨下，雷氏认为民众教育的自觉运动非常重要。所谓自觉运动，"简约地说，含有三层要义：第一要认清民众教育的使命；第二要辨明民众教育的主旨；第三要做出民众教育的实事"[①]。因此，民众教育自觉运动的三个要义，既是民众教育的办学理想，也是《教育与民众》办刊的目标。因此《教育与民众》在投稿须知上，标明用稿标准："凡与本刊宗旨相合之稿件，无论文言语体均所欢迎。"[②]与宗旨相合第一，体裁不限，堪称办刊的开放意识与采稿的宽容态度。据该刊责任编辑陈大白云："院长高践四先生与前研究实验部主任雷宾南、俞庆棠两先生，均为本刊创作之主持人。关于刊行大计，经费筹措以及特种稿件之征集、均由伊等负责。"[③]抓发行，筹经费，组特稿，正是主编办刊思路清晰的反映。

《教育与民众》编辑部设在研究实验部办公室内，"陈设极简陋，除办公桌、藏稿箱及参考图书杂志外，别无他物"[④]。虽然条件简陋，但主编和责任编辑陈大白、郑一华均为成人教育行家，且三人早有包办《教育杂志》"成人教育专号"全期稿件的奇遇，在学术上"已属志同道合"。如今三位学术知音，合编一刊，选稿编制，校阅付印以及研究实验，"均协商进行，聚首一室，意气甚洽"[⑤]。尽管物质条件不尽如人意，

①雷宾南：《民众教育的自觉运动》，载《教育与民众》第3卷第1期，民国二十年(1931年)9月。

②《投稿须知》，载《教育与民众》第3卷第2期，民国二十年(1931年)10月。

③④⑤陈大白：《我与〈教育与民众〉》，载《教育与民众》第10卷第10期，桂林，江苏省立教育学院编印，民国三十年(1941年)6月25日。

但主编、编者系专家办刊，志同道合，民主协作，在相当程度上弥补了客观物质条件的不足。于是，不时有佳作出现在《教育与民众》的版面上，以飨读者。

雷氏主编《教育与民众》杂志的重要事迹之一，即组织设计"中国民众教育基础"的专题征文。其征稿启事谓：

> ……吾人以为目前急务，须抓着我国民众教育之社会基础与心理基础。认清斯项基础，民众教育方能发扬光大，而努力其中者乃能有所依据而得收事半功倍之效。故本刊不揣力薄，拟于第三卷中出——"中国民众教育社会基础"专号及"中国民众教育心理基础"专号，冀对于民众教育运动有所贡献。乞各处人士踊跃惠文，以襄成斯举，岂独本刊之幸，中国民众教育前途实厚赖之！至文稿性质与范围，可参阅本刊本期之《本院研究实验工作计划总纲并说明书》一书（以下简称《总纲并说明书》）。①

旋又在该刊第3卷第5期刊出专号"征文题目示例"16目②。本次征文的学术意义，以及对民众教育的作用、内容和征稿参照文，均在启事和款目中一一明了。

《总纲并说明书》与征文题目示例对照表：

项 目	雷氏细析之民众教育基础子目	征文题目示例
研究重要性	民众教育要发荣滋长，必须建筑于民众生活之上。即以民众现有生活为出发点，以改善民众的未来生活为归宿点	认清斯项基础，民众教育方能发扬光大

①《本刊征稿启事》，载《教育与民众》第3卷第4期，民国二十年(1931年)12月。

②《教育与民众中国民众教育基础专号征文题目示例》，载《教育与民众》第3卷第5期，民国二十一年(1932年)1月。

续表

项目	雷氏细析之民众教育基础子目	征文题目示例
社会基础	1. 人口移动问题 2. 人口集中问题 3. 农民离村问题 4. 乡村衰落问题 5. 都市发生问题 6. 家族制度解组问题 7. 行会制度解组问题 8. 土地荒废及兼并问题 9. 佃作问题 10. 高利盘剥问题	1. 从中国的人口问题说明中国的民众教育问题 2. 根据中国的社会结构来讨论民众教育的途径 3. 中国农村经济日趋衰落中之民众教育的急务 4. 从中国的经济问题说明民众教育应该怎么办 5. 民众教育如何启发中国民众的政治开化
社会基础	11. 垦殖问题 12. 农业科学化问题 13. 农家副业的再兴问题 14. 乡村改组问题 15. 民社(community)建立问题 16. 中华民国的全国产业化问题 17. 中国民众的政治开化问题 18. 中国民众的技术训练问题	6. 中华民族的民族特性与民众教育 7. 中国社会习惯与民众教育 8. 民众教育如何使科学在中国能够大众化 9. 中国工业化程度日高中之民众教育问题
心理基础	一、种族心理 1. 中国伦理问题 2. 中国礼制问题 3. 中国民俗(Folkways)问题 4. 中国社会习惯的研究 5. 中华民族的民族特性的研究 二、社会心理 6. 农人阶级的心理研究 7. 工人阶级的心理研究 8. 商人阶级的心理研究 9. 爱国心的研究 三、成人心理 10. 成人读书习惯及其兴趣研究 11. 成人智慧测验 12. 文盲智慧测验 13. 儿童及成人的学习能力的比较研究	10. 从中国的家庭问题说到民众的家庭教育 11. 中国农人的心理研究与民众教育 12. 中国工人的心理研究与民众教育 13. 中国商人的心理研究与民众教育 14. 中国的读书观念习惯及兴趣之研究 15. 中国人组织能力之研究与民众教育 16. 中国人爱国心之研究与民众教育
资料来源	《教育与民众》第3卷第4期;或见《雷沛鸿文集》上册,第68~70页	《教育与民众》第3卷第5期

《总纲并说明书》，系1931年秋末，由时刚任江苏教育学院研究实验部主任的雷沛鸿，为指导该部工作而起草的一份纲领性文件[①]。其主要内容分为“总纲”与“说明书”两大部分。总纲包括主旨、中心思想、方法、事业、机关、工作原则数目。其中，主旨是运用科学方法，“建立民众教育的学术”；中心思想是“寻出及确立民众教育的社会及心理基础”：在社会基础方面，注意人口、土地、农村、都市和家庭五大问题；在心理基础方面，包括种族心理学、社会心理学、成人心理学三大部分。说明书主要说明研究计划只能是总纲而不能是细目的理由、民众教育与民众生活的密切关系、及如何建立二者关系等问题。此外，说明书还注重农民问题；主张用变化、运动的哲学观看待所定计划。其中，总纲规定的民众教育的社会基础、心理基础之下，共分为20个子目和23个细项，总共43个条目。

分析研究《总纲并说明书》，要注意以下几个问题。首先，说明书并非纯粹的理论构想，而是以三个多月的实践经验为基础的。其次，一般以为《总纲并说明书》的著作权为雷氏个人所有，但事实上《总纲》部分是以雷氏为代表的集体智慧的结晶：“集合研究实验部及各实验机关中之诸位同志所有心思计议而构成。”但也必须指出，《总纲说明书》部分则全是雷沛鸿的创作和发挥[②]。再次，《总纲并说明书》与本次征文的关联，为最重要的问题。一是征文的主题，来源于《总纲并说明书》所强调的中心问题——“寻思及确立民众教育的社会基础及心理基础”；二是征文的题目示例，与雷氏在说明书部分和总纲部分的若干子目大同小异；或者说征文的题目，主要是从雷氏所列之民众教育的社会基础和心理基础的43个条目中，精选而成。

---

①②雷宾南：《本院研究实验工作计划总纲并说明书》，载《教育与民众》第3卷第4期，民国二十年(1931年)12月。

从上面"《总纲并说明书》与征文题目示例对照表"可知,《教育与民众》此次征文,从主题思想到征文题目设计,都与主编雷沛鸿的智慧密不可分。关于民众教育的社会和心理基础,此后一直成为江苏教育学院工作的重点。1936 年在广州召开的中国社会教育社第四届年会上,该院大会发言的报告即是以此为题①。显然,这一段雷沛鸿执教于江苏教育学院的学术活动不应被忽略。

雷沛鸿与《教育与民众》关系密切,还体现在他在该刊发表的一系列研讨成人教育、民众教育的论文中。这些论文有如下几个特点。

首先,时间长,有始终。从 1929 年该刊第 1 卷第 1 期刊登其《祝成人教育的世界大会》,到 1941 年第 10 卷第 10 期发表《治国的预防医药——民众教育》,雷沛鸿始终以作者身份与之保持联系。即使该刊在一百多期的出版过程中,曾由江苏无锡易址到广西桂林,也不例外。

其次,数量多。据统计,该刊自第 1 卷至第 5 卷,作者计有 139 人。其中发表 25 篇以上者,是编者郑一华,而发表 15 篇以上的则有雷沛鸿、傅葆琛、陈大白、高阳(践四)等 4 人。其中郑为编辑,经常转摘他人稿件,故篇数最多。这段时间,正是雷氏在苏沪生活期间,有 16 篇左右的论文发表②。即使以从该刊第 1 卷第 1 期至第 10 卷第 100 期的统计,雷氏仍居于发稿文字最多的前 20 名作者之列③。

再次,质量高。当过该刊编辑的林宗礼,在《从创刊到一百期》,回

①储志:《中国社会教育社第四届年会记》,载《教育与民众》第 7 卷第 7 期,1936 年 3 月。

②蒋成堃:《五年来本刊内容之统计》,载《教育与民众》第 5 卷下册,第 8 期,民国二十三年(1934 年)4 月 28 日;又根据笔者所见和参考雷坚编著:《雷沛鸿传》第 320~322 页统计而成。

③林宗礼:《从创刊到一百期》,载《教育与民众》第 10 卷第 10 期,民国三十年(1941 年)6 月 25 日。

顾了该刊所刊论文的大致内容，揭示了各个时期民众教育研究的学术重心,胪列了一批有代表性的文章。以此文为基础,结合其他记载,如果以雷氏在苏沪期间发表的论文为例，则几乎每卷都有其代表作名列其上。第1、2卷内容比较“偏重宣扬民众教育之重要,介绍各国成人教育的实施,及扫除文盲运动之研究”,有关代表作,就有雷氏刊于第1卷第10期的《北欧的成人教育》[①]。第3卷对于“民族自救运动，教育改造运动及民众教育学术的研究等方面颇为注意”。雷氏的《民族自救运动下之民众教育》，即是前一问题的代表作[②]；而刊于第3卷第3、4期的《现代中国教育两宗疑案》(上、下篇),则是后一问题的佳构[③]。

如果说,江苏教育学院是全国民众教育的重镇之一,那么,《教育与民众》杂志则是反映其研究成果的橱窗。它创刊于1929年,其历史与中国民众教育运动相伴随,不啻为中国民众教育发展的晴雨表。雷沛鸿一度主理该刊时的办刊取向、以及自己发表的众多有见地的论文,从一个侧面反映了近代中国民众教育的学术史。对于《教育与民众》杂志的历史地位，有人认为它“为全国社会专门刊物之惟一权威，足与世界英美两国之成人杂志(Journal of Adult Education)媲美”[④]。从雷氏与《教育与民众》的不解之缘中,不难看出,其为该刊盛誉的获得,起了添砖加瓦的作用。

(二)发起中国社会教育社

①林宗礼:《从创刊到一百期》,载《教育与民众》第10卷第10期,民国三十年(1941年)6月25日。

②杨汝熊:《五年来中国民众教育之回顾与展望》,载《教育与民众》第5卷下册,第8期,民国二十三年(1934年)4月28日。

③陈兆蘅:《教育与民众在社会教育学术界之地位》,载《教育与民众》第10卷第10期。

④雷坚编著:《雷沛鸿传》,广西人民出版社,1997年版,第305页。

中国社会教育自1927年以来，随着国民革命潮流的高涨，迅速发展起来。雷沛鸿为改革中国“洋化”过重的学校教育，对社会教育一向很关心。1930年，在北京举行的第二次中国教育会议上，雷氏被推选为社会教育提案审查组主席，成人补习教育提案审查组委员。会上，与蔡元培、陈鹤琴等36人，共同提出了《拟请教育部在最短期内积极的提倡注音识字运动案》的议案[①]。这说明，雷氏在社会教育领域，已有一定影响。而社会教育发展到一定阶段，亦须有自己的组织机构和活动阵地。于是，教育界遂有中国社会教育社成立的动议。关于它的缘起，发起词说：

> 众人的聪明智慧是全世界的重大幸福。……社会教育是增进众人的聪明智慧之最妙法门……人们对于现行的社会秩序，常表不满足，而有继续不断的新改造运动。在这新改造运动中，常有新教育理想，新教育制度发生。……中国以受帝国主义之压迫，而有数十年来之革命运动。但新运动的成功，必赖新教育制度，因此成人教育为世界公同的需要，而于中国尤为迫切。……我们已知各地社会教育同志，已在不同的环境之下，依据适当的理论和方法，推进他们的事业。但中国地大人众，同志散处各地，深感声气少通，愿宏力薄。因此，同人等欲谋全国社会教育同志的大团结，而有中国社会教育社的发起。[②]

普遍强调社会教育的重要性，以及社会教育发展需要合作团结的领导，这是中国社会教育社成立的背景和形成原因。

文中的“同人等”，包括俞庆棠、李蒸（云亭）、高践四、赵步霞、钮永建、尚仲衣、雷宾南、陈礼江等在内的教育界名流。他们先于1931年

---

①②《中国社会教育社之缘起》，载《教育与民众》第3卷第4期，民国二十年（1931年）12月。

11 月 21 日在江苏镇江开会，商定中国社会教育社的名称及组织纲要。12 月 31 日，中国社会教育社在南京民众教育馆正式成立。雷氏是该社的主要发起人之一①。

该社第一届年会，于 1932 年 8 月 24 日在杭州举行。会上选举理事和进行会议提案。结果，俞庆棠当选为常务理事兼总干事，雷沛鸿与梁漱溟、陈剑修、刘绍桢等 12 人当选为理事②。在会议提案中，雷沛鸿等人提出的"本社应请全国各社会教育机关一致实施救国教育案"，经审查会修正，复经大会议决，照审查案通过③。以雷氏为首提出的这一提案，在中国社会教育社的历史上产生了颇大影响。因为该救国教育方案适合国难需要，最后几乎被教育部全文采纳，改题为《社会教育机关实施救国教育方案》，"通令各省市教育厅局转饬遵行"④。此为雷氏文集佚文。所提出教育救国案的理由和办法如下：

> 盖一国之教育，自应以民族独立为先决问题。最近我国内忧外侮，愈形严重，所谓"民族生命"，已濒危殆。尤当以雪耻御侮，挽救民族国家之生存为中心目标。社会教育既以最大多数之民众为施教之对象，则其对于"唤起民众"以"求中国之自由与平等"，自应比较学校教育，负更大之责任。故今后中国之社会教育，应尽量灌输救国教育之精神，而由全国各社会教育机关以各种方法努力推行之。
>
> 社会教育实施救国教育之目标，期在养成民众强毅勇敢之精神，勤俭刻苦之习惯，利群爱国之观念，国民应有之常识，与团

①《中国社会教育社之缘起》，载《教育与民众》第 3 卷第 4 期，民国二十年(1931 年)12 月。

②③李邦权：《中国社会教育社第一届年会的前前后后》。载《教育与民众》第 4 卷第 1 期，民国二十一年(1932 年)9 月。

④《社会教育机关实施救国教育方案》，载《教育与民众》第 4 卷第 3 期，民国二十一年(1932 年)11 月。

结自卫之能力。务求在全体民众之中，普及救国自强之共同意识，培植复兴中国之真实力量，其实施之方法，为目前所急应实行，或应继续推行者。

其要目如下：

1. 援助东北义勇军（着重号为原文所加，下同）；2. 提倡国货运动；3. 普及关于国难之宣传；4. 协助民众自卫；5. 充实各社会教育机关中有关救国之教材；6. 编印各种有关救国之民众读物；7. 编订关于救国之讲演资料；8. 推行足以发扬民族精神之音乐与艺术；9. 就民众娱乐中灌输关于救国之材料；10. 其他有效之各种方法。①

10个要目之下尚有细目，限于篇幅，此处从略。依上所述，中国社会教育机关救国教育方案的理由、办法、目标和当前实施办法，均璨然若备。结合前述雷氏在江苏教育学院的种种救国行动，由其牵头提出该案，自是意料中事。全面抗战爆发后的1938年3月，雷氏根据战时情形，又非常具体地提出《中华民国战时民众教育方案》（初稿）。前后相联系，也就不足为奇了②。这一救国教育方案的提出和被教育部采纳转发，由民间愿望转为官方意志，这本身足以证明它的价值和影响。因此，后来崔载阳在总结中国民族教育研究时，给了它“以发扬民族精神及陶铸民族意识为重”③的评语。

---

①《社会教育机关实施救国教育方案》，载《教育与民众》第4卷第3期，民国二十一年(1932年)11月。

②雷宾南：《中华民国战时民众教育方案(初稿)》，载《抗战教育》创刊号，福建省立民众教育处，民国二十七年(1938年)3月5日。

③崔载阳：《八年来中国民族教育之研究》，载《教育研究》第65册，1936年2月号。

第三节　关怀中国教育现状与未来

雷沛鸿在江苏、上海寓居，除从事教学与科学研究外，还从教育与社会关系的角度切入，对当时中国教育界的现状，进行了抨击，并提出了不少建设性意见，为即将揭幕的教育改革作好理论准备。

一、教育现状的批评和主张

(一)“以新代旧”

1930 年 4 月 20 日，雷沛鸿发表《中国教育之新要求》一文，开宗明义：“如果我们相信教育务须社会化，我们对于中华民国十八年来的教育事业当然不能满意。如果我们相信教育的机会要平等，我们对于中国数千年来之教育的传统思想亦不禁失望。”[①](着重号为原作者所加，下同)

关于传统教育，中国过去有士、农、工、商之别。士为统治阶级，农、工、商为被统治阶级，受教育者为少数人的士，大多数的农、工、商被拒于教育大门之外。在“劳心者治人，劳力者治于人”的等级观念下，“教育只是少数士绅官吏的专利品”。这种教育，实与普通社会“常互相离异”[②]。显然，这是用现代西方视教育为天赋人权的思想：‘凡人无论怎样智愚，此类权利均不受褫夺’的新观念，批判中国传统的教育观念的结果。”[③]

对于外国学校教育制度，清末民国以来人们在将外国的学校教育制度引进中国时，没有考虑中国的国情，以致缺乏社会基础和社会

①②③雷宾南：《中国教育之新要求》，载《教育杂志》第 22 卷第 4 号，民国十九年(1930 年)4 月 20 日。

立场。中国与西方社会制度与经济发展水平迥异。外国社会是产业革命的现代社会。其特点是，人口集中于城市，经济上大批量生产，都市教育发达；儿童义务教育普及，成人技术教育发达。中国是个前产业化的农业社会，人口大多滞留在农村，经济上贫穷落后，教育水平低下。在中外社会"殊形异质"的情况下，产生于西方的学校教育制度引入中国，"不当徒事剿袭"[①]。但事实上恰恰相反，学校动辄设在城市而非乡村，结果是，"学校在中国只成为政治上之一种装饰品，而未能有多大裨益于大多数民众"[②]。

"国民所有生产力的大小，实以他们所有读书识字的程度高低为正比例"。雷沛鸿根据这一教育经济学原理，一针见血地指出中国小学教育不发达，盲目输入外国那种建立在普及教育基础上的各种职业技术教育，结果只能为少数人享有，与广大民众无缘。"我们所办的学校纵使是农业学校、工业学校或商业学校，然而校中所有教育仍不过是一种士族的商业教育、工业教育或农业教育而已"[③]。这种不顾国情、盲目仿效西方学校教育的结果，其实与传统中国教育只有少数人垄断，与普通社会相分离的状况无异。从以上分析可知，无论是中国传统的教育，还是清末民国后从西方引入的不合中国国情的现行学校教育制度，都属于旧教育的范畴。所谓的"中国教育之新要求"，诚如雷氏在文章中所总结的：

> 有关于个人的思想行动者四事：
>
> 其一，人间知识不应作为秘传的东西；
>
> 其二，学问不应作为做"异人"的工具；
>
> 其三，学校制度不应与普通社会互相离异，更不应失去社会

---

①②③雷宾南：《中国教育之新要求》，载《教育杂志》第22卷第4号，民国十九年(1930年)4月20日。

的立场；

其四，教育事业不应做成政治上之装饰品及经济上之奢侈品，它应被做成人类社会所有一件普遍的平凡事业。

有关于教育政策者四事：

为着图谋国中之最大多数人的最大幸福，农村教育不可不从速办理；

为着取得个人的及民族的自由，成人教育不可不竭力提倡；

为着实收经济上之最大效应，产业教育不可不次第举办；

为着提高全国民众的普遍智力，义务教育不可不定期实施。①

可见，"以新代旧"，是指雷沛鸿试图以学校教育社会化、传统贵族教育平民化的新要求、新理念，代替学校教育与社会教育相隔绝、传统教育为少数人所垄断的旧观念。从历史与现状、事实与理论的不同层次，触及了中国传统教育的现代化、学校教育的社会化、外国教育的中国化等一系列重要问题。这种批评，切中时弊，符合近代中国教育发展的历史潮流，是雷沛鸿教育改革实施之前在理论上对中国现存旧教育的一种必要清理，也是其教育改造理论发展的一个必经阶段。

（二）"以正代误"

"以正代误"，即以准确的"定式教育"和"非定式教育"，代替谬误的"正式教育"和"非正式"教育的称谓；以生产的教育代替非生产的教育。

1931 年 10 至 12 月间，雷沛鸿研究发表了《现代中国教育的两宗疑案》（上、下）的论文。两宗疑案是指："第一，教育当真有定式与非定

①雷宾南：《中国教育之新要求》，载《教育杂志》第 22 卷第 4 号，民国十九年（1930 年）4 月 20 日。

式的区别吗?第二,教育究竟应有生产及非生产的分野吗?”

作者首先追寻中国教育界有“正式学校的观念”存在的第一个国内外渊源。以中国而言，正式学校观念是由于中国传统宗法社会思想之大宗与小宗、近系与旁支、尊前与抑后的产物。在这种社会观念下,科举上进者谓之“正途”,由军功或捐纳得禄位者便为“偏门”[①]。可见,正式学校之说,在一定程度上,是中国传统宗法观念在教育上的延伸。否定了这种观念,本身就具有变革教育和社会观念的意义。就外国而论,则有两个因素。其一,是“教育术语之误译”;其二,是“教育的一个基本概念之误解”[②]。“误译”加“误解”,误上加误,因素更加复杂。

雷沛鸿首先从翻译学、词源学上入手,对误译进行订正。原来教育的术语在英语中有所谓“formal education”及“informal education”者。前一类系指“学校教育(school education)”,后者系指“学校以外之教育(out of school education)”。因为学校是一种制度,有一定的组织和教学历程,故此种教育特被称为“formal(在汉语中实含有依照法度的意思)”。又因为学校以外的教育大抵来自“家庭(family),来自寺院(church)及来自民社(community),以至来自国家(state)和民族(nation)(此字或译国家,实属谬误——原注)”。它们所有组织既未肯定,所有方式亦未能演成一定标准,所以内容更未容易明白规定。故此类教育特被称为“informal(在汉语实含有不依照法度的意思)”。因此,就译义上说,formal education 准确的译法,应为“定式教育”,而 informal education,则应该译为“非定式教育”[③]。就价值判断上,两者只是为了方便研究起见,而进行的教育分类,并无高下贵贱之分。一

①②③雷宾南:《现代中国教育的两宗疑案(上)》,载《教育与民众》第3卷第2期,民国二十年(1931年)10月。

句话，将民众教育划分为正式与非正式教育，在学理上是不对的、错误的。在经过一番追根溯源后，雷氏批评中国学者造成这种错误的原因，是“望文生义”，按字典凑译为正式与非正式教育，结果“差之毫厘，谬以千里”。于是，辗转相沿，以讹传讹。由翻译错误，酿成观念错误，从根本上说是一种学风问题。故雷氏总结这一教训：“吾人治学，不可以不谨，又不可以不严。”①

其次，雷氏从教育起源角度，认为这是误解教育的基本概念所致。这个基本概念就是“教育与学校的区别”②。从时间的先后上看，“世界自有人类，便有教育”。学校不过是后起的一种制度，只是教育的一小部分。因此，那种认为“教育与学校两事可以互相转注，而以为教育即是学校，学校即是教育”③的观点，是错误的。

雷沛鸿以纯学术的笔墨，对中国近代教育界流传已久“误译”的教育术语加以订正，对“误解”的“教育 = 学校”的基本概念加以纠谬。这在教育学术上是一种纯技术的、以正代误的正本清源功夫，在教育观念上则有匡谬扶正、摧陷廓清之效。这为新生民众教育争得合法地位，列入现行学制系统中，是个有力的鼓吹。因为“近几年来，民众教育之呼声弥漫全国，但此项教育不列入现行学制中，称之为非正式教育，识者忧之”④。

关于民众教育是“生产的教育”，还是“非生产的教育”的疑问，是雷沛鸿在《现代中国教育的两宗疑案》(下)着重要解答的问题。据当时人的归纳、转载，该文的主要内容和创作原因是：“乃由于我国社会不能彻底改造，而趋于生产化劳动化的关系，以致一般人误解民众教

---

①②③雷宾南：《现代中国教育的两宗疑案(上)》，载《教育与民众》第3卷第2期，民国二十年(1931年)10月。

④《教育与民众》第5卷第1期，民国二十二年(1933年)9月28日。

育为非生产的教育,有轻视态度。”[①]雷氏在文中只看到问题的存在,认为民众教育并非“多有一个人识字,便少有一个人生产”[②]的那种非生产教育,而是相反。但解决的办法不多,有待来日实践。后来广西国民基础教育以生产教育为内容,与此不无关系。

就《现代中国教育的两宗疑案》而论,上、下篇提出的问题同样重要。就解决“疑问”程度而言,上篇似乎较下篇为佳。但两篇论文在中国民众教育学术史上均有相当影响。它们不仅被《教育与民众》称为全国最近一年之民众教育的重要论文,加以索引和转摘;而且成为建立当时缺乏的民众教育的学术基础的代表性文章之一[③]。

雷沛鸿对当时中国教育现状的不满与抨击,实际上涉及到外国教育引入中国过程中所犯的两种常见毛病。如果说“以新代旧”,主要批评的是外国教育输入中国过程中的照搬照抄,食洋不化的机械性错误;那么,“以正代误”,则属于驳正外国教育输入中国过程中,因误解原义而造成的学术性或技术性的错误。这两种错误,时至今日仍难以避免。

二、民众教育运动的酝酿

(一)民众教育的社会基础和使命

雷沛鸿关于30年代初中国教育的现状所作的批评,无论是对传统中国教育现代化、外来新学校制度中国化的错误,“定式”与“正式”

①陈大白、林宗礼:《最近一年来之民众教育论文索引》,载《教育与民众》第3卷第5期,民国二十一年(1932年)1月。

②雷宾南:《现代中国教育的两宗疑案(下)》,载《教育与民众》第3卷第4期,民国二十年(1931年)12月。

③林宗礼:《从创刊到一百期》,载《教育与民众》第10卷第10期,民国三十年(1941年)6月25日。

教育术语之争，还是对教育生产与非生产之分的诟病，就其共同点和归结点而言，都是教育与社会分离、脱节的结果。因此，矫正这些失误，只能从教育与社会的关系上着手，决不能就教育论教育，否则，犯古人所谓“不识庐山真面目，只缘身在此山中”的错误。

1930至1932年之间，雷沛鸿在学术上非常关注教育与社会关系，以及民众教育的社会基础问题研究。在《就辛亥革命的意义审察中国之教育问题》一文中，提出“一切‘教育问题都是社会问题’的一部分”的总看法。坚信要解决中国现代教育中，如“学生化成高等游民”等种种问题，如果仅“着眼于现行学校制度”，不与社会结合相考察，无论提出何种改革方案，最终都会陷入教育本身循环怪圈之中；并断言其“不但不能自拔，而且绝无出路”[①]。1932年7月1日，雷沛鸿在另一篇文章中重复强调这一观点：“我们首先要认定，大凡所谓教育事业，原不过是社会事业之一部分，随之，一切教育问题的发生，大抵与当时当地所有社会问题关系至切。”[②]

如前所述，雷沛鸿为江苏教育学院制定的研究实验计划，开始注意民众教育的社会基础问题。1931年11月15日，批评国人盲目引入西方学校制度时，不管是大学、是中学，或是小学，“历来俱缺乏一个社会基础”；并尖锐地指出，这是中国学校教育“所有极大缺陷之一个”[③]。约一个月后，雷氏更是恨铁不成钢地说：“我国新学制，依作者的见解所及，实缺乏社会的基础及经济的基础。此旨曾经作者屡次提

①雷宾南：《就辛亥革命的意义审察中国之教育问题》，载《东方杂志》第28卷第19号，民国二十年（1931年）10月10日。

②雷宾南：《菲律宾教育研究发凡》，载《教育与民众》第4卷第2期，民国二十一年（1932年）10月。

③雷宾南：《现代中国教育的两宗疑案（上）》，载《教育与民众》第3卷第2期，民国二十年（1931年）10月。

示，惟恨未能评论；详论之当俟异日。”[1] 1931年9至12月，数月之中，频责中国教育缺乏社会基础，足见其对此问题的重视。

在这种情况下，雷沛鸿认为，惟有创立新的教育制度，才是解决教育与社会相脱节、以及定式教育与非定式教育相对立等问题的出路。而民众教育就具有同时解决上述问题的双重功能。这可从民众教育兴起的原因和使命中反映出来。民众教育兴起的原因，主要有两点。一是适应中国民众缺乏教育的需要，二是对过去不合国情教育的革新。

> 一方面因中国的四万万七千万的民众中，仅有千分之二十六得受教育，其余千分之九百七十四被摈于教育机会之外。他们的生活辗转于贫困、愚昧、衰弱之中，生活之改进成为他们之急切需求。他方面因中国过去的教育不适中国的政治、经济等背景，不合中国的需要，与民众生活背道而驰，施行至今，不但不能强国，反足以亡国。而民众生活的改善，民生的促进，虽在于社会各事业的总动员，不尽是教育所能为力；然而其本身总应顺着现社会的需要，而竭力予以适应，使发生良好的影响。因此，中国教育改造的口号便随之而起，民众教育的呼声一日高于一日。于是在民国十六七年间，民众教育就将然发生了。既而……民众教育是中国的一种新教育运动，是应目前中国整个国家底需要而发生的一种教育改造运动。[2]

而民众教育的使命，依雷沛鸿的观点：

> 原来民众教育，倘若依我们所怀抱的见解和愿力推阐，应于较早或较迟间造成一种强大的教育运动；随之，更进一步，以与

①《雷沛鸿文集》上册，第26页脚注②。

②陈家盛：《中国民众教育的过去及其展望》，载《群言》第10卷第7~8期合刊，民国二十三年(1934年)6月15日。

其他政治的经济的社会的力量会合，同起作用，而造成一种进步的社会运动。前者在一方面要努力于清除教育上之偏枯、粉饰、敷衍、机械性，及不适民族需要，以至分离学问与事功的积弊；在别方面又要大众化一切教育，务使“教育的机会均等”能实现于中华民国。后者在一方面要努力于扫涤社会上之剥夺、敲诈、欺侮寻常百姓的行为，以至减轻愚蠢贫穷等数千年来所未解除的人类苦痛；在别方面，又要齐民化整个社会，务求有所以传播自由平等博爱的福音于万方有众，而实现民有民享民治的社会。综括言之，努力谋现代教育的改造，及相助建设未来新社会秩序，就是民众教育所负的使命。[1]

质言之，民众教育的使命，就是教育改造运动与社会改造运动相结合，笔者曾将其概括为雷氏教育与社会“双改造”互动模式[2]。从上述内容看，这大概是雷氏对这一模式的最初表述。

(二)民众教育的计划

民众教育运动是缝弥教育与社会两者关系脱节的良法，然而，民众教育究竟从何处下手呢？雷沛鸿对此颇费心机，最后敲定从完成辛亥革命的使命，继承其理想遗志入手。辛亥革命以推翻中国封建帝制和使民主共和观念渐入人心的伟绩，炳彪史册。它在中国近代史上的价值和合法权威性不容置疑。雷氏为同盟会员，历经1910年广州庚戌新军和1911年黄花岗起义的硝烟战火；复又策反广西实力派陆荣廷脱离清朝反正，因而对辛亥革命的丰功伟绩有较深的体认。所以，他从辛亥革命角度切入，将革命与教育的关系相发明，顺

①雷宾南：《民众教育的自觉运动》，载《教育与民众》第3卷第1期，民国二十年(1931年)9月。

②曹天忠：《略论雷沛鸿教育、社会“双改造”的现代化模式》，载《教育史研究》1996年，第1期。

理成章。

1931年8至10月间，雷沛鸿就辛亥革命与教育（民众教育）关系，连作《就辛亥革命的意义审察中国之教育问题》和《辛亥革命与民众教育》两篇论文，在新的历史条件下，以社会学的观点，对辛亥革命的意义及辛亥革命与民众教育的关系，作了新的诠释。雷沛鸿将辛亥革命的历史意义，定位为中国近代史上的民族运动和民治运动，或者说"立意要把整个中国民族化及民治化"①。辛亥革命的民族运动的意义，已见前述。它的民治运动意义，依雷氏阐释，是一场多方面、多层次的社会结构性革命，而非单纯的汤武改朝换代式的政治革命。亦即"我们中国人民因为不满意于中国固有政治、经济、道德及社会的旧秩序，所以特用革命的手段，以促进新政治秩序、新经济秩序、新道德秩序及新社会秩序的产生"②。因此，辛亥革命的民治运动或民治化，其实质就是社会改造运动。这与民众教育所具有改造社会的功能相同。这可以说是辛亥革命与民众教育在逻辑上的关系。其次，从理论上说，教育问题是社会问题的一部分。用今天的话来说，教育是社会大系统中的子系统。辛亥革命既然是一场社会革命或社会改造运动，那么，自然是"中国大规模的民众教育一个重要渊源"③。再次，从事实上说，辛亥革命与民众教育关系十分密切。雷氏举世界历史上德意志共和革命与新教育密切关系为例，论证教育在德国革命中起到过促进社会发展的重要作用。从中国近代史上看，辛亥革命后，国人不善用教育，没有将教育与革命结合起来，以致"教育与新社会秩序不能联结起来而发生效用"④。甚至可以说，辛亥革命的意义与"民众教育

①②③雷宾南：《辛亥革命与民众教育》，载《教育与民众》第3卷第2期，民国二十年（1931年）10月。

④雷宾南：《就辛亥革命的意义审察中国之教育问题》，载《东方杂志》第28卷第19号，民国二十年（1931年）10月10日。

在过去二十年间从未有丝毫缘分"①。结果,中国二十多年的教育惹起无数的问题,社会混乱不堪。辛亥革命理想没有实现。这可能有点夸大,但从反方面证明民众教育与辛亥革命相联系的重要性。

雷沛鸿从逻辑上、理论上和事实上论证了民众教育与辛亥革命应有的密切关系。遗憾的是,历史错过了一次机会,提供了反面教训。因此,他认为,要亡羊补牢,"应本着辛亥革命所带来的理想,以实施大规模的民众教育,即是定出及做出一个五年或十年的计划,依之,即用以民族化、民治化整个中华民国"②。

雷沛鸿以社会学观点,重新阐述了辛亥革命的社会历史意义,也为他即将进行的教育改革提供了合法化资源,减轻了阻力,不失为明智之举。他从不同的角度与层面,论证了革命与教育的统一关系,这在客观上是对研究者将近代"教育救国论者"简单视为以教育抵制革命,从而加以否定的传统观点的一种商榷或反驳。而以民众教育为武器,继承辛亥革命的理想,拟作出五年或十年的计划中可知,雷沛鸿的教育改革蓝图挟着辛亥革命的余威,已经在酝酿,呼之欲出了。

综上所述,1928 年冬至 1933 年夏,是雷沛鸿在中国文化教育最发达的江苏、上海稳定生活、热心任教和潜心为学的黄金时期。教学之余,主要从事教育学术研究,针砭教育时弊,取得了可观的成果。这些成果,一方面,以雷宾南的名字在《教育杂志》、《教育与民众》等学术刊物上发表近 40 篇有见地的学术论文,奠定了其在教育学术界的位置;另一方面,为他即将在广西揭幕的大规模的教育改造实践充实了学术含量,弥补前一阶段的不足。一句话,这段时期在雷沛鸿教育思想演变过程中,是一个承先启后,继往开来的时期。

---

①雷宾南:《辛亥革命与民众教育》,载《教育与民众》第 3 卷第 2 期,民国二十年(1931 年)10 月。

第四章

国民基础教育运动与广西教育改造

广西普及国民基础教育运动，是1933至1940年间，雷沛鸿为切合广西社会实际和时代需要，而设计、实施的以全省为范围的初等教育运动。同时，又是以《广西普及国民基础教育六年计划大纲》为法律依据，以教育大众化为方针，以爱国教育为灵魂，生产教育为内容，以广西政治、经济、文化、军事四大建设为外延的，有计划、有步骤地推行的教育改造和社会改造相结合运动。

由于国民基础教育是雷氏一生中的主要事功，已有的成果几乎无一不给予充分的重视，并多从立法、研究、实施和效果进行研究。本章着重关注国民基础教育实施的时代和教育背景、制度演进、由传统向现代的革新及其表现。

第一节 国民基础教育运动背景

一、时代背景

(一)改造旧文明,回应西方现代文明的挑战

世界进入近代以来,特别是工业革命的发生,对人类社会历史产生了深远的影响。用雷沛鸿的话来说,就是“百业都起了很大变化”,以致整个世界在政治、经济、文化、社会各方面都有急剧变动,“形成整个社会秩序的变异”①,但此时的中国社会,却还“停留在相当于中世纪的农业社会、乡村社会、半封建社会”②阶段。1938 年,杨鸿烈对这两种社会和文明的差别作了对比:“吾国产业之本质,一方面尚停滞于中古封建之状态,一方面则又陷于半殖民地被剥削之境遇而不易振拔。夫中古式之产业与近代式产业根本不同之点,即前者为地方局部之性质,后者为‘国家’或‘世界’之性质;前者以农业为最主要,后者则极重视工商业。前者生产方法为手工,后者生产方法为机械。”③中西文明差别之点,正是中国传统农业文明落后于西方现代产业文明的表现。与此同时,西方殖民者又挟其先进文明的威力,以“整个民族国家的力量,不断、全面地压迫、侵略中国,强我缔结不平等条约,加我中华民族‘以人世间未曾尝过的虐待’”④。面对西方现代文明客观上先进性和主观上侵略性的双重挑战,中国古农业文明“实在不能不相形见绌,自渐形秽,甚至退缩畏避,束手无策”⑤。近代中国人民

①雷沛鸿:《国民基础教育实施步骤》,载《雷沛鸿文集》下册,第 83 页。

②雷沛鸿:《国民基础教育的理论与实践》,载《雷沛鸿文集》下册,第 156 页。

③杨鸿烈:《教育之行政学的新研究》,商务印书馆,民国二十八年(1939 年)版,第 237 页。

④雷沛鸿:《国民教育简论》,载《雷沛鸿文集》上册,第 156 页。

⑤雷沛鸿:《整个教育体系的演进》,《雷沛鸿文集》下册,第 186 页。

面对这种压迫，以各种不同方式起来抗争，不可谓不英勇；提出各种各样的救国方案进行拯救，不可谓不尽心；但最终难逃失败之厄。中国落后挨打、百孔千疮的惨景并没有根本改变。这种危局，促使忧国忧民的仁人志士作深层次的思考。

雷沛鸿以世界的眼光，从文明的高度，看出这种严峻局面的出现，归根到底，是"因为中华民族的整个文明，不合于现代所有的物质文明"[①]。受生物进化论的启发，他将文明阐释为："综合每个国家、每个民族之精神的和物质的生活之向上的发展，使其社会的思想、文物和制度，能时时刻刻与时代相适应，或者在时代之前而迈进，不致被天演所淘汰，不致被异族所征服。因之，可谓之进步，亦可谓之进化。"一个国家和民族，若不能时刻与时代相适应，克服环境的困难，就会被异族征服，亡国灭种。这就是"文明落后的结果"[②]。可见，中华民族的整个文明不合乎现代所有的物质文明，实际上是中国旧有的农业文明，不能适应产业革命后带来的新社会环境的需要。因此，必须设法调整，以求适应，才有出路。

对此，国人各有不同的主张。有的主张暴力革命，有的主张实业、或者科学、教育救国。雷沛鸿主张采用教育的方法，提高国民的民族意识，使国民在自觉和他觉中反省，起来救国。原因是他将"生存竞争"的理论与教育相联系，并赋予教育以新的功能和定义。指出："人类对于其所遭环境变化，或生活变化的调整，再调整，以至屡次不(止)一次地调整，就是教育。"[③]换言之，只有通过教育，才能知道"如

①雷沛鸿：《何谓国民基础教育》，载《雷沛鸿文集》下册，第123页。

②雷沛鸿：《新教育与新秩序》，载《教育周报》第3卷第7~8期合刊，民国二十三年(1934年)5月15日出版。

③雷沛鸿：《从教育的观点研究英宪》，载《建设研究》第9卷第4期，民国三十三年(1944年)3月1日。

何适应环境,控制环境,运用环境,甚至改造环境"[1]。"控制环境",就是通过教育,控制由于现代西方文明冲击和帝国主义的侵略,所引起的"社会突变";拯救整个传统社会组织和社会秩序,因一家一户小农家庭制度的解体,而陷入的"分崩离析"险境[2]。"改造环境",即把整个中华文明来作彻底改造,"以求适应现代环境"。而整个中华文明的改造,可分为"政治建设、经济建设、文化建设、社会建设"四大部分[3]。在这个意义上,雷沛鸿把国民基础教育的含义,概括为"是中华民族对于现代,对于现在环境,不断地努力而做出的调整行为"[4]。因此,中华民族文明"亟需整理,甚至亟需彻底改造"[5]被视作国民基础教育产生的客观条件;或者"国民基础教育最后的企图"[6]。从近代中国社会内部结构性失衡的角度,重新探索、思考近代中国的出路。这在多种救国方案中,不失为有特点的做法。

(二)救亡救穷——适应30年代中国外患内忧的形势需要

"九一八"事变使民族生存出现危机,中华民族与日本帝国主义的矛盾开始尖锐。民族危机催生了民族教育和国难教育。教育家傅葆琛描绘了教育国防化的情形:"九一八"事变之后,外侮日亟,国难愈形严重,闲散的社会教育,忽呈紧张的态势。唤起民众,训练民众,组织民众,自然而然的成了社会教育的重心。全国上下,一致努力于国

①雷宾南:《广西国民基础教育运动的时代使命》,载《中华教育界》第24卷第8期,民国二十六年(1937年)2月1日。

②雷沛鸿:《国民中学教育之目的理想及设施》,载《雷沛鸿文集》下册,第375页。

③雷沛鸿:《国民教育简论》,《雷沛鸿文集》上册,第159页。

④雷沛鸿:《国民教育简论》,《雷沛鸿文集》上册,第157页。

⑤雷沛鸿:《国民教育简论》,《雷沛鸿文集》上册,第156页。

⑥《广西普及国民教育研究院日刊》(以下简称《日刊》),第165~166号,民国二十四年(1935年)7月17—18日。

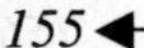

防化的工作,社会教育于是也趋向国防化[①]。广西教育界对此也产生强烈的反应。有人呼吁:"教育的目的如果是为中华民族的生存,无疑的,反帝就是我们目前的教育目标。"[②]从第四章中可知,尚在江苏教育学院的雷沛鸿,也密切关注并探讨民族教育的问题。

30年代的世界经济危机，不仅重击了资本主义国家经济，而且对处于半殖民地半封建国家地位的中国经济，尤其是农村经济，也是一极大的灾难,造成"农村经济的枯竭和农村社会的崩溃"[③]。雷沛鸿将当时中国面临的失地未复、危机四伏、农村衰落、元气大伤的形势,准确地概括为"外患既亟，内忧更殷"[④]。社会存在决定社会意识。这种外患内忧的社会生活现象乃是一切施政的前提;也是雷沛鸿1933年9月第三次出任广西教育厅长时教育施政的依据。因此，他以"救亡与救穷,而尤应侧重救亡",作为广西教育的大政方针,作为实施国民基础教育的主要内容[⑤]。所以,反对日本帝国主义侵略,救亡图生存，救穷图发展，这是广西国民基础教育产生的具体的时代背景。

(三)广西有利的政治、社会环境

如果说,改造旧文明、救亡救穷,是国民基础教育产生的时代大背景和社会大气候，那么，广西当时的政治和社会环境，则为国民

①傅葆琛:《我国社会教育的演变及其动向》,载《教育通讯》(重庆版)第3卷第2期,1940年1月。

②《教育周报》第5期,1932年5月29日。

③雷沛鸿:《今后本省教育的实施方针——九月一日在就职宣誓典礼中演说词》,载《教育论坛》第2卷第12期,民国二十二年(1933年)10月25日。

④雷宾南:《国民基础教育普及运动与国民中学的创制》,载《雷沛鸿文集》下册,第332页。

⑤雷沛鸿:《今后本省教育的实施方针——九月一日在就职宣誓典礼中演说词》,载《教育论坛》第2卷第12期,民国二十二年(1933年)10月25日。

基础教育首先在广西出现，提供了适宜的主观条件和现实的社会土壤。

广西当时的主政者，是以李宗仁、白崇禧、黄旭初为首的新桂系。新桂系首领大多受过新式教育，又接受过广东革命政府的领导；常以复兴土耳其的凯末尔自任，是一个颇思振作，富有生气的地方实力派。在民国各个地方实力派当中，是“比较有组织，有特点，而且是比较进步的一个”[①]。他们揭橥“建设广西、复兴中国”的旗帜，对外主张抗日，对内与蒋记国民政府相抗衡。桂系为了壮大实力，在1930年统一广西后，提出“三自三寓”[②]的政策，锐意改革，整顿省政，成绩不俗。广西“整个社会得以有所保障；由之，全省民众得以安居乐业；由之，全省民众得以安享太平；又由之，全省民众得以求进步”[③]。省政统一，民众安居乐业的环境，令20年代曾在家乡初整广西教育时饱受战乱之苦的雷沛鸿备感满意，称之为国民基础教育得以在广西诞生的“极顺适的主观条件”。

此外，国民基础教育作为一种运动，在实施发动时需要社会力量支持。而广西“年来民团训练，已有显著成效，村乡组织，已有长足进步，政治军事，已有按部就班之进展”。这都是国民基础教育得以推动的“极有效的社会力量”[④]。对新桂系来说，要行新政，需要大批新型干部和建设人才去领导，尤需广西广大民众的认可和支持才能凑效。要做到这一点，又非给予民众以一定的教育不可。所以，“政府的政策，有待民众认识、信仰；政府的政令，有待民众的遵守、奉行；举行建设

①曹聚仁著，曹雷编：《听涛室人物谭》，上海人民出版社，1998年10月第1版，第98页。

②“三自三寓”：“三自”，自卫、自治、自给；“三寓”，寓兵于农，寓将于学，寓征于募。

③④雷沛鸿：《广西普及国民基础教育研究院之使命》，载《教育旬刊》第1卷第13期，民国二十四年(1935年)2月1日。

的事业，又有待民众的自动参加。而民众的唤起，则有待教育力量的鼓吹、宣传、训练、化育。因之，国民基础教育又得以受需求而发轫”[①]。对雷沛鸿来说，推行国民基础教育，需要一个良好的社会环境；对新桂系来说，要想实现自己的政治抱负，广西的贫穷落后需要通过教育来开发社会智力加以弥补。二者携手合作，这是国民基础教育运动首先得以在广西涵育的重要因素。

雷沛鸿能够第三次出任广西教育厅长，设计和实行国民基础教育运动，也与30年代初期广西的政局变动，教育厅长易人有关。

1931年7月至1933年9月期间，广西的教育厅长为李任仁（字重毅，1887—1968年）。李氏是同盟会员，1924年国共合作时加入国民党，拥护“联俄、联共、扶助农工”的三大政策，为广西最著名的国民党左派。在任期间，一方面提出了《广西教育施政纲领》，颁布《广西教育改进方案》，大力发展初等教育，整顿中学教育，是广西历史上有作为的教育厅长。另一方面，又任命思想激进的陈此生为教育厅秘书，延揽杨东莼等进步人士到广西工作[②]。李任仁试图通过开办党政人员研究所和童军训练所，特别是聘请杨东莼到桂林创办广西师范专科学校，以“培养革命干部”。据当时参与新桂系机要的万仲文回忆：李任仁对他说，“自己上述种种做法，遭到广西内部的顽固势力所反对，并造谣说，他引进了许多共产党，要使广西赤化等等。处于这种情况之下，他（李任仁）才迫不得已辞去广西教育厅厅长”，换上“自由派雷沛鸿”[③]。显然，李任仁辞职原因，并非如白崇禧所谓的“因病辞

①卢显能等编著：《国民基础教育实施法》，第8页，广西省政府教育厅编审室，民国二十九年（1940年）版。

②《现代教育家简介・李任仁》，李彦福等编：《广西教育史料》，第651页。

③万仲文：《桂系见闻谈》（铅印本），广西师大历史系、广西师大科研生产处印刷，1983年10月，第46页。

职”[1]。若说患病，那就是政治病。此外，李任仁去职，也可能与他的教育政策与白崇禧的主张相左有关。1936 年 2 月 18 日，白崇禧在谈到广西民团与国民基础教育关系时，说“以前李厅长重毅在任时，亦有心普及教育，想把各县民众教育馆普遍设立。我以为这一种放任式的民众教育颇难发生迅速而伟大的效力，后来宾南（沛鸿字）先生返桂继任厅长，我便以此意和宾南先生谈论，当时即主张利用民团组织来推动教育”[2]。在推行广西教育政策上，白崇禧对李任仁“放任式”做法隐含不满，这可能也是雷沛鸿接任广西教育厅长的一个原因。

当时，雷沛鸿并不在广西。自 1929 年 9 月，雷沛鸿辞去俞作柏、李明瑞掌政时期的广西教育厅长后，一直寓居沪上。但颇有政治头脑和家乡情结的雷沛鸿身在沪上，心在广西，时刻关心家乡的政局变动和建设进程。他在等待时机，以回桑梓施展自己的才华。1933 年 3 月，雷沛鸿在《南宁民国日报》公开发表文章，纵论全国和广西要政：“窃以为当如此艰难危急之秋，将欲抵御外侮，吾人不可不实行民族自救。将欲实行民族自救，吾人不可不集合全体人民的力量；将欲集合全体人民的力量，吾人不可不谋所以改善民众的生活。”在这篇文章中，他论述了民族自救与民众力量之间，以及如何才能集合民众力量的层递关系，提出了改善民众生活四策：（1）扩大民众教育运动；（2）注力农村经济再造；（3）建立全省经济委员会；（4）开办民众教育学院。此外，还不失时机、谨慎地表露了自己愿意效力家乡的心迹：关于民众教育以及农村经济的救济事业，“如有可以效劳之处，愿尽绵薄”。在文章结尾处，又特地点醒：“将来万一以参加民众教育或农村

---

①漕浓：《广西普及国民基础教育面面观》，载《教育杂志》第 25 卷第 11 号。

②《日刊》，第 377 号，1936 年 2 月 27 日。

经济事业，滞留本省，如有以关于教育之问题垂询，仍留竭所知以告”[①]。4至5月间，雷沛鸿返回广西，参加第四次全省教育行政会议，并在会上作了演讲[②]。种种迹象显示，雷沛鸿并不甘心留在上海当寓公，作一个安贫乐道的教书匠。这说明雷沛鸿第三次任广西教育厅长并非如一些学者所云是消极等待机会，而是积极翘首以待。不久，机会果然来了。1933年夏，李宗仁亲临上海金神父路雷沛鸿寓中，诚邀其回省担任省府委员兼教育厅长，并许诺允他按照自己的思路，兴办广西教育[③]。李宗仁的礼贤下士和亲口承诺，使雷沛鸿再次执掌广西教育行政，一展身手的夙愿终得实现。

二、教育背景

1933年9月，雷沛鸿被正式任命为广西省政府委员兼广西教育厅厅长。上任伊始，即提出《广西普及国民基础教育五年计划大纲》等一揽子法规和计划，表明雷沛鸿对国民基础教育的设想，酝酿已久。这与他在苏沪期间，对教育的潜心研究和认真实验密不可分，不少有关国民基础教育的构想和具体方法，早已形成。此外，30年代初其前任李任仁在广西实行的教育改革，也为其在广西大规模推行国民基础教育运动，奠定了良好的基础。因此，有必要理清国民基础教育运动与雷沛鸿在江苏教育学院教育实验工作的学术渊源，及其与30年代初广西教育遗产的继承关系。

（一）江苏教育学院研究实验之赐

雷沛鸿在江苏教育学院任教，注重教育的学术研究和教育试验，

①《雷沛鸿纵论要政》，载《南宁民国日报》，1933年3月18日，第6版。

②雷坚编著：《雷沛鸿传》，广西教育出版社，1997年4月第1版，第67页。

③韦善美、程刚著：《雷沛鸿教育思想研究》，辽宁教育出版社，1994年12月第1版，第14页。

与他后来回广西推行的国民基础教育，有或多或少的关系。

国民基础教育主张要以教育的力量，促进广西的政治、经济、文化、社会四大建设。论者以为这是雷沛鸿与新桂系“互相利用”的结果。其实这一思想，早在1930年雷沛鸿应邀替广东省立民众教育学院所做的筹备设计中，已现端倪。他在谈到民众教育与广东省前途的关系时，说：“就政治方面言，粤省民众对于政治常识，多数人已具备若干；如今后再施以适当教育，则政治方面之得其帮助，必非浅鲜。就经济方面言，粤省民众于从事农工而外，远涉重洋，经营商业者，为数亦复不少；使今后再予民众以优良之教育，则民众生产能力，当能进步，而经济之收入亦必日增。就文化方面言，粤省民众已多半认识文字，试观农夫每于工作完毕后，恒诣茶馆休息，休息时取报章阅读，且能批评国家政治之设施，与官吏之为人孰优孰劣，由是再善为教育之，则文化之向上，当不可限量。再就其社会道德言，粤省民众颇为忽视，欲增进其道德观念，是又端赖于教育，故吾又深信民众教育将来与粤省民众道德方面，裨益更非道理所可计数者也”[①]。其中心内容，是指广东民众教育对该省政治、经济、文化、社会道德“四大方面”建设有促进作用。这既证明雷氏在江苏教育学院所作的工作，与其在广西推行国民基础教育的内在联系，也证明雷沛鸿与新桂系之间的关系，并非仅是互相利用，而是在思想认识上，也有一些深层的相通之处。

1933年12月，雷沛鸿为了实施国民基础教育运动，成立广西普及国民基础教育研究院作为学术的大本营。论者在谈到它的渊源时，多注意到它的产生与雷氏在美国哈佛大学时的同学林毕有关。认为正是从他那里，雷沛鸿了解到纽约市政研究所的组织结构和运作功

①雷宾南：《广东民众教育事业之曙光——参加广东省立民众教育学院筹备的报告》，载《教育与民众》第2卷第1号，民国十九年（1930年）。

能，从而立下了在中国创设一个学术制度的心愿。此外，研究院还与江苏教育学院研究实验部，有借鉴关系。

其一，关于“学术”含义的界定，雷沛鸿1931年就认为应该将“学”与“术”区别开来。学——“要探讨民众教育原理及民众教育哲学”；术——“要寻求民众教育的实施及推行所应有之适当方法及进行程序”[①]。即“学”是一种理论研究，居于形而上的范畴；“术”乃一种操作方法，属形而下之范畴。这种学术观，在1934年《国民基础教育实施步骤》的讲演中继续沿用：“学”——所以探讨切合于民众生活的学问；“术”——所以试验最经济的、最迅速的、最能持久和最富生长性的教育方法[②]。

其二，江苏教育学院研究实验部的功能和目的，是“研究民众教育的理论与实际，由实验而发现问题及解决问题的方法”[③]。雷沛鸿在研究院所言之学术研究的性质，也与此相同。他说：“我们并不预先建立一个个体系的哲理和思想，而是要见诸事实的实际行动。所以我们的研究工作是以实验为研究，不是为诵习和讨论为研究。”[④]这是一种从实际出发而非本本出发，是一种为实践而作的应用性研究，而非纯理论的研究。

其三，实施国民基础教育过程中的师资、经费、教材、教法等技术问题，在江苏教育学院时已论及。1933年5月31日，雷沛鸿根据研究实验部一年多的实践经验，写成《普及民众教育的几个技术问题》这一应用型的论文。其中，关于民众教育师资问题的解决，主张走“就地取

---

①雷宾南：《本院研究实验工作总纲并说明书》，载《教育与民众》第3卷第4期，民国二十年(1931年)12月。

②雷沛鸿：《国民基础教育实施步骤》，载《雷沛鸿文集》下册，第73页。

③高践四：《本院（指江苏教育学院——笔者注）民众教育研究实验事业概况及今后的进行方针》，载《教育与民众》第4卷下，第9～10期合刊，民国二十二年(1933年)6月。

④《日刊》第161号，第9页，民国二十四年(1935年)7月13日。

材”、“互教共学”及“教学相长”的路子。经费问题的解决,要以“因地为粮”①为原则。这是国民基础教育“因地为粮,就地取材”两个教育政策原则的直接来源。“因地为粮”就是指在教育经费筹措上,国民基础教育实际发动于哪个地方,即由哪个地方自己设法解决;“就地取材”②,是指在教师培养上,以当地人办当地的教育。这两个出自江苏教育学院的关于教育经费与师资解决的办法,为广西国民基础教育所运用,并开花结果,成为外省教育经验广西化、区域化的一种表现。

其四,丹麦成人教育的影响。雷沛鸿在江苏教育学院整理欧洲教育考察结果,特别是丹麦的成人教育思想,对广西国民基础教育的制度设施,有直接影响。这不仅因为丹麦是最好的教育榜样,而且更主要的,是因为中丹两国,“同为农村社会,复同受支配于小农制度”③。国情相同,时代背景也一样。其“内忧外患与处今日之中国一样,以一小国介于英法两大国之间,迭遭列强蹂躏,饱经忧患”④。丹麦成人教育的开创者是格龙维,广西国民基础教育制度的设计者为雷沛鸿,因此,通过下面一一对应之简表,可以知国民基础教育与丹麦庶民教育,在思想上有传承与影响关系。

雷沛鸿不仅在理论上大力推崇、宣传格龙维的思想主张,而且在实践行动上,根据中、丹两国国情相近的实际,在广西进行大胆的拿来、移植、创造。世界著名演说家、传教士美国人艾迪博士(Dr. Sherwood Eddy)1935年到广西参观国民基础教育。他看到广西在穷的环境大力办教育,在实验林场开周会和举行造林活动,“基础学校学

①雷沛鸿:《普及民众教育的几个技术问题》,载《教育与民众》第4卷第9~10期合刊,民国二十二年(1933年)6月。

②《日刊》第500号,民国二十五年(1936年)6月29日。

③雷宾南:《成人教育概观》,载《雷沛鸿文集》上册,第425页。

④《日刊》第213号,民国二十四年(1935年)9月5日。

雷沛鸿与格龙维教育思想比较简表

项 目	格氏的成人教育	资料来源（页）	雷氏改造后的国民基础教育	资料来源（页）
教育功能	“教育足以改造社会，又足以改造国家”	《雷沛鸿文集》（上）280	“教育改造与社会改造相结合”	《雷沛鸿文集》（下）438
教育方法	“要求学生自哪里来，到哪里去”	《雷沛鸿文集》（上）287	“确定学问与劳动合作的方法，指引全省有志青年重回田间去、商店去、工厂中去”	《雷沛鸿文集》（下）7
人民教育观	科学美术“都由老百姓胼手胝足和劳心焦虑而做出”	《雷沛鸿文集》（上）284	说“中国的文明均由寻常百姓辛苦造成，也不为太过”	《雷沛鸿文集》（上）81
教育对经济的促进作用	“丹麦合作运动成功，避免中间商人剥削，是庶民高等学校的功效”	《雷沛鸿文集》（上）364	“在农村中，通过民众教育，建立新的经济组织——合作事业”	《雷沛鸿文集》（下）54
教育内容	要“注重本国历史及本国语言”教育	《雷沛鸿文集》（下）347	全部课程大纲分为“民族历史”等四大部分	《雷沛鸿文集》（下）256
教育与国情结合	格氏对“英国文明并不一概盲从”	《雷沛鸿文集》（上）286	一国教育制度“不可不由自己从实际做出而建立起来”	《雷沛鸿文集》（下）70

生多数是光头赤足，衣服褴褛”。感动地说，“这种情形，只有丹麦可以看到”[①]。后来在上海发表观感，其中有言：“广西在十年内，不难成为中国之丹麦也。”[②]可见，丹麦教育对广西教育之影响。此外，时人在追

①雷沛鸿：《胡适之〈南游杂忆〉的介绍》，载《日刊》第216号，民国二十四年（1935年）9月7日版。

②艾迪：《中国有一模范省乎》，载上海《大美晚报》，1935年2月17日。

述国民基础教育的历史背景时，多与江苏教育学院对民众教育的探索事业相并论。雷沛鸿的助手卢显能曾胪列江苏教育学院，自1928年以后做的贡献：陆续设有几个实验区及实验机关学校，从事于“以教育改造达到社会改造的实验，用中心民众学校、合作民众学校、实验民众学校，做义务教育与民众教育合一、儿童班与成人班合校，缩短义务教育年限，及以学校为教育全民并作社会之中心等项试验”[①]。这些先行一步的民众教育的实验工作，对曾在该院工作近五个年头，并成为其中领导核心的雷沛鸿来说，无疑有潜移默化的影响。

（二）广西教育遗产之继承

1931年7月至1933年7月，时任广西教育厅长的李任仁，趁广西1930年统一，百业待举，百废待兴之机，根据“三民主义，参酌社会环境需要，及本省财力”，拟定广西今后教育施政纲领12条。1932年1月，李任仁外出考察教育归来，发表谈话，认为教育问题在于脱离实际，学生毕业即失业，无事可做，成为社会游民或捣乱分子。承认广西教育“以前是走错路”，提出非设法改变教育方针不可[②]。7月，教育施政纲领12条修正为10条正式颁布。纲领规定：“一、教育设施注重实事求是，并使成为政治经济建设之基本工作；二、社会教育注重推广民众教育；三、初等教育以普及为主，设施务从简易适用，犹应注重乡村教育；四、初级中学视地方需要及国民经济状况为添设标准，高级中学以改进充实为主，不汲汲于数量之增加；五、师范教育逐渐使其独立设置，并尽量培养乡村教育师资；六、职业教育注重农业教育及省内需要之工业教育，并须与职业界为切实之联络；七、女子教育积极设置职业学校，并注意养成改善生活之知能及保持母性之特质；八、高等学校先从设置专科入手，授以应用科学，养成专门人才；九、

①卢显能：《国民基础教育》，广西教育研究所，民国三十五年（1946年）版，第179页。

②《李厅长抵邕后重要谈话》，载《南宁民国日报》1932年1月26日。

学校训育,注重养成学生朴实的、劳动的、纪律的、团体的习惯;十、保障原有教育经费不能移作别用,并逐年求其增加。"[①]

这一纲领,成为广西今后10余年教育施政的基本精神所在。1933年4至5月,李任仁筹设广西教育设计委员会,召集专家,本"教育的理想与实施,必须以社会的需要为依归"的原则,制定《广西教育改进方案全稿》(以下简称《全稿》)[②],并在广西第二次全省行政会议暨第四次全省教育行政会议上通过。《全稿》以"中央教育宗旨及其实施方针为经,以广西之教育活动与其他建设之联系为纬",明定教育行政、国民基础教育、师范教育、职业教育、中学教育、高等教育、社会教育及苗族教育和各项教育实施的要领和程序[③]。在《全稿》第一编说明中,强调教育功能的重要性:"教育的最大使命,是对于国家建设,社会建设,物质建设,给予强力的帮助。"教育在建设新广西的过程中,是"一种推进的工具":1、"要一切教育的事业,都循着本省施政方针,向着有利于本省政治经济建设的方向前进";2、"要用教育的方法,使民众参与本省的政治经济建设的实际工作,尤其是政治经济建设的基础工作"[④]。经李任仁大力整顿,30年代初期,广西的教育事业呈蒸蒸日上之态,给外省人士的印象颇佳。桂省的教育,有成绩,有特点,但"最值得"注意者为两点,一是"目标的正确与远大"——迎合潮流,适合广西社会需要;二是"实施的急进与有步骤"[⑤]。30年代初期

①《民国二十年以后之教育施政纲领》,载《广西教育史料》,第285~286页。

②广西教育厅教育设计委员会编订:《广西教育改进方案全稿》,1933年6月印刷,第31页。

③《国民教育计划》,载《广西教育史料》,第523页。

④广西教育厅教育设计委员会编订:《广西教育改进方案全稿》,第1编说明,1933年6月印,第1页。

⑤五五旅行团编:《桂游半月记》,中国旅行社,民国二十一年(1932年)8月版,第87页。

广西教育事业的发展态势，为雷沛鸿继任教育厅长，推行国民基础教育运动，打下了良好的基础。

雷沛鸿对前任留下的教育遗产给予充分的肯定，并积极地继承和吸纳。首先，保持教育观念及政策的连续性。郑健庐曾在《桂游一月记》记载，他到广西旅行，与新任广西教育厅长雷沛鸿谈广西教育状况。后者说："广西今日之教育，不重在少数之人才教育，而重在多数之民众教育；不重在高谈学问之教育，而重在经济生产之教育，不重在造就温文驯雅之国民，而重在充实勇敢之国民。"语毕，即赠送郑氏《广西省施政方针》及《行政概况》各一册。郑健庐就施政方针中录出关于教育方面的内容，就是李任仁任厅长时所订的广西今后教育施政纲领10条[①]。这表明，雷沛鸿参借了李任仁任广西教育厅长时制定的教育施政纲领，也证明他倡导国民基础教育运动，的确注意"惩前毖后，鉴往知来"[②]。其次，也是更主要的，是充分吸收了《广西教育改进方案全稿》中关于国民基础教育中的合理部分，甚至连《全稿》中首次在广西提出的"普及国民基础教育"这一专有名词，也借用过来[③]。

关于李任仁时期广西普及国民基础教育与雷沛鸿时期的"广西普及国民基础教育运动"的传承与创新关系，可从下列比较简表清楚地得到反映：

李任仁任厅长时与雷沛鸿任厅长时广西国民基础教育比较简表

类　别	李任仁时期	雷沛鸿时期
名　称 及 内　涵	普及国民基础教育：培养国民的道德基础及生活所必须的基本知识和技能的教育。	普及国民基础教育运动：它有特殊的含义。以本省为出发点，以整个民族为对象，建立广大、深厚的教育基础，扩大整个中华民族的基础教育。

①郑健庐：《桂游一月记》，中华书局民国二十四年（1935年）发行，第37～38页。

②雷宾南：《国民基础教育普及运动与国民中学的创制》，载《雷沛鸿文集》下册，第332页。

③《国民教育计划》，载《广西教育史料》，第524页。

续表

类别	李任仁时期	雷沛鸿时期
教育与社会关系	教育要注意与广西其他建设之联系，教育要适合广西政治、经济需要。是单向度的。	以政治力量为主，经济社会力量为辅，推动国民基础教育；以教育力量促成政治、经济、文化、社会四大建设。是双向度的、主动的。
编制和年限	小学义务教育4年或6年；成人补习教育半年或1年。甲种半年，乙种1年。	儿童教育分2年之国民基础教育和1年之短期基础教育；成人教育6个月。
设校	设学区、每1学区设1所基础学校为原则；县设中心国民基础学校，私塾改为基础学校或代用国民学校。	每村街设1所基础学校；乡镇设1所中心校，私塾严以取缔。
经费	公共产业支出；收一定费用。	公共造产为主，费用全免。
师资	师资训练完全独立，自成系统，循环抽调，不断训练，随时补充，使师资训练绝对专业化。不能随意撤换教师。	师范生、民团干训毕业生、初中毕业生优先录用；现有小学教师，均分期训练，严予考绩。师资由省政府教育厅统一管理，校长不能任用。
主管机关	县政府负责督促设校、备案。	省政府直接负责；或县政府负责，省政府备案。
教育方法	教育与生活打成一片，实施教学做合一。	同左之外，尚有互教共学。
教材	简易实用为原则；省编乡土教材。	以民族运动为中心；省编乡土教材。
校舍与设备	简易实用；无最低限度标准。	以简易实用、通风整洁为主；有最低限度设备标准。
受教方式	不强迫。	自愿与强迫相结合，以强迫实施为主。
与其他教育的关系	视情况附设托儿所和幼稚园；成人与儿童教育合办；学校教育与社会教育分办；需要军训。	儿童教育与成人教育，学校教育与社会教育冶为一炉，兼办前学龄教育；要求军训。

续表

类　别	李任仁时期	雷沛鸿时期
组　织	民众教育开始与民团相结合，一校两用。	成人、儿童、学校、社会教育一并合办，四位一体，一所三用，一人三长。
计划时间	有计划进度，五年计划（1933—1937年）。	《六年计划大纲》（1933—1940年）；重视教育立法。
实施情况	部分开始实施，3个月左右。	有主旨、计划、办法、实验，基本上按6年时间实施，成绩显著。
主要资料	《广西教育改进方案全稿》第1编，实施纲要，附录：《二十三年度广西省施政纲要》。	《广西普及国民基础教育六年计划大纲》、《广西国民基础学校办理通则》（第一次修正案）、《日刊》。

列表对照，李与雷时期广西国民基础教育的异同点，一目了然。

1. 在名称及内涵上，“普及国民基础教育”部分名称相同，前者主要是一种公民基本常识训练；后者在广西普及国民基础教育后面加上“运动”二字，性质大不相同，主要是一种民族教育、政治教育。

2. 在教育与社会关系上，都认为教育要与社会建设相结合。前者强调教育对社会单向促进作用；后者在注意教育促进社会建设作用的同时，强调社会对教育的制约作用。这是一种双向度的互动关系。

3. 在编制和年限上，前者6年、4年或1年，受教年限较长；后者为2年、1年或6个月，受教时间较短，较适合广西社会经济落后的实际。

4. 设校，均取缔私塾，以每学区、村街设1所学校为原则。所异者，前中心校设于县，后中心校置于乡镇。表明基础教育重心下移。

5. 经费，均依靠公共产业。所异者，前者个人收一定学费；后者全免费。体现教育是天赋人权的一部分，人人均应享受教育的理想。

6. 主管机关，前者由县级教育机关管理；后者由县级教育机关

管理，但要向省教育厅备案，表明教育管理权集中于省厅，这是一种管理加强的结果。

7. 师资，在管理上二者都强调校长不能随时撤换教师；最大的不同是，前者师资是单独训练，完全独立，绝对专业化；后者则主张师资不独立，采用非专业合训的方式。这是导致国民基础教育运动师资乃至成效质量不佳的重要原因。

8. 教材，注意乡土教材。前者教材简易实用，这与基础教育定位于公民基本训练有关；后者以民族运动为中心，是国民基础教育作为一种有意识的民族运动、民族行为定位的产物。

9. 校舍与设备，均以简易实用为主，但前者无最低限度标准；后者有最低限度标准，表明国民基础教育运动推行有一定的物质保障。

10. 受教育方式，前者自愿、不强迫；后者部分自愿，但主要部分强迫受教。这是国民基础教育运动成果在数量上显著的重要原因。

11. 与各种教育的关系，均要军训教育，儿童与成人教育合并，兼办前学龄教育。所异者，前者主张学校教育与社会教育分办，后者则主张合办。表明学校教育与社会教育合流。

12. 制度组织上，政教合一，一校多用，大体相同；但后者组织更严密，范围更广，形成制度。

13. 实施情况，两者都有 5 或 6 年进行计划。相异者，前者年限仅为 5 年，且无法律保障，后者为 6 年，年限较多，并有法律意义。这是后者实施成效较大的又一原因。

总之，李任仁时代的广西国民基础教育，与雷沛鸿时代之国民基础教育运动，有相同点或部分相同点，但更多的是程度不同或区别。二者相同，表明它们之间承继的关系；二者区别，除师资一项外，是后者对前者在继承基础上的创新和发展。正是在这一点上，雷沛鸿时期的广西国民基础教育，却较其前任时期，提供了不少新的东西。

第二节 国民基础教育制度演变

关于雷沛鸿设计、推行广西普及国民基础教育运动的经过，学术界已有涉猎[①]。本节着重对国民基础教育制度本身的沿革和演变轮廓，作一勾勒。为了与时贤有所区别，第一，在取材上，主要着眼于国民基础制度的法规，特别是修正案和广西省政府历年教育施政计划；第二，在内容上，注意加强对1936至1940年间，雷沛鸿辞去教育厅长之职后，国民基础教育制度的仍继续推行、变革与改进历史的考察。

雷沛鸿深知，中国是一个重人治轻法制的国家。为了不使凝聚自己心血的国民基础教育制度陷入人存政举、人亡政息的怪圈，在付诸行动之前，就十分注意教育立法，把自己的构想，变成广西省政府的意志，制定了大量的法律和法规[②]。关于国民基础教育制度的法案和法规，就前期而论，最主要的，是由广西省政府委员会通过的四大法案，即《广西普及国民基础教育六年计划大纲》、《普及国民基础教育指导规程》、《广西普及国民基础教育研究院开办计划》和《广西国民基础教育师范办理通则》[③]。就全期而言，按省主席黄旭初说法，主要有五个法案法规。即《广西普及国民基础教育六年计划大纲》(1934.10.15)；《广西普及国民基础教育令》(1935.12.31)；《广西国民基础学校办理通则》(1935.3.26公布，1936.9.2第一次修正，1940.9第二次修正)；《广西各县实施强迫教育办法》(1935.12.31)；

①雷坚编著:《雷沛鸿传》,第五章,《发动并推进广西普及国民基础教育运动》。

②据人统计，研究雷氏在1933—1936年第三次任教育厅长期间，主持颁布的法律有82件之多。参见尹曲、马伟鹨的《雷沛鸿先生教育思想的政治基础》,载《雷沛鸿教育思想研究文集》(一),广西教育出版社,1992年8月第1版,第170页。

③雷沛鸿:《国民基础教育的简单解释》,载《日刊》第165~166号,民国二十四年(1935年)7月17—18日出版。

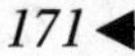

《广西省成人教育实施办法》(1936.12.23)①。其中,《广西普及国民基础教育六年计划大纲》(1934—1940)是国民基础教育的根本性法案。尽管雷沛鸿1936年去职,但广西省政府基本上按这个教育法案行事。继任的广西教育厅长邱昌渭就说过,关于国民基础教育制度的实行,"雷前厅长(即沛鸿——引者)曾即有普及国民基础教育六年计划大纲,现在仍按这个计划施行"②。这说明,将国民基础教育制度的演变划到1940年,既有理论根据,又是客观事实。国民基础教育制度的演变,大体上可分为研究试验、推广实施、变革改进三个阶段。

一、研究试验

(一)国民基础教育法案

1933年9月1日,雷沛鸿在第三次就任广西教育厅长宣誓典礼上,提出要以"全副精神注重于'教育的大众化'",并将之作为广西今后教育实施的方针:"在一方面,对于儿童教育,不但求数量的扩大,而且尽力求质地的改进;在别方面,对于成人教育,不但要尽心去推广,而且要尽心求其适合政治和经济的需要"③。这标志着集儿童教育和成人教育于一身的广西普及国民基础教育运动开始实施。为把这一方针变成法规和政策,9月13日,雷沛鸿起草了《广西普及国民基础教育五年计划大纲》、《广西普及国民基础教育研究院开办计划》

①黄旭初:《县政建设与基层建设》,桂林建设书店民国三十年(1941年)8月1日初版,第422~423页。

②邱昌渭:《七年来的广西教育》;李宗仁等著:《广西之建设》(合订本),广西建设研究会丛书之二,桂林建设书店,民国二十八年(1939年)10月10日初版,第456页;又据《广西年鉴》(第3回)第1173页载:国民基础教育"原定计划尚能按步实施"。

③雷沛鸿:《今后本省教育的实施方针》,载《教育论坛》第2卷第12期,民国二十二年(1933年)10月25日。

和《广西普及国民基础教育试办区规程》三宗法案，经省政府第103次常会修正通过。三案中，以《五年计划大纲》最为重要，《雷沛鸿文集》未收，现将原文照录如下：

一、主旨

（一）以政治的力量为主，经济社会的力量为辅，限在五年之内，普遍施行国民基础教育于全省；

（二）以国民基础教育的力量助成本省下列各项建设：

1. 政治建设；

2. 经济建设；

3. 文化建设；

4. 社会建设；

二、方法

（一）指引全省有志青年重回田园间去，商店中去，工厂中去——学问与劳动合作方法；

（二）指引全省儿童及成年民众，协助政府造成乡村建设运动及民族复兴运动——学问劳动与政治三者合作方法；

三、工作

国民基础教育分为义务教育及民众教育。

（一）义务教育：

1. 六足岁至九足岁之儿童须受初级小学第一年级及第二年级之义务教育；

2. 十足岁至十六足岁之失学儿童须补受一年义务教育；

（二）民众教育：

1. 健全民团组织；

2. 促成地方自治；

3. 推进合作运动；

四、师资

(一)尽先就师范毕业者任用;

(二)就初中以上学校毕业加以短期讲习训练,期满后派往服务;

(三)就具有小学教师资格志愿服务者遴派;

五、经费

(一)拨用各县原有粮赋附加二成义务教育经费;

(二)发还各县粮赋附加三成教育经费拨充;

(三)将来各县中改组经费,由省库支给后,原有县中经费全数拨充;

(四)其他地方教育经费;

六、进行程序

(一)学术研究:设立广西普及国民基础教育研究院(以下简称“研究院”);

(二)试验:在旧六道区中各选一县为普及国民基础教育试办区;

(三)推广:除试办区外,其余各县均为普及国民基础教育推广区,分三期进行,每期推广三分之一;

七、期成

(一)民国二十二年十一月,研究院成立。自成立后,当继续研究以期对于教育学术上有相当之贡献;

(二)二十三年二月至七月,试办区着手筹备,同年八月开办,二十五年七月工作完成;

(三)二十四年二月至七月,第一期推广区着手筹备,同年八月开办,二十六年七月工作完成;

(四)二十五年二月至七月,第二期推广区着手筹备,同年八月开办，二十七年七月工作完成；

（五）二十六年二月至七月，第三期推广区着手筹备，同年八月开办，二十八年七月工作完成[1]。

这三宗法案，是改造广西教育的根本性法案。其主要立法精神，是认定国民基础教育，为民众所共有、共治、共享之大众化教育。它不仅为一种事业，一种教育制度，而且是一种运动；它以“中兴民族”为基点，具有双重的使命。自教育本身言，为教育改造运动；自整个社会言，为社会改造运动；并且两项运动互为条件，相辅相成[2]。这样，雷沛鸿的教育与社会“双改造”运动方案，便以法律的形式确定下来。

三大法案通过之后，广西教育厅依法治教，全力加以推行。1933年9月至1934年10月，以整整1年时间，作为试验准备时期。关于这一年试验准备，记载大多语焉不详，考其主要工作，有下列内容。首先，根据《广西普及国民基础教育研究院开办计划》，于1933年12月1日成立研究院，集合广西与外省教育界同仁，“从事社会、教育调查，实验研究，编辑课本和训练人才”，“准备给广西传统的教育制度以彻底的改造”，提供学术策源和智力支持[3]。其次，根据《五年计划大纲》，1934年广西省政府制定本年度教育施政计划，其中有关普及国民基础教育规定者共8条。1.“制定国民基础学校规程”，使小学教育与民众补习教育合并实施。2.“厘订国民基础学校实施标准”，注意公民识字、职业和军事四者训练。3.“规定国民基础学校校舍，及设备标准”，以简易实用为原则。修建校舍时，并得征用义务劳力。4.“督促各县拟定划区分期设校计划”，并限令于1934年度完成五分之一。5.“督促各县继续调查学龄儿童及年长失学人数”，并分期强制入学。

①广西档案馆：载《广西省教育厅档》，05—28—1号。

②《广西教育史料》，第525页；载《雷沛鸿文集》下册，第33页。

③《广西教育厅编行定期教育刊物小史》，载《广西教育史料》，第636页。

6."继续征集并编审国民基础读本,及本省乡土教材"。7."整顿省立实验小学校,使注重研究及介绍有效之国民基础教育方法"。8."各县指定中心国民基础学校以资模范"①。一年以来,省内国基学校校数、学生班数、人数及从事于国基教育之教职员,比较1933年度之初等教育,在数量上已有大量之增进。1933年度全省完全小学高级小学及初级小学,总数为14837所,1934年度中心学校与村街学校总数已增至18081所,比较增加3244所。1933年度初等教育班数为20314班,1934年度基础学校班数,增至24454,比较增加4140班。1933年度初等教育学生数为658182人,1934年度基础学校学生数增至944571人,比较增加286389人。1933年度初等教育教职员总数为28486人,1934年度则增至29318人,比较增加832人。"足证本省基础教育,在数量上实有极迅速之增进"②。这表明一年多的实验是得法和有成效的。

(二)国民基础教育修正案

经过一年的实践检验,《五年计划大纲》等法案的不足之处逐渐显露。如:5年时间过短;有的条文显抽象;特别是"期成"与事实不合,《试办区规程》不切实际需要。原法案有修改的必要。1934年10月25日,广西普及国民基础教育原来3宗法案,经省政府第152次会议修正通过公布,内含4大法案:《广西普及国民基础教育六年计划大纲》(以下简称《六年计划大纲》)、《广西普及国民基础教育研究院开办计划》(以下简称《研究院开办计划》)、《广西普及国民基础教育指导区规程》(以下简称《指导区规程》)、《广西各县国民基础师范学校办理通则》(以下简称《办理通则》)。修正案与原案相比,就名称上说,

①《二十三年度广西施政计划》,载《广西之建设》(合订本),第582页。

②《广西省施政纪录·教育》,第588页。

"五年计划"改为"六年计划","试办区"改为"指导区",并增加了《国民基础师范学校办理通则》。原来的三宗法案现改为四种。就内容和条文上说,有重要更改。将《六年计划大纲》与原来《五年计划大纲》比照,不同点如下:

1、儿童入学年龄,原规定为六足岁至九足岁,失学儿童入学年龄为十足岁至十六足岁,根据1年来相当部分失学者已入学的实际,修正案改为"儿童入学龄为八足岁至十二足岁,失学儿童年龄为十三足岁至十六足岁"。

2、国民基础教育原包括的义务教育和民众教育,现更名为"儿童教育"和"成人教育"。其中成人教育,增加了补充识字教育1项。

3、师资方面,除规定优先就民团干训大队毕业生合格者选用,并设法继续培养确能为基础教育的师资两项之外,并明定"注重教师之指导与考成",保证师资质量。

4、试办区域,由原来的"重在试验"改为重在"督促辅导",并扩大区域。按《五年计划大纲》,拟在广西原来的行政区域旧六道区中各选一县为普及国民基础教育试办区,目的重在试验,工作范围偏狭,况亦不甚普遍。《六年计划大纲》,即将当时广西行政区域划分为8个基础指导区,于各区内设置国民基础师范学校一所,主要目的是加强对各区国民基础教育的督促辅导工作,范围增大,性质由消极变为较积极。

5、期成上,《五年计划大纲》由二十二年(1933年)11月起至二十八年(1939年)7月止,工作完成;《六年计划大纲》增加1年,规定由二十二年11月起,至二十九年(1940年)7月止,"完成全省村(街)乡(镇)建设初步工作"。

6、条文由抽象变为具体,由理论设计变为便于操作。关于每村街各设1所基础学校与每乡镇设1所国民基础中心校的分期设立,《六

年计划大纲》亦较《五年计划大纲》具体[1]。

随着《六年计划大纲》这一根本立法的修改，其他相关的法规，如《研究院开办计划》和《试办区规程》也相应作了修改。修正后的《研究院开办计划》，对开办的宗旨作了明确规定，“以学术研究所得之结果辅助教育行政，完成普及国民基础教育之六年计划于全省为宗旨”。主要事业可分为：1. 调查；2. 研究设计；3. 短期讲习训练；4. 辅导在前方职务人员并设法协助其进修；5. 编辑教材。规定此项研究事业以“切合人生日用”和“应付目前急需”为原则。

研究院从 1933 年 12 月开始，至 1936 年 6 月停办止，存在两年半多时间，功效显著。依雷沛鸿的评价，规模及事业逐年大有进步，所有五项研究事业，“均能依开办计划所预定者逐步进行”[2]，达到预期目的。在研究实验事业成绩中，“其尤著者”有民族教育体系、教育方法（互教共学）、成人智力测验、成人教育、辅导制度、师资训练、教育内容及教材编制、生产教育、政治教育和科学教育、民团与国民基础教育联系、村街国民基础学校对村街单位建设、教育工具、巡徊图书事业、保健事业、前学龄教育等 15 项研究实验事业[3]。研究院为广西国民基础教育运动取得大成绩，立下了汗马功劳，确实起到了学术策源和思想脑库的作用。“对于普及国民基础的研究与实验，颇有相当的贡献”[4]。

---

①参见雷宾南：《广西国民基础教育运动的时代使命》，载《中华教育界》第 24 卷第 8 期，民国二十六年（1937 年）2 月 1 日出版；广西省政府编辑室编：《民国二十三年度广西省施政记录》，广西省政府印行，民国二十五年（1936 年）6 月 20 日。

②雷沛鸿：《广西国民基础教育运动的时代使命》，载《中华教育界》第 24 卷第 8 期，民国二十六年（1937 年）2 月 1 日出版。

③《国民教育实施》，载《广西教育史料》，第 530 页。

④国民革命军第四集团军政训处编印：《新广西》，民国二十四年（1935 年）7 月版，第 28 页。

《试办区规程》修改为《指导区规程》，其要点有：1.“就现有行政区，划全省为八大普及国民基础教育指导区”；2. 每区设一指导处，“综理区内普及国民基础教育之指导事宜”；3. 每区设置省立国民基础师范学校一所，“协助指导处解决区内普及国民基础教育实际问题”。惜指导区后因经费及种种关系，未能成立。教育厅遂于 1935 年度下学期选择干才，每区设置国民基础教育指导专员一人，常驻各区，巡回视察辅导国民基础教育，以弥补指导区未设的缺陷[①]。值得指出的是，指导区、指导专员与基础师范学校，均与研究院“联成一系统”，接受其学术上之指挥。自此以后，广西全省国民基础教育均在学术实验指导及政治领导下积极、稳妥地进行[②]。《指导区规程》和《基础师范学校办理通则》两个法案，对加强国民基础学校的学术指导和行政领导，起了一定的作用。

二、推广办理

1935—1936 年为广西国民基础教育推广办理期[③]。期间，教育厅依照《六年计划大纲》，根据试验逐渐推广的经验事实，制定并颁布了一系列法规。计有 1935 年 3 月颁布的《广西国民基础学校办理通则》、1935 年的《广西表证中心国民基础学校办理通则》、1935 年的《广西各县村街国民基础学校公所队部最低限度之设备标准》，以及《广西各县乡镇中心国民基础学校公所队部最低限度之设备标准》、

①雷宾南：《三年间广西国民基础教育运动的回顾与前瞻》，载《教育杂志》第 26 卷第 9 号，民国二十五年(1936 年)9 月 10 日。

②《国民教育实施》，载《广西教育史料》，第 531 页。

③仅 1935 年为例，国民基础教育在颁发国民基础学校办理通则、编印课本、设立学校、训练学校和地方教育行政人员等方面取得进展。详见唐资生：《一年来的广西国民基础教育》，《正路》第 2 卷第 1 期，民国二十五年(1936 年)1 月 15 日。

1935年12月的《广西普及国民基础教育令暨广西各县实施强迫教育办法》、1936年5月的《广西国民基础学校前学龄教育办法》(9月予以修正)、1936年6月公布的《广西省实施非常时期成人教育方案》等。其中,《广西国民基础学校办理通则》(以下简称《办理通则》),乃为国民基础教育实验之准则。其他法规系依此而补充、延伸。《办理通则》于1933年3月公布后,1936年9月第一次修正,1940年9月第二次修正。它对理解国民基础教育制度的演变有直接意义。

在《办理通则》公布之初,即要求各县订立普设基础学校(以下简称基础学校)、中心国民基础学校计划表(以下简称"中心校"),内开列校名、校址、沿革、校舍、场地面积、经费、图书、校具、学生,及职教员、完成日期,各县须据实核报①。设校标准,基础学校以每一村街设立一所为原则。若居民密集处所,相距不过3里者,可以联合数村设一所;居民散处三里以上,或山川阻隔不便集中施教者,可酌量设立分校。中心校,则以每一乡(镇)设立一所为原则。若因财力及其他特殊原因,可以由毗邻数乡镇联合设立,乡(镇)中心校所在地的村(街),基础学校并入中心校办理②。基础学校的任务,最初《办理通则》规定"以学校为改造社会之中心,尤注重于民团训练与技术自治组织及合作运动之推行",中心校负责"实验基础教育方法,供该乡镇内各校参考"③。1940年第二次修正《办理通则》,第3条进一步规定基础学校的任务为普及基础教育、助成基层建设、树立地方文化中心④。

①《国民教育实施》,载《广西教育史料》,第532页。

②金步墀编著:《广西之国民基础教育》,广西省政府教育厅编审室,民国二十八年(1939年)2月,第13~14页。

③《国民教育实施》,载《广西教育史料》,第535页。

④《国民教育法令汇编·本省之部》,第134页,广西省政府教育厅,1943年10月。

基础学校之经费，由各县政府依照《六年计划大纲》之规定，统筹分配，并采取“因地为粮”政策，以政府酌量补助为过渡，鼓励各校逐步筹足，渐次达到自给自足之要求。最初，中心校的经费，以“县款办理”为原则；村（街）基础学校教职员俸薪，以县政府“支给为原则”，其他经费应由各村街自行筹集①。第一次修正《办理通则》后，第24条规定，基础学校之经费，除校长之生活费用由县款支给外，其余应由各村（街）自行筹集，但在未筹足以前，应由县款补足；第25条规定，中心校经费，仍以“县款支给”为原则，县款不敷时，应由地方“自行筹集”②。第二次修正之《办理通则》，第23条进一步规定、基础学校经费以由村街“自行筹集”为原则，但在未筹足以前，应由省县（市）款加以补足；第24条规定，除校长教师薪金应由县（市）“经费开支”外，其余均由地方自行筹集③。教育经费是办理教育的重要条件。国民基础教育的经费支出，呈由公款支出，到“因地为粮”的自行筹款过渡的趋势，这有利于实现教育为民办、民享、民有的理想，但同时也增加了教育经费不足的困难。

基础学校的行政组织，为更好地分工合作，以“事务分担”和“精神统一”为原则④。特殊之处在于校长由乡（镇）村（街）长兼任，实行所谓“一人三长”制度。以中心校的组织演变为例，其最初设校长一人、教员若干名，校长下分设生活指导部——管理儿童与成人在学校内外的全部生活事宜；总务部——掌理关于文书、庶务、会计、出纳、图书等事宜。第一次修正办理通则时，添设辅导部——辅导乡镇内村街国民基础学校事宜。以上各部各设主任一人，每学级设级主任一人，

①《国民基础学校的行政问题》，第17页。

②原载陈业勋编，《国民基础教育实施法》，转引自《雷沛鸿文集》（续编），第559～560页。

③《国民教育法令汇编·本省之部》，第135页。

④《国民基础教育的行政问题》，第6页。

成人班设班主任一人[①]。第二次修正案，求行政组织之简单化，将生活指导部、总务部和辅导部取消，仅于校长之下，设教育主任、辅导主任各一人，分管教导辅导事宜，及承担授课任务[②]。国民基础教育，包括儿童教育、成人教育和前学龄教育三大部分，采取合校分班制，并运用一律免费和渐次强迫入学的政策推行。以推行的时间先后顺序而论，先儿童教育和成人教育，后前学龄教育。

最能体现强迫教育主张的，是广西省政府在1936年元旦颁布的《广西普及国民基础教育令暨广西各县实施强迫教育办法》。此令的主要目的和内容，是为了使各级基础学校能如期（1936年7月以前）设立，该就学的成人、儿童，除身心不健全者外，“一律强迫入学，否则即处以罚金”[③]。值得指出的是，该法令对县长和教育行政官员推行国民基础教育，实行责任负责制。各县、乡、镇、村、街长“务各淬砺精神，悉力以赴，不得稍涉延宕……能提前或依期普遍设立者，立予嘉奖，如有敷衍因循致误程限者，定即严加议处，年终考绩即以此课其殿最”[④]。这一依期设校、奖惩分明的普及教育令的颁行，对广西国民基础教育的迅速普及，起了不小的作用。时人认为该法令在国民基础教育的推广普及过程中，“有着它不可忽视的历史价值”[⑤]。

三、变革改进

1936年下半年后，广西国民基础教育由推广实施进入变革改进阶段。这大体可从国民基础教育由量到质的重视，兴办新教育，以及

①金步墀编著：《广西之国民基础教育》，第14页。

②《国民教育实施》，载《广西教育史料》，第537页。

③金步墀编著：《广西之国民基础教育》，第27页。

④《广西省政府普及教育令》，载《日刊》第372号，民国二十五年（1936年）2月22日版。

⑤金步墀编著：《广西之国民基础教育》，第27页。

突击完成《六年计划大纲》等方面来考索。

(一)由量到质的重视。按照广西当局的指导思想,国民基础教育走的是"先求量的普及而后谋求质的提高"[①]的路线。随着国民基础教育数量上的普及,质的问题日益提上日程。早在1935年下半年,身为广西国民基础教育制度设计师的雷沛鸿,已经清醒地认识到这一问题。1935年9月23日,他明确指出,要集中人力财力,以求基础教育质的提高,且视之为该年度的教育工作重心;并为此提出了几条提高办学质量的的措施"建立完善的辅导制度,以增加并发挥辅导工作的效能"、"积极进行师资训练的工作,以造就未来的良好师资,并提高现有在职教师的能力"、"举办表证中心国民基础学校,以分区办理表证事业,增加基础教育的实施效率"[②]。

为了提高国民基础教育的质量和修正部分不合实际的法规条文,雷沛鸿责成部下冯克书、何济刚等人着手起草修订了1935年颁布的《国民基础学校办理通则》,更名为《国民基础学校规程》(初稿)。该规程共16章,较之《办理通则》多出整整7章。其中值得注意的是设立国民基础分校和教学问题[③]。1936年9月2日,广西省政府正是在这一草案规程基础上,第一次修正了《办理通则》。这次修正案,与原《办理通则》有很多不同,可视为国民基础教育制度进入变革改进阶段的重要标志。

原《办理通则》共九章,含总纲、设置及管理、经费、设备、组织、编制、课程、教材、附则。第一次修正稿,增加了第九、十章,分别为生活指导和研究辅导。各章内容均有修改。总纲:儿童受教年龄的变更,由原来的八足岁改为六足岁;增加了乡镇中心校辅导乡镇内基础学校

①邱昌渭:《七年来的广西教育》,载《广西之建设》(合订本),第455页。

②雷沛鸿:《一年来本省教育之回顾与前瞻》,载《雷沛鸿文集》上册,第205~206页。

③《日刊》第225号。

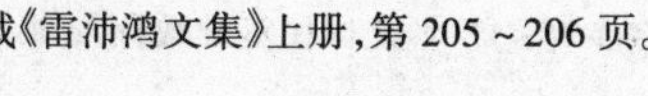

的任务。基础教育的效率因此而增进。设校及管理:第2章第16条增加一规定:"山岭重叠,住户稀散之乡村,其儿童及失学成人不便集中一校施教者,应由当地基础学校教员巡回指导。"这有利于穷乡僻壤这些易被人遗忘地区基础教育的普及。经费:第三章增加了基础学校筹集资金的6条具体办法,以及筹集基金的最低数额和期限。基础学校暂定为每年能出息国币100元以上,中心校暂定能出息国币400元以上。办法具体,数额量化,期限一定,这有利于保证基础学校相对稳定的经费来源。组织:中心校增加了辅导部,使广西基层建立了教育辅导网点,健全了全省辅导制度。此外,还制定了增设中心校校务会议、部务会议、经费审查委员会的规定。这样,基层学校组织日趋严密,更能发挥学校教育行政的效能,有利于基层教育质量的提高。新增生活指导与研究辅导两章内容,这是对原《办理通则》的重要补充。生活指导,包括对学生实行重视实验的学科、品行、日常生活以及举办国货运动等各种社会活动的指导,无疑有利于培养学生的知识水平、道德品质和社会实践能力。这是从学生素质的角度入手,以增加基础教育的质量。研究辅导,即基础学校和中心校都要"组织基础教育研究会",以进行集体研修交流,提高教师的教学学术水平。此乃从教师的角度,以提高基础教育的质量①。在第一次修正《办理通则》的基础上,省政府和教育厅还对其中一些重要而又不够具体的条文,逐加补充和发挥,制定了一系列细节较完备、操作性较强的规章和办法。根据《办理通则》修正案第69条,1936年12月,颁发了《广西各县乡镇中心国民基础学校辅导村街国民基础学校实施办法》16款;根据《办理通则》修正案第16条,1937年1月又颁布了《广西国民基础

①参见《广西国民基础学校办理通则》(第一次修正案),载《雷沛鸿文集》续编,第557~566页;金步墀:《广西之国民基础教育》,第27~29页;雷沛鸿:《六年来广西国民基础教育》,《建设研究月刊》第3卷第4期,民国二十九年(1940年)6月15日版。

学校巡回教学办法》14 条；据修正案第 34 条，1937 年 1 月订定《广西国民基础学校最低限度设备标准》6 款，含内容及详细用品表册[①]。据修正案第三章，1937 年 2 月颁发了《各县基础学校统限于二十七年底以前筹足基金》的规定[②]。在《广西各县乡镇中心国民基础学校辅导村街国民基础学校实施办法》第 6 条里，对中心基础学校应对基础学校所行辅导之事，作了明确的规定。如在教学及训导方面共 7 条：学级与课程之编制；教学方法（尤应注意于复式教学方法）、学生成绩考查方法和学生管训方法之改进；卫生教育、爱国教育、生产教育、团社活动之实施；其他[③]。中心校利用自身优势，辅导、帮助办学条件较差的村（街）基础学校，有利于提高基层国民基础教育整体办学水平。《国民基础学校办理通则》第一次修正案，以及一系列往深、细处发展、配套进行的补充法规的颁行，对国民基础学校量的发展，特别是质的改善，有明显的促进作用，为广西普及国民基础教育制度具有历史意义的改变。正因为此，随后两年广西的国民基础教育“才能有更大的收获”[④]。

国民基础教育重视质量的另一个重要表现，是颁行《广西省立中心国民基础学校办法大纲》。大纲第 1、2 条分别规定，“为增进普及国民基础教育效率起见，特设置广西省实验国民基础学校”；学校“以具有比较完善之设备，从研究实验中求取经济有效之普及国民基础教育方法，俾省内各级国民基础学校之改进，有所取则为宗旨”[⑤]。1937 年 2 月，由尚仲衣、唐现之等人负责筹备的省立桂林实验国民基础学

①《广西国民基础学校办理通则》，广西省政府教育厅编印（未注出版时间），第 15 ~ 34 页。

②《广西省现行教育法令》，出版年月不详，第 57 页。

③《广西国民基础学校办理通则》，广西省政府教育厅编印（未注出版时间），第 15 ~ 34 页。

④金步墀编著：《广西之国民基础教育》，第 29 页。

⑤《广西省政府公报》，第 121 期，民国二十五年（1936 年）4 月，第 4 页。

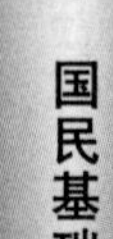

校设立，旋改称广西中山纪念学校，以实验研究国民基础教育之理论与方法及辅导全省国民基础学校之改进为宗旨。雷沛鸿对广西中山纪念学校非常重视，多次作指示和训词。1939年11月，第四次出任广西教育厅长的雷沛鸿说，在普及国民基础教育运动中，当然允许许多像中山纪念学校这样性质特殊的学校存在。该校“对于全省国民基础学校，在友谊上，在道德上，以及教育上都应研究实验，实验国民基础教育的改进方法，协助政府，辅导其他国民基础学校的改善”①。学校规模较大，教师均为初等教育界知名人士及富有教学经验者。在所有基础学校中，其设备最完全，内容最充实。该校实际上继承了因故停办的广西普及国民基础教育研究院的学术使命。正如首任校长尚仲衣博士所说：“本校范围虽小，可是负有研究实验的使命，我们愿望能够办成一个‘短小精悍、机能活泼’之研究院式的学校（着重号为笔者所加），来研究实验最经济、最有效的普及国民基础教育的方法，俾以学术研究所得的结果，辅助教育行政，完成普及国民基础教育的伟大计划。”②

兴办新的国民基础教育事业，主要体现在两个方面：1. 督促各县分区设置巡回文库和重视社会教育。广西省政府为“灌输社会文化，提高民众智识，促进国民基础教育之普及起见”，决定从1938年起，各县分区设置巡回文库。每一文库划分为若干巡回单位，每单位分配图书若干册，由基础学校负保管流通之责③。2. 注重社会教育，尤其是电化教育。1937年，广西省遵照国民政府电化教育政策，筹备组织巡回讲映队，分发收音机到中小学，实施电化教育。电化教育采用直观方式施教，非常适合文化水平不高民众的口味，因而“所得印象

①②杨寅初：《三年来广西中山纪念学校》，载《广西教育通讯》第2卷第7~8期合刊。

③金步墀编著：《广西之国民基础教育》，第30页

甚为深刻，民族意识提高不少”①。鉴于此，1938 年广西省政府决定推广电影教导、播音教育。电化教育作为一种非定式的社会教育，具有能“超越空间与时间”的特性，施教对象数量不受限制，切合中国广大民众散居于疏落乡村的国情；在抗战时期，对于完成民众动员和组织工作的战时教育的任务，“有很大的贡献”②。此外，还直接或间接通过国民基础学校，创设新的社会教育制度和设施，如改进戏剧教育，规定审查戏剧规则及从事桂剧改良，提倡话剧，组织国术团体，推广民众体育等。国民基础教育制度在 30 年代后期另一变化，是结合战时需要，先后颁布《广西省各级学校员生战时服务实施纲要》、《战时各县教育设施要项及考核标准》(1937. 10) 及《战时广西各县基础教育实施办法》(1938. 12)。这些法规的颁订，表明国民基础教育进入战时设施变化的阶段。战时国民基础教育的设施“集中于抗战之动员工作”，内容有宣传、慰劳、生产、成人教育、劝捐、调查、防护及战时服务团之进行 8 项。国民基础教育儿童部分，如因战事影响，不能利用原有校舍照常上课者，则采用综合编队方式，进行机动性教育活动，以“适应剧变之环境”③。

战时国民基础教育设施的另一个重要方面，是实施战时成人教育。1936 年 12 月 23 日，广西省政府颁订了《广西省成人教育实施办法》。其中第 3 条规定，各县实行成人(18 ~ 45 岁)教育，男子“应利用本省原有各村街民团后备队之编制，分队或分排、分班施教，即以民团后备队之队、排、班长，为成人教育队之队长、排长”。妇女(18 ~ 45 岁)“应依照民团后备队编制办法编制成队，集合施教”④。以军队的组

①《广西教育史料》，第 621 页，广西人民出版社，1990 年版。

②陈汀声：《宾南先生与电化教育》，载《雷沛鸿纪念文集》，政协广西自治区委员会文史资料研究委员会 1988 年 1 月，第 80 ~ 81 页。

③《广西教育史料》，广西人民出版社，1990 年版，第 548 页。

④《广西国民基础学校办理通则》，广西省政府教育厅编印(未注出版时间)，第 84 页。

织编制方式办理成人教育，使国民基础教育与民团制度更加紧密地联系起来，二者互相促进。1939 年 2 月，则有实施成人教育年这一更大举措。在此前普及国民基础教育中，注意儿童，而忽略抗战的主力成人。1939 年 2 月 4 日，省政府委员会议通过了《广西省成人教育年实施方案》，作为实施成人教育年的主要法案。接着颁布《广西省成人教育年推行委员会组织大纲》、《广西各县成人教育年推行委员会组织大纲》、《广西省成人教育师资训练班办法大纲》、《应入学成人调查办法》、《成人班训导标准》、《成人班社会活动举例》等配套法规[①]。成人教育年实施过程中，虽有日军侵入桂南的影响，成人班结业人数，仍达 180 余万之众，任务“得以顺利完成”[②]。从国民基础教育制度本身看，它以突击的方式，为 1940 年按时完成《六年计划大纲》规定的任务扫除了障碍；并对前一阶段国民基础教育重儿童轻成人的不足有所补正。

1940 年以后，广西国民基础教育运动进入如雷沛鸿所说的充实提高阶段。正当广西普及国民基础教育行将结束之际，1940 年 3 月，全国国民教育会议在重庆召开。会上制订并通过了实施国民教育五年计划，颁布了《国民教育实施纲领》。广西教育厅长雷沛鸿与会。据他说，大会在审查会及全体会议中，“对本省的经验都甚为重视，且加以好评”；并认为《国民教育实施纲要》在设校原则、经费筹集、视导、教育概念和范畴等方面，采纳了广西的经验和做法。对此，他不无自豪地说：“现在全国所待推行的国民教育，就是本省已实施了六年的国民基础教育”[③]。教育部对广西也多有称许：“贵省实施国民基础教育，已逾六载，设校数量，渐臻普及，国民教育，业具基础，一切设施，

①《广西国民基础学校办理通则》，第 87 ~ 115 页。

②《广西省实施国民教育第二期工作概况 · 总述》，第二历史档案馆，全宗号五卷 10407 号。

③雷沛鸿：《今后本省国民教育实施问题》，载《教育与文化》，第 8 ~ 9 期合刊。

多堪为他省取法,至可钦佩。”[①]浙江大学教授李相勖建议:“现在各省在教育部领导下努力国民教育,对于广西基础教育之设施,似宜多有所借镜,取其长而去短也。”[②]教育部采纳广西国民基础教育的经验,决非偶然,除其“博得中外称誉”[③]外,还由于中国“过去普及教育的失败,抗战建国的要求,及国民基础教育的特质所致”[④]。1940年5月,根据《国民教育实施纲领》,雷沛鸿手订并经省政府通过了《广西国民教育五年计划纲要》。这是继《六年计划大纲》之后,广西普及国民教育又一根本性法案,清醒地认识到,广西“今后国民教育之设施,其问题不在设校与入学,而在充实学校内容与提高教育水准”[⑤]。亦即广西与全国各省实施国民教育五年计划相比,已在起点和数量上领先了一步,进入充实提高阶段。为了与全国一致,广西普及国民基础教育,去掉“基础”二字,更名广西国民教育,或谓这是对广西普及国民基础教育的歪曲。揆诸事实,与其这样说,还不如说进入全国视界中的广西国民基础教育得到了改善和提高。此后,教育部不断派员赴广西视察,普遍认为今后广西国民教育之推行,“不在量的扩展,而重质的充实”[⑥]。例如,原产广西的“三位一体”制,因校长事务繁多,教育学修养不够,其不足逐渐暴露,教育部于是报请行政院,同意决定中心国民学校、国民学校的校长,以“专任为原则”[⑦]。这是对广西做法的一种修正和提高。

---

①《广西省政府咨文》,第二历史档案馆,全宗号五卷10784号。

②李相勖:《广西的国民基础教育》,载《教育通讯》(重庆)第3卷第30期。

③《广西省义务教育视察报告》,第二历史档案馆,全宗号五卷500号。

④卢显能:《转型期的国民基础教育》,载《广西教育通讯》第3卷第3~4期合刊。

⑤《雷沛鸿致教育部文》,第二历史档案馆,全宗号五卷10577号。

⑥《视察广西省国民教育简要报告》,第二历史档案馆,全宗号五卷10856号。

⑦《第二次中国教育年鉴》,第三编,第一章,第10~16页。

从广西国民基础教育制度的演变中大体上可得到如下认识：

其一，广西为推行初等“教育大众化”方针，每以省政府名义，颁布教育法案，以“保驾护航”；法案出台之后，又有系列法规“簇”和政策“群”相配套，使教育法案由抽象化作具体，由理论变成实践，为广西国民基础教育的实施，涂上了依靠政治力量、依法治教的浓重色彩。其二，国民基础教育由《五年计划大纲》变为《六年计划大纲》，《国民基础学校办理通则》前后两变，既是广西初等教育不断进步的表现，也是教育法律适时而变，因地制宜，及时反映社会实际情况的结果。其三，国民基础教育入学年龄越来越小，入学方式逐渐由自愿向强迫过渡；由量而质，由普及到充实。这一过程，是广西国民基础教育制度成效逐渐显著，影响日益扩大，由地方政策走向国家大计的过程。

第三节　国民基础教育运动与广西教育改造

雷沛鸿教育思想的轴心，是以教育改造促进社会改造，但20世纪30年代中国的教育存在着“洋化”与“养士”的缺陷，根本不足以担当起改造社会的重任。所以，不以“教育救国”则已，要之，则首先必须进行自身改造。民国时期的教育家梁漱溟的乡村建设派，晏阳初的平民教育派，陶行知的生活教育派，以及高阳的民众教育派，对于“教育救国”和教育改造都作了可贵的探索。稍后的雷沛鸿在吸收诸贤思想的基础上，形成了具有自己特色和风格的教育改造和社会改造相结合的“双改造”模式。雷氏改造中国教育较成功的实践，是通过开展国民基础教育运动，首先从初等教育入手。国民基础教育运动始终贯穿着革新传统教育的精神，这一点从教育首长、学生、外省考察者的言论中都反映了这一点。

1933年11月，教育厅长雷沛鸿警醒全省教育界同仁："从今以后，我们要极力扫除过去教育上的一切散漫、空疏、偏枯、纷乱、抄袭等等的弊病，要依照我们的目标，根据我们的需要，去彻底改造现有的教育事业。"①

国民基础教育运动展开后，为了让学生理解其革新的意义，经常要他们在报刊上开展"国民基础教育与传统教育有何不同"的讨论。学生动辄能说出数十个不同点，弥漫着浓厚的教育改造氛围。有个叫钟培旋的小学生一口气说出两种教育十一个不同点，颇具代表性："(一)基础学校是把军事、政治、经济、文化冶成一片的；故除实施文字教育外，尤注重民团训练，村街自治，合作运动。传统学校恰恰相反，它是与军事、政治、经济分家的。(二)基础学校的教师是三位一体的——即校长、村长、后备队长集在一人身上；传统学校教师是单位的——专任校长。(三)基础学校是依实际的生活而施教的，故主张生活即教育；传统学校是离开实际生活而施教的，故以读书为教育。(四)基础学校是教人手脑并用的——学问与劳作合一；传统学校是只教人用脑而不用手，故学问与劳作分开。(五)基础学校是教人以现代的生产技术，人人能够生产；传统学校只教人读死书，离去生产的需要甚远。(六)基础学校是教人知道现世界的大势，引起民族的意识，国家的观念，能为国家而牺牲，传统学校是没有的。(七)基础学校是没有呆板的课程，没有固定的地点，它是以生活为课程，社会为学校，随时随地都可以教人的。传统学校，是有呆板的课程，固定的地点，并有一定的教学时间，故它一离去了学校，便无所为的。(八)基础学校是教学做合一的，传统学校是教学做分离的。(九)基础学校是以互教与共学同谋前进的；传统学校是只有独教，没有互教，只有各学，

---

①雷沛鸿:《对于全省教育界同仁的一个愿望》，载《教育周报》2卷8期，1933年11月。

没有共学的。(十)基础学校是教小学生也去教人,——小先生制,知识变成了公有,传统学校是教人自私自用的,知识成为商品。(十一)基础学校是大众的场所,不收一切的费用的,故人人都得进去受教育;传统学校是戏院化的,故只有少数的有钱的人,才得进去坐坐。"[①]

来桂参观的外省人士王义周则认为,广西国民基础教育,是"给人民以一种基础知识与技能的教育,也是予以社会基础建设的教育。他是为着民族绵延的原动力作用而产生,为着改造社会文明建设现代国家而长大,具着很大的眼光,充满着时代的意识,与以前传统的、偏枯的、装饰的、不切实用的、贵族化的不顾国家民族的教育不同"[②]。重点指出国民基础教育对传统中国教育改造,建立现代新式教育的意义。

此节包括本人在内的一些学者,曾经用所谓"现代化理论"[③]进行研究。从坚持"严格的历史性"出发,与其运用源自西方"现代化理论"的外在观念,重新组装其原有的教育思想,不如实实在在地根据雷氏本人固有的观点,尤其结合时人的言论,发掘和揭示其教育思想中固有的从"传统"到"现代",从"洋"到"中"的主旨。这大体上可以从教育的概念和设施、功能、目的、对象、内容、方法、管理、实践等方面入手。

---

①钟培旋:《国民基础学校与传统学校有什么不同?》,载《日刊》93号,第6页。

②王义周:《广西国民基础教育及其评价》,转引龚家玮主编:《广西新教育之观感》,第77页,广西普及国民基础教育研究院印刷,民国二十五年(1936年)6月版。

③曹天忠:《论雷沛鸿的教育现代化思想》,《教育史研究》1997年第4期。闫国华:《试论雷沛鸿的教育现代化的理论与实践》;张传燧:《雷沛鸿与中国教育现代化》。俱见广西雷沛鸿教育思想研究会编:《雷沛鸿教育思想研究文集》(三),第47~56、105~112页。

一、概念与设施

时人认为，“传统教育是狭义的教育，基础教育是广义的教育”[①]。雷沛鸿运用生物学中“群居生活互相感应本能”的原理，重新探究教育的起源，认为教育不是产生于学校，而产生于群居生活。因为在群居生活中，“才有互相影响，互相感应，互相作用，互相帮助”；而这种互相影响、感应、作用、帮助，就“含有教的意义”，故曰，教育“来自群居生活”。

生物群居生活有人类群居生活与动、植物群居生活之不同。就人类群居生活而论，说“世界自有人类社会便有了教育”，这是正确的；就动、植物群居生活而言，说世界“未有人类之前，动、植物已有了教育”[②]，这抹煞了人和动物、乃至植物的本质区别，与“教育是人类社会特有的现象”的历史唯物主义观点相左。但是，雷沛鸿说教育来自群居生活的真正动机，在于强调教育在时间上无时不有，在空间上无所不存。这在理论上否定了当时流行的“学校即教育”的观念，主张“教育即社会”，学校不是教育的全部，教育也不仅仅限于学校范围[③]。这是一种广义的、学校教育与社会教育合流的大教育观。教育无时不有，教育的作用不限于受教育者入学的年龄，儿童教育与成人教育并进，这是一种连续的，终身的教育。从而使国民基础教育在观念上实现了从传统、狭义的学校教育向现代的、广义的社会大教育，甚至是

---

①远宾：《基础教育与传统教育的比较》，载《日刊》第143号，民国二十四年（1935年）6月25日。

②雷沛鸿：《什么是国民基础教育》，载《雷沛鸿文集》下册，第106页。

③雷沛鸿说过：“教育是社会的一种机构和功能，而学校只是由这种机构和功能分化的一种制度，故前者实包含后者而有余，后者却不能与前者混合而为一。”《雷沛鸿文集》下册，第95页。

终生教育的转变。

这种广义的教育观念，反映在国民基础教育制度设施上，就是学校教育与社会教育合流；义务教育与成人教育甚至前学龄教育并举。学校教育为定式教育，社会教育为非定式教育，二者合流的办法，是“学校教育社会化，社会教育定式化、组织化或制度化”[①]。有人进一步以为这两种教育真正融合起来的关键，在于“（一）消灭社会‘休闲分子’与‘劳苦大众’的对立；（二）消灭社会上‘治人者’与‘治于人者’的存在”[②]。这是一种深层次探讨学校与社会教育合流的认识。

以广西教育而论，以前代表社会教育的是民众教育，其学校及其他教育设施均设在少数几个都市。分布不合理，办理效果极差。民众教育馆办理，经视察所知，所列十一点意见，几全部被否定[③]。各项设施种类很多，大多与学校教育不相为谋，划地为牢，彼此脱节。今依据法令，国民基础学校的活动，规定有如下内容：运用宣讲、表演、展览；举行各种运动会，如国货运动、合作运动、卫生运动、筑路运动、造林运动等，表现了“定式教育与非定式教育的合流”[④]。江苏教育厅秘书侯鸿鉴曾受命到广西考察教育，敏锐地指出，国民基础教育“有一点觉最堪取法者，即以社教与义教熔铸一炉，将来小学教员，即兼理社会事业，而与他省以社教另为专门事业，与义教不能联络办理者，则收效有差别也”[⑤]。

---

①雷沛鸿：《民族教育基本问题》，载《广西教育通讯》第2卷第1～2期合刊，1940年版。

②洛西：《两种教育的融合问题》，载《日刊》第118号，民国二十四年（1935年）5月31日。

③广西省政府教育厅导学室编：《二十二年度省政府教育视察团教育视察报告》，1934年10月12日版，第291～292页。

④梁上燕：《广西县教育改进办法与经过》，第15～16页。

⑤侯鸿鉴：《广西之教育》，载镇江《江苏教育》第3卷第10期，民国二十三年（1934年）10月版。

国民基础教育的义务教育与成人教育合并，首先，是因为过去儿童教育为小学校，成人教育为民众学校，二者分立，使教育显得"支离破碎"、"分离脱节"。既不合生活教育原理，又不符经济原则。国民基础教育前学龄教育、儿童教育、成人教育同在国民基础学校中实施，各个阶段的教育互相衔接，在实施上省力节财，合乎经济原则，成为"一贯的整个"[①]的教育。其次，基于对中国民众教育水平低的国情。省主席黄旭初认为，国民基础教育把成人与儿童教育放在一起合办，不是像西方国家那样以年龄大小为标准；而是根据中国社会文化水平较低，文盲多，成人与儿童一样，教育程度的起点差不多，"都是以小学的学程为主体，有着近似的性质"的实际情况[②]。这是对国民基础教育中儿童教育与成人教育合办的新解释。再次，出于普及教育策略考虑。因为成人受了教育，懂得、知道教育的重要，便自觉、愿意送子女入学，从而较顺利地推进义务教育的实施。此举受到外省游桂人士的好评，认为此法可使义务教育"可以风行无阻，至少也要与民众教育同时进行。他这个国民基础教育，看透了这一点，这是别省所不及的地方"[③]。江苏教育学院的专家则说，雷沛鸿在广西实施国民基础教育，"将义务教育与民众教育打成一片，此为在教育、行政上见诸实行之第一声"[④]。可见，国民基础教育把义务教育与成人教育合办，学校教育与社会教育合流，不仅是对广西原来初等教育的革新，而且也处在全国教育改造的前列。因而成为国民基础教育制度的一大特色[⑤]。

---

①梁上燕：《广西县教育改进办法与经过》，第 12 ~ 14 页。

②黄旭初：《县政建设与基层建设》，第 425 ~ 426 页。

③王义周：《广西国民基础教育及其评价》，载《广西新教育之观感》，第 105 页。

④《教育与民众》第 5 卷第 2 期，编者按。民国二十三年(1934 年)10 月 28 日。

⑤《成人教育及成人青年》，载《广西教育史料》，第 555 页。

二、功能

教育功能，通常是指教育在民族生存、社会发展和个人自我完善过程中的地位和作用。雷沛鸿充分肯定了教育，尤其是国民基础教育的重要的、多方面的、多层次的功用。

(一)宏观与微观功能

宏观功能，是指国民基础教育具有医治国家毛病和提高民族整体素质的功效。广西实施国民基础教育，以教育主体——民众为对象，旨在开发民智，"增加社会智力"[①]。提高民族的整体文化水平和素质。民众如果"不受教育，不识不知，蠢如鹿豕，如何叫他荷负开发国家资源的责任?"所以开发民智比开发物质资源更重要[②]。雷沛鸿还有民众教育是"治国的预防医药"的新提法。民众教育"不只是一种事业，而且是一种学术，它是最近发见的医国学术，不重临时治疗，而重先事预防"。在中国社会由传统向近代转型过程中，就社会而论，"秩序缺乏，固定性缺乏，团结力缺乏，随时随地都呈露纷扰、混乱、分崩离析的倾向"[③]。民众教育就有医治病态社会的功能："不只是百孔千疮的社会治疗术，而且是一个文明古国分崩离析的防腐剂"[④]。民众教育具有治疗社会病态，尤其是注重事先预防国家患病功能的观点，在近代中国社会矛盾众多、急剧变化的历史条件下，可能不是立竿见影的治标之法，但如同煎用中药一样，见效虽慢，但有时可能是根治

---

①雷沛鸿:《十五年前的一个心愿》,载《雷沛鸿文集》下册,第130页。

②雷沛鸿:《墨西哥六年计划与广西六年计划》,载《日刊》第8号,民国二十四年(1935年)1月27日。

③雷沛鸿:《怎样善用我们的生命》,载《申报月刊》第2卷第2期,1933年2月15日出版。

④雷沛鸿:《治国的预防医药——民众教育》,载《教育与民众》第10卷第10期,民国三十年(1941年)6月15日版。

病态社会的治本之策。

微观功能，是指教育使受教者具有增进智慧、明辨是非的作用；拥有培养判断力和批判力、创造美好生活的价值。雷沛鸿认识到，普及教育能使人“由愚昧变为智慧”；依之可以明辨是非，权衡利害，做出理智的判断，达到美好的愿望①。又说“教育之可贵，在劝导人们，运用聪明睿智，去批判自己、批判历史、批判社会、批判文化，而创造美满的社会生活”②。进入真、善、美的境域。教育具有批判的功能，这是雷氏教育功能观不可忽视的一个组成部分。它是社会文明进步、个人人格完善、境界提高不可缺少的一环。

(二)短期与长远功能

教育的短期功能，是指教育为应付急切的社会需要，而起的暂时的、目前的作用。为扩大、实现这种功能，雷沛鸿主张把教育改造运动与当时当地的社会运动联系起来③。

教育的长远功能，是指教育为从根本上使国家富强而起的长远的奠基性的作用。在这个意义上，雷沛鸿强调教育是振兴民族的重要工具，建国大业的根本要图。教育的长远功能与宏观功能是一致的。

教育这种长、短期双重功能，是由近代中国救亡与发展的历史主题所决定的。因此，雷沛鸿在广西推行国民基础教育运动，一方面以教育为武器，与广西当局和民众一道，及时、全面地参与三四十年代的抗日救国运动。他呼吁：“天下兴亡，匹夫有责。我们中国已到了生死关头，人人应该用其所能，尽其所长以赴之。”具体而言，就是“假定

①雷沛鸿：《中华民国少年的前途》，载《日刊》第411～412号合刊，民国二十五年(1936年)4月4、5日。

②雷沛鸿：《发扬理性的批判精神》，载《教育导报》第1卷第6期，民国三十五年(1946年)6月1日。

③雷沛鸿：《民族教育基本问题》，载《广西教育通讯》第2卷第1～2期合刊。

我们的擅长而且为事实所需要，我们可以到前线去执干戈以卫社稷，假定我们的擅长而且为事实所需要，我们可以在后方努力耕作，努力生产并制造，努力运输或维持治安。不宁惟是，假定我们的擅长又是为事实所需要，我们可以参加思想战。诚然，现代的战事是全民族的战事，决不能专出于武力战，所以除武力战外，必须有人运用智慧和头脑从事于思想战”[①]。按照需要，根据社会分工和个人的特长参与救亡工作，这是广西国民基础教育参与抗战的特色，也充分发挥了教育的短期功能。

国民基础教育以自己的特点参加了神圣的民族抗战，另一方面，也是更重要的，把自己的重心置于旧中华文明的改造与新中华文明的建设上，以发挥教育的长远功能。因此，翻检雷沛鸿的论著，教育具有“治标与治本”，“战时与平时”，“目前与将来”，“近(小)处与远(大)处”等双重功能的字眼，随处可见。雷沛鸿在《什么是国民基础教育》这篇代表性论文中说：“我们从大处着想，把现阶段的文明改造，由小处着手……以建立民族生活，保障民族生存。”[②]国民基础教育拥有短期和长远相结合的功能，重心在后：主张标本兼治，大小相施。这是雷沛鸿从宏观整体上探索中国教育改造道路的重要表现之一。因此，在这个意义上，有人将“从大处远处着眼，从小处近处着手；即既重视宏观方面，又重视微观方面，时时处处在实践上使两者相联系相结合”，作为雷沛鸿教育思想明显特点[③]。

(三)教育的社会功能

就社会层面论，国民基础教育要促进广西的政治、经济、文化和

①雷沛鸿：《本院同工同学今后工作方式》，载《日刊》495号，民国二十五年(1936年)6月25日版。

②雷沛鸿：《何谓国民基础教育》，载《雷沛鸿文集》下册，第125页。

③吴强：《怀念宾南先生》，载《雷沛鸿纪念文集》，第119页。

军事四大建设。教育的政治功能，除了贯彻国家和省政府的意志、政策、政令外，还有组织民众，统一民心的作用。教育的经济功能，主要表现在提高劳动生产者的素质上。在农村，为了发展农业生产，“就需提高教育程度，使人民都受充分而优良的教育，才是真正的培养人类的生产资源”[①]。从这点上可以说，教育就是生产力或生产力资源。教育的文化功能在于，对传统文化，它有选择和传递优秀文化的作用；对外来文化，则具有引进先进文化“补我之短，以充实及丰富祖国文化”的效果。雷沛鸿称之为“教育对文化的进取功能”[②]。教育的军事功能是指，在战时，教育具有培养青年的生活力、智力、感觉力，以克敌制胜的效用；在平时，教育则常具有与世界祸乱进行较量、赛跑、避免世界大战，维护世界和平的功能[③]。这在教育功能阐释上，无疑是一种洞见。值得指出的是，雷沛鸿强调的教育对政治、经济、文化和军事的重要促进作用，并没有把教育的作用夸大到不恰当的地步，宣扬“教育万能”。相反，声明教育在现代社会建设中所起的作用，次于政治和经济。即“以政治经济为体，教育为用”[④]。借用中国传统哲学范畴中“体”、“用”的概念及其关系，说清了教育与政治、经济的关系。既摆正了教育在社会中的位置，又自觉地将自己与近代中国教育史上争议颇多的“教育救国”论者，区别开来。

三、目的

教育目的是把受教育者培养成为一定社会需要的人的总要求，是教育功能的出发点和最终目标。传统教育的目的，是读书，拿文凭，

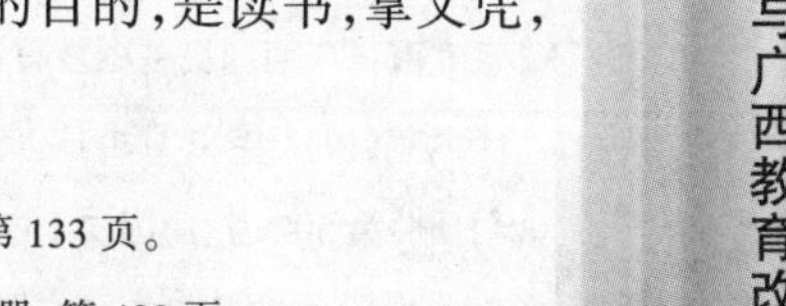

①《日刊》第8号，民国二十四年(1935年)1月27日版。

②雷宾南：《南洋华侨与祖国文化》，载《雷沛鸿文集》续编，第133页。

③雷沛鸿：《西江学院的世界文化基础》，载《雷沛鸿文集》下册，第482页。

④雷沛鸿：《国民基础教育法案的立法精神》，载《雷沛鸿文集》下册，第40页。

做官,学而优则仕,仕而优则学。这在传统社会中虽然有其必然性,但毕竟是一种为个人显功扬名,为家族光宗耀祖的教育。即"由个人出发"的自私教育[①]。中国近代,救亡与发展的历史主题是建设繁荣富强的新国家。要建设新国家,需要的是锻造"新国民",实现国民由传统人到"现代人"的转化。这是雷沛鸿的教育目的,更是国民基础教育的目的。

国民基础教育是一种在现代的中国,教人如何做新国民、现代人的教育[②]。如何才能创造新国民?师生各抒己见。据研究院优秀的毕业生潘景佳的理解:"做一个现代的人,必须取得现代的知识,学会现代技能,感觉现代问题,并以现代的方法发挥我们的力量。现代是不断的向前进,我们必应参加在现代生活里面,与时代俱进,才配做一个现代的学生——才能够做一个长久的现代人。"[③]身为教师的雷沛鸿则有一段精当的论断:"现代的教育我胆敢说一句,就是把国民怎样创造。但我国向来无国家组织,日本人说中国不是一个国家,我们还要生气。实在我国人民向来只为家族打算,五四运动以来就一变而为个人打算,从没有为国家、为民族打算过。国民基础教育,就是要替中华民族创造国民,替整个中华民族打算……我们对于广西民众应该把他们组织起来,加以不断的训练,不断的教育。我们要创造国家、创造人民,同时,我们还要知道,要创造国家,先要创造人民。"[④]指明了

①周葆儒:《全面教育的由来》,载《教育与民众》第11卷第3~4期合刊,民国三十六年(1947年)2月28日。

②雷宾南:《广西国民基础教育运动的时代使命》,载《中华教育界》第24卷第8期,民国二十六年(1937年)2月1日。

③《日刊》第302号,民国二十四年(1935年)12月3日。

④雷沛鸿:《本院廿四年度工作进行计划总纲说明》,载《日刊》第225号,民国二十四年(1935年)9月26日版。

创造国民的重要性、方法以及努力的方向。

把创造国民努力方向落到了实处，就是把原来初等教育改造为民族教育，把过去以“个人或家庭为中心”的家庭教育体系（Family Educational System——原注）或个人主义教育，改造、发展为以“整个民族为中心”的民族教育体系（National Eduational System——原注）。而广西国民基础教育运动的性质被界定为，按时代要求应运而生的“一个民族教育运动”①。只有从传统家庭教育过渡到现代民族教育的历史潮流中，才能理解雷沛鸿通过国民基础教育，改造过去的教育，重构民族教育体系的深义。这一与传统不同的教育改革，引起外省名流的注意。国立中山大学教授、农学家丁颖在赴广西参观后，在中山大学农艺研究会作演讲，向听众提醒：“广西的国民基础教育最特别的，是注意到民族意识；他把社会生活和生活技能都打合做一起，以期完成广西的自给自治和自卫的三自政策。”②

四、内容

教育的目的决定教育的内容。要锻铸现代国家和社会所需要的现代人，教育的内容必须由书本的、死的、脱离现实的，向社会的、活的与实际生活相结合转变。过去教育在“学校即教育”的传统观念支配下，学校与社会绝缘，教育与生活分家。教育的内容要由传统过渡到现代，首要的问题，是拆开教育与实际生活分离的篱笆，将社会实际生活，反映、纳入教育内容中，使之生活化、实际化。

近代开港通商后，西学东渐，洋教育引入中国。但由于漠视国情，“食洋”不化，结出苦果：“一方面，在于盲目模仿外人，而失掉自己的

①不兴：《民族教育》，《日刊》第152号，民国二十四年（1935年）7月4日。

②丁颖：《广西全省农业之讨论会之观感》，载《群言》第12卷第5期，民国二十五年（1936年）1月15日。

生活动力；另一方面，在抽象地凭空想象，而脱离我们自己的现实社会”[①]。一如传统中国教育脱离民众现实生活那样，同为时人诟病。解决问题的关键，在于将外国教育中国化、本土化。所以，只有传统中国学校教育社会化，外国教育中国化，教育的内容才能时代化。20世纪30年代中国外患内忧交迫，农村经济凋弊，这个活生生的现实，决定了国民基础教育的内容是爱国教育和生产教育。

爱国教育的目的与国民基础教育目的一致，就是“创造并培养新国民，使他知道个人与国家的关系，以及整个民族生存的关系”[②]，爱国教育的主要内容，“扩大家庭生活而为民族生活，以促进国民爱国思想和抗战行为”[③]。爱国的目标有五：确定国家观念；提高民族意识；陶铸爱国德性；充实救国技能；激发爱国精神[④]。爱国教育的方法分四：以身为教，以家为教；以社团生活为教；以民族生活为教[⑤]。

生产教育是现代教育与传统教育的一个重要区别。生产教育，即“运用科学技术，革新生产事业，以提高国民生产能力和建国力量”[⑥]。反映在农业生产上，要采用新的生产技术，改良种子，兴筑水利，运用科学的农具，用现代生产方式代替原始的手工业生产方式，使农业生产科学化[⑦]。时人在谈到国民基础教育与传统教育的区别时，有无生产教育是一个必备的指标。所谓“传统教育是只知有读书的目的，与吃饭、生产是相矛盾的，基础教育最重要的条件是不要叫

①雷沛鸿：《国民中学与县政建设》，载《雷沛鸿文集》下册，第407页。

②雷沛鸿：《办理国民基础教育的三个要素》，载《雷沛鸿文集》下册，第176页。

③卢显能：《保卫西南运动中国民基础教育实施的三大问题》，载《教育与文化》第6期。

④卢显能等编：《国民基础教育实施法》，第23～24页。

⑤雷宾南：《民族自救运动下之民众教育析义》（四），载《雷沛鸿文集》上册，第50页。

⑥卢显能：《保卫西南运动中国民基础教育实施的三大问题》，载《教育与文化》第6期。

⑦雷沛鸿：《新教育与新秩序》，载《雷沛鸿文集》下册，第54页。

人来读书就没有饭吃，同时也不要妨碍其生产，吃饭、读书、与做事是打成一片的”[①]。

必须指出的是，爱国教育与生产教育的关系密不可分，相辅相成。前者是灵魂，后者是骨干。两者“相辅并进，如车之有两轮、鸟之有两翼而通行自如，任尔飞翔”[②]。为了使爱国教育与生产教育贯彻落实到教学活动中，国民基础教育语文科教材编辑的重点，“放在中国深久的历史、文化与科学创造，大好河山，广西的乡土特色——物产风俗，好传统等上，引进科学以破除封建迷信，改变人们好斗习俗，导致健身卫国的尚武精神”[③]。

五、对象

国民基础教育在受教对象上，与传统教育有很大不同。时人说“传统教育是有特殊的、对于学生是有限制的，国民基础教育是普遍性的、无限制的；并且是‘来者不拒，不来者送上门去’的”[④]。也就是说传统教育是有局部、阶级性、独占化的，国民基础教育则是平民性、普遍化的。

国民基础教育的普遍性，在理论上“凡在我中华民国四境之内，人人都应该受教育：不论贫富，不论贵贱、不论性别、不论老少……贫富的人要受教育；壮丁老人要受教育；女子亦同样要受教育；一切人等都应受教育”，真正做到“有教无类，一视同仁”[⑤]。在行动上，以《广

①遗尘：《教育新大陆》，载《日刊》第94号。

②雷沛鸿：《办理国民基础教育的三个要素》，载《雷沛鸿文集》下册，第176页。

③叶蕴贞：《深切的回忆》，载《雷沛鸿纪念文集》，第141页。

④遗尘：《教育新大陆》，载《日刊》第94号。

⑤雷宾南：《广西国民基础教育运动的时代使命》，载《中华教育界》第24卷第8期，民国二十六年（1937年）2月1日。

西普及国民基础教育六年计划大纲》为法律依据，通过行政的命令、强迫的办法，在广西限六年内实施国民基础教育运动，以逐渐达到“无地不学，无时不学，无人不学之目的”和理想①。就30年代初中期广西、全国的范围内看，中国普及教育面临的主要问题，表现在城乡受教不平等，少数民族地区和女子教育严重不足等方面。

中国城乡教育不平衡分布，指当时学校的设置和教育经费分配的偏重在城市、县府，而置广大的乡村于不顾。雷以自己家乡广西邕宁县教育经费调拨为例，加以说明。该县每年全部教育经费约为230000元左右，县城区每年占的为181000元，而乡村学校仅占49000元，约占12%～13%。在这种情况下，国人在受教育机会上城乡“绝不平等”。因此，国民基础教育作为一种教育改造运动，要“先消灭偏枯的积弊，予人民以受同等教育的机会”②。按照重城市轻乡村的现实，采用由乡村而城市，最后达到城乡“比例并重”③的做法，改变城乡教育布局与经费不平衡、不公平的现状，填平城乡之间教育差异的鸿沟，很具平等精神。这是国民基础教育大众化、普遍性在空间上的反映。

男女受教不平等，这是中国传统教育的痼疾。有鉴于此，雷沛鸿在实施成人教育过程中作出硬性的政策规定，男丁与妇女在施教时要“等量齐观”，不可偏废。又因为妇女在过去受教时，常被歧视和忽视，在实施国民基础教育时，政策要倾斜：“应特别予以注意”。凡18～45岁以上的妇女，均为受教育对象，“而不能忽略或遗漏一人”④。妇女解放是现代社会解放的标志之一，而教育则是实现男女平

---

①雷宾南：《广西国民基础教育运动的时代使命》，载《中华教育界》第24卷第8期，民国二十六年（1937年）2月1日。

②雷沛鸿：《国民基础教育法案的立法精神》，载《雷沛鸿文集》下册，第36～37页。

③雷宾南：《广西国民基础教育运动的时代使命》。

④雷沛鸿：《前学龄教育与国民基础教育》，载《日刊》第408号，民国二十五年（1936年）4月。

权、妇女解放的主要途径。因此,男女受教无性别歧视,是国民基础教育在教育对象上的普遍性又一重要表现。

由于历史原因,少数民族地区的教育,向来被教育施政者所漠视。中国是统一、多民族国家,教育对象的不平等,在相当程度上表现为少数民族受教育不平等。雷沛鸿在办理国民基础教育时,注意在少数民族地区设校,这使他具有与众不同的特点。1935年上半年,在比较落后的少数民族地区,设立具有示范功能的表证中心国民基础学校24所,派遣曾在研究院受训过的人员,充任校长和教职员。使"从未受汉族文化的特殊部族——苗、瑶、壮、侗——教育大众化的福音能传播及之"。据不完全统计,雷沛鸿执掌广西教育时,先后在广西各少数民族地区成立基础学校六百余所[①]。通过设基础学校和特立表证中心校,试图在少数民族较多的广西,实现民族教育平等化。这是国民基础教育普遍化、大众化再一重要举措。

国民基础教育在教育对象大众化问题上,与传统义务教育还有一个明显的不同,就是义务教育与权利教育并举。雷沛鸿坚信"教育是每个儿童一生下来就带来的权利"的理念,认为"教育是人民的权利,而非人民的义务,强迫而又免费的实施是政府的义务,而非政府的权利"[②]。通过政府的法令,实施强迫、免费的教育,这是政府的义务。表现在国民基础教育上叫做"教育的大众化"。人民有享受教育的天赋权利;或者说教育要使成为"大众共办的教育,大众共有的教育、大众共享的教育"。这在国民基础教育上称作:"大众化的教育。"[③]亦

---

①《特种教育》,《广西教育史料》,第577页。

②雷宾南:《广西国民基础教育运动的时代使命》,载《中华教育界》第24卷第8期,民国二十六年(1937年)2月1日。

③雷宾南:《三年间广西国民基础教育运动的回顾与前瞻》,载《教育杂志》第26卷第9号,民国二十五年(1936年)9月10日。

即“教育的大众化”是义务，“大众化的教育”为权利。

这两种教育不仅表现在观念上，而且在实践过程中也得到贯彻。雷沛鸿在一次学术会议上说过：“在目前乡村长的三位一体、乡村学校的一所三用的制度下，普及教育是个个人的义务，决不是给有职人员仅有的责任。所以，我们在义务方面说，国民基础教育是义务教育，人人应尽此义务，在人类天生的权利上说，国民基础教育是权利教育，人人应享此权利。”①这就说明国民基础教育是义务教育和权利教育的统一。国民基础教育这一特性，表明它本身不仅是一种教育上的要求，而且是一种政治上的主张，这较一般纯义务教育意义更为深远。在旧中国，尤其在贫穷落后的广西具体操作起来，理想与现实时常冲突，困难重重，但国民基础教育在这一方面毕竟迈出了艰难的一步。20 世纪 40 年代雷沛鸿在总结国民基础教育成绩时说：“原来‘有教无类’，素为我国教育理想上悬为终极鹄的，可是二千年间之定式教育（即学校教育——笔者），绝未尝有一实现机会。如曰有之，我们可以说，这是由广西国民基础教育普及运动开其端。”②如果此说可信，那么应该从更高远的角度，重新估雷沛鸿设计和领导的广西普及国民基础教育运动的历史意义。

六、方法

根据《广西国民基础学校办理通则》，国民基础教育的教育方法规定为“运用‘互教共学’、‘以做为学’、‘教训合一’之方法，指导儿童及成人社会全部生活”③。

---

①《日刊》第 341 号，民国二十五年（1936 年）1 月 18 日。

②雷沛鸿：《国民中学之名称与修业年限问题》，载《广西教育研究》第 5 卷第 1~2 期合刊，民国三十二年（1943 年）2 月。

③《国民教育实施》，载《广西教育史料》，第 545 页。

（一）“教学做”合一

“教学做”方法与传统教育方法有如下不同：“传统教育是教者用嘴巴，学者用耳朵，教学两相分离，并是劳心不劳力的；而基础教育是：‘教学做合一’，教者亦要学，学者亦要做，并且亦要教，是在劳力上劳心的。”[①]为使学生更好接受这种方法，教师首先要受训、掌握，做到运用自如。研究院在培养基础教育师资时，力主以“教学做合一”为原则：“辅导教师做自动的学生，学生做自动的教师并辅导教师参加农工活动，使成为农工之良好伴侣，农工参加教育活动，使成为农师工师并成为优良之农人与工人。”[②]教师亦师亦生，亦工亦农，以做为学，理论与实践合一。这与传统教育中教师只注重书本知识的传授，用脑不用手，用心不用力的冬烘先生判若天壤。也使教师在运用和执行国民基础教育学问与劳动与政治相结合的方法时，有了心理准备和前提条件。

学问、劳动、政治合一的方法，是“教学做合一”教学方法的理论基础和法律依据。这种学问、劳动和政治“三合一”的生活教育方法有革新传统教育的意义。它填平了人文教育与职业教育的鸿沟，既避免了重蹈过去教育那种“有劳动无学问的只是牛马式的蛮使苦力，有学问无劳动的，把学问落空”的覆辙；同时，又使“劳动者有学问，以运用智慧；有学问者能劳动，以获取实际经验，同时，还要与政治合作，使学问与劳动更有力量，使政治更有根据”[③]。质言之，这种教育方法有助于使受教育者朝着德或政、智、劳较全面的方向发展，并使它们之间互相促进，共同提高，相得益彰。雷沛鸿对此非常看重。早在《广西普及国民基础教育五年计划大纲》中就明文规定；1934 年 10 月修订

①遗尘:《教育新大陆》,载《日刊》第 94 号。

②《研究院培养基础教育师资方案》,载《日刊》第 32 号。

③卢显能等编著:《国民基础教育实施法》,第 31 ~ 32 页。

为《六年计划大纲》时，许多内容和条文均作了修整，惟独对“学问与劳动合作方法”情有独钟，矢志未改，并不惜与反对此法的胡适展开争论①。

雷、胡关于国民基础教育方法的争论，并非仅是单纯的教育方法分歧，其实反映了30年代中国知识界关于中国出路的重心，落在城市还是农村的大问题。因此，这一争论引起国内学界的注意。陶行知在编辑《普及教育续编》时，将胡、雷关于这个问题讨论的文章——《国民基础教育的基本概念》收入。就当时具体历史环境来看，胡适毕竟是教育理论家，而且看问题惯以西方为参照系，而雷沛鸿深受社会学的影响，是教育实践家，观察中国乡村问题，把握中国的国情较胡适要准确、深刻些。因此，雷沛鸿的观点比胡适的主张略胜一筹。这一点得到时人的认同。王义周在评价广西国民基础教育时，认为“就青年出路说，现在青年学生，大都毕业以后，苦无出路，而建设农村，却又需人甚多，无人可找，形成一种矛盾现象。广西普及国民基础教育，将所有初高中甚至小学毕业生，再加以相当训练，使之回田园间去，商店中去，工厂中去，一面乡村事业，有相当人员去负担；一面青年学子，均有致力于国家社会之机会，实属最好不过的事”②。

关于“教学做”合一的生活教育方法对传统教育法的具体革新，有“生活教育之模范”之誉的广西邕宁县表证中心国民基础学校，于1935年12月制定的教育方法三变表，提供了生动的材料③：

---

①参见雷坚编著《雷沛鸿传》，第103~104页。

②王义周：《广西国民基础及其评价》，载《广西新教育之观感》，第106页。

③广西邕宁县表证中心国民基础学校编辑股编：《广西省邕宁县表证中心国民基础学校校刊》南宁大成印书馆，民国二十五年(1936年)3月版，第8页。

广西省邕宁县表证中心国民基础学校教育方法三变表

方法名称	方法注重点	方法对象	先生的责任	学生的责任	其他
教授法	教	书本	以书本上的知识传授给学生。	领受先生所教的书本的知识。	有(教)无(育)，教师唯我独尊。
教学法	学	知识	教学生取得找知识的方法,使学生自己找知识。	依照先生指示找知识。	(教)(育)分家，师生有阶级。
教学做	做	自然与整个生活,包括大社会。	和学生一同做,在做上指导,使学生在做上得到经验,得到知识,就是在做上解决学生的问题,一方面解决自己的问题。	在做上学,就是在做上发生问题,找工具材料来解决问题,得到经验和知识。	(教)(育)合一，无师生之严格界限。

从上表中可知,"教学做"合一方法,既是对传统教授法、教学法的改革,又是对前两种方法的综合批判和吸收。其意义在于使教育的范围扩大,教学的环节增多,师生关系平等,教学民主化。

(二)互教共学法

国民基础教育的互教共学法，是由于其使命和设校原则决定的。1934 年上半年,广西人口大约有 1270 余万,约有 24300 个村街,2430 个乡镇。如果全省普及国民基础教育，规定每村设立一所国民基础学校，每乡设立一所中心国民基础学校，就需要数量惊人的师资。训练师资和供薪所需的巨额费用,均非贫穷的广西所能承受。在这种情况下,只好通过互教共学的方法谋补救。

互教共学,按雷沛鸿的说法,就是使"能识字者教不识字者,有知识者教无知识者，有技能者教无技能者；同时，又能彼此‘互教’，彼此‘共学’”[①]。并乐观地认为，只要“人人去做，人人来学，在做中学，边做边学，共同提高，普及教育就可以做出来”[②]。因此，他十分重视这种方法，并曾责成研究院专门组织人马攻关，订出《互教与共学方案》，内容颇为完备。该案主要有两项内容：第一，要旨——“认定互教与共学为普及国民基础教育最有效之办法，以共解决经济困难、师资缺乏等问题，而使教学相长，推行迅速”。互教——“就是取别人的长处，以补我的短处，使短处变成长处，又取别人的长处，接我的长处，使长处更长”。共学——“就是依据互教而来，所谓教学相长，及他山之石，可以攻玉，都是共学的意义”。第二，原则：(一)“即知即传人”；(二)“知者教人，不知者学于人”；(三)“取人之长，补我所短，以己之长，补人所短”；(四)“先从普及初步的识字教育做起”[③]。

互教共学制，包括导生制、传递先生制、小先生制和传习制等具体的方式。导生传习制，即以高年级的学生教低年级学生，程度高的学生教程度低的学生，有专长的学生教无专长的学生的一种制度和办法[④]。小先生制是普及国民基础教育运动下最经济最有效的一个办法。小先生制为陶行知所创。为了支持广西国民基础教育，特派弟子方与严来广西传授小先生制的要诀。雷沛鸿对借小先生制推广国民基础教育，“极表赞同”[⑤]。广西在互教共学中广泛采用小先生制，既表明了陶行知与雷沛鸿在普及教育事业上互相支援，也反映了雷沛鸿

①雷沛鸿：《教育与文化》，载《国民基础教育丛讯》第9期。

②雷沛鸿：《全体大会的功能》，载《日刊》第224号，民国二十四年(1935年)9月15日。

③《日刊》第167号，民国二十四年(1935年)7月19日版。

④《日刊》第200号，民国二十四年(1935年)8月22日。

⑤雷沛鸿：《黄花岗纪念与小先生问题》，载《国民基础教育丛讯》第1期，民国二十四年(1935年)3月1日。

对合理、有用的教育方法大胆采纳，兼收并蓄的胸怀。

小先生制在广西实行时，主要根据以下原则：1. 即知即传人；2. 会的教人，不会的跟人学；3. 来者不拒，不来者送上门去[①]。特别是送教育上门去的做法，这在广西教育史上是件新鲜事。小先生制主要作用在于促进普及国民基础教育运动。具体的途径是："把一间学校里成绩较佳的学生都选做小先生，鼓励他们，把每日在校所学，到校外去每人教识几个失学的儿童或成人，第二天返校各将所教的效果报告教师，由教师随时指导帮忙他们解决困难的问题，失学的儿童或成人学会了，又作为第二代的小先生去教其他失学的儿童或他人，先前的小先生更继续把他们新学得的东西教第二代的小先生。这样，连环式的教学下去，在一间学校的周围，教育的范围一层一层的推广，教育的程度，一级一级的加深。可见小先生的重要意义不是在学校里能做助教，而是到校外去加强普及教育的效力！"[②]关于做小先生的情形和感受，一篇《做小先生真有趣》的小文章，作了生动的描述：

> 这几日真有趣。是什么趣？是教不识字的小朋友，他们非常活泼。我今早一到校门时，十几个小学生跑上来叫声"唐先生，上堂吗？"这时的小学生，有的牵我衣，有的握我手；牵不到我的，只好望着我，好像许多的仙子围着一样。我见他们这样活泼，便很温和的答道："还差几分钟才上课，现在你们到后操场玩吧"。他们听了，便一阵的跑去。[③]

稚嫩的文字，感人的细节；小先生乐教、小学生好学的情景跃然纸上。

互教共学制师生互学，取长补短，教学相长，是一种具有现代意义

①《小先生制之说明》，载《国民基础教育丛讯》第4期，民国二十四年(1935年)4月15日。

②蒋卉辑：《基层建设实际问题汇编》，南宁民团周刊社1938年8月版，第38～39页。

③《广西儿童》第1卷第19期，民国二十四年(1935年)11月9日。

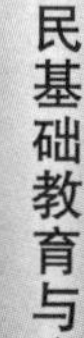

的教育方法。首先，能者为师，师生换位，彼此平等，不同于传统教育中师道尊严的旧习，是教育民主化在教学方法上的反映。其次，知即传人，加速知识传播，打破传统教育中知识秘不传人的陋规，使知识公开化、大众化和社会化。再次，从做上教，从做上学，接触实际，亲近自然，有利于克服传统教育中劳动与教育脱节的不足。最后，互教共学，知即传人，不知即学人，为广西普及教育所急需的庞大数量的教师，缓解了燃眉之急，为广西国民基础教育的成功，做出了贡献。当然，这种未经正规训练培养出来的师资，其水平和素质是可想而知的。

七、管理

雷沛鸿政治学为主科的专业背景，和多次执掌广西教育行政的经历，使他对教育管理十分重视。李露曾从教育规划、行政制度、立法、经费、师资队伍管理等方面，研究过雷沛鸿的教育行政管理思想与实践[①]。此外，国民基础教育管理权的归属、行政学术化、实施计划性等也同样不容忽视。

（一）管理权归属

教育管理权归属问题，自世界进入近代以来就一直有争议。在欧洲表现为国家与教会寺院之争，政教由合一到分离；在中国则反映为国家与家庭的对峙，公家与私人的对立。雷沛鸿从国家地位、现代教育潮流的角度出发，论证了教育管理权应归国家所有。世界进入近代以后，国家地位日隆，成为总管和指挥全国生活现象的中枢，不但是土地完整、人民安定的“保证人”，而且是把广大群众凝合成为群策群力的“一支绝大的力量”[②]。就世界和中国教育潮流而言，现代教育是

①李露：《论雷沛鸿教育行政管理思想与实践》，载《雷沛鸿教育思想研究》（三），第245～251页。

②雷沛鸿：《墨西哥六年计划与广西六年计划》，载《日刊》第8号，民国二十四年（1935年）1月27日。

立足于民族国家立场上，由纪律化、集团化的力量来办的民族教育，而非私人办的个人主义教育。从办教育的主体上看，通过政府组织，借助国家力量、政治手段来办教育，效果比个人办的要好。因此，他“始终承认教育总得靠政治力量、军事力量，不能全依赖个人的自发自动。申言之，我们应以民族国家做对象，要在大处着想，而又要在相当的小处着手。这句话，就是说一个村子太小，一个国家如中国又太大，在目前我们所有设计最好以一行省为单位”①。因此，雷沛鸿并没有像当时“乡村建设派”那样，主张以私人或社会力量来普及民众教育，而是借助国家集体、广西省政府的政治力量实施、推行国民基础教育。换言之，雷沛鸿创设国民基础教育制度，建构民族教育体系，以代替传统的家庭教育体系；以为公的教育代替为私的教育，实际上是想把教育的管理权，由家庭、私人手中，转移到民族国家和政府的手中。这是教育管理由传统走向现代的必然结果。

(二)行政学术化

教育管理权、所有权属于国家，这并非说教育机关是衙门，管理者当官做老爷；相反，教育的科学管理要重视学术研究，“一天天地学术化”②。雷沛鸿对学术在教育行政上的重要性，有非常清醒的认识，说“现时代的教育行政，本身已成为科学化，绝不是不学无术的人所能够做的”③。国民基础教育在试验、实施过程中，就十分注意加强学术研究和学术指导，并形成上下结合，学术组织深入到基层的特点。“上”，即在省会南宁设立研究院。研究院每半年定期举办学术研讨

①雷沛鸿:《现代中国教育思想的两个潮流》,载《雷沛鸿文集》续编,第242页。

②雷沛鸿:《广西中等教育的评价》,载《广西教育通讯》第2卷第3~4期合刊,1940年4月16日。

③雷沛鸿:《在广西普及国民基础教育研究院生产教育人员训练班开学典礼上的讲话》,载《雷沛鸿文集》续编,第287页。

会，得开闭塞的广西教育研究风气之先河。研究院停办、省会迁往桂林后，又有广西中山纪念学校承其绪。地方八大国民基础教育指导区，原拟每区各设一所基础师范学校，与研究院"分工合作"，以从事区内各县普及国民基础教育之实验推广。后因故取消，代之以由研究院分派各国民基础教育区巡回指导的专员制度。巡回指导专员的资格和任务，均有明确规定。指导专员，"多由教育厅原有省督学专科视察员及编审等派任"，任务为"督促指导各区属县国民基础教育事宜"[①]。显然，该职以教育行家里手充当，职能大体上相当于省政府教育行政的"钦差大臣"。关于派出巡回指导专员的缘起、名单、经过与结果，据《广西省政府施政记录》载：

> 本府为明了各县实施基础教育之情形，解释国基教育之理论，并指导地方各级人员解决关于基础教育之实际问题起见，特于二十四年三月委派唐资生为桂林区指导专员，冯克书为平乐区指导专员，何济刚为柳州区指导专员，伍钺明为梧州区指导专员，甘洪泽为龙州区指导专员，王天玺为天保区指导专员，倪焕周为南宁区指导专员，张家成为百色区指导专员，分赴各区视察并切实指导，各员奉派后，均已先后完成任务，并将视察及指导经过分别呈报。[②]

各巡回指导专员及助手大多尽职尽责，能按省政府和研究院的要求，对基层各地推行国民基础教育的情形作了考察，尤其是对困难及原因作了客观的分析，所提的对策也不乏建设性。如奉命视察天保区万承县国民基础教育的陈希文，在穷县如何办好国民基础教育问题上，建议省教厅："全省各县的教育经费，要由省来通盘筹划，平均

①《日刊》第377号，民国二十五年(1936年)2月27日。

②《民二十三年广西省施政纪录·教育》，第630页。

分配。或由省库提出一笔经费来补助穷苦各县的教育。"[①]后一建议被省政府采纳，形成政策。1936年广西施政计划，关于国民基础教育第三款，明文规定:"省款补助各县基础教育经费，使得平衡发展。"[②]可见,国民基础教育各区巡回指导专员的设置,在一定程度上弥补了取消国民基础师范学校的不足。

国民基础教育重视学术的另一重要表现是，在基层各国民基础学校,设置国民基础教育研究会。设置这种学术组织的原因,按平乐区国民基础指导专员冯克书的说法：

> 村街国民基础学校教职员,书籍既不能多购,吸收外界知识之机会又少，做了三五年教师,虽优良者亦成落伍,只有自求进步，方可补救；况推动国民基础教育，困难问题必多，非集思广益,难得完善之方法去应付解决,故每乡村(街)国民基础学校教职员，均应联合起来，以中心国民基础学校为领导，组织国民基础教育研究会。[③]

国民基础教育研究会设置原因主要有两个,一是基层乡村闭塞,教师需要补充新知;二是集思广益,解决困难。运作方式为每月召集本乡镇内各国民基础学校人员,"轮流在各校举行国民基础教育研究会",讨论"学校行政、设施、指导方法等诸问题,或聘请专门人员来作专门讲演"。因此,时人认为,这种具有"集体进修研究"、"并藉以施行集体辅导"功能的基层学术组织，也是国民基础教育制度特色之一[④]。

(三)计划性

---

①《日刊》第303号,民国二十四年(1935年)12月4日。

②《二十五年度广西省施政计划纲要》,载《广西之建设》(合订本),第618页。

③《日刊》第342号。

④《国民教育实施》,载《广西教育史料》,第546页。

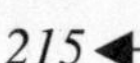

雷沛鸿对中国过去普及教育没有计划，心血来潮，东一榔头，西一棒子的做法甚为不满。因此，他在建构民族教育体系过程中，为追求科学性，从试验到实施，一切都在首先调查研究基础上，依预先设计好的程序和计划行事。这就是"教育策划(Educational Planning)"。教育策划要与"社会策划(Social Planning)"相配合，以教育策划促进社会策划，以有计划的教育推进有计划的社会改革[①]。在国民基础教育中，以《广西普及国民基础教育六年计划》，配合《广西建设纲领》推行、运作。在大计划中有小计划、年度计划；年度计划中有重点。1935年，广西教育行政工作的重心，在求国民基础教育的"质的提高"。[②]雷沛鸿对自己的教育计划性颇为自得。1936年他说，广西教育有两个特性，一个就是教育的计划性。即是说，广西教育"在整个社会的策划中实行教育的策划，又在整个教育的策划之下，作各种分门别类的策划，所以本省的教育是有计划的教育"。自信教育计划性是广西教育的特点和优点，"比之世界各国新教育亦不多让"[③]。自豪之情溢于言表。

八、实施

关于广西普及国民基础教育的推行详情，学者多有论述。这里仅从国民基础教育的实施过程中，与传统教育实施的不同作比照研究，以见其特点。

从名称上说，雷沛鸿所推行的国民基础教育，全名严格上应称为"广西普及国民基础教育运动"，是一种教育改造运动和社会改造运动。他多次强调"运动"与"事业"有明显不同。国民基础教育不但是一

①雷沛鸿：《方法论发凡》，载《雷沛鸿文集》下册，第62页。

②雷沛鸿：《一年来本省教育之回顾与前瞻》，载《雷沛鸿文集》上册，第205页。

③《日刊》第485号，民国二十五年(1936年)6月18日。

种事业，更是一种运动。一种有动力计划、有步骤、有目标去推行的民族运动，并非过去的仅是专办教育，每日按时上下课，处理校务。之所以作这样的区别，是因为“所希望于国民基础教育的重大工作，就是要把静止的、保守的乡村中之农民和市镇中素持冷观的工人商人，加以动力使之受推动”。所以，雷氏称此项教育为运动、民族运动，是有深刻的含义的。一方面使“广西普及国民基础教育运动”与原来广西就有的“广西国民基础教育”从根本上区别开来[①]；另一方面，也表明雷沛鸿从事教育改造工作的角色，已由20年代末30年代初以理论为主向以实践为主转变。对此，他在江苏教育学院的学生胡耐秋作过鲜明的对比。1933年秋，她在南宁见到老师时，觉得他“已经不是讲堂上或书斋里温文尔雅的学者，而是一位英气勃勃的实践家”[②]。

关于国民基础教育的实施步骤，依雷沛鸿在《六年计划大纲》的设计，分为四个阶段：(1)由调查而假设；(2)由试验而推广；(3)由乡村而城市；(4)由成人而儿童。这四个步骤中，实际上充满着与传统教育不同的精神。如由试验而推广的“试验”，与当时河北定县等地那种先试验，后推广，把试验与实践分开两步的做法不同。它不是为试验而试验，而是为推广、实践而试验，理论与实践合二为一。因此，这种为试验而推广的做法，“与当时省外之各种教育实验区，作风迥异”[③]。由乡村而城市的步骤，其目的和意义，在于“一反传统教育之所为”[④]。也就是实施国民基础教育的行政思路，是自下而上，与传统教育中自上而下、重城市轻乡村的做法，确有不同。

---

①雷沛鸿：《广西普及国民基础教育研究院之使命》，载《教育旬刊》第1卷第3期，民国二十四年(1935年)2月1日。

②胡耐秋：《怀念恩师》，载《雷沛鸿纪念文集》，第171页。

③《国民教育实施》，载《广西教育史料》，第529页。

④雷沛鸿：《国民基础教育实施问题》，载《雷沛鸿文集》续编，第409页。

教育经费是办理教育的经济基础。过去办理教育常以派捐抽税的办法，作为筹集教育经费的主要渠道。结果是抽了税不办义务教育，或者被挪作他用，加重人民的负担和痛苦，出了钱又往往享受不到教育的实惠。因此，百姓对义务教育视为畏途。国民基础教育反其道而行之，力主免费受教，不收任何费用。广西所要普及的是国民的基础教育，因此，坚决地主张以不增加人民负担为前提。这是要说，"我们绝对不主张先宽筹经费，向人民加税加捐，然后着手普及教育工作"①。问题是，国民基础教育的经费从何而来？雷沛鸿的想法是"因地为粮"。这种教育政策的好处，在于"使人民在教育推行之后，认识这种教育是为自己而办，所有学校是为自己而设，自动筹款，以求学校经费的自给"②。不过，理想归理想，现实是现实。因为广西的贫困和小农的自私，用这种办法筹集庞大的国民基础教育经费，杯水车薪。因此，国民基础教育经费的问题，一直都没有解决好，直到1939年12月，国民基础教育六年计划行将结束时，雷沛鸿还抱怨，由于大家没有理解"因地为粮"的原则，所以教育经费"直到现在还是捉襟见肘，未减其严重性"③。这虽然是雷沛鸿的教育理想在现实中行不通的结果，但不能否认其在教育经费这一棘手问题上具有反传统的勇气。

国民基础教育根据前学龄教育、儿童与成人班的不同，而使用不同教材。如二年制短期班开设有公民训练、国语、常识、算术、工作、唱游、集团活动、社会服务等课目。教材的编辑，由研究院国民基础教育学校课程研究委员会负责。全部课程所企图实现的理想，为"人人能为社会之能员，能继续不断的于集团生活中，发展其才能，贡献其心

---

①《日刊》第34号，民国二十四年(1935年)3月6日。

②卢显能：《国民基础学校的经费问题》，民国周刊社，1940年版，第6页。

③雷沛鸿：《国民基础教育实施问题》，载《雷沛鸿文集》续编，第406页。

力，参与各种建设事业，促集团与社会之进步，以获得美满丰富之生活”[①]。在课程和教材的编辑过程中，体现了与从前不同的特色：

1. 系统性。课本编辑采用综合法，各科不分，均以大单元组织。儿童班课程大纲，可分为乡土概况、本省建设、民族历史及现状、世界大势等四大单元[②]。这种按照学年进度、将空间认识上由近向远推进的编排方法，既符合学生渐进的认识心理，又具有系统性编辑，紧密配合广西“四大”建设的特点，从而受到国立中山大学教育名家崔载阳的肯定。他说：“通常小学课程实没有什么系统，至基础学校的教材，我们知道分为四个单元，由乡土教材而省而国，以至世界，系统一点不乱，确是非常之好。”[③]

2. 自编性和地方化。国民基础教育由于在体制和入学年限等诸多方面，都与部令不同，各书局及坊间教材多不适用。因此，其所有教材只好由自己编制和创造出来。其原因和好处，据外省学者的看法：“一则能适合本地的需求。二则可以减少购书费用的输出。三则因基础教育分为两年期、与一年期两种，相当于定式教育四年期小学教育，时间要缩短二年，程度要取其平等，自然要在读本内加多材料，加多生字。各书局所出的课本，都是按定式教育四年期编的，不适宜这种制度。”[④]国民基础教材为适合广西地方需要，工作和唱游两科目，仅有教本，学生没有课本。目的是补充乡土材料，使其有地方化的特点。对此，雷沛鸿的解释是：“因为中国是一个广土民众的国家，天时地理以至人事都很复杂，为使学者与当前自然环境、社会环境来接触，而求取实际知识，所用的材料，应多有几分地方化。因此，以某一地方为背景而编辑的教材，想一律适用全国，必

①②《国民教育实施》，载《广西教育史料》，第540页。

③《崔载阳先生演讲辞》，载《国民基础教育丛讯》，第14期。

④澧浓：《广西普及国民基础教育面面观》，载《教育杂志》，第25卷第11号。

不妥当。”[1]

国民基础教育教材地方化的特征，是雷沛鸿为改革“洋化”教育，使之中国化、地方化的重要举措，意义不可低估。国民基础教育自编教材的创举，得到了各界的重视和好评。著名报人、天津《大公报》经理胡政之参观广西之后，以冷观的笔名在报上发表《粤桂写影》一文，认为研究院的工作，“最可注意的是他们自编的《国民基础读本》”[2]。崔载阳对广西自编课本也赞不绝口：“从清末以来，教育部与各省教育厅，不知多少次曾想自己编辑课本，不知用过多少钱，请过多少专家，开过多少会，可是一个字也未曾写出来。广西现在能自己编辑课本，自己印出书来，这是中国很特有的创例。不能不承认是一种很大的成功。”[3]撇开客气和鼓励，说明广西国民基础教育自编教材的做法，确是打破常规之举。

综上所述，雷沛鸿创设、推行的国民基础教育运动，贯穿了传统教育现代化、外来教育中国化为主线，在教育的概念和设施、功能、目的、内容、对象、方法、管理以及实施等多方面，对广西以至中国的原有的教育制度，进行了全方位的改造。在改造之中，有继承，更有创新。这种结合广西社会实际和时代需要所做的种种创新，正是国民基础教育与传统中国教育，以及当时受洋化影响的教育的不同之处。教育概念范围，由狭义的学校教育，到广义的社会大教育。设施，由义务教育与成人教育分家、学校教育与社会教育绝缘，而到义务教育与成人教育并举，社会教育与学校教育合流。功能由重长远、轻当前到长

---

①雷沛鸿：《课本教材编辑的技术问题》，载《日刊》第458号，民国二十五年（1936年）5月24日。

②冷观（即胡政之）：《粤桂写影》，载《广西印象记》第1辑，民国二十四年（1935年）3月版，未注出版者。

③《崔载阳先生演讲辞》，载《国民基础教育丛讯》，第14期。

远与目前并重；由与社会不相往来到与政治、经济、文化、军事等生活打成一片。目的由恋家为私，专替自己打算而培养兼顾个人与国家利益的新国民和现代人。内容由消费教育而生产教育，并与爱国教育相结合。对象由局部、独占化而全部、大众化。方法由教学分离而教学合一，由师道尊严而互教共学。管理和教育所有权由家庭、个人而国家、政府所有，由随意性而有计划，由轻视学术而重视学术，尤其是基层重视教育学术。实施由事业而运动，由理论而行动；经费筹集由自费而免费；教材编订由坊间而自编，由无系统而有系统，等等。这些都体现了国民基础教育运动对传统教育的创造、革新。这充分证明，雷沛鸿在广西推行的国民基础教育运动，是一场规模甚大、名副其实的教育改造运动。

1934 年 4 月，有人在预测广西今后教育的新动向时说："教育思想，是应付环境的一种工具，所以，近年来我国的教育思想，也就因为环境的变动而转变。在功能方面，由教育神圣观，转变到教育工具观。在内容方面，由治术教育转变到生产教育。在形式方面，由都市教育转变到乡村教育。此外，更因为帝国主义者的加紧侵略我国，外患的迫切，这是因民族主义的认识而形成民族复兴的教育思想。"[①]揆诸上述事实，广西的普及国民基础教育运动，大体上反映了广西教育的新动向，并顺应了 30 年代中国教育发展的历史趋势。

①梁上燕：《广西教育的新动向》，载《南宁民国日报·副刊》，民国二十三年（1934 年）4 月 7 日。

第五章

国民基础教育运动与广西基层社会

国民基础教育，是学校教育与社会教育合流的大教育。这种“拿社会做本位”[①]的教育，不仅是教育改造运动，更是一种社会改造运动。这种改造，主要体现在基层社会的改造上。因此，在研究国民基础教育本身的基础上，把它与广西当时的基层社会结合起来研究，就非常重要，而这一点正是以往研究者所忽略的。

第一节　教育改造与社会改造运动的关系

一、教育与社会改造关系之互动

雷沛鸿认为，教育改造与社会改造的关系，一方面是互动的、工具的和目的的关系。教育改造运动，即革新教育，“用之以为改造社会的工具”；同时社会改造运动，即建设新秩序和新社会，“用之以为改

①蓝梦九:《写给本院第一届结业同学的几句话》,载《广西国民基础教育研究院日刊》(以下简称《日刊》),第 32 号,民国二十四年(1935 年)3 月 4 日。

造教育的根据”。因而二者的关系是“互相推动”[①]的。另一方面，是作用和反作用关系，或说是制约与反制约关系。雷沛鸿在讲解国民基础教育的立法精神时，得出的结论是，教育与社会改造关系，“自教育言之，所以改造教育的制度和内容，使与建设中的新社会秩序相适应；自社会言之，所以完成新社会秩序，使社会的组织因教育的启导而奠立基础”[②]。又说，“在革命进程中，教育与社会的革新的关系，应表现为教育改造运动与社会改造运动的配合施工，前者统一于后者，并以之为前提条件”[③]。对于国民基础教育改造运动与社会改造运动，方与严进一步将它发挥为“双建设”关系。认为“国民基础教育，对教育本身来说，是一种教育改造运动，同时是一种教育建设运动。对社会立场说，是一种社会改造运动，同时是一种社会建设运动”[④]。教育与社会“双改造”运动关系，即“双建设”运动关系，是同一过程的两个不同方面。1934 年 5 月，雷沛鸿在《新教育与新秩序》的讲演中，将国民基础教育与新社会秩序的建设，具体析成新教育与政治建设、经济建设、文化建设和社会建设四层关系[⑤]。以国民基础教育为工具，通过改造旧的政治、经济、文化和社会秩序，建设相应新秩序，重建新中华文明。落实在行动上，即前述《六年计划大纲》主旨：以国民基础教育的力量，助成广西基层政治、经济、文化和社会四大建设。后“因社会建设太泛，而军事建设自‘九一八’之后，成为民族自卫的迫切要求，故将社会建设改为军事建设”[⑥]。

①雷沛鸿：《国民基础教育法案的立法精神》，载《雷沛鸿文集》下册，第 44 页。

②雷沛鸿：《国民基础教育第二讲补遗》，载《日刊》，第 44 号。

③雷沛鸿：《国民中学教育丛书》序，载《国民中学教育论丛》，第 1 辑，南宁图书供应社，民国三十七年（1948 年）版。

④《南宁民国日报》，民国二十四年（1935 年）10 月 10 日，第 17 版。

⑤《雷沛鸿文集》（下），第 49 ~ 58 页。

⑥雷宾南：《广西普及国民基础教育运动》，载《生活思潮》2 卷 1、2 期合刊。

此则为国民基础教育参与广西四大建设的根据和由来。

二、教育与社会改造之法律依据

教育改造和社会改造的理论设计好之后，要付诸实施才能变成现实；而能否成为现实，科学方法至关重要。科学的方法，在教育改造上说，就是“教育策划(Educational Planning)”，表现在国民基础教育运动上，就是《广西普及国民基础教育六年计划大纲》；在社会改造上则为“社会策划(Social Planning)”，反映在广西社会改造运动上，则为《广西建设纲领》。雷沛鸿很欣赏社会策划，认为它的好处，“在先有计划，开始工作后便计日程功，绝不因人的关系而加以轻重”；甚至认为这是“民族国家最重要的事业”[①]。因此，研究国民基础教育与广西社会改造关系，不能不着墨于《六年计划大纲》与《广西建设纲领》的关系。

1934年3月，为了使广西政治、经济、文化、军事各项建设有计划地进行，广西省党、政、军联席会议通过了《广西建设纲领》，规定了广西建设的总方针。1935年8月又做了修正。该纲领号称广西的“根本大法”，以孙中山的民族、民权、民生“三民主义”为政治基础，以“建设广西、复兴中国”相标榜。其中第三条规定，“以现行民团制度，组织民众，训练民众，养成人民自卫、自治、自给能力，以树立真正民主政治之基础”。也就是说，以本于“地方自治”原则的自卫、自治、自给所谓“三自”政策，是广西建设的总原则。以政治建设、经济建设、军事建设和文化建设，即通称广西“四大建设”[②]为内容。其中文化建设中规定，“实施适应政治、经济、军事需要的教育”[③]。根据政治、经济、军事的需

①雷沛鸿:《方法论发凡》,《雷沛鸿文集》下册,第62~63页。

②李宗仁口述、唐德刚撰写:载《李宗仁回忆录》(下卷),华东师范大学出版社,1995年版,第471~472页。

③钟文典主编:《20世纪30年代的广西》,广西师范大学出版社,1993年版,第23页。

要，规定教育方针。省主席黄旭初强调，国民基础教育的“教科书教材，要参加建设纲领，以及本省政令”[①]。从根本上规定了《广西建设纲领》对国民基础教育的制约性。

广西四大建设有一个显著的特征，即连锁性。雷沛鸿说过，广西建设的工作，是政治、经济、文化和军事四大建设及其“连锁”[②]。黄旭初对广西四大建设的连锁性论述最详：

政治建设与军事建设的关系是“保障”关系；政治建设与经济建设关系，是保证政治建设秩序长久的物质基础关系。文化建设可为政治建设提供动力“源泉”[③]。军事建设为经济建设提供保护；政治建设对外反对帝国主义侵略，对内剥清封建余孽，防止对农民生产的剥削。文化建设可教农民识字，“灌输农业、手工业种种改良技术”，提供智力帮助；尤其是“提高民族意识的精神教育”[④]。广西“四大”建设的连锁性特征，说明四种建设是整个的、齐头并进、紧密联系，互相循环、共同推进，不可偏废的。

在四大建设系统、连续的关系中，教育扮演了媒介、推进工具的角色。黄旭初说，教育虽然是建设纲领的一部分，但这一部分“做得是好是坏，就可以影响其他政治、经济、军事各部门以至整个的建设。教育工作做得好，对于整个建设就有显著的推进，尤其在乡村，这种现象更容易看得出”[⑤]。

①黄旭初：《国民基础教育与广西建设》，广西省政府编译委员会，民国二十九年（1940年）2月，第108页。

②雷沛鸿编述：《省教育方针讲演纲要》、《广西青年军干部讲习班讲义》（之五）（未注出版时间），第13页。

③④亢真化编：《黄旭初先生之广西建设论》，第22～23、25～26页。

⑤黄旭初：《国民基础教育与广西建设》，广西省政府编译委员会，民国二十九年（1940年）版，第22页。

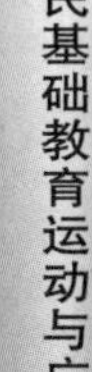

从广西省政府施政计划来看,《广西建设纲领》是广西建设的总体方针。为保证建设纲领化作具体施政措施,广西省政府历年都制定实施计划。不仅把教育计划包括进去,而且明确要求,国民基础教育要围绕当年度的工作重点进行,并要求各方积极予以配合。如1935年年度工作实施的重心,是以"经济建设为中心"①。于是当年度关于文化建设中的国民基础教育计划有5条规定,其中第二、三、四条均与经济建设相关。第三条规定,"各级基础学校,在本年度应试行自营园艺或牧养牲畜";第四条规定,"扩大生产教育计划,使编有成人班之各级基础学校,与县农场工艺厂发生密切联系"②。雷沛鸿也承认,研究院"替本省服务……本年(1935年——引者)事业中心侧重在生产教育,完全是根据本省政府所昭示的'"③。可见,从《广西建设纲领》,或者说主要从政治角度看,广西四大建设与国民基础教育存在着不可分割的关系。

从《广西普及国民基础教育六年计划大纲》,即从教育的角度看,国民基础教育与四大建设之间也存在密切的关系。国民基础教育的主旨规定:(一)"以政治的力量为主,经济的力量及社会的力量为辅,限于六年这内普及全省国民基础教育"。(二)"以国民基础教育的力量,助成本省的各项建设:1、政治建设;2、经济建设;3、文化建设;4、社会建设"④。政治力量是国民基础教育实施的重要推动力,而国民基础教育则为广西四大建设提供助力。广西一切教育设施原则要适应现阶段政治、经济、军事的需要,以共同完成整个广西的建设工作。国民基础教育的设施方针,要为切合"三自"政策的要求而实

①②《二十四年度广西省施政计划纲要》,载《广西之建设》,第603、610~611页。

③雷沛鸿:《本院廿四年度工作进行计划总纲说明》,载《日刊》第225号,民国二十四年(1935年)9月2日。

④雷沛鸿:《六年来广西国民基础教育》,载《雷沛鸿文集》下册,第250页。

施。依雷沛鸿的看法，国民基础教育，“必须与民团训练、国民义务兵役制同时推进，以增厚民族自己之力量”，“必须与村街乡镇自治事业互相提挈，以培植人民自治之能力”，“必须力求‘劳动化及生产化’，以巩固民族自给之经济基础”[①]。国民基础教育这三个“必须”，表明它不仅与广西建设的纲领相关，而且与广西建设中的基层四大建设存有密切关系。这是一种互动的、反作用的关系。

《广西建设纲领》，是广西全部建设的根本大法；《六年计划大纲》，则为广西国民基础教育的根本法案，无论从前者角度看后者，还是从后者角度反观前者，都显示了广西建设与国民基础教育之间互动、密切的关系。所不同的是，前者对后者具有规定、制约作用，表明广西国民基础教育并非万能；后者对前者的反作用，反映国民基础教育亦非无能。

第二节　国民基础教育与广西基层四大建设的整体关系

广西国民基础教育设校规定，基础学校以每村（街）1所，中心国民基础学校以乡（镇）1所为原则，强迫当地适龄儿童和失学成人入学。这就是说，国民基础教育的重心，不是在城市而是在乡村基层社会。因而可以说，国民基础教育实际上就是一种基层教育。所以，李宗仁曾有“新政策下的广西，基层的国民教育是义务性”[②]之说。国民基础教育的基层性，表明它与广西基层社会息息相关。

①雷沛鸿编述：《本省教育方针讲演纲要》，第14页。

②李宗仁口述，唐德刚撰写：《李宗仁回忆录》下卷，第473页。

广西建设,"一向注重基层建设"[1]。在广西基层各种建设中,尤以军事建设中的民团训练和文化建设中的国民基础教育为最著名,两者并称为广西的"两种特殊建设"[2]。论者一般多以为,广西国民基础教育本身的建设成绩卓著。其实,国民基础教育的社会功能,即在积极参与广西四大基层建设方面,同样效果不凡。由于广西基层建设——包括政治、经济、文化、军事四大建设,具有整体性和连锁性特征,因此,国民基础教育所参与的广西基层建设,可从国民基础教育与广西四大建设的整体关系、以及国民基础教育与四大建设的各个关系两个方面,进行考论。

一、国民基础教育在整体四大建设中的功能

国民基础教育能够参与四大建设的整体工作,是因为在政府方面,已有四大建设整体性和连锁性的政策规定。就教育方面而言,雷沛鸿也从生活即教育,"生活先有整个性,所以教育亦必须具有整个性"的原理中,找到了根据,从而给予呼应。生活有整个性,教育只是生活的一种方法和一种技术。因此,教育所有的内容,"当完全包含于生活中,尤其是包含于民族生活中之政治生活、经济生活、文化生活、社会生活"[3]。可见,从教育方面看,国民基础教育参与广西基层整体四大建设,是可能的,也是必然的。

国民基础教育在基层四大建设中,具有独特的、不可替代的功能。

---

①梁上燕:《广西建设》,广西省地方行政干部训练团,民国三十一年(1942年)3月20日,第41页。

②龚家玮主编:《〈广西新教育之观感〉编者弁言》。

③雷沛鸿:《整个教育体系的演进》,载《日刊》第407号,民国二十五年(1936年)3月31日。

首先，基础功能。黄旭初认为，国民基础教育“就是建国的奠基工作”[①]；又说，广西政治一贯的政策，是“要本省种种建设办理得完善，国民基础教育是先要完成，以为政治、军事、经济建设的基础”[②]。

其次，推动功能。用当时旅桂教育专家童润之的话来说，“任何建设事业，尤其是基层建设，如果没有教育的助力，就无法推进。办合作需要合作教育，办保甲需要保甲训练；他如地方自治、农业推广、民团训练、风俗改良等，亦必须用合理的教育方法，或充实民众的教育基础，才有成就的希望”[③]。

再次，弥补军政令不足的功能。雷沛鸿认为，广西基层建设自上而下，依靠军政机关的施发命令，固然有相当作用，但是，这种靠强制服从的办法，久而久之，会令民众产生抵触，至少不是惟一的办法。因此，必须辅以国民基础的教育力量，使人民知道建设的成败与他们的生活密切相关，从而自动地、积极地参加建设，以“补助政令军令之不足”[④]。

最后，提供精神服务。1936 年 2 月，黄旭初在国民基础教育研究院成立二周年纪念会上作训词言：广西在复兴中华民族工作中，重点工作“有国民基础教育、学校学生军训和民团三种”。三者之中，“国民基础教育尤为重要”。因为一个民族能不能复兴，就看它的精神教育如何，它的心理建设的工作如何；而国民基础教育，是“一种精神教育”。民族意识的提高，民族心理的建设，“均是它应该负担的工作”[⑤]。国民基础教育正是因为它具有诸多功能，因此，无论是广西省

①②黄旭初：《国民基础教育与广西建设》，第 40 页。

③童润之：《对广西教育的一个建议》，载《建设研究》第 1 卷第 4 期。

④雷沛鸿：《三位一体制的运用问题》，载《建设干部》旬刊，第 7 期，民国二十九年（1940 年）6 月 25 日。

⑤《国民基础教育丛讯》第 14 期，民国二十五年（1936 年）2 月 26 日，第 30 页。

政府还是雷沛鸿个人，对国民基础教育参与综合的四大建设工作均给予了充分的重视。

二、国民基础教育与广西基层"三位一体"的组织形式

国民基础教育与广西四大建设的整体关系，表现在基层组织关系上，就是与"三位一体"制度的关系。"三位一体"，简单地说，一是指"一人兼三长"：乡村长兼民团后备队长、国民基础学校校长，权责因此得到集中。二是"一所三用"：乡村公所、民团后备队队部、国民基础学校校舍三个场所合一使用。三是在事务上使四大建设连成一气：基层政治、经济、文化、军事建设"打成一片"①，力谋均衡发展。

（一）"三位一体"实施的原因

广西基层社会组织实施"三位一体"的原因是由广西的社会环境决定的。

首先，是适应广西四大建设政策合一的需要。广西省政府规定，四种建设和"三自"政策均要连锁实行，齐头并进。雷沛鸿说，国民基础教育本身，是"广西建设工作的一环，同时又是推进广西建设的一个主要齿轮"。因而在形式上，它与广西其他建设事业一致，在内容上，它适应了自卫、自治、自给的需要，在政策上，它实施政教合一、文武合一、管教养卫打成一片的办法，反映在组织上，就是"三位一体"：

> 基础学校校长兼村街长和民团后备队队长；学校同学村街公所及民团后备队队部，一方面是政教合一，另一方面是文武合一，再一方面是管教养卫打成一片。校长兼后备队队长，以国民基础教育协助民团的训练，又以明耻教战为国民基础教育实施方针之一，这是适应自己的需要；校长兼村街长、教职员学生辅

①梁上燕：《广西建设》，第42页。

导村街民大会推行政令，又普及教育，扫除文盲，以促进地方自治，这是适应自治的需要；提倡生产教育配合基层经济建设，透过村街公所办理村街造产，合作事业及其它经济设施，这是适应自给的需要。[①]

这既表明三位一体组织形式适应“三自”政策的需要而产生，又反映三个个体之间的互相促进关系。

其次，节省经费，符合广西穷的实际。黄旭初在谈到这个原因时说得很具体，广西“现在地方财政困难，用三个人就要三个人的开支，用一个人来兼三种职务，兼职不兼薪，可以节省经费”[②]。此外，三个地方合署办公，共用办公用品，也可省去不少费用。所以，经济困难，是三位一体出现在广西的又一原因。

再次，由中国、广西社会分工不发达的社会现状所决定。雷沛鸿鉴于中国近代以来，普及教育失败原因之一，在于教育没有社会基础，及照搬西方社会基础上产生的教育制度所致，因而需要重新审视中国社会发展的水平。他认为，中国与西方分工发达的产业社会，有个很大的不同点，就是仍处于农业社会、乡村社会、宗法社会。亦即社会不发展、分工不发达的前现代化社会。在这种社会基础上产生出来的教育制度，比如国民基础教育制度，它的设施“要综合，要简单，要有效，并且使政治、经济、文化、军事打成一片”[③]。这是雷沛鸿从理论上，阐述“三位一体”制度在广西出现的一种新见解。从广西基层社会发展内部构造中，寻找“三位一体”制度的原因，较之于从政治、经济上寻找，自当更为深刻。这是雷沛鸿对广西“三位一体”组织制度阐述

①雷沛鸿：《广西建设与国民基础教育》，载《抗战时代》第4卷第4期，民国三十年（1941年）11月15日。

②黄旭初：《广西建设之理论与实施》，载《广西之建设》，第187页。

③雷沛鸿：《国民基础教育的产生》，载《雷沛鸿文集》下册，第234页。

的一个贡献。

(二)“三位一体”制的优势

“三体一体”制度在实际运作中的优点,是通过以国民基础学校为纽带,将四大建设联系起来,分工合作,最大限度地发挥它的整体优势功能。“三位一体”在实际中运作的情况,当时在广西考察的胡政之有过较具体的描述。在武鸣到灵水途中,胡氏看到:

> 村公所多设在废庙或祠堂之内,同时即为国民小学,房屋虽不佳,内容却整洁,一村人户多寡,交通地形,以及学龄儿童的调查,都有图表悬挂在外,令人一目了然。公所多有民众开会场所,两旁有公众苗圃园林,布置得井井有条,村长态度亦好,见梁指挥官(即梁瀚嵩,广西民团创始者之一,时任南宁区民团指挥官,正陪同胡氏考察——引者)之亲热宛若家人父子,令人旁观,羡慕赞叹,益信训练教育之有万能功用。①

黄旭初曾称胡政之所作关于广西的记载,“客观而深刻,坦率而中肯”②。故其所言广西“三位一体”制度具体设施和教育在其中的多种作用,当是可信的。

在“三位一体”制度下,国民基础学校的功能不再是一般单纯的学校,而是一种兼有政治、经济、文化、军事四大建设复合功能的基层组织。国民基础学校在“三位一体”制度中具有中心和灵魂地位。它不仅是幼稚、儿童、妇女和壮丁各种教育的中心,而且也是“乡村自治的中心,公共造产的中心,文化活动的中心和民团训练的中心”③;或者说,“举凡农村组织,地方自治和农村合作运动、民团训练等等工作,都要以广西各村二万多个国民基础学校为发动的机关”。所以,国

①冷观(即胡政之):《粤桂写影》,载《广西印象记》,第19页。

②曹聚仁著、曹雷编:《听涛人物谭》,上海人民出版社,1998年版,第99页。

③雷沛鸿:《办理国民基础教育的三个要素》,载《雷沛鸿文集》下册,第177页。

民基础学校是“各村的灵魂，合各村的灵魂便成为广西全省的灵魂”[1]。有人甚至认为国民基础学校，是广西“整个农村、全民生活、集团力量、民族意识的培养所和策源地，藉以使全村民众，自谋其全村政治、经济、文化的社会建设”，因而是“复兴中华民族之最下层基础”[2]。这对国民基础学校作用的估计，可能有所夸大，但较准确地把握了国民基础学校多功能的特性，其目光相当敏锐。

“三位一体”的最大作用，在于使广西四大建设连成一片的政策，在组织制度上有了保证。雷沛鸿认为，“三位一体”这一基层组织的精神，“在于联系政治、经济、文化、军事四大建设的工作，使彼此通力合作，不致使各部门的工作隔离开来，互不相通，甚至变成各有天地，不相联系。基层组织的最大作用，是要把四大建设纵横联系，互相帮助，分工合作，以进行综合的建设”。而在四大建设各部门的联系中，又“以国民基础教育为主要的联系”[3]。在国民基础教育的穿针引线下，“三位一体”使四大建设间的联系整合起来，发挥最大功能。这符合现代系统论中“整体大于它的各个部分功能之和的思想”。

“三位一体”的另一个优点，是使四大建设扬长避短，取长补短，优化组合，互相促进，收到较理想的行政效益。关于这一点，“三位一体”制问题专家亢真化看得十分清楚：

> 三位一体制下的国民基础学校，它的效用就不止是教好几个学生，而是乡村长可以利用国民基础学校作行政令的工具，如

①雷沛鸿：《中国过去的普及教育运动》，载《日刊》第36号，民国二十四年（1935年）3月8日。

②徐旭：《广西教育新动向中的国民基础学校》，载《中华教育界》第22卷第2期，民国二十三年（1934年）8月号。

③雷沛鸿：《三位一体制的运用问题》，载《建设干部》旬刊，第7期，民国二十九年（1940年）6月25日版。

> 宣传政令、传布新闻，并发动学生参加实际建设工作，使理论与实践打成一片，教学做完全合一，教育的效率也增加了。此外，如是村长在推行强迫教育的时候，一方面运用乡村公所的行政力量来督促民众，一方面又可以运用民团组织，实施有组织的教育。在推行政令时，乡村长可以用教育的力量，启发民众参加工作的热忱；亦可用民团的集体力量推动建设。在办理民团时，乡村长可以用行政力量促进民团的编组，一面又用教育的力量，使民众了解民团编组训练的意义。这种事业的互为运用，只有在三位一体制下，才能具有灵活的效能。①

这种如黄旭初所说的“(一)以教育力量促进行政效率，(二)以行政力量补助教育，(三)以政教力量发展民众力量”②的组织内的互相发展，良性循环的优点，提高了行政效率，在相当程度上，弥补了广西社会经济落后的不足。从这个意义上，可以说，适合实际需要的优良组织制度，同样可以产生效益。所以，早在1934年，广西当局就认定：“三位一体制度为实现广西建设纲领最有效之政策，证诸一年来各县施行之实况，已可概见。”③因此，后来民国政府为了抗战需要，实施新县制，采借广西“三位一体”制度的做法，决非偶然。

(三)“三位一体”制的评价

“三位一体”制本身，可使政治、经济、文化、军事四大建设互相促进，但它对国民基础教育究竟产生了什么样作用，学术界有不同看法。有人认为，“三位一体”对国民基础教育的普及，没有任何作用④。

---

①亢真化：《广西乡村之三位一体制之检讨》，载《广西之建设》(一)，第339～340页。

②黄旭初：《县政建设与基层建设》，第362页，桂林建设书店，民国三十年(1941年)8月1日初版。

③《二十三年度广西省政府施政记录·教育》，第650页。

④李德韩：《论雷沛鸿教育思想及其实践》，载《广西师范大学学报》(哲社版)1991年第3期。

其实"三位一体"制度对国民基础教育有利有弊：利在数量，弊在质量。因为在"三位一体"制度下，村街长要兼国民基础学校的校长或教职员，乡镇长要兼中心校的校长或教职员，推行教育，强令执行。于是，国民基础学校"便很普遍地设立"[①]。亢真化也说，"因为三位一体制的实施，广西的教育，获得了飞跃的发展"[②]。一句话，在行政权力的强制作用下，国民基础教育的量得到了很大的发展。问题是，"三位一体"制度对国民基础教育的质的提高，并无多少好处。

关于这一点，1934年9月，应雷沛鸿之邀来桂讲学的陈礼江就指出，校长身兼数职，精力分散；再就是社会进步，教育行政分散化均须专人负责。而民团队长在去干训大队受训时，"所受教育不过中小学课程"；时间又短，只六个月，"对教育训练并不甚多"[③]。也就是说，校长事太多，不能专心教育；教师水平太低，无力任教。这种情况到40年代也没有多大改变。1941年，黄旭初也不得不承认，三位一体制实行以来，"一般意见认为乡镇长事情太多，精神不可能专一，而且乡镇长多数没有受过师范教育，对于学校行政经验，尚多不能满足社会一般人的期望，亦属无可讳言"[④]。更有甚者，乡村长借机任意颐使教师或挪用教育经费。关于前者，雷沛鸿十分不满："(一)学校无专人负行政之责，致失去重心，教员复忙于教学以外之专务，造成'有名无实'之景象。(二)乡村长多任意指派教师办理政务，荒废教课。(三)乡村

①莫违义：《广西的民团》，载《广西之建设》(一)，第210页。

②亢真化：《广西乡村之三位一体制之检讨》，载《广西之建设》(一)，第341页。

③陈礼江：《广西的民团及其评价》，载《申报月刊》第3卷第9期，民国二十三年(1934年)9月版。

④梁上燕：《论三位一体制的演进与政教分长》，载《建设研究》第6卷第3期，民国三十一年(1942年)11月15日。

长之调动频繁,随之教师之调动亦多。”[1]如果说雷沛鸿的不满在于教师的时间被任意挤占的话,那么卢显能的意见,则是因为乡村长对教育经费的挪用。为此,他建议:“为避免学校经费的被移挪流用起见,学校预算则以单独编列为佳”[2]。

因此,校长无暇校务,教师水平过低,经费又遭挪用,这对国民基础教育质量势必产生影响。1941 年教育部视察员陈达在考察广西教育后认为,“广西国民教育因得力于政治力之推动,量上已达到水准”,但“在质上则较他省稍差”[3]。这是对广西国民基础教育的总体评价。国民基础教育量行质差,原因固然很多,但与“三位一体”制的推行,不无直接关系。1940 年 9 月,经雷沛鸿等人力争,广西当局决定,在“三位一体”制度中,设置专任校长,从而加以补救。这是对三位一体制度不足的重要修正[4]。但在实际操作中,仍有不少困难。

三、国民基础教育参与基层整体四大建设之方式

国民基础教育主要以下面这些方式,参与了广西基层整体的四大建设。

其一,训练学生。国民基础教育以全体民众为教育对象,民众经过教育训练后,才有能力参加建设。1935 年 1 月,雷沛鸿认为,因为“举凡一种建设,都不能离开民众,无论军事建设也好,政治建设也好,都是先要使民众有充分的了解,然后才能够热烈的赞助、参加和

①雷宾南:《广西省三位一体制度运用问题》,载《教育通讯》(重庆),第 3 卷第 45 期。

②卢显能:《国民基础学校的经费问题》,民国周刊社,1940 年版,第 18 页。

③《大公报》(桂林版),1941 年 11 月 1 日第 3 版。

④《广西国民基础学校办理通则》第 15 章(第 2 次修正),载《国民教育法令汇编》,广西省政府教育厅 1943 年 10 月编印。

拥护”[①]。因此,有人说,广西建设的主要动力是民众,广西是以“通过教育的力量,去发动民众从事建设……在广西建设过程中,国民基础教育是尽力协助建设的功能”[②]。

其二,通过教师。国民基础教育的校长和教师负有多重使命:“民团后备队是他负责去训练,生产合作社经费合作是他负责去办理,农村业是他负责去开发,乡村里发生大大小小的纠纷事件,是他负责去处理,儿童成人的不识字,是他负责去灌输,整个的社会国家,都要他负一个大部分的责任去建设。”[③]

其三,从国民基础教育制度的组成部分——民众教育的职能上看。1934 年 5 月,雷沛鸿在《国民基础教育法案的立法精神》的讲词中认为,国民基础教育在民众教育方面,它要“协助民团训练,使之健全;改组乡村组织,使之严密;提倡合作事业,使之成立”[④]。这三者,显然是基层综合建设中的军事建设、政治建设和经济建设的应有之义。

其四,从省主席黄旭初的言论看。30 年代,在广西李宗仁、白崇禧、黄旭初三大政治巨头当中,黄旭初掌广西内政,最重视教育,尤其关注国民基础教育与整个广西建设的关系。他认为,国民基础教育在教人“成一个国民”,进行“爱国教育”和“生产教育”;是教成人去“认识本省的政策”和推行本省的政令,参与广西的四大建设[⑤]。

---

①雷沛鸿:《国民基础教育与军事政治建设的关系》,载《日刊》第 8 号,民国二十四年(1935 年)1 月 27 日。

②梁上燕:《广西建设》,第 46 页。

③杨习仁:《国民基础学校教师应备的条件》,载《日刊》第 159 号,引文中的“他”原作“它”,今已改正。

④雷沛鸿:《国民基础教育法案的立法精神》,载《雷沛鸿文集》下册,第 39 页。

⑤黄旭初:《国民基础教育与广西建设》,第 2~4 页。

其五,从一所表证中心国民基础学校组织大纲上看。广西省邕宁县表证中心国民基础学校组织大纲第二章第六条规定,该校的"事业范围"为:1."协助民团训练并实施民团补习教育,特注重三自三寓政策之推行";2."协助地方自治";3."改良社会环境,提倡正当娱乐,讲究公共卫生,改良民情风俗等";4."举办各种合作事业";5."开辟小农场,种植经济植物以供学生实习并求改良而推广之";6."设立畜牧场以求改良家畜"[①]。上述各项事业中,1. 属民团军事建设;2. 为政治建设;3. 是文化建设;4~6乃经济建设。邕宁县表证中心校参与广西基层建设的内容较为详实具体,较能体现国民基础教育参与广西基层整体四大建设的精神。

总之,国民基础教育从不同的角度,多渠道地积极参与了基层的四大建设,从而使国民基础教育与广西四大建设的子系统和大系统的关系,更加明晰、具体和细密。广西基层四大建设之间的关系,是一种合作与分工的关系。因此,在讨论国民基础教育与四大建设的综合关系后,还必须分别探究国民基础教育与广西四大建设中的政治建设、经济建设、文化建设和军事建设的具体和个别的关系。

第三节　国民基础教育与基层政治建设

一、国民基础教育与广西民团的政治功能

1935年7月,李宗仁在广西中等学校职教员暑期讲习班开办典礼会上的训词中说:"本来教育与军事都同是政治的一部分,虽然在

①广西省邕宁县表证中心国民基础学校编辑股编:《广西省邕宁县表证中心国民基础学校》,南宁大成印书馆,民国二十五年(1936年)3月版,第10页。

形式上这两种是分离的，但在实际上都是整个的、不可分离的。”[①]新桂系这种在理论上规定教育与政治是部分与整体、不可分离的关系，决定了国民基础教育与政治的密切关系。在广西基层建设中，民团与国民基础教育，分别为广西建设提供了组织动力和智力动力，二者关系也非常紧密。创设于1930年的广西民团，它的功能并非故名思义，仅仅是军事的，而是集“军事、政治、经济、教育四位一体的组织”[②]；而且随着民团组织的演变，它的军事功能退居其次，而政治功能则日益重要。因此，1934年9月，陈礼江就说过，广西民团是“依照地方自治的编制，从军事训练出发，将民众组织起来，使人民能自卫、自给、自治的一种设施”[③]。有人甚至说，民团“政治意味为十之七，而军事作用只十之三”[④]。因此，研究国民基础教育与广西基层政治建设的关系，不能忽略国民基础教育与广西民团，特别是其中的政治功能的关系。

但是，正式提出利用民团力量办理国民基础教育的并非雷沛鸿，而是白崇禧。1933年10－11月间，白崇禧鉴于国际形势险恶，用原来如晓庄、定县、邹平那种由学者组织民间力量办学的“放任”政策，效果太慢，不足以适应时势需求，向新任广西教育厅长雷沛鸿建议，通过民团力量，推动国民基础教育。雷沛鸿表示同意[⑤]。雷沛鸿接受白崇禧的建议后，十分重视研究民团与国民基础教育的关系。负责学术研究的国民基础教育研究院，曾就“如何利用民团组织推动国民基础教

①《广西大学周刊》第9卷第2～3期合刊，1935年7月。

②白崇禧：《军训与民国》，转引自钟文典主编的《二十世纪三十年代的广西》，第553页。

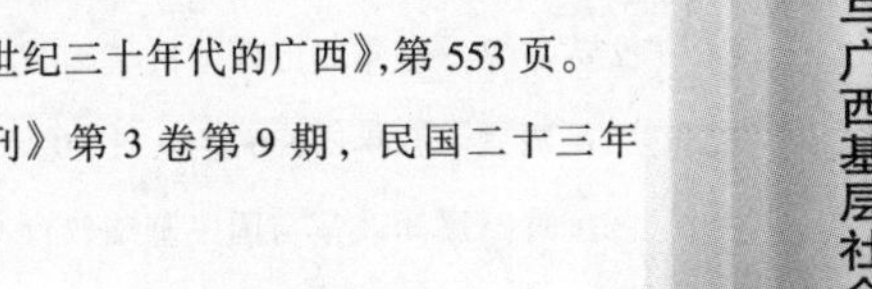

③陈礼江：《广西的民团及其评价》，载《申报月刊》第3卷第9期，民国二十三年（1934年）9月。

④《广西印象记》第1辑，第17页。

⑤转引自漕浓：《广西普及国民基础教育面面观》，载《教育杂志》第25卷第11号。

育”问题，展开过热烈的研讨[①]。研究院在总结研究实验取得的成果时，代表性的成果之一，即为“广西民团与国民基础教育联系问题的研究”[②]。

广西民团同时具有政治、军事、经济和文化四位一体的性质和功能。因此，国民基础教育与民团的关联，其实就是其中政治与教育的交叉或公共关系。

其一，从依托的组织上看，两者都依托广西“三位一体”的基层组织。从“一所三用”上看，民团组织是“以村的组织为基本单位”，而国民基础教育“也以村的学校为国民基础学校”[③]，二者都立足于乡村级的组织。从“一人三长”上看，基础学校校长即乡村村长，“二长”合一，使国民基础教育与基层政治在人事上紧扣起来，工作上互相推动，从而促进政治建设。

其二，从训练民众教育上看，成人教育就是民团教育。国民基础教育由儿童和成人教育两部分组成。据《县政须知》载：“凡成年人日间去做工的，则夜间去村内小学补习读书，叫做成人教育。因训练民团，夜间须补习读书，上课，又叫民团教育……民团教育的目的，在教我们能自卫、能谋生、能做公共事业，能大家合力救国。”[④]在20世纪30年代，日寇侵华，民族矛盾逐渐上升，救国就是最大的政治。所以，成人教育即民团教育，也就是政治教育。

其三，从使用课本上看，民团干部学校和国民基础学校使用部分

---

①《日刊》，第173号。

②雷沛鸿，《三年间广西国民基础教育运动的回顾与前瞻》，载《教育杂志》第26卷第9号，民国二十五年(1936年)9月10日。

③匡时：《民团政策与国民基础教育》，载《民团期刊》第1期，民国二十三年(1934年)6月10日。

④《县政须知》，广西省政府民政厅印行，民国二十三年(1934年)3月，第43页。

相同的课本。广西民团干部学校成立于1935年,主要目的是"以养成国民基础学校师资及能任乡村街长民团干部为宗旨"[①]。广西民团干部学校不但在师资培养上与基础学校关系密切，而且它所使用的普通学科课本,与国民基础学校参考资料相同。据1934年《广西省政府施政纪录》载:"本省为求干部学校之普通学科课本的切合实用,兼作各级基础学校职教员之参考资料计，特自行编辑发行各项课本……计有下列八种:一、国民基础学校实施法;二、爱国教育实施法;三、生产教育实施法;四、国民基础教育概论;五、各科指导法;六、合作组织;七、农业技术;八、国文讲义。"[②]以课本或参考资料的共同使用为纽带,也是民团与国民基础教育相联系的方式之一。

其四,从国民基础教育的内容和民团的目标关系上看,前者与广西基层政治存在着深刻的关系。国民基础教育的内容是爱国教育与生产教育;民团的目标,是自卫、自治、自给三大政策。爱国教育与自卫政策相同,自给政策与生产教育一致。除此之外,值得注意的,是黄超凡1935年在一篇题为《广西民团与国民基础教育》的文章中,提出了一个新观点，认为国民基础教育除了爱国教育和生产教育两个内容外,还有一个内容,叫做"自治教育",并将它与自治政策相发明。作者先以雷沛鸿在《国民基础教育第一讲》中的一段话，以证自治教育的存在;然后又援引新桂系政治训练处处长潘宜之的观点,强调自治教育对自治政策的推进作用:"我国现在的成年国民,多数尚为文盲,缺乏国家观念和民族意识,对于政治多持无政府态度,不明白国民应负的责任，这是他们心理上很大的缺点，这种缺点不改正，新的政治制度固难树立,新的政治作用,也难尽量发挥,至于这种缺点之改正,

①黄启汉:《民团干部学校的使命》,载《创进月刊》,1935年第2卷第4期。

②《民二十三年度广西省政府施政纪录·教育》。

只有赖于国民基础教育以推行，没有国民基础教育之协助，政治建设，当然无法完成。”[①]作者引广西教育厅长和军政界人士的话以证“自治教育”的存在及其与自治政策的关系,相当有道理。这样,以国民基础教育的爱国教育、生产教育和自治教育三个内容恰好配合民团自卫、自治、自给三大政策，更加有力地证明了国民基础教育与民团、尤其是广西基层政治建设的深层、密切的关系。

对国民基础教育与广西民团在基层建设中的种种密切关系，时人有不少形象的比喻。黄超凡说它们是“新广西社会下的两位宁馨儿”[②];白崇禧则认为,両者“恰似一架车的两个轮子”[③]。

二、国民基础教育对广西基层政治建设的推进

国民基础教育对广西基层政治建设的贡献,主要有两个,一是组织民众,二是训练民众。对前者,1937 年 2 月,雷沛鸿在总结国民基础教育对广西政治建设的促进作用时,说:

> 原来政治建设的基本工作,首先在组织民众,而目前国民基础教育的唯一功能,便是要把广西乃至全国民众一致组织起来,以为中华民族建筑广大深厚的基础，务使中国四万万人各有力量,各有用处。依之,我们更有凭藉这种新教育的力量,造成一个庞大的怪物。这一个怪物实具有四万万只头,四万万张嘴,四万万只鼻,八万万只眼,八万万只耳,八万万只手,八万万只脚,但是只有一颗心。这个怪物的名称,在英语称之为 Massman,我们译它为“群人”。这就是把社会的群众(Social Masses)合铸而成为一个群人。必须如是,国民基础教育的真谛才能发挥尽致,而其

①②黄启汉:《民国干部学校的使命》,载《创进月刊》,1935 年第 2 卷第 4 期,第 34 ~ 35、31 页。

③《日刊》第 377 号,民国二十五年(1936 年)2 月 27 日。

对于政治建设才有裨益。①

国民基础教育对民众的政治组织作用，就是把广西、中华民族的各个分子，组织、团结成一个人似的，以共赴国难，同心抗日。

关于后者，主要通过对广西基层民众政治组织形式——村（街）民大会的推动，体现出来。村（街）民大会，是广西30年代中期后，基层建设中最主要、最广泛的政治活动形式，每月集合一次。它的含义，"为提起民众政治兴趣及讨论村街应兴应革事宜，使民众渐习尚于政治生活，以期养成其自治能力，而树立民权政治之基础"②。也就是说，根据地方自治的原理，在基层训练民众参与民权政治训练的政治生活形式。它的功能，据黄旭初的看法："一方面可训练民众参加政治，养成自治能力；一方面，可以使民众了解政令，和政府合作。"③它的职权为："一，议决各项政令之推行方法；二，议决本村街禁约；三，议决与其他村街间之禁约；四，议决村街长副提议事项；五，议决各甲长提议事项；六，议决教职员及团兵与各户之提事项；七，议决本村街应行兴革事项；八，议决本村街之预算。"④

新桂系首领对这种适合广西基层需要的政治活动方式，非常重视。早在村街民大会尚未正式举办之前，黄旭初就向从事基础教育的职教人员吹风、打招呼，要求他们注意关心试办这种新的尚未定名的政治组织方式⑤。1936年6月1日，村街民大会正式开办，省政府颁布

①雷宾南：《广西国民基础教育运动的时代使命》，载《中华教育界》第24卷第8期，民国二十六年（1937年）2月。

②潘景佳：《怎样举行村街民大会》，第28页，民团周刊社，民国二十七年（1938年）5月13日初版。

③亢真化编：《黄旭初先生之广西建设论》，第89页。

④《广西各县村街民大会规则》，载雷殷的《地方自治》，1939年版，第190页。

⑤黄旭初：《国民基础教育与广西建设》，第26页。

《广西中等学校与中心基础学校推动参加村街暨参加村街民大会工作纲要》,明确国民基础教育在其中的职责。概括起来,国民基础教育在如下方面参与和推进村街民大会:

首先,从参加者身份来说,村街民大会所在村街的“国民基础学校者职员暨年满十四岁之学生,与本村街民团后备队团兵,一律出席村街民大会”[①]。而且,乡镇村街甲长、基础教育各级学生、民团后备队团兵、及妇女队队员,必须积极参与村街民会的宣传工作,动员民众自动自觉参加村街民大会[②]。

其次,贴告示,帮助召集会议。告示格式如下:

> 本村(街)__月村(街)民大会__月__日__时开会,到时鸣号,各户须派一人随同甲长出席为要。
>
> 村(街)公所谨告
>
> 村(街)长______

附议论事项:(例)一,本村基础学校的基金,应如何筹集,请公决案。二,本村公所学校的围墙已经崩溃,应如何征工修筑,请公决案。三,本村环村道路,应如何修筑,请公决案[③]。

再次,通过组织方式。参加村街民大会,必须要有组织。这种组织,就是在各国民基础学校特组织的推动村街民大会工作委员会。在该组织的主持下,将学生分成若干队,队长由教职员担任,下设宣传、指导、调查、游艺四股,各股股长则由学生分任,“各队分别固定参加某一个或几个村街民大会”,行使自己的权力,以推动基层政治建设进行[④]。所以,有人说,推动和指导广西村街民大会“最大的力量”[⑤],是

①《广西各县村街民大会规则》,载雷殷的《地方自治》,第188页。

②③潘景佳:《怎样举行村街民大会》,第8~9、10~11页。

④雷沛鸿:《六年来广西国民基础教育》,载《雷沛鸿文集》下册,第256页。

⑤潘景佳:《怎样举行村街民大会》,第29页。

各级基础学校的员生。可见，国民基础教育对推动村街民大会的进行,起了相当的作用。

广西当局通过国民基础教育,以推动村街民大会的发展,是为了加强对基层政治控制，但在广西，它毕竟是清末以来一直高唱的“地方自治”口号，在行动上的一次较大规模的尝试，初步实施了地方自治的训练。这与原来百姓对政治冷漠、毫无集体观念、被动接受命令的情况相比,不仅是一件新鲜事儿,也取得一些效果。黄旭初在评价村街民大会的效果时说:“现在民众至少已经了解,公共的事情,个人皆有发言的权利，而且更有应尽的义务，渐渐养成自动的精神，也渐渐加强了自决的能力”[1]。就地方事务言，政府命令通过村街大会讨论,村民发表了意见,大家共同议决后,自然会较乐意去做,效果总比原来强迫做好。总之,政府命令自上而下,在基层借村街民大会作为媒介,很快得到贯彻。所以,外省人士认为,数年来广西政治教育最大成就之一,是做到了“政令下达,民众都知道服从政府命令”[2]。这在抗日战争时代,无疑十分重要。

村街民大会虽然以政治民主、地方自治的面目出现,但离真正的民主政治,距离仍很遥远。具有讽刺意味的是,广西省政府拟通过国民基础教育，促进村街民大会发展，实行地方自治，但在事实上恰恰是教育做得不够,民众自动自觉参加村街民大会的积极性不高。曾经亲历村街民大会的童润之对此作了批评:

> 我曾参观过几个村民大会，男女成人丢了农具，带着汗，扶老携幼的惠然参加,这充分显示上会下引的成效。民众的集合已不成问题，所成问题的是民众费了半日的时间，远道来参加大

①黄旭初:《县政建设与基层建设》,第278页。

②赵冕:《拿成人教育强调广西的政治与教育》,载《教育与民众》第9卷第2期,1939年5月25日。

会，究竟得着些什么！当主席的似乎毫无准备，也无主持大会的能力；除以命令的口吻，枯燥的言辞，报告政令及时事而外，别无其他活动。民众兴趣索然，秩序紊乱，因之户主每借口不去，让妇女儿童去塞责。在会场中，民众既无讨论，也受不到公民集会应有的训练；于是一个最有意义而很普遍的集会，在村长与民众心目中，成为每月的例行公事而已。其中的原因，是仅有上行下效的政治力量以集合民众，而无教育的力量以培养民众集会参政的智能。无教育的功夫，自治就无真正的基础。[①]

他建议广西当局加重教育的分量。无独有偶，另一个叫赵冕的人，在广西实地考察两个多月，对村街民大会中教育的不足，也提出了相同的看法。他说，自己“曾披阅过关于地方自治的全部规划，也曾实地参加过由基础学校教员实际主持的村街大会，照当局的规划原意，村街民大会应当是富有成人教育意味的活动，但实际上则全未做到！我们觉得：教育如果不能领导政治，至少得与政治配合，或跟得上政治，却不可老是远远地甘心落在后边”[②]。由此观之，教育与政治紧密结合，有时互相挤占，既是广西教育的特点，也是广西教育的缺点。

总之，国民基础教育促进广西基层政治建设，在政务、政令上比较畅通，大体上收到了“上下通气，如臂指使”[③]的效果；在政治民主实施上虽有一些进展，但成绩有限。

第四节　国民基础教育与基层经济建设

《广西普及国民基础教育六年计划大纲》的主旨规定，国民基础

①童润之:《对广西教育的一个建议》，载《建设研究》第1卷第4期。

②赵冕:《拿成人教育强调广西的政治与教育》，载《教育与民众》第9卷第2期。

③《新广西》，国民革命军第四集团军政训处编印，民国二十四年（1935年）7月版，第6页。

教育，要助成广西的经济建设。1935 年 7 月，有人因广西国民基础教育需要大量支出，认为与经济建设有抵触。雷沛鸿反驳了这种看法，指出“经济建设发展不快，要在经济建设的本身找原因，这不能归咎国民基础教育。相反中国农业发展水平落后，则是农民文化建设不能应付现实环境所致”。因此，提倡加强国民基础教育，对经济发展不但没有“丝毫妨害”，反而会“帮助经济建设之进展”[①]。国民基础教育对广西经济建设的促进作用，大抵可从如下方面展开。

一、建设与管理人才的培养

劳动者是生产力中最活跃的因素，而且极富潜能。通过教育，将生产者的潜能发掘、发挥出来，对经济建设有很大的促进作用。国民基础教育在这个问题上，给予了充分重视。

(一)民团干校与经济建设领导人才的培养

广西民团干部学校，在培养和使用人材上，采取“从哪里来回哪里去”的原则。他们一旦回到基层，就负起经济建设的组织和领导的重任。民团干校开设的与经济建设有关的课程，主要有生产教育、农村技术、合作组织等[②]。这些学校毕业的学生，特别是经过合作组织训练的毕业生，担任各地基础学校的导师后，对推动合作经济，负有领导责任，起了组织者作用。其工作，成为各校推行合作运动的不可缺少的一环。因为他们在学校时，“对于合作运动的理论与实际，都受过较深切的训练，便应领导学生与当地民众，指导他们去组织合作社、或农村仓库、耕牛会等，以收到合作的实效”[③]。

---

①雷沛鸿：《我国农田水利问题之重要》，载《日刊》，第 160 号，民国二十四年(1935 年)7 月。

②黄启汉：《民团干部学校的使命》，载《创进月刊》，1935 年第 2 卷第 4 期。

③《国民基础学校各科教学法》，广西省政府教育厅导学室编印，民国二十六年(1937 年)7 月印行。

广西政教负责人对此颇为重视。在1935年12月召开的广西全省农业讨论会期间，安排有农业基本作业节目表演。教育厅长雷沛鸿前往参观。南宁民团指挥官兼行政监督梁瀚嵩，“以此种基本作业，诚属生产教育上之重要工作”，特由武鸣专程赶到现场，“以为指导该区民团干部学校之学生，于毕业后分发回籍充任乡村长时，领导民众从事生产之准备”。白崇禧在会上谈到广西农业现实问题时，根据各区民团干校学生重政治、轻农业的情况，特地要求出席会议的各区农林示范场主任回去后，注意纠正，多作训教。“把政府对于农业政策向他们解释明白，如对于植桐，举办村仓，都使他们有彻底的认识，再由他们宣传与民众。因为这班干训生是政府一个最好宣传工具，我们必须利用他来对民众作宣传，然后政府的农业政策才能实行”①。

同时，民团干部学校学生在毕业之前，须到广西省政府统一在全省八大行政区所设置的农村示范场，进行生产教育实习。以设在武鸣的南宁区农村示范场为例，据1936年1月中国社会教育社广西考察团报告，该场设有农艺、园艺、森林及畜牧四部。农艺方面注重水稻、玉蜀黍及棉花；园艺则注重香蕉、柚子、蔬菜等；造林则以松、桉、桐为主②。民团干校学生在这里，把所学理论知识放到实践中检验，初步参与了广西经济建设。

(二)研究院与生产骨干的训练

生产教育，从国民基础教育内容上说，是骨干；从广西“三自”政策中的自给政策上说，是“灵魂”③。广西普及国民基础教育研究院为

①广西省政府农林局编：《广西全省农业讨论会议纪录》，1935年12月，第45、104页。

②中国社会教育社广西考察团编辑：《广西的教育及其经济》，无锡，民生印书馆，民国二十六年(1937年)3月版，第73页。

③曾日东：《谈谈生产教育》，载《日刊》第339号，民国二十五年(1936年)1月12日。

加强生产教育人才培养，设有生产教育系。1935年，研究院全年工作的重心，侧重于生产教育。雷沛鸿为此拟就的该年度《工作进行计划总纲草案》中，关于人才训练就有三项：生产教育人员训练班设计；冬作讲习班设计，合作讲习班设计[①]。此外尚有暑期讲习会，和由柳州沙塘农村建设试办区主办，研究院密切配合而举办的农村服务人才训练班等计划。其中，影响较大的，是开办了生产教育人员培训班和1935年度以生产教育为中心的暑期讲习会。

为使这两个人才训练计划达到培养生产骨干的目的，雷沛鸿不惜重金，聘请乡村建设代表人物、南京金陵大学农学院院长章之汶主持其事[②]。章氏对研究院生产教育的主要贡献有二。首先，为研究院起草了《二十四年度生产教育实施计划草案》[③]，提出本年度该院的工作重点，是做好充实研究院实验场所、训练生产干部和辅导推行生产教育三件实事[④]。其次，主持招考并开办了生产教育人员训练班和1935年度暑假讲习会。1935年8月26日，由公开招考的31名学员组成的研究院生产教育训练班，正式开学。雷沛鸿、章之汶先后在开学典礼上作了讲话，强调生产教育开设训练班的重要性。章之汶认为，这种训练班，专门"注重农业工业人才之培养，与各省不同"[⑤]，为广西首创。该班开设国文、数学、物理、气象、森林、园艺、国民基础教育和音乐等9门课，学制3年。实施原则有3个：(一)，"不侧重课本的讲论，

①《日刊》第225号，民国二十四年(1935年)9月16日。

②教育家傅葆琛在列举乡村建设代表人物时，有章之汶的名字，见《傅葆琛教育论著选》，第403页。

③章之汶：《广西普及国民基础教育研究院二十四年度生产教育实施计划草案》(小册子)，桂林图书馆藏。

④《日刊》第211号。

⑤《日刊》第206号，民国二十四年(1935年)8月28日。

而注重在‘做’中学，两手帮大脑”；(二)，“就本省取材，力避注入式”；(三)，“注重实地工作，个别指导，分组研究”[①]。1936 年 6 月，研究院因故停办，但生产教育培训班并未取消，而是经呈准转学到与研究院有学术联系的柳州沙塘农业技术人员训练班，继续学业。正如农业生产一样，种子播下，只要勤于耕作，总会有收获的。生产教育训练班开办，在广西生产职业教育史上，有首创之功。外省专家认为，广西农业资源丰富，条件优越，但农业教育不足。1936 年，中国社会教育社广西考察团在考察广西教育和经济后，对广西经济发展的评议之一为，“注重农业建设，忽略农业教育”。各县均有农业机关之设置，但此项中级农业人才之训练，“只有研究院的生产教育人员训练班负责，显然不够”，建议“似应增设其他训练机关”[②]。广西农业教育的不足，反衬出生产教育训练班的可贵。

1935 年研究院暑期讲习会由该院生产教育系筹办，章之汶总其成。这次讲习会和以往训练师资不同，它是以“生产教育为中心”[③]，讲授课程涉及生产教育者，就有 18 次之多。计有畜牧兽医(2 次)、农业统计(2 次)、合作(3 次)、农业推广(2 次)、农业改良(2 次)、工艺(1 次)、造林(1 次)、土壤(2 次)、病虫害(1 次)、基础学校之生产教育(2 次)[④]。章之汶负责讲授农业推广和农学改良课程，给人印象深刻。恰逢《广州民国日报》记者入研究院采访，将这一幕记录下来：“该院国民基础教育讲习会在讲生产教育，教授肥而白，身着夏布长衫，据说是特地由南京中央大学请来的；学生黑而瘦，着灰色制服，

①徐明、朱紫华：《生产教育人员训练班半年概述》，载《国民基础教育丛讯》第 12 号，民国二十五年(1936 年)1 月。

②中国社会教育社广西考察团编：《广西的教育及其经济》，第 45 页。

③《日刊》第 204 号，民国二十四年(1935 年)8 月 26 日。

④《二十四年度本院生产教育系会议纪》，载《日刊》第 169 号。

据说都是各县的教育行政人员，特地调来训练的。”①在这里，主要不是关心妙笔生花的记者如何将教师与学生所作的鲜明对比，也不太在乎这位不愿意透露姓名的记者，将章之汶工作单位南京金陵大学误作中央大学，而是由此得知这次暑假讲习会参加者多为各县的教育行政人员。通过名家讲授，这些人回去之后，多少会从教育行政的角度，加强生产教育的实施的。这对各地的经济建设当会有所促进。

（三）生产教育与劳动生产者素质的提高

国民基础教育中的生产教育内容，就改变劳动生产者观念和提高其知识水平而言，有人把它总结为：“在教导或改进一般成人与儿童，尊重劳动，具有劳动精神，运用新的生产方法，进而认识社会的生产、消费、分配各方面的关系。”②按居住在外省的广西人的理解，国民基础教育、生产教育的目的和意义，在于“训练学生以生产技术知识，使毕业后从事濒于破产的农业及工业的生产，以抗拒国际资本主义的经济侵略及复兴凋敝的农村”③。关于国民基础教育与广西经济建设的关系，黄旭初说得尤为直接、明了：“我们要想经济建设成功，必定要用科学方法改良生产的技术，有了良好的生产技术，还要农民知道技术的运用。但要使人民知道运用技术，这就非发展文化建设，提高人民的知识程度不可。所以省府近来很注意于成人教育的设施，一方面灌输以识字教育，一面灌输以农业手工业各种改良的技术。”④黄旭初从施政的角度也认识到，要使经济建设成功，科学生产

---

①广州民国日报记者：《广西大学与国民基础教育研究院》，转引自龚家玮主编的《广西新教育之观感》，第71～72页。

②《国民基础教育丛讯》第12号，民国二十五年（1936年）1月，第66页。

③陈家盛：《实施生产教育的先决问题》，载《群言》第11卷第2期，民国二十三年（1934年）3月15日。

④亢真化编：《黄旭初先生之广西建设论》，第24页。

技术重要，掌握、运用生产技术的人的教育更为重要。可见，通过国民基础教育，训练经济建设的组织者、骨干和直接从事生产的劳动者，提高他们的管理水平和生产能力，这在生产教育不发达的广西，对于促进其经济建设，具有特别的意义。

二、生产教育与经济建设

（一）提高生产技术

生产教育，除了提高劳动者自身知识水平外，还包含有改良生产工具、优化选种和生产技术等方面的内容。生产教育的这些方面工作，主要由专家荟萃、技术力量较好的研究院负责。研究院在 1935 年度生产教育计划实施草案中，关于实验工厂的农具制造，包括犁、耙、锄、脱粒机等种类。在实验农场方面，农艺“侧重稻作改良”；园艺“侧重果树改良”；森林“侧重经济树木造林”；畜养“侧重牛猪鸡选种”[①]。以上均是 1935 年度要实施的生产教育工作。在程序上，先进行研究试验，然后辅导。“俟有相当成效，再行普及全省”。1935 年 3 月，《南宁民国日报》记者参观研究院畜牧场，内有“各种各样猪种十头，及鸡近百尾。听说这项猪鸡种子均由各国、各省、各县采买来的优良种子，现运用杂种交繁殖和试验豢养法，作生产量数比较、初生时体重比较、生产时间速率的比较。这时正在研究与实验中，将来结果自然推行教育到农村里”[②]。

（二）实施生产教育

这里专指各国民基础学校自辟场地，自行生产，自给自足。现分别以一所中心国民基础学校和一县国民基础学校实施生产教育

①章之汶：《广西普及国民基础教育研究院二十四年度生产教育实施计划草案》，第 1 页。

②极天：《我所见的国民基础教育》，载《南宁民国日报》，民国二十四年（1935 年）3 月 26 日。

为例,加以论证。广西邕宁县表证中心国民基础学校,在《三年度工作计划纲要》中,其中第一年度关于生产教育实施的项目就有8项:

1. 开辟苗圃播种树苗;2. 开辟校园种植蔬菜及花卉;3. 修葺畜牧场并领导学生养鸡养鸭养鸽养猪,作实验选种及豢养方法的准备;4. 利用野外生活或旅行时节,领导学生采集材料,自制标本;5. 鼓励儿童家庭作业;6. 调查当地生产品的数量品质和销路;7. 试验小厨房办法;8. 利用废物及本地生产原料自制校具。①

位于广西东北的恭城县,制定了《各级基础学校实施国民基础教育暂行准则》,经省政府备案。其中,关于生产教育的实施,也有5条很具体的计划和要求:

1. 饲养猪、牛、羊、鸡、白鸽……等物,每校须饲养家畜二头以上,家禽四只以上,达到壮硕成熟期即变卖,除将赢利提为学校经费以奖励豢养人奖金外,其本金应继续购养,惟须报告乡镇公所转报备查;2. 中心校须辟地三亩以上,村街基础学校须辟地一亩以上,实施种植蔬菜、薯芋、瓜果。至垦荒、造林、公耕等项,照章按步进行,并须先有详细之计划书呈报县府备查;3. 改良奢侈风俗习惯,并组织生产合作社,以开采本县矿产或组织消费合作社以营子利;4. 自营工艺:如制造粉笔、肥皂、浆糊以及科学玩具、装订薄册等;5. 采集标本,制造模型以作教具,或采集农产物开会展览,以资观摩而期改良。②

邕宁县是广西当时的一等县,恭城则为四等县,经济发展水平不一,但各级基础学校对生产教育的实施,均有详细计划,可谓不遗余

①《广西邕宁县表证中心国民基础学校校刊》,第19~20页。

②广西省政府编辑室:《广西省政府公报》第121期,民国二十五年(1936年)5月17日,第108~110页。

力。恭城全县对生产教育作统一筹划，尤其是第一条规定：饲养家禽家畜所得利润提作学校经费，自筹经费办学，节约政府公帑办学支出，实际上就支援和促进了广西基层经济建设。这一点，黄旭初看得比较清楚。他在谈到广西基层经济建设时，认为主要有乡村造产、救济农村经济和各级国民基础学校实施生产教育三个途径。其中后一做法，省政府和教育厅作出要求，"已督饬各校造林"，并规定自1935年起，"各校都要试行自营园艺及牧养牲畜，以增加学校款项的收入，以期达到用很少的库款，办很多而且很好的学校；在人民方面也可以减轻负担"[①]。按1940年全省国民基础学校和中心基础学校共21571所计[②]，如果每校都能按上述要求实施生产教育，所得的收入当是十分可观，从而为省政府节约一大笔费用。从经济学角度说，节流就是建设。因此，国民基础教育实施的生产教育，实际上促进了广西经济建设的发展。

三、全面参与基层各种经济建设

1934年4月9日，雷沛鸿重回他工作过的江苏教育学院考察，并报告广西国民基础教育的情况。其中认为，国民基础教育对基层经济建设最低限度的要求有三个：1."开浚水利"——预期每村都要重视开水渠；2."每村或乡村联合组织农业仓库"——在国民基础学校所在地组织仓库；3."与经济委员会合作，办理信用、生产、运输各种合作事业"[③]。这主要是农业生产和生产方式的合作事业。后者可以减少资本家、商人和土豪劣绅对生产民众的剥削，增进生产民众相互间的

①亢真化编：《黄旭初先生之广西建设论》，第86～87页。

②《1932—1940年广西国民基础教育实施概况》，载《桂政纪实·文》，第89～90页。

③雷宾南：《最近的广西教育》，载《教育周报》第3卷第6期，民国二十三年（1934年）5月1日。

利益。因此，国民基础教育对这种事业非常重视，并以“各村之国民基础学校为推行合作运动之中心”[①]，以建立新的经济组织和生产方式。据农林局长陈大宁的看法，“各县合作办理经过成绩尚好，各乡民众甚表欢迎”[②]。

国民基础学校怎样协助基层经济建设？梁上燕认为主要在如下方面：(一)“协助设计”。包括乡镇自治事业岁出岁入概算，编造乡镇年度收支计划，协助设计公共造产方法。学校协助，可使上述规划具体、详细和完善。(二)“倡导造产”。包括学校单独造产，设置示范场所，促进家庭副业。这些工作，一方面可为民众倡导，另一方面增厚乡镇村街生产力。(三)“进行辅导”。包括进行造产宣传，实施工作指导，训练合作社员，解答工作困难。可以振奋精神，提高工作效率，提供技术示范[③]。

国民基础教育不仅通过多种渠道协助，而且广泛地参与基层各种经济建设。依据雷沛鸿的助手卢显能的经历和看法，国民基础教育在“公共造产运动”、“改进农业生产”、“倡导合作运动”、“推行节约运动”、“提倡家庭副业”等五大方面都参与了经济建设，尽了自己的力量。仅以公共造产运动为例，就包括“厉行公耕；筹设村(街)仓；建造公共建筑物，如建筑铺屋、水碾、糖油榨、砖瓦灰窑、或其他能生产的建筑物，出租生息；修筑村(街)公共工程，如筑塘坝、架设水车等；经

①《金国宝演讲广西之经济建设》，载《教育周刊》第3卷第2期，民国二十三年(1934年)3月14日。

②陈大宁：《广西省农业建设之方针与现状》，《广西省中等学校劳作教员廿七年暑期讲习班报告》，该讲习班1938年印，第72页。

③梁上燕：《基础学校怎样协助基层经济建设》，载广西省政府建设厅合作事业管理处编印的《基层经济建设之理论与技术问题》，广西合作文化印刷厂(无出版时间)，第64～68页。

营牲畜事业，如饲养牛羊及其他牲畜、养鱼等；举办信用借贷，将以共存有现金设法拨充资本，经营信用借贷；垦荒种植，经营公有园林等，以发展村（街）集体化的经济建设”[①]。在广西各种建设中，经济建设成绩虽然不如政治、军事建设明显，但也并非一无是处。1939年，据教育厅长邱昌渭的估计，经济建设“不能说是没有相当的成绩，如棉花的繁殖，桐油的推广，造产的盛行，仓储的林立，皆有可观”。据1939年度统计，全省各乡（镇）公所财产的收入，达57.8万余元，全省村（街）公所财产收入达120.5万余元。其中在规定的最低收入标准线上200元以上者，计1077个村街[②]。

国民基础教育对广西经济建设究竟起了多大的促进作用，目前尚缺乏足够、直接的证据，但有些间接材料可以佐证，国民基础教育在其中扮演了举足轻重的角色。黄旭初曾说：“广西对于公共造产的努力，是国内最为出色的建设工作，其效果亦大有可观。不过这种工作主要的实施单位仍属基层，县的一级并没有多大的成就。”[③]广西的公共造产未必是全国最出色的，但公共造产主要成绩是在基层则大体可信，正好说明基础教育在基层经济建设中的作用。关于合作经济，黄旭初也认为，广西合作机关虽不多，但“用各村力量建筑全乡墟场商店的合作，极有成绩，邕宁县为尤著”[④]。邕宁合作经济在广西最为发达；而该县是1936年以前广西省府所在地、雷沛鸿的家乡，又恰恰是办理国民基础教育成绩最好的县份之一，决非偶然。推而广之，以国民基础学校为合作运作中心的国民基础教育，其与广西合作经

①卢显能等编：《国民基础教育实施法》，第319～320页。

②邱昌渭：《广西基层政治与基层经济建设》，载《基层经济建设之理论与技术问题》，第53页。

③黄旭初：《县政建设与基层建设》，第212页。

④亢真化编：《黄旭初先生之广西建设论》，第154页。

济的发展，当有不小的关系和贡献。

第五节 国民基础教育与基层文化、军事建设

一、国民基础教育与基层文化建设

广西文化建设，包括普及国民基础教育、办理巡回文库、开办民众阅览室、设置民众问学代笔处、组织民众共学团或读书会。协助改良风俗习惯、提倡正当娱乐[①]，以及进行政会、时事报告、抗战须知等文化宣传事业[②]。这里着重论述国民基础教育与改良风俗习惯的关系。广西的不良社会风俗，据《广西省改良风俗规则》和专家的研究，最普遍的有以下几种：其一，“迷信的”：星、相、巫、卜、风水、迎神、信命运等；其二，“野蛮的”：指腹为婚、早婚、溺女、不落夫家、缠足、束胸等；其三，“邪恶的”：吸毒、赌博、嫖娼、酗酒、游惰等；其四，“虚伪的”：婚丧生寿的浪费和无谓的应酬等[③]。

这些陋习和旧俗的存在，对广西建设产生了不利影响。迷信的人们，既崇拜鬼神，就会对政府的新建设事业“取怀疑态度，而不予通力合作”。拨充庙产兴办乡村教育是件益事，但信神者为维持庙宇香火，“每每多方面阻挠，使计划不能顺利进行”。这在文化落后的县份尤甚。再有迷信者烧纸烛香炮、问星卦耗费，全省每年费掉总数约三百八十万元以上，这对贫穷的广西，可不是个小数目[④]。嫁女不落夫家，

①卢显能等编：《国民基础教育实施法》，第321～322页。

②梁上燕：《广西建设》，第48页。

③宁瑚：《建设新广西与改革风俗》，载《群言》第20卷第2期，民国二十四年（1935年）4月25日；广西省政府编：《广西省改良风俗规则》，民国二十三年（1934年）版。

④宁瑚：《建设新广西与改革风俗》，载《群言》第20卷第2期，民国二十四年（1935年）4月25日。

当时也很常见。一方面，它对征兵是一种巨大阻力。不少不明大义的妇女，每以不落夫家为由，胁迫丈夫不前去应征兵役，影响了抗战。另一方面，男方倾家荡产娶妻，女方拒入婆家，以致丈夫不堪打击，变成堕落，影响了治安。据广西民团干部学校第五期学生在邕宁县沙井乡乐新村实习时的调查报告，造成这种怪异现象的社会原因有6种：1. 早婚；2. 盲婚（不愿意守父母之约）；3. 夫家虐待；4. 娘家纵容；5. 十姊妹的维系（当地有一种结拜姐妹的组织，往往对居夫家稍久者，尽为笑骂、唾弃，不与为伍——笔者）；6. 风流馆（卖淫之所）。情况严重者一村竟达39人之多；同时在不落夫家的女子中，有27年未归夫家的。此项习俗之根深，实在惊人。虽然它不乏反抗封建婚姻压迫的意义，但更多的是造成社会问题则无疑[①]。婚嫁丧祭的仪仗，虚糜很多钱财。南宁地区有个津三村，仅86户，而每年祭祖费用，"竟达千余元"[②]。往往导致民众家道中落，负债破产[③]。

改良风俗，方法可有治标、治本两途。治标就是运用政治的力量，如严厉执行《改良风俗规则》，订定改良风俗应守禁约等；治本就是"运用教育的力量，提高民众文化水准，改良其生活"[④]。有人进一步分析，改良风俗比较彻底的办法，要数普及教育，如国民基础教育。因为教育是启发智慧、提高知识的工具。人民有了知识，才能判断事物的优劣，分析事物的得失。比如迷信的风俗，多为下层社会无知男女才保存它。原因是缺乏知识，不能了解迷信的弊害之故[⑤]。再具体一点

①亢真化、梁上燕合著：《改良风俗的实施》，民团周刊社，民国二十七年（1938年）6月20日初版，第7～14页。

②《广西民团干部学校第五期毕业生实习报告书》（未注出版社与时间），第212～213页。

③广西省政府民政厅印行：《县政须知》之十四，民国二十三年（1934年）3月版，第8页。

④亢真化、梁上燕合著：《改良风俗的实施》，第20页。

⑤宁瑚：《建设新广西与改革风俗》，载《群言》第20卷第2期，民国二十四年（1935年）4月25日。

说，通过教育，民众掌握了卫生常识，就不会承认有痘将麻神的存在；而知道种牛痘可以预防天花，打防疫针可以预防疫症的传染。取缔妇女不落夫家的旧习，其中一个办法，就是在国民基础教育的“成人教育妇人队”①中作宣传，争取妇女的积极配合，以求解决。1939年，广西成人教育年实施后，民众生活方式没变。“不良风俗，如赌博、妇女婚后不落夫家、迷信等之破除，尤其余事。”②总之，对于改造30年代广西基层社会的种种风俗来说，国民基础教育与政治手段相辅相成，相得益彰。教育的效果或许不能立竿见影，但可以逐渐根治病源，切合了改造千百年来风俗不能操之过急的实际要求，今天仍有合理之处。

二、国民基础教育与广西军事建设

雷沛鸿认为国民基础教育可为军事建设做出贡献，二者关系密切。军事建设“不但要在军备上力求相当的充实，军制上力求改善，军器上力求精良，而要在人民智慧上力求提高水平”。而要提高人民智慧，要训练和组织民众，就“必须有赖于”教育，“尤其是国民基础教育”③。国民基础教育与军事建设，就制度而言，主要表现在儿童实施军训，成人按民团编队上。

20世纪30年代广西学生普遍实行军训，包括未成年的儿童。按白崇禧的说法，在广西学生军事训练中，中心国民基础学校的学生，要“施以童军训练”④。关于中等以下学生实行童子军训练的意义，据

①亢真化、梁上燕合著：《改良风俗的实施》，第15页。

②转引自钟文典主编：《20世纪30年代的广西》，广西师范大学出版社，1993年第1版，第710页。

③雷宾南：《广西国民基础教育运动的时代使命》，载《中华教育界》第24卷第8期，民国二十六年（1937年）2月11日版。

④白崇禧：《国防与教育》，桂林全面战周刊社，1930年版，第48页。

《县政须知》载:“以智仁勇三字的精神,训练未成年的童子,使其有处理事变的智慧,仁民爱物的感情,勇往果断的气魄,暨遵守法律注意卫生的习惯……如果童子军训练普及了,则我们中国便成了有组织、有秩序、有纪律的国家。”正因为这样,童军训练,成为广西省政府切实举办的“要政”[①]之一。可见,国民基础教育中童军训练并非无足轻重。在研究广西学生军训教育时,童军训练是不应忽略的。成人男女按民团组织方式编成国民基础教育队,或成人妇女教育队问题已详于第五章,今不赘。

全面抗战爆发后,为适应战时特殊形势需要,采取综合编队方式,进行机动性教育。1938 年 12 月公布的《战时广西各县基础教育实施办法》等法规规定,儿童教育由各乡镇中心国民基础学校,负责将本乡镇内失学之学生,无论原属本乡镇或外籍,“均分别编为国民基础教育队”[②];队下分若干组,进行室外教学。这是战时按军队方式组织国民基础教学的一种特殊方式。

国民基础教育对军事建设的促进作用,主要体现在以下几方面:

第一,协助训练军队和民团。按照白崇禧在《广西的军事教育与国民基础教育》一文说法,国民基础教育是军事建设的基础。通过教育,可以“唤起民族意识”,“唤起民众对爱国军人的认识和同情”;来自民众的军人受教之后,能认字,有知识,这样就可以“看操典法令,作报告,说话有条理,脑筋清楚”[③];并与旧桂系军队相比较,强调国民基础教育在广西军队建设中的作用。1935 年 1 月 14 日,雷沛鸿在广西军校作《国民基础教育与军事政治建设的关系》的演讲,引用白崇禧上述观点,论证国民基础教育与军事政治建设的相互作用的重要

①《县政须知》,第 41 页。

②《国民教育实施》,载《广西教育史料》,第 548 页。

③白崇禧:《国防与教育》,第 19 页。

性。特别指出“训练民团,必定要国民有教育基础才行”[①]。雷沛鸿的部下张家成对国民基础教育协助国民训练作进一步发挥。认为国民基础教育可以“指示民众国家民族的危机,及国民保卫国家、民族的义务,常使民团训练,易于推行”[②]。此外,国民基础教育与民团互相促进,使其在促进后者训练的同时,也令自身获益。据官方看法,民团对国民基础教育的实施产生了如下作用:

1. 组织作用。仿照及运用民团组织之方法,编组成人教育队,以实施普及成人教育,提高成人教育推广之效果。2. 训练作用。运用民团组训时期,组训干部,使推行成人教育获得事半功倍之效果。3. 普遍作用。民团训练必须普及于各村街,而成人教育推行附丽于此项事业,得以有效地普遍推行。4. 相关作用。因民团训练实施,同时厉行普及成人教育,使合于成人教育之壮年妇女,明了教育之重要,督促其子女就学。因之,由成人教育之普及,对儿童教育普及,发生相关之作用[③]。

第二,协助办理征兵。“好铁不打钉,好男不当兵”,这是民间长期流传的一句话,可见对军人的轻视。长期以来,征兵工作并非易事。广西借助国民基础教育的力量,宣传征兵意义,解释征兵条例,说明编征办法,鼓励征兵入伍,举行欢送征兵大会。士兵入伍后,国民基础学校协助执行优待征兵家属条例,慰问征兵家属,慰劳入伍士兵等,以利兵役制的推行[④]。这种做法,受到省外人士的好评。一次广西征兵8000名,“先期在各处宣传国民兵役之必要,事后又令各处举行盛大的欢送新兵入伍式,居然将八千额数,如限召集”[⑤]。抗战期间,广西先

①《日刊》第8号,民国二十四年(1935年)1月27日。

②张家成:《国民基础教育实施法》,第25页。

③《桂政纪实·军》第33页。

④卢显能等编:《国民基础教育实施法》,第322页。

⑤冷观:《粤桂写影》,载《广西印象记》,第16页。

后出兵50万，成绩卓著。有人在总结其成功经验时，认为原因之一，在于普及国民基础教育，使"教育与宣传打成一片，使教育方针与政治目标合而为一，预先普遍的造成了民众抗战的心理，及其为国家民族而牺牲的精神，遇有命令，则争先恐后的为国效死，这些都是民众动员极端重要的准备"[①]。值得指出的是，国民基础教育与军事建设相配合，使兵源文化素质和质量有所提高，从增强了广西军队的抗战能力。1934年12月、1935年5月，广西举行第一、二届征兵，"其成绩颇有可观，不仅志愿应征者颇见踊跃，而且曾受教育者尤居多数"[②]。时人称之为教育兵。抗战期间，广西军队屡建战功，当与士兵文化素质较好不无相关。

第三，"领导战时后方勤务"。国民基础教育的师生和机关学校，在全面抗战爆发，尤其是在广西沦陷之后，积极参加防护、征募、锄奸、运输、救济、通讯谍报、保护交通、协助军队、修筑防御工事等工作，作出较好的贡献[③]。总之，置身于30年代中期的民族存亡之秋，国民基础教育以爱国救亡教育为灵魂，积极参与军事建设工作，为广西训练军队、征募兵员尽了本职，出了力量。

第六节　特种教育与广西特族社会

广西是多民族居住的地区，除汉族外，主要有壮族、瑶族、苗族、仫佬族、毛南族、回族等十余个少数民族。在广西近代历史上，由于境内少数民族的社会经济比较落后，风俗习惯与汉人不同，有特殊之处，所以又称他们为"特种部族"；对少数民族采取适合其实际，以改

①《广西之建设》，第170页。

②赖于彦主编：《广西一览·民团》。

③卢显能等编：《国民基础教育实施法》，第322～323页，载《广西教育史料》，第549页。

造其社会的教育，称为“特种部族教育”，简称作“特种教育”[1]。广西的特种教育，起源于前清末年广西巡抚张鸣岐在桂林设立的土司学堂，及1908年平乐知府欧阳中鹄在金秀等瑶族地区开设的开化小学[2]。广西特种教育有较大发展，是在30年代雷沛鸿任教育厅长时期。

学术界对雷沛鸿与广西特种教育的研究，已涉及到调查研究、补助经费、设校情况、师资培训、方案内容、现实意义及评价等问题[3]。但有些问题失之过简，需要进一步补充新材料；有的将国民基础教育等同于特种教育，没有注意二者各自的“特”点和区别；特别是没有将特种教育与特族社会改造结合考察。这些表明此节仍有相当的研究余地。

正如广西特种教育负责人之一刘介所说，特种教育，乃广西省政府“为改造其社会、适应其需求，以达到政权统一及同化合作起见”而创制、并“实施于全省的特族社会”[4]的一种教育。它在理论上，符合国民基础教育不论种族、“有教无类与一视同仁”[5]的理念；在实施上，依照广西“普及国民基础教育法令之规定”，同样要求每乡（镇）须设立中心国民基础学校一所，每村（街）须设立国民基础学校一所。其设校标准与国民基础教育“亦无二致”[6]。所以，特种教育可视为广西国民

①刘介：《广西特种教育的动向》，载《广西之建设》（合订本），第511页。

②张家瑶：《广西特种部族的成人教育》，载《教育与民众》第9卷第4期，1939年9月25日。

③详参见陈业强：《雷沛鸿先生的特种教育理论与实践及其现实意义》，载《雷沛鸿教育思想研究文集》（一），第316～328页；李彦福：《雷沛鸿教育思想与广西民族教育》，载《雷沛鸿教育思想研究文集》（二），第339～347页；钱宗范主编：《雷沛鸿的生平与事业》，第140～142页；雷坚：《雷沛鸿传》，第119～120页。

④刘介著：《广西特种教育·绪言》，广西省政府编译委员会，民国二十九年（1940年）5月。

⑤《广西特种教育·雷沛鸿序》。

⑥吴彦文编著：《广西之特种教育》，广西省政府教育厅编审室，民国二十八年（1939年）2月初版，第19页。

基础教育的一个特例和组成部分。

一、社会调查

特种教育虽属国民基础教育范畴，但它在特族地区推行，自成系统。为了适合少数民族社会的实际，使特种教育的实施建立在当地社会基础之上，以免"陷入闭门造车不合辙的笑话"[①]。长期与瑶民打交道的唐兆民则说："在政教设施达到傜山苗峒之前，对那些落后部族的社会组织及生活习惯，不能不有深切的了解。……我们要认识傜山社会，但是浮光掠影地知道一些傜民片段的生活，是不够的。我们必须彻底了解傜民的生活的各方面，然后才能由研究而进于解决。"[②]广西教育当局在实施特种教育之前，十分重视对特族社会开展系统的调查。主要渠道有三个：

第一，要求各少数民族地区政府查明上报。1933 年 6 - 9 月，教育厅将调查令发往各管辖或毗邻苗瑶聚居区域的各级政府，要求据实详细查明填报。查表分三大项目：一曰"风土人情"，包括家族组织、婚丧制度、宗教信仰、文字语言、钱币、度量、对汉人之感情等；二曰"生活状况"，包括居住、饮食、服饰、交通、贸易、生产、集会等；三曰"治理情形"，包括政治、有无盗匪及警卫状况、团体组织、开展知识最佳之法以及预定开发工作计划与步骤等。全省特族居 61 县，先后填报者有桂林、永福等 41 县[③]。

第二，邀请知名学者前往考察。1935 年 9 月，省政府聘请特约研究员费孝通，考察龙胜、三江、资源、全州及大滕瑶山等地特种部族人种与文化。中途因助理员、费孝通妻子王同惠女士失足坠崖身亡而

①《苗瑶教育的先决问题》，载《南宁民国日报》，民国二十三年(1934 年)4 月 28 日。

②唐兆民：《傜山散记》，桂林文化供应社 1942 年版，第 6 页。

③《二十二年度广西省施政纪录・教育》，第 109 页。

停止[①]。

第三,也是最重要的,由省特种教育委员会组织调查。1932 年,兴安、全州、灌阳、龙胜等桂北瑶民起义遭镇压后,“省主席黄旭初、教育厅长雷沛鸿两氏,鉴于过去抚驭之失策,一变以前方式,而完全从教育入手”[②],于 1933 年夏间,颁布特种教育实施方案。次年,在教育厅成立特种教育委员会,雷沛鸿亲任委员长,聘任省内对特族生活素有研究之人士张家瑶、刘介、朱安中、曾森、朱尧元、梁栋昌等人为委员。该委员会在特族社会调查设计和策动等方面,做了许多工作,为特族教育的发展,奠定了组织基础[③]。该会很重视特族社会的调查。其组织大纲第三条规定,“须从事调查及研究省内苗瑶人民居住地之历史、地理、语言、文字、宗教、风俗习惯,及其社会、经济、政治、文化、制度与生活,以为一切设施之基础”[④]。在社会调查方面,主要做了三方面工作。其一,整理、分类和编辑上述各县填报送上来的苗瑶社会调查报告。其二,开会讨论如何调查特族社会,做好准备工作。1934 年 3 月 14 日,该委员会召开第五次会议,以雷沛鸿为主席,张家瑶、刘介、陈翔冰等人参加。主题之一为讨论特族社会事宜。会议决定,“分区、分期、分步骤进行调查”。以兴安、全州、灌阳、龙胜、三江、融县(今融水苗族自治县)、罗城等县为第一区;以东兰、南丹、凤山、凌云、西林、西隆、天保等为第二区;以修仁、榴江(今属荔浦)、象县(象州县)、荔浦、蒙山、平南、桂平、武宣等县为第三区。进行调查时,第一步先召集联欢会。第一区联欢会在桂林举行,其余以后再定。联欢会计划由刘介负责起草。调查计划由教育厅秘书陈翔冰负

①吴彦文编著:《广西之特种教育》,第 8 页。

②《特种教育》,《广西教育史料》,第 577 页。

③唐兆民:《新桂系时期的苗瑶教育》,载《广西文史资料》第 16 期,第 134 页。

④《二十二年度广西省施政纪录 · 教育》,第 112 页。

责[①]。调查的代表性成果，是1934年11月派唐兆民、张荫庭与广西省立博物馆联合对桂平、平南、蒙山、荔浦、修仁、象州、武宣等县四境的大滕瑶山进行的实地调查。调查队在山里工作了四个多月，成绩显著：

> 所有山内各瑶族之(一)社会组织、(二)经济状况、(三)族别及其人口、(四)礼俗、(五)服饰、(六)日常生活习惯、(七)汉瑶间彼此相互态度、(八)特种学校现状、(九)医药卫生、(十)迷信、(十一)神话及歌谣、(十二)交通及险要等，均在详细之调查，并拟具改进瑶民生活意见呈府。[②]

广西特种部族多居崇山峻岭、交通不便之处；经济比较落后，政治组织特别，文化习俗怪异，不仅与汉族不同，就是各个少数民族之间，甚至一个少数民族的各支系之间，也不尽相同。如瑶族就有长毛瑶(又可细分为茶山瑶、花蓝瑶、坳瑶)和过山瑶(又可细分为极瑶、山子瑶)，两大部都有所不同。在这种情况下，必须进行社会调查，摸清底细，才能对症下药，收预期之效，达到以教育改造特族社会的目的。所以，社会调查是特种教育实施的先决条件和教育决策的依据。

二、公开讨论

在进行特种部族社会调查、掌握第一手资料的基础上，如何实施特种教育，便提到日程上来。大规模办理特种教育，在广西、中国教育史上都是新鲜事，没有多少可资借鉴的经验。历史上统治阶级推行的大汉族主义政策，伤害过少数民族；地方汉族地主和土豪劣绅也经常欺压少数民族。因此，少数民族利益得不到应有的尊重，对来自汉族

① 《苗瑶教育委员会筹备进行调查工作》，载《教育周报》，第3卷第2期，民国二十三年(1934年)3月14日。

② 《民国二十二年度广西省施政纪录·教育》。

的政策，十分敏感和反感。同时，由于长期封锁、知识锢闭，少数民族以“三不管”为口号。瑶人谚语云：“不管赋粮不管兵，不管皇帝是谁人。”以“瑶不读书狗不耕田”[①]为典训。因此，如不慎重从事，贸然实施教育，不但收不到预期之效，而且适得其反，甚至酿成抵触、摩擦和暴乱。长期从事特种教育工作、并深知个中之味的特种教育专家刘介，警告人们：特族“由历史上遗留与汉族种种的恶印象……其人生于风俗荒怪之社会，外朴而内忌，率性而寡识，故教之不可不积极，而尤不可不审慎。得其道，固为忠实勇敢，坚忍耐劳之国民，失其道，亦可激成意外之事变”[②]。所以，特种教育既不能像国民基础教育那样强迫进行，又不能先行划区试验。较好的办法是发动专家，开展讨论，集思广益，在理论上探讨、确定实施方法。广西特种教育较集中的讨论有两次，一次是1934—1935年前后，另一次是在1939年，且多与雷沛鸿的支持有关。

1934—1935年，关于实施特种教育以及改造特族社会的方法讨论，主要阵地有两处：《教育周刊》和《民国南宁日报·副刊——国民基础教育周刊》。《教育周刊》主要讨论了特种教育的出发点、对象、从何入手、计划制定、政策等[③]。这里着重介绍后一阵地讨论情况。代表性文章有韦玉岗的《本省苗瑶教育的设施问题》，路璋的《融县苗人的生活状况与农村经济》（一、二、三），梁上燕的《广西的苗瑶教育问题》（一、二）等。讨论各有侧重，但有一点是共同的，即是实施特种教育不能单独进行，必须与政治、经济、文化等社会改造同时配合。

韦玉岗根据特族“狭义的民族性”、“特别的风俗人情”和“旧式的

---

①《特种教育》，载《广西教育史料》，第576页。

②刘介：《广西特种教育的动向》，载《广西之建设》，第532页。

③李彦福：《雷沛鸿教育思想与广西民族教育》，《雷沛鸿教育思想研究文集》（二），第344页。

生产”的社会实际，以及特种教育要教成人以“生产技能”，使幼童受“同一教育”的宗旨，认为特种教育应从两方面入手：第一，“须从组织入手”。设立民团、农事、工业等组织，使散漫沉静的瑶人有了各种政治、经济组织，才易于施行各种教育。第二，“须从成人教育做起”。现今苗瑶社会之所以落后，是由于成人无知识。若成人教育成功了，“苗瑶社会有了改造”[①]，其他的事才易施行。这是一种先从政治经济组织改造入手，再办特种成人教育，以促进特族社会改造的办法。

路璋在他的连载文章中建议，对于苗族施政和敦教应注意四点：1.“改良苗人的生产方法”；2.“设立苗村的农民银行”；3.“设立苗民合作社”；4.“谋教育的普及”。关于教育普及的办法，“一、灌输以科学的智识；二、改良过去教育上的缺点；三、训导其自治能力；四、启发其民族观念，消除苗汉间的界限；五、授以生活上应有的技能；六、改善其生活状况，变迁其习俗”[②]。此法好处在于，以苗族聚居的融县为特定范围，纵论特种教育与特族社会改造；以经济为中心，内容较全面，针对性较强。

梁上燕则认为，办特种教育首要的问题，是明白其出发点，“是在民族主义立场上，设法使苗瑶各族在民族自决的原则之下，实施同化教育”。它“不是亡人国家，灭人种族的教育，而是拯救弱小民族使同化于中华民族，使有真正的民族组织，使有诚实的民族生活，使能生存于世界上永久不亡”。这就是说，特种教育的本质，是以民族主义立场出发，在特族自决的原则之下，实施的同化教育。尽管仍有大汉族主义拯救少数民族的色彩，但较以前的统治者“以苗制苗”、“以瑶制

①韦玉岗：《本省瑶教育的设施问题》，《南宁民国日报·副刊》，民国二十三年（1934年）4月24日。

②路璋：《融县苗人的生活状况与农村经济》，《南宁民国日报·副刊》，民国二十三年（1934年）4月28日。

瑶"的政策相比,有所进步。特种部族需要的是"适应生活需要"[①]的教育,使他们有应付解决衣食住行等切身问题的能力,启发他们对现在落后生活的不满,从而努力去改善。文章还谈到特种教育实施的具体步骤:第一,"利用已经汉化的苗瑶作第一步的宣传工作";第二,"要从政治组织方面着手";第三,"改善现有苗瑶自设的教育机关"[②]。这种做法从政治角度入手,尤注意利用特族原有的有利资源施教,先易后难,以苗瑶化苗瑶,不失为明智的策略之举。

此外,1935年2月,叔元在《教育旬刊》上,发表了一篇题为《以苗瑶社会的现状说到举办苗瑶教育》的文章,在怎样办苗瑶教育的问题上,也提出了自己的看法:1."协助乡村长办理村政";2."辅导推行国民基础学校";3."训练人才";4."整理交通";5."提倡和改良副业";6."推广森林畜牧和垦荒事业";7."推行合作事业"[③]。所持的观点,仍然是特种教育与特族社会改造同时进行的方法。

20世纪30年代中期,广西这场关于如何举办特种教育的讨论,和以前相比,至少在三个方面有所进步。首先是由原来的特族"可不可教"的层面,进展到"如何教"的层面;其次是由原来专注于特族教育本身,进展到将特族教育的实施推行与特族社会的改造相结合;再次,在推行方法的设想上,由清朝时期的"以苗制苗"、"以瑶制瑶",进展为"以苗化苗,以瑶化瑶",这在教育政策和策略上,是一个进步。因此,这次有关特种教育与社会改造方法的讨论,是广西特种教育实施前的理论和舆论准备。

---

①②梁上燕:《广西的苗瑶教育问题》(一、二),《南宁民国日报·副刊》,民国二十三年(1934年)4月25—27日。

③叔元:《以苗瑶社会的现状说到举办苗瑶教育》,《教育旬刊》第1卷第14期,民国二十四年(1935年)2月11日。

三、特种教育与特族社会的改造

正如国民基础教育进行的目的，是为了改造基层社会一样，特种教育实施的目的，在于改造特族社会。因此，特种教育的目标有五个：第一，“提高文化水准，使特种部族的文化，由鄙野的进为文明的”；第二，“改善生活形态，使特种部族的生活，由部落的进为民族的”；第三，“破除部族界限，求民族的互相亲爱，互为同化，互为合作”；第四，“统一民族意志，求民族的协同创进，协力改进，协和上进”；第五，“促进生产技术，求民族生产的发展，使特种部族人民生活得到改善”[①]。其中心思想，是从文化、政治、经济等方面，对特族社会进行全面的改造。

（一）特种师资训练所与特族社会的改造

特种师资训练所是雷沛鸿任教育厅长时，为了训练、培养少数民族的师资和培养改造特族社会的先锋，而于1935年1月在当时省会南宁设立。1936年随省会迁往桂林，刘介（字锡蕃）为所长。论者多以为，它是广西第一个培养少数民族师资的学校，但细考其教学组织机构，它还有另一个功能，就是间接或直接参与了特族社会的改造。特种师资训练所（以下简称特师）创办时，即本着“以罗罗化罗罗，以苗瑶化苗瑶，俾其由自觉以进行自学”，以开化少数民族的原则“为一切特教的母体”[②]。它是通过改造人，以改造特族社会。它与国民基础教育就地培养人才，直接参与当地社会改造不同之处，就是在广西政治、经济、文化中心设立，招徕特族优秀子弟，异地训练，通过改造这些骨干，再让他们回去改造当地社会。

1、训练基层教育人才，改造特族社会

①卢显能等编著：《国民基础教育实施法》，第173页。

②刘介著：《广西特种教育》，第27页。

《特种师资训练所训育大纲》，按照特种教育委员会规定的德育、智育、体育、生产、合作、同化六个要目，并“针对各地少数民族政治、经济、风俗习惯的优缺点”，细拟定三十六项分目[①]。具体如下：“健康”：成立保健组织，锻炼精神体魄，确定劳动时间，革新集体娱乐，提倡医药卫生，节制饮食欲乐。“智能”：指导人生要义，灌输政治常识，实施军事训练，启发科学兴趣，普及特种教育，打倒神权迷信。“道德”：提倡公益事业，培养爱国精神，尊重法治纪律，发扬固有道德，提高民族意识，注重人格修养。“生产”：提高生产水平，兴办合作事业，严禁重剥盘剥，启发商业知识，改良生产技术，灌输经济常识。“合作”：参政公民纳税，受编民团村甲，实现广西建设，团结民族势力，拥护革命领袖，信仰三民主义。“同化”：消灭部落政治，打破住域界限，改良居室服饰，各族互通婚姻，革除陋习殊俗，统一语言文字[②]。

对于该大纲，论者指出它“强调同化教育，消除民族特点，是含有反动性的，是为反动统治阶级服务的”。应该说，具有大汉族主义色彩，有落后的一面，但也应承认，它是根据特种部族生活优、缺点实际编订而成，注意“发扬固有道德”，不完全是为了“消除民族特点”。时值抗战高潮，中华民族与日本帝国主义的矛盾成为主要矛盾，要夺取全面抗战胜利，必须团结各个少数民族，聚合整个中华民族的力量，才能取得最后胜利。可见，从中华民族全局利益上说，大纲不无合理因素。再从训练特师人才角度上讲，特师学生远离家乡，来到省城，通过训育，知道本族落后、外界先进，从而加深其汉化程度；返乡之后，无论是从事教书育人的教育事业，还是当村长、乡长，带领村、乡人民

①刘介：《我创办广西特种师资训练的经过》，《广西文史资料选辑》第14辑，1982年9月，第194页。

②原载：《广西之建设》，第521页，转引自钟文典主编的《20世纪30年代的广西》，第809～810页。

改造当地社会，都是有益的。

对学生的具体训练内容，主要包括：

其一，社会活动能力。特师为使学生能将新制度逐渐引进、植入特族社会，特别注意"训练学生之能力与方法"。在技能方面，有语言、文字训练。关于前者，有集合讲演、小组谈话、个别谈话等内容；后者包括举行书写、壁报、漫画、图表等各种比赛，抄写通讯、传单、标语等。这些技能训练，注意实践和运用。平日"则进行于学校附近各乡间"；寒暑假期，分队别组，"回里工作，以扩大于各县特族的社会"。分别已做的工作有三类：一是"同化运动"。内容包括特族习国语、改着汉装、饮食居住等。做法是特师学生首先宣传，从家庭首倡，以及于所教学校的学生，最后"推及于社会"。受教特师生，首先示范，以身作则，由近而远，循序渐进，使各种同化运动发芽生根，不失为一个好办法。二为"文化运动"。特师学生训练语言、歌谣，提倡学校组织民团。使每个学生通汉语，"皆能以美满而适于心身之歌谣，代替瑶山淫邪迷信之歌，如此不断进行以达于特区的全部"[①]。三系"爱国运动"。特族对信仰主义、抵御外侮、纳税当兵、遵纪守法、踊跃公益、行使四权、地方自治等爱国活动，向不重视，甚或"顽强反对"。特师所平时训练学生以爱国思想，在寒暑假命学生携带爱国标准，抗战图片，回到所在家乡，与特师所已经毕业的学生联手。"分区计日，广为宣传"。或集会向民众讲演现行兵役法、政治优待出征军人条例、日本侵略中国的情形；或以代作书信、资钱给米、义务助工等方式慰问出征军人家庭。因特区处荒山野岭，民智未启，故这些爱国活动得以在那里宣传和展开，"有赖于该所学生不少"[②]。

---

①刘介著：《广西特种教育》，第 44 ~ 45 页。

②刘介著：《广西特种教育》，第 46 页。

其二，团体生活习惯。鉴于特族学生入学前多无集团生活之训练，特师安排学生住在有几百个床位的大宿舍。教师便于共同指导，学生可以过集体生活，互相促进，养成集体生活习惯。此外，经常开展朝会、晚会、同乐会、演讲会、夜营、野炊、远足等集体活动，寓团体活动于课外活动之中，目的是使学生以新式团体生活，逐渐取代特族原有的迷信和种种非法集会，"俾其改善特区社会内几千年来荒唐污垢的集体生活"[①]。

其三，政治。该所国语、公民社会、心理建设、乡村工作纲要等科，所用之材料，注意渗入政治内容。大多为三民主义、建国方略、抗战建国纲领、三自政策、广西建设纲领、青年训练大纲以及时贤言论、民族史料、抗战诗歌多种。以便学生"对于政治趋向，有正确之认识，有热烈之情绪，而实现政教合一"[②]。这为学生回特族原籍工作，打下了政治理论基础。学生学成回到家乡后，按"三位一体""一人三长"的基层组织要求，充任国民基础学校校长、教员，兼作乡村长及民团后备队队长等。学校组织，一本"政教合一"之旨，完全按村甲组织形式编制。具体办法，"以校为县之单位"，县的校长兼任县长，再由乡民从教职员中推举一人，为副县长。编制按特族基层乡村组织形式，五户为一甲，五甲为一村，五村为一乡；乡有正副乡长各一人，村有政府村长各一人，均由乡民选举，并请县政府核定委托。凡乡村会议，"如增加生产、维护公安、取缔游惰、保卫健康、裁判争执、发展公益，及县府委办之一切事项，均由乡村甲长各按职级分别办理"。各乡、镇、村、甲会议，有月、季、临时、非常时期紧急会等不同类型。开会时，乡村长或乡民，除讨论自治问题，解决乡村事件外，兼解释法令章则，传达战时消

①刘介著:《广西特种教育》,第 48 页。

②刘介著:《广西特种教育》,第 43 页。

息。这些组织制度，对特师生是一个很好的锻炼；对于学校行政方面，“襄助亦多”[①]。此外，学生还在特族社会设民众图书馆、乡村合作社、乡村政务研究会等组织。可见，特师学生成为特族社会“政教合一”的基层组织和基层社会建设中的中坚力量。因此，特种教育的实施，“对于‘特种部族’乡村组织建设也起了推动作用”[②]。

2、以特殊教学组织，参与特族社会改造

一般学校培养学生，主要通过课堂教学和课外活动的方式，使其获得知识，变化气质。特师则有所不同，除常规的课程等方式外，由于特族学生是一个特殊群体，为适应特殊需要，设立各种特殊的组织，改造学生因特殊环境积淀而成的旧习惯，达到改造特族社会的目的。这些组织，包括“学生日常生活指导委员会”、“学生回籍服务指导委员会”、“特种部族研究会”、“假期教员考察团”、“公民训练委员会”、“特区文化推动委员会”、“员生同乐会”等。各个组织功能有所不同，但大体上贯彻着“改造落后的，引入先进的，指导特族改造”的精神。今择其要者分析如下：

其一，学生日常生活指导委员会。特师教育的对象，来自另一部族社会，生活习惯“迥异于汉人”。入学之初，浑浑噩噩，一无所知。因此，日常生活的指导，最为重要。该会设委员5至7人，均由教员担任。具体任务，厘订训育具体计划，指导学生日常生活。功能上，消极方面，“在祛除学生污浊散漫腐旧荒怪的原始生活”；积极方面，“在讲解校规，学习礼仪，及指导衣、食、作、息、游、乐、卫生、疾病、看护……各种事项，与乎社会活动之一切方式，并考查各个特族日常生活之优点缺点”[③]，以订定改良计划，或宣传方法。

①《特种教育》，《广西教育史料》，第595～596页。

②钟文典主编：《20世纪30年代的广西》，第821页。

③刘介著：《广西特种教育》，第29页。

其二，学生回籍服务指导委员会。特师学生业成以后，须回原籍服务。服务地点，多在深山老林、交通不便之处。学生学识本不很深，一旦回乡，“音讯隔绝，耳目锢蔽”。若不随时指导，在文化快速发展的时代，很快落伍。因此有该委员会设立。指导方式采用双向交流方式。一方面，规定学生回乡后，三年之内，每月须将工作经过、教学心得，填表反馈给母校，便于学校追踪了解学生服务情况，或作新的特教设计之参考；另一方面，也是更主要的方面，学校随时精选国内外形势大要，政府方针大政，或校内新的教学方法或新的参考资料，寄往、输送回苗山和“整个特族的社会”[①]。这样，学生与学校关系保持联络，学后追踪调查，继续函授教育；学校则源源不断输入新知，使学生知识不断更新、补充，“与时俱进”，从而更好地改造特族社会。

其三，假期教员考察团。特师“为使各教师明了各县特族文献及其实际生活起见”，规定每个寒暑假，由教职员组织考察团。每组3～5人，以40天为期，分赴各特族区域实地考察；归来整理研究，以“决定教材运用及一切改进计划，并贡献于政府，而为其施政之参考”。同时尚负有重要之任务，即（一）“考查该所毕业生之服务成绩，而加以指导”；（二）“访问该所学生之家庭”，而报告其子弟在学情况；（三）“宣传政府对内对外大政方针，及民族危机与世界大势”；（四）“宣传该所教育要旨，及教育与民族之关系”[②]。这种方式，与学生回籍服务指导委员会所做的特族社会改造的工作的内容，大体相同，惟方式上有所区别。它是教师亲赴特族社会，直接调查，掌握第一手资料为教学和政府决策服务；同时教师亲到特区指导学生和宣传时事，无异于将教育送上门去，送到特区去。这是特师参与特族教育与社会改造的重要、有效的途径。

---

①②刘介著：《广西特种教育》，第29～30、31页。

其四，公民训练委员会。公民训练是特师必修课，但由于历史原因，特族学生对公民常识异常薄弱，毫无基础；加之，原有政治组织，多为部落意味，与现代公民原则相左。特师决定，成立由教导主任和导师联合指导的公民训练委员会，以加强训练。其职责，一方面，“在如何联络及注入新的教材”；另一方面，“在如何荡涤其旧的腐陋，使学生回籍服务，本其自学、自觉、自治，致力于社会，而社会得到新的发展”[①]。本着除旧布新的原则，以公民政治训练的方式，培养学生参与特族社会政治的改造。

其五，特区文化推动委员会。该会系根据特师“不仅学生个人学业的养成，而在整个特族社会的改造”的使命组织而成。意在集中全体员生的力量，推动特区文化。是会由特师所长兼任会长，全体教职员为委员；全部已经毕业、或正在就学的学生，均为会员。学生较多之特区，可设分会。该会因所长兼会长，参加该会之师生，相较于前面所列各会而言，人数最多。可见其地位之重要。具体工作是，拟定文化推动方案，利用寒暑假学生回籍的机会，分头行动。其主要工作为：“联络特区苗瑶领袖，筹集资金，组织学校，成立成人夜学班、阅报社，更易服装，传习汉语，整理交通，改善生产”[②]等。

其六，员生同乐会。该会以特师所长为会长，全体员生为会员，内分器乐、歌谣、棋奕、健康、戏剧、游艺六组。本会有双重任务，第一，“凡特区所有之器乐，技术及歌谣、跳舞种种，本会一律尽量吸收，而加以整理”；第二，“凡现代新式的歌曲、游艺，本会亦就力量可能之内，而尽量收集，使学生学习研究，而灌输于特区”；同时并将“双方的艺术，作适当的配合，以介绍于双方的社会，而使之呈交流作用”[③]。各少数民族多重艺术，往往能歌善舞。同乐会创立，使汉

①②③刘介著：《广西特种教育》，第31、31～32、33页。

族现代新式音乐舞蹈与特族各种器乐歌舞得以在一处共同交流，取长补短。这是从音乐艺术的角度,参与特族社会文化生活的改造。

特种师资训练所,是从特族学生的实际出发,而创立的具有各种特殊教育功能的教学组织。它不同于一般学生自发而成的、组织松散的社团,而是校长、师生共同参加,使特族落后的旧俗在各个组织中自然改造;汉族先进的新知在其中得以传播，潜移默化;最后以不同方式，师生共同参与特族社会政治、经济、文化、风俗等方面的改造。所以,特师所所长刘介说,该所借助上述特殊的教学组织,使其工作范围,“逐渐的由学校平面扩展而及全省特族的社会”[①]。

特师学生采用“来自特区,回到原籍”,以改造当地社会的培养和

广西省立特种教育师资训练所历届部分毕业生在各县服务人员分布表:[②]

县别	人数	附记	县别	人数	附记	县别	人数	附记
天保	1		河池	2	有1人考入学生军	凌云	3	有1人考入学生军
荔浦	3		修仁	1		那马	2	
昭平	2		罗城	2		平治	1	
西林	2		全县	2		乐业	1	
南丹	2		恭城	1		西隆	2	
贺县	1		迁江	1		西林	1	
融县	6		宜北	4		田东	1	
百色	1		龙胜	3		三江	1	
钟山	4		镇结	1		上林	1	
平乐	1		灵川	2		武宣	1	
蒙山	4		镇边	2	有1人考入学生军	宜山	1	考入学生军
灌阳	1		富川	2		义宁	1	考入学生军
永福	2		平南	2		隆山	1	

① 刘介著:《广西特种教育》,第33页。

②吴彦文编著:《广西之特种教育》,第16页。

使用方式。他们学成之后,即掌握先进文明,又"深悉其(指特族——引者)内情"①。回到了故乡,犹如一颗改造特族社会的种子,植入当地泥土,就会萌芽、开花、结果。1939 年,特师所历届毕业生共 108 人,分别在全省近 40 个特族县服务,占全省 61 个特族县的三分之二强②。特师所训练改造特族社会的种子,已播遍了广西少数民族的大部分地区。

(二)特种教育与特族社会的改造

其一,参与政府决策,改造特族社会。1934 年,特种教育委员会的大滕瑶山调查组,经过详细论证后,希望省政府要重视改进该区瑶民生活,并提出不少建设性的意见。省政府"业经采择施行者",计有:划定"区割修仁、蒙山、荔浦三县瑶区界及编组乡村";"辖瑶各县县长每年至少须至瑶区巡视一次";"允许无耕地之瑶民出山垦殖";"修筑瑶山道路";"改进特种学校之师资、教材与辅导及增设学校";"指导瑶民利用荒山栽种经济植物及调查苓香草之销场之用途";"设巡回医药所于瑶山";"特师训所课程增设医药常识一科";"所有捐税征兵等政令,暂不施与特种部族区域山内;民团训练,由特师教师训所学生毕业后相机逐渐推行"等内容③。

其二,遍设国民基础学校,把教育办到特区社会,直接参与当地社会改造。特种教育是国民基础教育的一个组成部分。换言之,设在特族地区的国民基础教育,就是特种教育。雷沛鸿主持广西教育行政时,对特族国民基础教育采取积极扶助、政策倾斜等办法。如 1934 年 12 月,订定《广西特种教育区域设校补助金办法》,为各特种教育区域设校发放补助金。仅 1937 年度申请补助金的有 52 个特族县,共核

①②吴彦文编著:《广西之特种教育》,第 17、17 ~ 18 页。

③《民国二十三年度广西省政府施政纪录·教育》。

得国币 14101 元[①]。经过努力，特族地区国民基础教育在量上有显著发展，分布面也比较广。据 1937 年上期的调查统计，全省特族散居区域，共 219 乡，1026 村，其中除有汉族杂居在半数以上者，不属于特种教育区域，不加计列外，已设立中心国民基础学校 36 所，基础学校 610 所，分部、分所、分校 37 所，在校儿童人数 27073 人，在校成人 22461 人[②]。有些特殊县的国民基础教育办得有声有色。1936 年 5 月，据雷沛鸿自己说，实行特种教育以来，位于广西西北的苗、瑶、汉杂居的西隆县"学校最发达的地方，并不是在于交通比较便利之地，而是在一个偏僻之地，一向为苗人所丛居的乡村"。又如位于广西西南部的万承县，是改土归流不久的典型的特族县。全县境内共有 6 个乡镇，65 条村街，应设中心学校 6 所，国民基础学校 65 所，"现在已普遍设立"[③]。国民基础教育，以"政教合一"为政策，以参加政治、经济、文化、军事四大基层建设为职志。它发展的程度，与特族社会改造面和程度成正比。因此，特族地区国民基础教育设校区域越广，表明特种教育参与特族社会改造面越宽。

(三)效果

特种教育在广西少数民族地区推行，不仅使特种教育本身得到一定程度的发展，而且对特族社会的改造，也收到了不小的效果。

1940 年 2 月，黄旭初认为，广西推行特种教育已收到如下社会效果："多数特族已趋向习国语，改汉装，破除迷信，改良风俗，改善技

①吴彦文编著:《广西之特种教育》，第 19 页。

②吴彦文编著:《广西之特种教育》，第 20～24 页。又据刘介 1939 年统计，特族区域设中心学校 36 所，国民基础学校 627 所，其中进展最快的特族县为龙胜、灌阳、融县、凌云等县。参见刘介著:《广西特种教育》，第 21～22 页。

③雷宾南:《三年间广西国民基础教育运动的回顾与前瞻》，载《教育杂志》，第 26 卷第 9 号民国二十五年(1936 年)9 月 10 日。

术，增加生产等事；尤可纪者，抗战以还，关于征工征兵，都能踊跃自效，参加前线作战，大不乏人，开本省前此未有之成果，而余等数年来之苦心扶植，为不虚也。"[①]"余等"，当包括雷沛鸿、刘介等人。吴彦文则说，特种教育，使特族人的思想观念和政治组织能力，均有所改变和提高。在思想方面，"以前特种部族所最反对的，为当兵、纳粮"。现在，广西两次组织学生军，特师学生，"均有自动参加，就此可以想见他们思想进步之一斑"。在设置特族乡村组织方面，"除最少数顽梗不化的而外，大多数已遵照政府规定编组"[②]。

关于特族社会改造成效，长期从事特种教育工作的专家、特师所长刘介最有发言权。1939年4月，他对实施特种教育前后，特族社会发生的明显变化，作了较详细对比：民国以来，广西特族先后发生四次变乱。究其原因，完全是由于"特族之愚蒙及与政府隔膜所致"。县长对特族情况很少了解；特族大小事务由长老自行解决，合法与否，县政府不过问。有时汉人控告苗瑶，县政府传案，则举室逃亡。县府公务与特族人联系，"多匿不见面，甚或空寨逃走"，结果多不了了之。这种事情在实施特教之前，"至为寻常"。之后，则情况大变。据学生报告，特区妇女，改从汉装者，"日日激增，近年已过半数"；应征兵役于特区，"已达十分之八"；应征民工者，"几遍于全部"。以上种种变化，"皆为前所未见之事实"[③]。后来，刘介在其专著《广西特种教育》绪言中，再次概括强调这种对比性变化："畴昔榛狉文盲之社会，今则荒山长谷，到处可闻弦诵之声，畴昔隔阂猜忌，画若鸿沟之民族，今则竟效汉装，竟习汉语，其多数壮丁，且荷戈入伍，与敌人决战与疆场之间，

---

①刘介著：《广西特种教育 · 黄旭初序》。

②吴彦文编著：《广西之特种教育》，第24～25页。

③刘介：《广西特种教育的动向》，载《广西之建设》，第527页。

此则不无可纪之价值也。”①

综上各家所述，特种教育实施前后，特族社会无论在政治、经济、军事、文化思想观念，还是社会风俗习惯等方面，都发生了明显的变化。这种对比变化，正是特种教育改造特族社会效果的直接证明。全面抗战爆发后，国民政府首都迁往重庆。少数民族聚居的大西南，由后方变成前线，国人注意到，少数民族是争取抗战胜利的一支重要力量，从而“不约而同的大声疾呼：特种教育……特种教育”②。此后，云南、贵州等省特地遣人来桂，专门考察特种教育，吸取经验。这一方面固然是因为广西特种教育乃全国首倡，“先各省而创办”③，另一方面，也与广西特种教育实施本身及其改造特族社会的成绩有关。特族“各县苗徭民户之次第编组，特种国民基础学校之普遍设立，特种部族基层干部的加紧训练，早已引起留心边民问题者之注意”④。1944 年，与雷沛鸿有过节的广西老长官黄绍竑回桂，得悉“徭民受教，成绩颇佳”后，称赞“‘有教无类’的道理，是十分正确的”⑤。而“有教无类”正是雷沛鸿确定的特种教育的指导思想。

毋庸置疑，广西特种教育在实施过程中，少数民族语言、风俗习惯被同化，得不到应有的尊重，这是大汉族主义思想作怪。但在日寇侵华的 20 世纪三四十年代，根据民族主义国内民族一律平等的原理，“以教育的力量，使特种部族受同化的教育，以达成民族平等、民族同化、民族协进的要求”⑥。使各民族之间的联系、团结和融

①《广西特种教育·绪言》。

②刘介：《广西特种教育的动向》，载《广西之建设》，第 511 页。

③邱昌渭：《七年来的广西教育》，载《广西之建设》，第 462～463 页。

④唐兆民：《徭山散记》，桂林文化供应社，1942 年 9 月版，第 5 页。

⑤广西文史研究室编：《黄绍竑回忆录》，广西人民出版社，1991 年版，第 146～147 页。

⑥卢显能等编著：《国民基础教育实施法》，第 170 页。

合得到加强，共同统一到中华民族的旗帜之下，这对争取全民族抗战的胜利，无疑是有很大益处的。特种教育实施结果的两重性，大约与雷沛鸿所信奉的单一民族理论有关。在他看来，民族（a nation）与种族（a race）是两个既有联系、又有区别的概念。一个民族可以包含许多种族，并且这些种族迟早要互相同化，而成为一个民族。这样的民族才能生存于天地之间。依之，在中国四境之内，“只应有一个民族；这个民族就是中华民族，而我中华民族实由汉满蒙回藏苗瑶壮等等种族相互同化以完成”[①]。一方面，将汉壮瑶等族同格，这意味着观念上的平等；另一方面以汉族为中坚，同化其他少数民族，在客观上难以做到。但自世界进入近代以来，西方各国均以整个民族为竞争单位，雷沛鸿试图先以广西一省为范围，同化苗瑶各族，加强民族的团结。这有利于统一的中华民族意识的形成，有利于国家综合力量的提高。这才是雷沛鸿特种教育的核心和本质。

①雷宾南：《怎样善用我们的生命》，载《申报月刊》，第2卷第2期，民国二十二年（1933年）2月15日。

第六章

国民中学与广西县级社会

雷沛鸿在广西进行教育改造，建构民族教育体系，包括初等教育、中等教育和高等教育三个不同层次。中等教育的改造主要体现在国民中学的创制上。国民中学在民族教育体系中，下延国民基础教育，上衔国民大学教育，居于枢纽地位。相对于国民基础教育、国民大学（西江学院）来说，国民中学的研究比较薄弱。已有的研究主要表现在"国中"的由来、发展、制度、措施、特点、评价，与中等教育的关系、理论研究、失败原因、现实借鉴等方面[①]。对于几乎贯穿整个国民中学改制过程的争论，尤其是"国中"如何参与一县社会改造的研究极少。本章主要就这两个问题作深入的探讨。

①《雷沛鸿教育思想研究》第五章；《雷沛鸿传》第六章；李华兴主编：《民国教育史》上海教育出版社 1997 年版，第 629～630 页；蒙荫昭、梁全进主编：《广西教育史》第 12 章第 3 节；黄宝山：《对雷沛鸿创制国民中学的评价》，载《雷沛鸿教育思想研究文集》（一）第 278～286 页；熊明安：《雷沛鸿创制国民中学的历史性贡献及其现实意义》，载《雷沛鸿教育思想研究文集》（二）第 282～293 页。

第一节　国民中学之争

一、背景

广西国民中学的创制，并非偶然，而有其历史的必然性。它是为适应广西建设和中等教育改造的特殊需要而创设的。自从1933年9月国民基础教育运动发轫以来，由于理论得法，方法得当，措施得力，受教者数量与日俱增，原定的全省一村一校的计划已近完成。据统计，中心国民基础学校每年毕业生30000人，“希望上学者占最大部分”。而广西经济较落后，普通中学数量又少，无法容纳大量希望升学的中心校学生。因此，不得不另辟升学途径，增加儿童求学之机会，并借此作为国民基础教育的继续。同时，广西实行四大建设，也需要大量的建设干部和人才。若按全省每乡镇3人，每村街2人计，全省共需5万人；而国民基础师资，则需约7万人。二者合计，共需要干部、师资12万人。若靠当时广西现有中学来培养，20年都无法满足[①]。况且，普通中学以升学为主，培养出来的人才，不适合地方建设的要求。因此，培养大量、合格的建设干部人才，就成了国民中学创办的又一要求。

晚清以来，中国中等教育不合国情，弊端甚多，常为识者诟病。中等教育专家童润之认为，其缺陷主要有三：一是“偏重升学准备，而大多数青年为不能升学者”；二是“集中城市，而多数则来自乡村”；三是“初期之中等教育分化太早，不合青年心理之发展”[②]。对此，雷沛鸿也深有同感，并成为其创办国民中学这一教育制度的直接动机：“我很

①苏希洵编：《广西教育概况》，广西省政府教育厅民国三十年（1941年）版，第34～35页。

②童润之：《广西国民中学制度创设之背景及其特征》，载《建设研究》第2卷第5期，民国二十九年（1940年）。

想改变中等学校的内容和形式，但是因为有碍于全国的规定，譬如，学生升学等问题，因此，没有办法，不得不在普通中学以外创立一个新的制度，而不受全国规定的限制。”[①]这一新的教育制度，即为国民中学。所以，童润之在谈到国民中学创设原因时，说它“系针对我国中等教育之缺陷”[②]而创设。国中的创设，有其客观需要，按理不应出现那么多的问题和争论。究其原因，实与它的先天不足、后天失调，广西政局争斗及建设重心转移有关。

二、经过

从1938年10月武汉失守，到1944年9月，湘桂大溃败六年间，广西省会桂林文化、教育名人云集，成果涌流，为盛极一时的桂林文化城时期。在这一大背景下，发生在桂林的文化现象，往往不再是地方土特产，而有全国意义。轰动一时、几与文化城相始终的广西国民中学改革争论，受到主客居桂林的教育文化名人梁漱溟、林砺儒、杨东莼、雷沛鸿、曾作忠、童润之、庄泽宣、董渭川、秦柳方等人关注。从桂林文化城切入，探索国民中学发展、论争的背景、进程、结果及其原因，既是对国民中学研究的一种深化，也是对社会科学界与桂林文化城关系这一研究薄弱环节的补充[③]。

1936年2月26日，广西教育厅长雷沛鸿起草的《广西国民中学办法大纲》（以下简称《办法大纲》）、《广西国民中学组织规程》，获省

①雷沛鸿：《广西中等教育的评价》，载《广西教育通讯》第2卷第3～4期合刊，民国二十九年（1940年）4月16日。

②童润之：《广西国民中学制度创设之背景及其特征》，载《建设研究》第2卷第5期，民国二十九年（1940年）。

③魏华龄：《抗战时期桂林文化城社会科学空前繁荣原因初探》，载魏华龄、曾有云主编：《桂林抗战文化研究文集》（三），广西师范大学出版社1995年。

政府委员会通过。《办法大纲》规定"国中",乃"广西省政府为便于继续基础教育及适应本省四大建设之需要"而设立,目标为"培养继承及创造民族文化之健全新国民";"准备基层组织之基干人员";"准备其他公务员"[①]。创办原因尚清楚,目标却不够明确。《办法大纲》对"国中"修业年限,暂定为四年,分前后两期进行。读完前期两年,只能算"结业"。在指定地点服务或参与职业锻炼后,再升入后期两年,继续学业,修业期满,方可称为"毕业生"[②]。意在照顾经济困难学生,增加其实际经验。

1936年6月,雷沛鸿辞职,邱昌渭接任广西教育厅长。邱上台后,颁布《修正广西国民中学组织规程》,废止了原《广西国民中学组织规程》。修正案与原案相比,至少有两点不同:其一、在制度上,将原案有弹性、连贯的四年制,截然分设为前后各两期,并将原案规定的读完前期只准结业,改为前后两期均得毕业。其二、将原案规定的国民中学由简易师范或职业学校改办而成,修改为将"各县县立初级中学改为国民中学"[③]。1937年10月,《修正广西国民中学组织规程》公布,又将国民中学列为三种普通中学之一。对此,雷沛鸿痛心疾首,说它"不但使国民中学变了形,而且把国民中学变了质"[④]。修正案的后果,是使国民中学特色减少,逐步向普通初中让步、靠拢。尤其是将国中的前、后期分办,因后期没有设校,实际只办前期。结果"国中"学生在修业时间上,较"六三三"制的普通初中少了一年,在升学竞争中不敌普通初中生;在就业上,因无专门职业训练,年龄又小,不被社会看好。升学与就业均无着落,引起家长和社会强烈不满,被称为"二二

①②雷沛鸿:《广西国民中学办法大纲》,载《雷沛鸿文集》续编,第574页。

③《广西国民中学办法大纲》(第一次修正案),载《雷沛鸿文集》续编,第579~580页。

④雷沛鸿:《国民中学新立法诠释》,载《广西教育研究》第5卷第1、2期合刊,"国民中学教育研究专号"下辑。

制”，甚至被斥为“低级中学”[①]。修正案另一个直接结果，是刺激了国民中学发展。1937年，国民中学由原来的3校，学生674人，猛增至32校，学生4254人。一年间，校数增加10倍多，学生增加近6倍。1941年，国民中学校已有43所，学生达8553人[②]。这一方面说明国民中学符合广西需要，另一方面，则使“国中”先天不足的弱点和问题暴露出来。1938年8月，广西全省中等学校校长会议在桂林召开。与会者大多认为，国民中学存在如下缺点：社会及业内人士对其尚欠充分了解与推行热忱；未能与地方行政、建设机构及事业相配合；与他种中等学校关系未明，且不相衔接；课程标准未能详细厘订，教材及课本大部临时凑合，不切实用；劳作教育内容空虚，生产训练未加重视；师资不足；经费与设备等物资方面均有欠缺；未能顾及国民中学应充分社会化而成为一县文化与建设中心之旨；研究与实验机关尚付阙如[③]。

抗日战争爆发后，国民政府颁布抗战建国纲领，以“战时当作平时看”为教育方针，中学实行的初、高中各三年的“三三制”，不能适应战时要求，暴露了民众缺乏勇武品格训练，学生缺乏生产、服务训练，学校不能与地方需要密切配合等缺点[④]。1939年3月，全国第三次教育会议试图在保持“三三制”前提下，改革其中不足，但力度不大，以致有人怀疑它“是否适合国民经济情况以及地方建设之需要”[⑤]。国民

---

①潘山：《国民中学果真失败了吗？》，载《广西日报》（南宁版），1947年1月12日。

②黄旭初：《广西国民中学的由来及其发展》，载广西邕宁县立国民中学编的《国民中学教育论丛》第1辑，南宁图书供应社，1948年版。

③《广西省中等学校校长会议录》，广西省政府教育厅辑，1939年版，第62页。

④董渭川：《国民中学制度何以为我国中学教育之出路？》，载《广西日报》（桂林版）1946年11月4日。

⑤李森：《国民中学创立之回顾与前瞻》，载《广西教育研究》第3卷第2期。

中学即为弥补原有弊端而设，反对以升学为唯一目的，主张与地方建设需要相配合，势必与通行学制相冲突。

20世纪三四十年代，桂系当局揭橥"建设广西，复兴中国"，坚持苦干、硬干，成绩不俗，号称"模范省"。新桂系指导建设的纲领性文件，是1933年颁布的《广西建设纲领》，及1941年8月实施的《广西建设计划大纲》。以1941年为界，此前建设工作侧重于军事与政治，此后则侧重于经济与文化①。客观环境的变化，决定了以适应广西政治、军事、经济、文化四大建设为宗旨的国民中学有进一步改造的必要。1941年12月，广西教育厅长苏希洵撰文指出："改进国民中学，使成为县的文化中心，已成为本省现阶段国民中学教育本身及各部门建设一致的要求。"②

国民中学在推行过程中，出现诸多问题，引起了教育界的关注和讨论。较早对国民中学开展研究的，是中等教育专家、江苏教育学院教务长童润之。在广西全省中等学校校长会议之前，童氏就写过《国民中学的理论与实施》、《对广西教育的一个建议》等文章，对国民中学的特点、优点及缺点作了研究，强调"国中"如果办理得宜，可推行至全国③。1939年12月又提出，"国中"虽未明言是应改造广西中等教育之要求而设，但其最终目的，在于"促成全国中等教育之改造"④，从而将"国中"创设的目的，由广西扩展、提升到全国。对童氏的观点，广西教育厅作出回应，认为他从消极与积极两方面，规定了国民中学的属性，"颇值得我们注意"。同时又批评其未能脱俗：既发展"国中"，却

①童润之：《国民中学与广西建设》，载《广西教育研究》第3卷第5期。

②苏希洵编：《广西教育概况》，广西省政府教育厅，1941年版，第43页。

③童润之：《国民中学之理论与实施》，载《广西省中等学校校长级主任会议录》，广西省中等学校校长级主任会议秘书处印，1938年9月，第160页。

④童润之：《广西国民中学制度创设之背景及其特质》，载《建设研究》第2卷第5期。

又提出附设“国中”升学预备班，是一种否定“国中”存在的矛盾行为[①]。广西教育厅对童氏见解的首肯及批评，是双方接下来有保留合作的基础。

国民中学没有合适的专门教材，是最为严重的问题之一。为此，广西教育厅决定，与江苏教育学院合作，委托其编写一套专供“国中”使用的教材。

江苏省立教育学院（以下简称江苏教院），是一所培养民众教师的专科学校，乃20世纪30年代中国民众教育的重镇之一。全面抗战爆发后，该院于1938年初由无锡迁入桂林，成为桂林文化城的一件大事。该院选迁桂林，与曾任江苏教育学院教授、时任广西教育厅长雷沛鸿的牵引、关心分不开。基于上述渊源，加上在国中问题上的一些共识，双方一拍即合，进行合作。主要工作有：检讨制度与方法，编订课程与教材，实验研究国民中学。三者中，尤着重于课程与教材的编订。院方以童润之牵头，组织“广西省国民中学教育研究实验委员会”，委员包括童润之、董渭川、秦柳方、朱智贤等共二十多人。厅方以雷沛鸿厅长为首，有教育厅各秘书、科长、督察和主管国中的科员参加，先后联合举行四次座谈会。每次座谈，“皆有院方提出的修订课程表作根据”[②]，厅方则提出主要原则，“尤以雷厅长指示的居多”[③]。江苏教院据此编订了《国文》、《社会科学》、《算学》、《劳作》、《地方建设》等17门课程，凡130万字。这些课程为后来正式编订国中教材，打下了基础。1938—1939年，对国民中学的看法虽有差异，但还未达到形成不同分野和派别的程度，处于讨论问题阶段。

国民中学目标与任务不够明确，以至理解时产生分歧，众说纷

---

①编者：《贡献于全省中等学校校长会议之前》，载《广西教育通讯》第4期。

②③广西省政府教育厅编印：《广西省国民中学课程教材及训导》，第152～153、144～145页。

纭。1940年初，著名学者、广西地方建设干部学校校长杨东莼发表文章，认为“国中”的目的和任务，是为广西“充实基层组织之基干人员”；并敏锐地认识到，教育界对“国中”的目的任务理解，存在歧异，“仁者见仁，智者见智”，未有共识[①]。刊发杨文的《广西教育通讯》，在“编后的话”中肯定其观点的同时，也提出了批评。大意是杨氏对于“国中”性质及任务的理解，局限于一个狭义的基层干部训练机关，“而忘了国中更重要的‘便于继续国民基础教育，提高民族文化水准’一个任务”[②]。该刊由广西教育厅编审室主持，实际上反映了厅长雷沛鸿的主张。由于对“国中”的目的、任务理解不同，导致了国民中学发展的路向之争。童润之在谈到“国中”与其他中等教育制度的关系时说：“即全部中等教育须加调整，以国民中学为其重心与中心。”[③]在这里，以国民中学代替初级中学的论调，呼之欲出了。与此同时，董渭川在《国民中学制度何以为我国中学教育之出路？》一文中指出，抗战期间，我国中等教育之所以存在着种种缺点，其“根本原因还在于我国中等教育之目标与路向成为问题”。亦即中等教育“只顾及升学预备”，结果最终根本不能适应抗战建国的需要。国民中学虽然存在各种问题，但“预其理想”，则与此相反，已给“全国的中等教育指示了一个改造的目标”[④]，可成为我国中等教育之出路。

1940年11月5日至22日，广西省召开第一届临时参议会第四次会议。由于国民中学本身存在的缺点，加上新桂系内部临时参议会

①杨东莼：《国民中学与地方干部学校的联系问题》，载《广西教育通讯》第1卷第9、10期合刊。

②《编后的话》，载《广西教育通讯》第1卷第9、10期合刊。

③童润之著：《广西之国民中学教育》，第121页。

④董渭川：《国民中学制度何以为我国中学教育之出路》，载《国民中学教育论丛》第1辑，第69～71页。

与省政府矛盾的激化，大会通过了《请撤销全省国民中学，改为普通中学或职业学校》的提案。理由是："查国民中学为本省特创，察其内容，上不足以升学，以成深造之材，下不足言应世……故应者寥寥，无法造就，徒浪费时间，虚耗金钱而已。"[①]预示着在国民中学路向争论上，出现了取消国民中学，改为普通中学的观点，也表明学术争论开始渗入政治因素。12月15日，董渭川、童润之针锋相对，正式提出以"国民中学代替普通中学"的口号，标志着在国中争论中，"代替派"[②]形成。同时，秦柳方发表《国民中学的路向问题》一文，从广西社会经济不发达，及整个广西建设要求的实际出发，认为国民中学"有其特殊的任务"，反对"以国民中学代替全省中等学校，甚至准此以改造全国中等教育制度的口号"[③]。

由杨东莼引发的"国中"目标和任务的讨论，在转为"国中"路向争论后，于1940年底，形成了不同派别。对此，柳泽民有过一段总结：社会各界、特别是教育界人士，对国民中学存在的尚未解决的问题与缺点，展开了热烈论辩，由此"伸引出在桂林论坛上轰动一时的关于"国中"应否存在？或是如何改进的论战"。论战结果"不外乎：(一)以"国中"代替普通中学。(二)"国中"问题繁多，毋须存在。(三)"国中"在广西现阶段自有其特殊任务，问题不在取消，而在于如何的改进探讨"[④]。简言之，这场论争大体可划分为代替派、取消派和改进派三大阵容。

---

①唐现之：《我对于国民中学的意见》，载《广西教育研究》第3卷第5期。

②原载《广西日报》（桂林版），转引自柳泽民的《从新县制之基本精神略论本省的国民中学》，载《教育与文化》第2卷第11期。

③秦柳方：《国民中学的路向问题》，载《建设研究》第4卷第4期。半个世纪后，作者犹坚持这一看法，认为国中"是一种创举，收到了实效"。高敏贵主编：《雷沛鸿纪念文集》(二)，南宁市源流印刷厂，1999年编印，第46页。

④柳泽民：《从新县制之基本精神略论本省的国民中学》，载《教育与文化》第2卷第11期。

1941年,国民中学的争论主要集中在如何看待"国中"存在的问题,及"国中"能否成为一县文化中心等问题。各方短兵相接,学术问题日趋演化为政治问题,而且牵扯到广西省临时参议会与广西省政府,以及CC系与新桂系之间的矛盾。

3月,雷沛鸿在桂林举行的中等教育座谈会上说"现仍有人怀疑其生存之可能性",但稍留心于近年中学制度之改造情形,及"国中"受到的各方"好评",可知它"实为改进中国中等教育制度之最具体者"。人们对国中存在异议,是囿于以"读书为教育"①的偏狭观念。肯定"国中"对中等教育改革的贡献,指明"国中"争论的观念原因。对"国中"的缺点,阳朔县国民中学校长杨第晰持客观态度:"我们不能因为"国中"的缺点,就抹煞它的优点。也不能因为它的优点,就掩饰了它的缺点,只有检讨缺点,才能纠正缺点,发挥优点。"②7月20日,董渭川在《国民中学问题之剖视》一文中,概括国中存在"先天不足"、"营养不良"、"发育不全"等问题,认为国中有无价值,生杀存亡"似乎不应以她的表现的缺陷作判断,而应以她所具有的理想为标准"③。8月15日,在国民中学争论激烈的时候,他又指出,国中没有明显成绩"并非制度不适合,更非理想无价值,而是一种改造所需要的种种条件未准备好"④。作者通过深入研究,"发生一种不可动摇的信念,认定国民中学制度是改造我国中学教育的唯一出路"⑤。

国民中学以县立为原则,但是否应成为一县的文化中心,国民中

①《中等教育座谈会第71次会纪要》,载《教育与文化》第2卷第6期。

②杨第晰:《国民中学教育内容的商榷》,载《广西教育研究》第1卷,第4期。

③董渭川:《国民中学问题之剖视》,载《广西日报》(桂林版),1941年7月20日。

④董渭川:《中学教育改造论》,载《广西教育研究》第2卷第2期。

⑤董乃强:《国民中学制度对董渭川教育思想的影响——董渭川遗著〈国民中学之理论与实际〉稿本简介》,1997年北京第7次雷沛鸿教育思想学术讨论会论文。

学大纲和第一次修正大纲中，并无明文规定。童润之曾警告："中等学校为一地方文化之中心，任何新创之中等学校制度，如不能配合地方需要与地方事业取得密切联系，则反失去其大部分之社会文化作用而难于久存"①。时人多以为，以教育为中心内容的国民政府新县制，主要吸取了广西国民基础教育与乡（镇）、村（街）政治、经济、文化"三位一体"的经验②。1941年2月15日，潘景佳从新县制角度论道：既然国民基础学校是村（街）的文化中心，中心国民基础学校是乡（镇）的文化中心，那么，产生在国民基础教育之上的国民中学，自然逻辑地成为一县的文化中心。所谓一县的文化中心，实际上有狭、广义两个方面。狭义指成为指导各级保、乡、镇国民教育的中心；广义指成为推动全县各种建设的动力中心③。后者正是国中适应广西政治、经济、文化等四大建设的主要目标。7月20日，董渭川甚至强调，"国民中学之最大任务在于成为一县的文化中心"④。8月1日颁布的《广西建设计划大纲》明确规定"以国民中学为一县的文化中心"，但遭到广西省立师范专科学校校长曾作忠的强烈反对。曾氏在广西建设研究会文化部座谈会上说，一县"根本无所谓'文化中心'，现行的国民中学亦不可能作为什么'文化中心'"。为反击曾作忠，黄旭初授意李微，后者又与雷沛鸿商量，作成《为什么要以国民中学为一县之文化中心》一文，加以反诘⑤。该文从狭义文化上立论，大意"谓国民中学要努力于一县市之文化事业，并对一县市的国民基础学校加以辅导，使对一县市的优良学

---

①童润之：《广西之国民中学教育》，第118～119页。

②雷沛鸿：《三位一体制的运用问题》，载《建设干部》第7期。

③潘景佳：《论新县制下的国民中学》，载《广西日报》（桂林版），1941年2月15日。

④董渭川：《国民中学问题之剖视》，载《广西日报》（桂林版），1941年7月20日。

⑤李微：《为什么要以国民中学为一县之文化中心》，载《广西教育研究》第5卷第1～2期合刊。

风加以培养，移风易俗，从而成为一县市的文化中心”[①]。取代派健将董渭川、童润之共同商定，最后由前者执笔，从广义的文化立论，写成《以国民中学为一县文化中心的设计》的长文，分正、续两部分发表，表明己方观点[②]。在国民中学能否成为一县文化中心问题上，改进派和代替派联手，抗击取消派。

正当国民中学快速发展，问题不断出现的节骨眼上，新桂系内部出现了以省主席黄旭初为首的省政府与以参议长李任仁为首的广西省临时参议会的尖锐冲突。

1940年，以广西省临时参议会为主力，爆发了名义为驱逐邱昌渭，“实际上是反对黄旭初的斗争”。教育厅隶属省政府，办理国民中学有利于广西四大建设，故省政府支持国民中学。而临时参议会借口邱昌渭任教育厅长时，办理国中不善，攻击省政府。参议会通过议会提案、社会文化集会方式——如召集广西建设研究会的文化部座谈会，指责和攻击国民中学。省政府以“国中”“适应广西”需要为由，坚决顶住。这种矛盾到1941年，愈演愈烈，以致6月15至29日召开的省临时参议会第五届会议上，参议员黄绍苏等九人，再次提出《拟咨请省政府明令废止广西国民中学办法大纲，将已设立之国民中学改为初级中学或职业学校案》，内列六大理由，即“国中”仿自丹麦，经费不敷，师资缺乏，课本无特色，机构重叠等，尤以第四、五条提案为要，指出“国中”毕业生，“无由升学，欲求深造，殊觉困难——无效可收，可断言也”；所定课目，“理想固高，而事势则难，殆即孔子所谓欲速则不达，贼人之子也”[③]。此提案与

①李微：《新桂系的国民中学》，载《广西文史资料》第15辑，1982年12月，第149页。

②董渭川：《以国民中学为一县文化中心的设计》，载《广西教育研究》第1卷第3～4期。

③黄绍苏等：《拟咨请省政府明令废止广西国民中学办法大纲，将已设立之国民中学改为初级中学或职业学校案》，载《广西省临时参议会第五次大会纪录》，1941年广西省临时参议会秘书处编印，第188～190页。

省临时参议会第四次会议提案相比,内容更全面,火力更猛烈①。然而黄旭初私下说:“国民中学比普通中学更适合本省的需要,攻击国民中学的人要求取消国民中学,那不是由于国民中学本身的问题,完全是借题发挥,借此攻击广西省政府,是别有用心的,我们决不让步”②。可见,省政府支持国民中学,不仅是地方建设的需要,也有维护集团利益的内幕。7 月 28 日,黄旭初在省府纪念周会上再次宣示,今后广西的中学教育,以国民中学为主体,确定“国中”为一县的文化中心,推动各种建设的源泉③。在“国中”争论最激烈的时候,黄旭初的公开表态,对取消派是一大打击,此后国民中学的“物议方渐息”④。

广西省政府并未就此罢休,而是继续采取行政措施,支持改进派。《广西建设计划大纲》明文规定,“改善国民中学制度,使成为县文化之中心”;并为克服“国中”面临困难,提出几条措施:加强宣传工作,使社会人士及其民众对国民中学制度有深刻认识;积极培养师资;充实“国中”经费及设备;编订完善的课程、教材及教科书;加强实验、示范及学术研究工作⑤。与此同时,在全省行政会上,一致通过了《改进国民中学使成为县文化中心实施要领》,对“国中”的“组织、行政、教育方法、社会服务、研究实验各方面均有改进”⑥。

国民中学由学术问题演化为政治问题,与 CC 系和新桂系的矛盾发展似也有瓜葛。20 世纪三四十年代,CC 系一直设法打进桂系统

①柳泽民:《从新县制之基本精神略论本省的国民中学》,载《教育与文化》第 2 卷第 11 期。

②李微:《新桂系的国民中学》,载《广西文史资料》第 15 辑。

③《广西日报》(桂林版)1949 年 7 月 29 日。

④雷沛鸿:《国民中学教育之目的、理想及设施——从教育学理研究、试探与解决国民中学教育之目的、理想及设施问题》,载《雷沛鸿文集》下册,第 364 页。

⑤黄旭初:《广西国民中学的由来及其发展》,载《国民中学教育论丛》第 1 辑。

⑥苏希洵编:《广西教育概况》,第 43、46 页。

治区而未果。当国民中学开始出现时,掌握教育部大权的CC系头子陈立夫,对它兴趣浓厚。1939年,教育部督学姜琦曾在广西教育厅长雷沛鸿主持的欢迎座谈会上说,他离开重庆时,陈立夫郑重关照他,"到广西要特别注意国民中学,假如这个制度在广西行之有效,教育部可考虑是不是可以在各省推行"[①]。而且,教育部对江苏教院与广西教育厅合作编教材"核准备案",一直持支持态度[②]。但是,后来有了变化。1941年8月,陈立夫视察广西大学,发现图书馆有不少马列书籍,《新华日报》亦公开陈列,深为不满,以"另有任用"为名,免去"国中"创始人雷沛鸿广西大学校长的职务[③]。陈立夫态度的变化表面原因,是"国中"问题太多,加上对视察所见的不满,实际上与桂系矛盾有关。当时的省临时参议会议员、广西教育研究所秘书谢康,为反对国民中学的一重要代表人物。他除在省议会、广西建设研究会文化部座谈会上反对"国中"外,还挥笔上阵,于1941年10月,发表了《怎样研究广西教育实际问题》一文,说研究国民中学的人,"最好是对于中等教育有相对研究,同时又是在国民中学曾经服务过,对此种教育制度感觉与兴趣的人",这样研究的结果,"才不落空谈,并且容易切合实际的需要";在方法上,对于"实验法要特别注意"[④]。前者显然是针对代替派的童润之、董渭川等人很少"考察过各地国民中学的实况,虽然从文字上知道了若干问题,究不免于隔膜"[⑤]的弱点而发,并隐指改进派多是广西教育厅机关工作人员,后者正好切中"国中"实验不足的痛处。他还对"国中"的研究改进工作进行阻挠。11月,黄旭初指示

①李微:《新桂系的国民中学》,载《广西文史资料》第15辑。

②《广西国民中学课程教材及训导》,第144页。

③雷坚编著:《雷沛鸿传》,第313页。

④谢康:《怎样研究广西教育实际问题?》,载《广西教育研究》第2卷第3期。

⑤董渭川:《国民中学五年来之各种问题》,载《广西教育研究》第3卷第5期。

在广西教育研究所内，设国民中学研究室，由卸任广西大学校长的雷沛鸿主持。起初成效甚微，原因之一，负广西教育研究所实际责任的常务委员曾作忠和处理日常工作的秘书谢康，反对国民中学，对研究室工作“诸多掣肘”[①]。谢康这样做，因为他“系老牌 CC 系”。靠着这层关系，在雷沛鸿接任广西教育研究所所长后，他离所并当上了广西大学文学院长[②]。雷、谢工作单位的调换和职位的升降决非偶然，当是 CC 系和桂系借国民中学问题明争暗斗的结果。

1942—1943 年，改进派除在理论上继续反驳取消派攻击外，又联络旅桂学者，加强学术研究，改进国民中学存在的问题。

反对“国中”的声音，虽因黄旭初为首的省政府取胜而暂时消沉，但以雷沛鸿为首的改进派也知道，行政上的一时压服，并不意味着理论的优势，于是“继续发表反驳攻击者的论点，笔墨官司连续打了两年之久”[③]。省临时参议会第五次会议提出的撤销国中案，是国民中学反对派思想的集中体现，因而成为改进派集中反击的重点之一。国民中学抄自丹麦，不属于中央学制和标新立异的说法，由来已久。雷沛鸿对“国中”的推行，特称为“创制”，因为“它不从任何国家输入而被采用”[④]，亦“非出于任何人的主观或抽象思想，更非出于模仿任何外国的教育制度”。它的创制“既非偶然的野生，亦非突然地跳出”，而是“有其实际要求”和“社会基础”[⑤]的。不属中央学制，这是“国中”的创制，也是它的问题，意味着没有合法性。童润之就担心这种非中央的

①李微：《新桂系的国民中学》，载《广西文史资料》第 15 辑，第 150 页。

②覃泽汉：《广西省参议会选举纠纷内幕》，载《广西文史资料》第 19 辑，第 185 页。

③李微：《新桂系的国民中学》，载《广西文史资料》第 15 辑。

④雷沛鸿：《国民中学与学制改革》，载《雷沛鸿文集》下册，第 418 页。

⑤雷沛鸿：《国民中学怎样解决学生升学和就业问题》，载《雷沛鸿文集》下册，第 397 页。

制度,将来能否保留[①]。对此,雷沛鸿与曾作忠有过直接交锋。1942年1月18日,以“从事国民中学教育理论与实际之研究”为主旨的“国中”教育研究会第一次会议在桂林召开,出席者有林砺儒、曾作忠、雷沛鸿、谢春安(康)、李微、操震球、董渭川等学术界和广西行政界人物。会上曾作忠质问:“国民中学的名称系从何而来?宪法规定未受国民教育者,不能成为公民,国民中学是否有此意,是否与宪法有抵触?”雷沛鸿回答:“国民中学的名称,只由事实的推动而自然成立,它并非由于先天的理论推阐。故就本席所知,这种称谓不是从宪法得来,□□□□□□,本国宪法此时尚未公布施行。唯其如是,我们实无从讨论宪法所规定者为何事,更无从讨论抵触问题之有无。”[②]

广西省临时参议会攻击国民中学,要求改为初中,所使用的两件最重要武器,是国民中学学生学识浅陋,进不能升学;毕业生年龄小,退不能服务。对此,1942年5月,唐现之用以子之矛攻子之盾的方法,加以反击。认为广西省在法令上并未阻止“国中”学生升学,已升学的“国中”生的能力和程度,并不弱于初中毕业生;在服务方面,“国中”生和初中生均属年稚资浅,所以,“这两门武器不能攻破“国中”的堡垒。反之,这两门武器倒是攻击初中的武器”[③]。反对者认为,“国中”问题繁多,未产生任何效用。而李森则说,“国中”毕业生的出路,“除仍继续升学外,其余多在基层服务,于地方文化发展,建设之推动,协助实不鲜也”[④]。

---

①童润之:《国民中学问题》,载《广西省中等学校校长会议录》,第211页。

②《国民中学教育研究会会议摘要·第一次会议》,载《广西教育研究》第5卷第1、2期合刊。

③《国民中学教育研究会会议摘要·第一次会议》,载《广西教育研究》第5卷第1、2期合刊。

④李森:《国民中学创立之回顾与前瞻》,载《广西教育研究》第3卷第2期。

影响“国中”存在的主要因素何在，说法各一。取消派在攻击“国中”时，“含糊回避理论，一味疵求事实”[①]。1942年5月，曾作忠虽然承认，国民中学是“改进中国中学教育之一环”，但更认为它存在着制度未明、课程、教材、教师等“未尽善”[②]问题，也就是说，“国中”问题在于内部和制度本身。相反，雷沛鸿则认为，“国中”诸多问题的产生，并非由制度本身带来，而是“由于外缘”[③]。唐现之更具体指出，“国中”面临内忧外患，但外患甚于内忧。外患是科举因袭观念作祟，以为“国中”“是旁支，不是正统”，不是为升学而设，故无出路[④]。当取消派试图以“国中”事实存在的缺点，否定其理论价值时，改进派经集体讨论，以黄旭初名义发表文章，认为“国民中学问题的关键，不在他的现状如何如何，而在他的理想及目标是否正确。假如他的理想及目标是正确的，虽困难重重，也可以设法克服，逐渐解决”[⑤]。对“国中”前途充满信心。

1942年以后，国民中学与一县文化中心关系的争论，已由原来的“何以”，变为“如何”成为一县文化中心。梁漱溟、雷沛鸿、董渭川、李微、万民一、何文炳等人，就后者论题，各抒已见[⑥]。梁漱溟认为“应该到国民中学做成了文化中心之后再指点出来，这就是文化中心，而

①卢显能：《为什么要国民中学教育向后转》，载《国民中学论丛》第1辑。

②曾作忠：《国民中学与中学教育改进》，载《广西教育研究》第3卷第5期。

③雷沛鸿：《国民中学教育之目的理想及设施——从教育学理研究、试探与解决国民中学教育之目的理想及设施问题》，载《雷沛鸿文集》下册，第370页。

④唐现之：《我对于国民中学的意见》，载《广西教育研究》第3卷第5期。

⑤黄旭初：《广西国民中学的由来及其发展》，载《国民中学教育论丛》第1辑。

⑥董渭川的《以国民中学为一县文化中心的设计》正、续编，何文炳的《如何使国中达成县文化中心的任务？》，李微的《为什么要以国民中学为一县之文化中心》，万民一的《论国民中学——对于国民中学之改善及如何成为县文化中心问题之管见》，分见于《广西教育研究》第1卷第3、4期，第3卷第1期，第5卷1、2期合刊和《建设研究》第6卷第2期。

不应该悬空地先挖出来”。董渭川赞同说，“这是很根本的看法”[①]。4月19日，国民中学教育研究会第四次会议，议决通过了国中完成县地方文化中心任务之注意点：校长应列席有关县地方建设的重要会议，协助地方福利事业；仿效以前书院制度的组织法，协进地方建设事业；设一辅导机构，协助辅导县内国民教育事业，并运用各种社会教育活动，开展化民成俗的社会事业[②]。

面对国中自身问题，及反对派的外来压力，拥护国中者不得不寻找解决问题的出路，较集中地探讨了国中的地位，及与其他中等教育的关系问题。代替派主要从国中性质“自始至今都规定为普通教育”上，补充、发挥了其能代替普通中学的观点[③]。与此相关联，他们在处理“国中”与其他中等教育制度关系上，主张单轨制。童润之说：“只有把“国中”看作继续国民教育的正轨，其他为旁支，或根本废除。普通教育只能有一条轨道，不能有双轨或多轨，如果普通教育有了双轨，就不啻承认中国社会应有贫富两种阶级的教育”[④]。代替派认为，“国中”存在的主要问题和障碍，是其“还没有取得应有的合法地位”，至今仍处于“一个私生子的地位”[⑤]。解决问题的基本办法，“皆在于行政”。如果行政问题能圆满处置，“一切一切也就跟着陆续地圆满解决”；甚至说，国民中学成败与否的最大关键，是“广西有无此制与改进此制的决心”[⑥]。

属于代替派，又略有不同的，有林砺儒和林仲达。他们主要从宏观、历史角度看待国民中学。1942年4月12日，林砺儒发表《国民中学与中国教育之出路》一文，从中国近代社会发展和教育改革历程立

①董渭川：《国民中学五年来之各种问题》载《广西教育研究》第3卷第5期。

②《国民中学教育研究会会议摘要·第四次会议》载《广西教育研究》第5卷1、2期合刊。

③④⑤童润之：《国民中学与广西建设》，载《广西教育研究》第3卷第5期。

⑥董渭川：《国民中学五年来之各种问题》，载《广西教育研究》第3卷第5期。

论，认为中国教育的出路，在于“要配合中国所可能的而且应当的产业建设和政治建设”；又说自己“向来坚决主张现阶段中国底中学教育底使命应该是造就革命建国底基层干部，现在广西底国民中学既专为此而设，便可以代表中国应有的中学”①。林仲达则从近代中国学制的演变，及中等教育改革历史上，肯定国民中学创制的重大意义，认为它改革了中学上“单轨制和双轨制”、“文化陶冶和职业准备”、“学校教育和社会教育”、“乡村教育和城市教育”等种种对立，使“教育事业与地方建设更紧密地相联系”，由“乡村社会之文化上、政治上和经济上的改造，而达到整个民族国家的改造”。因此，“国中”是“四十余年来我国中学教育发展过程中必然的产物”②，普通中学要走国民中学之路。

在“国中”与其他中等教育制度关系上，改进派主张双轨制。“国中”既是独立、完整性的制度，又与其他中学制度勾通联系，互相补充。基于“国中”现状和其地方特殊使命，主张逐渐而不是立即“完全替代初级中学”③。这点与取代派有所不同。解决问题的两个根本途径是，“制度上，必须更健全其组织”；“教育上，必须更充实其内容”④。依靠力量是“教育与行政协作互助”。具体办法则是“有赖于研究实验，而以学术为其策源地”⑤。解决程序分三步：“全套的法案及实施办

①林砺儒：《国民中学与中国教育之出路》，载北京师范大学编的《林砺儒文集》，广东教育出版社 1994 年版，第 424 ~ 425 页。

②林仲达：《国民中学的师资培养问题》，载《广西教育研究》第 5 卷第 1、2 期合刊；《普通中学要走国民中学之路》，《国民中学教育论丛》第 1 辑。

③《国民中学教育研究会会议摘要 · 第一次会议》，载《广西教育研究》第 5 卷第 1、2 期合刊。

④雷沛鸿：《国民中学怎样解决升学与就业问题》，载《雷沛鸿文集》下册，第 401 页。

⑤雷沛鸿：《国民中学教育之目的理想及设施——从教育学理研究、试探与解决国民中学教育之目的理想及设施问题》，载《雷沛鸿文集》下册，第 370 页。

法”，“组织国民中学课程委员会”，“集中行政与学术的力量，解决国民中学之师资培养”等问题。

1942年5月，重新厘订的《广西国民中学办法大纲》，《广西国民中学组织规程》、《广西国民中学最低限度设备标准》[①]等法规颁发。其中，作为国中根本大法的《广西国民中学办法大纲》的要点，是把原来容易误解的分前后期的“二二制”，改为四年一贯制，前三年着重普通理论陶冶，第四年实施专门职业训练，升学重于职业。这参考了取代派的意见，也是向取消派作一些让步的结果。

修订课程标准，编撰国中教材。雷沛鸿充分利用教育文化名人云集桂林的有利条件，聘请他们，尤其是那些在桂林文化城时期影响甚大的广西建设研究会的成员，参与编辑教材[②]。该会与“国中”关系密切：第一，它的成员是“国中”争论各派中的主力，如黄旭初、邱昌渭、杨东莼、李任仁、雷沛鸿、万民一、唐现之、黄公健、童润之、谢康、董渭川、秦柳方、莫一庸等[③]；第二，该会的文化部，是国中争论的一重要场所。除争论一县文化中心外，还研究过“国民中学问题”[④]。1942年2－3月，雷沛鸿两篇关于国中争论的代表作《国民中学制度之当前重要问题》、《国民中学教育之目的理想及设施》[⑤]，即首先在此报告，然后

①雷沛鸿：《国民中学与学制改革》，载《雷沛鸿文集》下册，第419页。

②据当时在桂林的夏衍回忆：广西建设研究会是新桂系“最有力的智囊集体”，名士如林。它的存在是桂林文化城得以形成的“最突出”的标志之一。夏衍：《懒寻旧梦录》（增补本），北京生活·读书·新知三联书店2000年版，第292页。

③《广西建设研究会全体研究员一览》，载《广西建设研究会三周年纪念特刊》1940年版，第70～85页。

④《建设研究》第6卷第2期，第129页。

⑤《国民中学教育研究会会议摘要·第四次会议》，载《广西教育研究》第5卷第1、2期合刊。

才发表的。第三，该会成员参加了国民中学新立法、课程标准和教材修订工作。“国中”课程委员会主任委员兼指导主任雷沛鸿，委员兼总编纂林砺儒，委员兼审校梁漱溟、林仲达。其他成员有朱化雨、卢显能、乐茂松、操震球、罗子为、张健甫、杨熙时、徐锡珩、蔡英华、廖伯华、穆木天、马名海、张先辰、徐寅初、钱实甫、李微、张锡昌、欧阳予倩、傅彬然等人[1]。他们以原来江苏教育学院编的《广西省国民中学课程教材及训导》为蓝本，除设计全套的《广西国民中学课程标准》外，还编成了《国民基础教育》、《教育概论》等21种“国中”教材。虽因湘桂大撤退，大部分尚未付印，但国民中学总算有了自己独立的教材，结束借用普通中学教材而被讥为“次等初中”[2]的历史。在雷沛鸿的组织下，“开了成百次的座谈会和小组会，写了近百篇的长短文章，编成了二十多种新教材”[3]，反映了国民中学学术研究的活跃。这在一定程度上，弥补了国中初创时期学术支撑和策源的不足，使改进派在国民中学论争过程中，理论上逐渐占优势。

依靠行政力量，解决国中师资等问题，但效果不佳。对此，雷沛鸿说“是不为也，非不能也”。实际上是对1941－1943年担任广西教育厅长的苏希洵的不满。论者以为，苏希洵对国民中学新立法曾“给予大力支持”[4]。事实上，苏对重修国中法规，并不积极，只是雷沛鸿“数度”向其提及，方同意进行[5]。李微在回忆中曾四次提到，身为教育厅长的苏希洵，表面支持，暗中却阻挠和反对“国中”[6]。由于中间隔了个

①卢显能：《新制国民中学课程教材修订编纂纪要》，载广西教育研究所编订的《国民中学课程标准》第193～195页，广西教育研究所1946年印行。

②③李微：《新桂系的国民中学》，载《广西文史资料》第15辑。

④雷坚编著：《雷沛鸿传》，第168页。

⑤《国民中学教育研究会会议摘要·第三次会议》，载《广西教育研究》第5卷第1、2期合刊。

⑥李微：《新桂系的国民中学》，载《广西文史资料》第15辑。

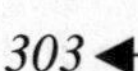

态度消极的教育厅，雷沛鸿等改进派虽常与省政府联系，努力改正“国中”的缺点，但效果不免大打折扣，这是后来“国中”被调整不可忽视的因素。1944年豫湘桂战役，广西再次沦陷，其教育事业也损失惨重。抗战胜利后，国民政府对中学又实行统制、划一的做法，使积重难返的国民中学的生存更加危机。1946年2月，广西省政府颁布《广西国民中学调整办法》，将创办10年、全省99个县相继有77县创设的国民中学，除靖西、宾阳和邕宁3校仍保留继续试验外，其余全部改为县立初中、简易师范或初级职业学校[①]。国民中学的调整转向，标志着近代教育史上持续近十年之久的国民中学之争，暂告一个段落。尽管改进派对此不满，继续反击、抗辩，但只是缺席争论的余音了。在这场国民中学争论中，改进派理论上的胜利，代替不了事实上的失败，取消派理论上虽处劣势，最后竟在现实中取胜，可见中等教育改革的复杂与艰难！

三、动因

在追述国民中学争论过程后，有必要进一步揭示争论背后不同的深层动因。代替派的代表人物童润之、董渭川、林砺儒、林仲达等，是外省在桂林的教育人士。其背后的支持力量，为江苏省立教育学院，主要目的和出发点在为全国中等教育改造寻找出路。

代替派之所以介入争论，一则因国民中学的创制，“于我国中学教育之前途有重大关系”；二则因国民中学“新路向之探讨与该院之使命适相符合”。代替派多是中等教育的专家，致力于改造中国教育，使外来教育中国化，故而对中国中等教育的现状十分不满：“抄袭模仿”、“迄无正确之鹄的，更乏独立之作用”。中国经济贫困，大多数中

①雷坚编著:《雷沛鸿传》，第173页。

学生无法入大学，以多数人陪少数人作升学准备，“实在是绝大的错误”和浪费。况不能升学者毕业后，无从事职业的能力，往往“流为游民，茫茫无所归”；大多数农家子女，学于都市，习于洋化，不愿回农村重理旧业。种种恶果，“言之令人太息”①。

中国教育自清末以来，盲目仿效外国，结果使在欧美人人享受的教育，在中国反而变为贵重的奢侈品，既与社会隔离，又与大众绝缘。于是，“如何谋新教育的中国化，竟成为中国教育的根本问题”。江苏教育学院的成立，“即欲在学术准备上，在人才造就上，谋中国教育理论与实施的彻底改造，谋社会教育民众教育的积极发展，以补救既往的过失，以矫正剽窃的积习”②。因此，弥补中等教育的不足，使新教育中国化，“以整个教育改造为目的”③，成为江苏教育学院参与国民中学之争的深层原因。

改进派的代表为雷沛鸿、唐现之、潘景佳、柳泽民、杨第晰等人，后台是以黄旭初为首的广西省政府和教育厅。该派强调，国民中学是为补救现行“六三三制”缺陷而设，其最终目标则是建立以国民中学为重心的全国教育体系。1940年1月，广西教育当局认为，根据孙中山人类真正平等的精义和形势，今后所建立的教育制度，必定是“系统单一，内容多方而复杂”④的三民主义教育制度。1942年，雷沛鸿甚至认为，国中的施教方针“须以三民主义为其中心思想，而努力于助成新社会秩序的建立”⑤。改进派试图通过国民中学，建立三民主义教育体系，进而建设新社会秩序，充分发挥教育的社会功能，立意较代

①②董渭川:《一所实验国民中学的新作风》，载《教育与民众》第10卷第2、3期合刊。

③王伯恭记:《国民中学教育问题座谈会纪要》，载《教育与民众》第10卷，第2、3期合刊。

④《编后的话》，载《广西教育通讯》第1卷第9、10期。

⑤雷沛鸿:《国民中学教育之目的理想及设施——从教育学理研究、试探与解决国民中学教育之目的理想及设施问题》，载《雷沛鸿文集》下册，第378页。

替派高远。

取消派的代表人物是李任仁、曾作忠、谢康等人，背后的支持者是广西省第一届临时参议会，其主要动机，是维护以升学为惟一目的的“六三三制”，以及临时参议会的利益。国民中学最初作为普通中学教育的对立物出现，“乃为普通中学补救其弊，此则国民中学的长处，亦即国民中学之特点也”①。在这个意义上说，国民中学之争，也可以说是维护还是反对国中特色、长处之争。“国中”与普通中学相比，具有鲜明的特色：

1.“普通中学，系对于已受基础教育之青年，加以严格训练，以为升学之预备；而国民中学，系准备基层建设之干部人才，一切设施，以适应地方需要为主旨。”

2.“普通中学修业年限，初中三年，高中三年，时间过长，需费颇多，只可设于比较富庶之区。本省偏僻边远县份，不能举办，贫困之学生，亦无力向学。国民中学修业年限，前期二年，后期二年，时间既短，费用亦因而减缩，尽可普遍于省内。”

3.“普通中学课程，以工具科目为中心。而本省因系贫瘠之区，学生什九不能升学，其于学习费时力最多之英语等科目，离校后，大多不能运用。国民中学课程，以目的科目为中心，使所习皆能致用。”

4.“普通中学设于城市，学生习于城市生活，多不愿到乡村去。国民中学以谋于乡间为原则，使学生习惯乡村刻苦耐劳之生活，安心于乡村工作。”②

5. 在教材上，国民中学有“广西化”、“偏重地方建设”、“适应生活需要”、“配合实践”、“兼顾升学需要”等特点。就兼顾升学需要这一

---

①李森：《国民中学创立之回顾与前瞻》，载《广西教育研究》第3卷第2期。

②《广西中等教育述要·国民中学》，广西省政府教育厅1939编印，第187页。

点上也与普通中学有所区别，它侧重的是培养学生的自学能力，使"升学的可以自行补习，不升学的可以自求改进"；同时，它还"注重本国语文、社会常识、应用科学、数理等最基本的科目，因为他与升学准备或自学的关系，较之外国语更为密切"①。

6. 在行政组织上，一方面，国民中学"实行导师制"：教师统称导师；职员和训导员的职务，以导师分任为原则；一切学校事物由导师领导学生共同操作，负责处理，所有职员工役之设，均尽量减少到极低限度。另一方面，它比普通中学多设"劳动生产组、研究实验组、辅导组和地方建设协进委员会"②，以进行生产劳动、社会活动，和推进地方建设事业。

以上可知，国民中学主旨、受业时间与普及程度、所学课程、设校地点、教材及行政组织与普通中学迥异，并为改造后者的弊病而生，二者势必发生激烈冲突。苏希洵在谈到争论的根源时说，国民中学在实施过程中，因为第一次修正《广西国民中学办法大纲》，特色大减，向普通中学让步，结果二者"纠缠不清"③，很容易引起一般人的误会。"这是国中教育问题的中心，也是年来国中教育推行上所发生的一切问题的根源"④。换言之，有关国民中学问题之争，也可以说是维护还是反对国民中学的特色、长处之争。卢显能更是一针见血地指出，"国中"问题的争论，"说穿一句，这原来是洋化教育与土化教育之争，士大夫教育与大众教育之争"⑤。所以，关于国民中学教育问题之争，本质上是一场以升学为主的精英教育与以就业为主的大众教育

①《广西省国民中学课程教材及训导》，广西省政府教育厅编印，第169～171页。

②李微：《新桂系的国民中学》，载《广西文史资料》第15辑，第152页。

③④苏希洵：《广西国民中学之现状与改进》，载《国民中学教育论丛》第1辑。

⑤卢显能：《为什么要国民中学教育向后转》，载《宣化学园》创刊号，民国三十五年（1946年）5月17日。

两种不同的教育之争。从争论问题的范围和程度上来说,它触及到了全国中等教育存在的普遍性难题,只是因为在广西特殊社会历史条件下,中国中等教育的弊病表现得更加突出,以至程度更加激烈而已。亲历这场争论的董渭川,事后从时代高度总结道:“中国自从进入抗战建国的大时代,首先是基层教育在要求上起了大的变动,国民教育便是由顺应帝国主义一变而为还击帝国主义的教育;继之,中等教育在要求上发生了大的矛盾,准备上升的科举路向与培养干部的建国路向起了斗争”[①]。因此,从这个意义上说,国民中学的夭折,乃是“建国路向”的教育不敌“科举路向”教育的结果。

与国民中学问题之争的一个相关问题,是其本身的性质究竟是什么?无论是在当时广西的教育界,还是现时学术界,对此均有分歧。童润之认为,国民中学的性质一直都是普通教育;梁上燕的意见是,国民中学的属性为“职业中学”[②]。时下学术界也有不同看法:或称国民中学是“一种新型的中学教育制度,是普通教育类型而兼顾职业训练的学校”[③];或谓“乃是广西独创的、特殊的初级职业中学”[④]。其实,均未尽然。国民中学的性质,是以地方行政学校为主,兼有职业中学和普通教育色彩的复合型的中等教育制度。

从使命上看,它是为培养广西基层建设的干部而设。广西教育当局先后三次颁订《广西国民中学办法大纲》,内容有所更改,惟准备和“培养地方建设干部人才”[⑤]一条,则始终如一。“国中”的创制者雷沛

①董渭川:《中国教育民主化之路》,中华书局 1949 年,第 151 页。

②梁上燕:《广西教育改进办法与经过》,桂林建设书店 1940 年发行,第 19 页。

③雷坚编著:《雷沛鸿传》,第 157 页。

④廖琼堂:《贵县国民中学的兴废》,载《贵港市文史资料》第 17 辑(未注出版时间),第 84 页。

⑤《广西国民中学办法大纲》(第二次修订),载《雷沛鸿文集》续集,第 580 页。

鸿，也多次强调了它的地方行政学校的职责。1942年3月，他在列举中学的四个特质时，其中两个与此有关。它是“公民道德的实践学校”，更是“青年干部训练学校的一新类型”[①]。1943年2月，又说中学的主要任务，“为地方建设干部的培养”[②]。长期从事中等教育工作的莫一庸也强调，该教育“在本质上是干部培养的基本教育”，并“统一了普通教育与职业教育的对立”[③]。覃立基在向社会解释“国中”的特色时说，它和一般初级中学最大的分歧点，是初、高中乃为“未来干部的预备场所，国民中学是建设干部实际的培养机关”[④]。最能体现国中集行政、职业和升学于一身的综合性质的论述者，当推秦柳方。他强调：“国民中学的训练，非狭义的文化陶冶，而是革命青年的培养；非某种干部的训练机关，而是它的基础准备；非职业训练机关，但富有职业陶冶之功能；非公务人员之培养，但亦能担当行政工作；非厌恶乡居，但亦能担当城市的建设工作；非计划的中等教育制度，而是多样性的青年训练场所。”[⑤]所以，从国民中学的法规、创始者的强调、时人单一或综合的佐证来看，似可将广西国民中学定性为集地方行政学校、兼顾职业和升学多重角色于一身的中等教育制度。

①雷沛鸿：《国民中学制度之当前重要问题》，载《建设研究》第7卷第2期，民国三十一年(1942年)4月。

②雷沛鸿：《国民中学新立法诠释》，载《广西教育研究》第5卷第1～2期合刊，民国三十二年(1943年)4月。

③莫一庸：《广西中等教育的过去、现在和将来》，载《广西教育季刊》创刊号，民国三十五年(1946年)9月15日。

④《邕宁县立国民中学成立十一周年纪念特刊》，民国三十三年(1944年)4月20日，第2页。

⑤秦柳方：《国民中学的路向问题》，载《建设研究》第4卷第4期，转引自《雷沛鸿纪念文集》，第68页。

第二节　国民中学与县级社会改造

国民中学的创制，既是国民基础教育的继续，又是对它的提高。所谓“继续”，依雷沛鸿的说法，一是“沿着国民基础教育所用的‘国民’的名称”，二是“沿着国民基础教育的路线前进”[①]。从继承国民基础教育一贯作风和传统上看，国民中学要如国民基础教育一样，积极参加广西的四大建设，坚持“教育建设与县政建设相结合”。具体言之，在国民基础教育普及运动之下，“基础学校是一村一街的社会中心，中心校是一乡一镇的社会中心，在这基础上，国民中学自宜造成一县的文化中心”[②]。所谓“提高”，从教育程度上说，是由初等教育进入中等教育的阶段；从参与广西建设空间层次上，乃由基层到县政建设；从培养人才角度看，国民基础教育主要训练新国民中的民众，国民中学则主要陶铸领导民众进行建设的干部。因此，国民中学与县级社会的改造，首先可从造就建设的干部进行考察。

---

①雷沛鸿：《国民中学之名称与修业年限问题》，载《广西教育研究》第5卷第1～2期合刊，民国三十二年(1943年)2月。又笔者按，国民中学得名并非仅是一个名字问题，而是反映雷沛鸿对整个中国教育问题思考的一些变化。据雷氏学生回忆，他曾一度考虑用“民族中学”命名，大约想与“民族教育体系”的建构相合拍，但最终放弃这一想法，“因为民族中学的提法具有局限性，既有局限性就容易产生和培养狭隘意识，不利于整个中华民族文化的改革与振兴”。参见刘业竞的《实事求是与国民教育》，载《雷沛鸿纪念文集》第137页。所以，40年代后，雷氏有时提“民族教育体系”，有时又提“国民教育体系”，本质仍是一样，但这种提法上的变化，当与以“国民中学”代“民族中学”这种思考变化有关。这说明雷氏这时对教育体系问题思考更严密，也更具世界眼光和现代意识。

②雷沛鸿：《国民中学与县政建设》，载《广西教育研究》第5卷第5～6期合刊，民国三十二年(1943年)12月。

一、造就建设干部

国中教育的目的，主要是为了陶铸领导地方建设的干部。《广西国民中学办法大纲》先后三次颁布，在第一条中均规定了这一使命。其中，1942 年 8 月雷沛鸿主持最后订定的《广西国民中学办法大纲》规定得最为明确。广西省政府“为继续国民基础教育，培养地方建设人才……特设国民中学”[1]。国民中学强调培养建设干部的重要性，除当时广西四大建设全面铺开，需要数量巨大的领导干部外，还与当时广西干部认识“不够透彻”、“缺乏融会贯通”，素质不高有关。他们“只足以处常，不足以应变。他们只能机械地奉行公事，还不能名副其实地成为革命建国的民众组织者和指导者。重以抗战军兴，环境变异，我们的政治风气，屡受外间影响，十年来俭朴、勤苦、踏实的精神已大为减色。一般工作干部，于此际，更不禁摧折，受不起大时代的磨练，渐次失去了操守。惟其如是，建设工作的全面展开和深入推进，都遭受了打击和障碍”。因此，今后广西县政建设，必须勉力加工；而其“首先着力处，为教育干部的工夫之深进”。也就是说，通过国民中学，“要切实培养大批富有革命精神及批判现代文化的科学头脑的青年，使他们一个个都成为革命建国的有用干部”[2]。就培养地方建设干部而言，国民中学较当时其它各种中等学校，更符合要求和有优势。黄旭初说：广西“基层干部的训练，每每失之于粗疏，因为种种的限制，不能充分的予以培育，尤其是将来负担着文化建设的使命，所得的技术更加不够。国民中学在这一点上，即可以完全补救过来，不独卒业的学生是一个优秀的干部，而且是一个良好的师资（着重号为原文所

①《广西国民中学办法大纲》（第二次修正），载《雷沛鸿文集》续编，第 580 页。

②雷沛鸿：《国民中学与县政建设》，载《广西教育研究》第 5 卷第 5 ~ 6 期合刊，民国三十二年（1943 年）12 月。

加）。求之于师范学校的学生，必少其他方面的修养，难以做一个理想的干部；求之于训练的人员，又少学术的培养，尤其不足以主持教育事业；求之于普通中学的青年，则各方面均无一长，更不足应付一个干部的工作”①。

在国民中学培养何种建设干部的问题上，童润之综合黄旭初等人的意见，认为主要包括广西各县四大建设所需的“村街长、乡村公所职员、基础及中心校教师、合作社职员、农村人员、壮丁训练干部”②等人才。

这些基层干部需要具备的基本素质，按雷沛鸿1943年的看法，就是“要替中华民国在抗战建国的历程中，创造新国民，创造现代化中国的新国民”。其主要要求是：首先，“要教人做人，做现代化的集体生活下之社会能员”；其次，这种新国民，“必须能知所以待人、所以接物，能做事，又能处世”；再次，也是最重要的要求，是“他能学习，能工作，能随时随地从工作中学习，以求有所建树，又有所创造”。这样创造出来的新国民，“庶几能做到创造新世界的社会中坚分子，建设三民主义新社会秩序的革命干部”③。后来雷沛鸿又强调，国民中学所培养出来的学生，要有自由的理想：“在理想上，不是‘木头’；在言论上，不是‘应声虫’；在行动上，不肯盲从。”④这里值得注意的是，以“创造

①黄旭初：《县政建设各论》，《县政建设与基层建设》，桂林建设书店，1941年版，第217～218页。

②童润之：《国民中学之使命及其特征》，载《广西国民中学教育》，广西省政府编译委员会1940年版，第10页。

③雷沛鸿：《国民中学怎样解决学生升学与就业问题》，载《广西教育研究》第5卷第1～2期合刊，国民中学研究专号下辑，民国三十二年（1943年）2月。

④雷宾南：《民主社会中的中等教育——为邕宁县立国民中学十四周年校庆而作》，载《宣化学园》第4期，民国三十六年（1947年）4月20日。

现代化中国的新国民”为目标，表明雷沛鸿在40年代确实按知识界所讨论的和他自己所理解的“现代化”来培养国民中学的学生。从这个意义上说，雷沛鸿教育改造的核心是培养新国民，实现国民的现代化。这既有历史根据，又有现实意义。

关于国民中学培养干部具体的素质与条件，按国民中学问题专家董渭川的理解：“除掉基本的知识技能与道德修养之外，应具备领袖的才能、革命的勇气、爱国的热忱、创造的力量、劳动的身手、服务的兴趣。”[1]亦即培养综合素质好、各种条件具备的新型干部。

国民中学所培养的优秀干部，在实际工作中必须是多面手、复合型的人才。杨晰第认为一个优秀基层干部，必须具备如下本领：

> 第一，他是乡村中一切生产事业、合作事业的计划者，策动推进者，是地方建设的核心人物；第二，在工作上他是一个模范者；第三，在做事上他是一个精明能干者；在行动上，他是“不要钱、不怕死”的杰出青年；第五，他是站在乡村群众的前面而积极的工作者；第六，他是一洗过去官僚土劣积习，而做别人所不能干的工作；第七，他是乐于做乡村工作，而有正确的政治方向；第八，最主要的一点，他要有“有恒”的自学精神和坚定不移的工作作风，在不断的实践中来丰富他的理论内容。[2]

具备八点要求，才称得上是“国中”的高才生、广西基层建设的优秀干部。可谓高标准、严要求。董渭川对“国中”毕业生到基层工作，在岗位上应当努力的方向，提出13点要求：

> 一、奉行政府的法令计划，领导民众从事各种有组织的有步骤的抗建工作。

①董渭川:《国民中学五年来之各种问题》，载《广西教育研究》第3卷第5期。

②杨晰第:《国民中学教育内容的商榷》，载《广西教育研究》第1卷第4期。

二、于实践中引导民众了解抗战的意义与建国的理由。

三、以身作则，领导民众实行精神总动员，国民公约及推行新生活运动。

四、运用各种宣传方式开阔民众的心胸，引导他们通晓天下国家的大事。

五、运用管教养卫各方面的实践工夫，以提高民众文化，使其继续向高一阶段进展。

六、运用教育的力量于各种实践中，养成民众的自觉、自动、自治。

七、于实践中注意培植民权的发展。

八、尽量引导民众发表意见，并尽可能地执行其意见。

九、在各种建设过程中尽量设计实验，以谋适应地方的特殊性。

十、一面谋领导者自身的团结互助，一面培养民众中间的自然领袖，以增加推进建设的干部。

十一、以公正的态度、廉洁的操守处理各种事项。

十二、对上级的各种报告力求忠实正确。

十三、为民众服务，任劳任怨，努力克服困难，牺牲奋斗，锲而不舍。①

杨、董是从国民中学毕业生走向社会实践、率领组织民众参加广西改造的角度，提出上述要求，强调在做中学，在实践中提高自己。这虽属理论上的设想，但对“国中”学生毕业后面向社会、成为一个合格地方建设干部人才，仍具有参考价值。

从理论上要求培养具有较高素质的人才，从实践的角度强调陶

①董渭川:《以国中为一县文化中心的设计》(续)，载《广西教育研究》第1卷第4期。

铸优秀的地方建设干部。这是国民中学参与县级社会各种改造和建设的一个重要方式和途径。

二、国民中学与县级社会建设

(一)"国中"与县级社会的综合改造

如同国民基础教育与1934年颁布的《广西建设纲领》(以下简称《建设纲领》)相匹配一样,国民中学教育也与1941年8月颁布的《广西建设计划大纲》(以下简称《建设大纲》)相配合,并以后者为法律依据。《建设纲领》与《建设大纲》尽管在理论上均明定以三民主义为指导思想,但在建设的内容上,侧重点有所不同。《建设纲领》侧重于"军事与政治";《建设大纲》侧重于"经济与文化"①。广西建设内容重点的转移,对国民中学的教育产生了较大影响。在《建设大纲》草拟过程中,文化建设部分由雷沛鸿牵头组织,负责草拟工作。其中有"强调国民中学师生地方建设性之意识"②的条文规定。因此,国民中学要"将四大建设打成一片,将教育通过社会,通过建设而以社会为教,以建设为教,使教育渗透于一县的地方建设事业中而发挥其功能"③。更具体一点说,设在一县的国民中学,对于该县"境内之政治、产业、教化、卫生工作,均须实地观察,踊跃参与"④。国民中学主要在课程设置、教育行政等方面积极参与一县的地方建设。

①童润之:《国民中学与广西建设》,载《广西教育研究》第3卷第5期。

②雷沛鸿等:《广西文化建设计划纲要草案》,载《教育与民众》第9卷第6期,民国二十八年(1939年)11月25日。

③雷沛鸿:《国民中学与学制改革》,载《广西教育研究》第3卷第5期,民国三十一年(1942年)5月25日。

④雷沛鸿:《国民中学制度之当前重要问题》,载《建设研究》第7卷第2期,民国三十一年(1942年)4月

国民中学课程的特色之一，是与广西地方四大建设对口设置。尽管国民中学课程数变，但与四大建设紧密合作则一以贯之。根据1936年2月《广西国民中学办法大纲》和《国民中学组织规程》的规定，课程“以目的科目为中心”，以“政治建设、经济建设、文化建设、军事建设为纲”；并分为政治训练、社会服务、生产技术、青年军训、国语、史地、数学、自然、艺术等科目①。

1941年，江苏教育学院受广西省政府委托，重订国民中学课程。“以文化陶冶为主，职业准备为辅”为原则，并取消目的科目中心制。第一年侧重人文科学，第二年侧重自然科学，第三年“侧重地方建设之理论”，第四年“侧重地方建设之实践”。虽然取消目的科目，但理论上国民中学分前后期各两年的四年制，后期两年的国民中学实际上的重点是地方建设，并且理论认识与实践活动相结合；而且这套教材具有“乡土化”和“偏重地方建设”②等特点。这表明国民中学在课程上，以地方建设为重点的特色仍未减少。1942年8月，根据新修订的《广西国民中学办法大纲》第七条规定，国民中学修业期限恢复四年一贯制。第四学年“依据各地环境需要，分组施教”。所分之组，包括“地方自治组”、“国民师范组”、“农业推广组”、“合作事业组”等③。在原来理论与实践基础上，作了专业性的分化，在实践上更紧扣四大建设的需要。因此，有人说广西国民中学课程，从最初设置到以后的几次反复修订，“均无不体现国民中学教学之围绕广西地方建设，强调实践，侧重培养基层建设干部人才的基本精神”④。

国民中学不仅在法律和课程上紧扣地方建设，而且在教育行政

①《雷沛鸿文集》续编，第574、577页。

②《国民中学》，载《广西教育史料》，第446页。

③《广西国民中学办法大纲》（第二次修订），载《雷沛鸿文集》续编，第581页。

④钟文典主编：《20世纪30年代的广西》，第743页。

组织上，设立“地方建设协助委员会”。将学校内“所有国民基础教育的辅导，地方自治的推进，合作事业的倡导，农业推广的策动”，都通过该组织，以从事“有计划的研究、实验、示范、推广、辅导等活动，运用各种社会式的教育方式，向当地社会渗透开展”[①]。国民中学与所在地各项建设的实践，可以一所国民中学为个案加以说明。成立于1941年的广西省立实验国民中学，在“推广实施”一栏中规定，内容上：“注重协助乡村公所推进基层经济、政治、文化、军事等事业”；具体工作有：“举办社会调查”；“指导各村健全合作组织”；“辅导各村国民学校”；“指导各村举行国民月会及村民大会”；“举行兵役宣传及其它各项宣传”；“举办农业推广”；“举办巡回医疗”；“设置公共运动场”[②]。各县国民中学在当地参加地方各种建设、改造当地社会之情况，可见一斑。国中参与县级综合社会改造的主要作用，据官方的看法，还不在此，而在于为综合的四大建设提供智力支持，沟通它们之间的联系。“国中”对于各县的“管教养卫”四大建设，“负有设计、推动、督导、考核之责”。凡此种种，“国中”“为之准备干部，为之策划研讨，为之宣传倡导，为之协助推动，遂成为沟通联系管教养卫四者之枢纽”[③]。

（二）“国中”与政治建设

雷沛鸿对中国，特别是对广西中等教育一向“漠视政治的习惯”颇为不满，主张加以改革[④]。因此，在创设国民中学时，力主国民中学

---

① 卢显能：《国民中学的行政组织》，载《广西教育研究》第5卷第1～2期合刊，民国三十二年（1943年）4月。

②《广西省立实验国民中学的介绍》，载《广西教育研究》第3卷第4期。

③《桂政纪实·文》，第178～179页。

④雷沛鸿：《广西全省中等教育改造方案并说明书》，载《雷沛鸿文集》下册，第293页。

要“务使教育制度与政治需要密切配合”[①]。国民中学与政治建设的关系，主要体现在两个方面：

其一，进行公民训练，扫除政治盲。受英国政治学家蒲徕斯思想的影响，雷氏认为建设现代民主政治，普及义务教育，扫除文盲固然重要；但通过政治教育，培养民众的政治兴趣，注重政治生活，提高政治判断力，扫除政治盲尤为重要。因此，国民中学的使命之一，是进行公民训练；而公民训练的核心，则是“如何实施国民教育，使所有国民均能运用心思，判别是非，以参与政治”[②]。

其二，参与各县地方自治。地方自治以县为单位，而国民中学则以一县设立一所为原则。因此，国民中学要推进一县政治建设，必然关注地方自治。雷沛鸿说，国民中学在参加地方建设中，“应设法多多参与以县为自治单位的地方自治事业”[③]。这可从校内学习和校外实习两方面进行。

关于前者，要设法“令学生多有自动机会，并学习自治，实为其最善学校教育”[④]。徐旭在《国民中学与民众组训》一文中说得更直接：国民中学本身“就是广西民众组训机构之一，藉以组训地方的青年分子，以配合今天广西政治上的要求”。对于国中学生，应使他们“在生活上，不将‘为学’与‘为人’分离，‘为学’与‘为事’脱节”[⑤]。对于国民中学学生如何学习地方自治？林砺儒说得颇为详尽：

> 一、遇事要运用科学的思考，论理的辩论，不武断，不迷信，不因袭含糊，不逞意气。

---

①雷沛鸿：《国民中学制度之当前重要问题》，载《建设研究》第7卷第2期，民国三十一年(1942年)4月。

②③④雷沛鸿：《国民中学之教育目的理想及设施》，《建设研究》第7卷第4期，民国三十一年(1942年)6月。

⑤徐旭：《国民中学与民众组训》，载《广西教育研究》第5卷第1～2期合刊。

二、坦白地发表自己的主张，毅然地反对他人的意见，慨然地放弃自己的成见，而赞同更好的建议。

三、倾听反对的言论，而慎重分析批判。

四、戒除不负责任的指责、谩骂、讥诮。

五、服从团体底决议案，诚意地执行和自己原不相同底议决案。

六、以一分子底资格对团体负责，不一定做领袖，也不求做英雄。

七、认定纪律法规是公有的，自己要遵守，并不许他人不守。以一分子底资格协助担任公务者，使他们得尽其能力，履行其职务。

八、不偏袒，不挟嫌，不争虚荣。纠举负责者必采光明正大底态度，依照合法的手续。

九、不作乡愿，不讲洁身自好，不规避责任，不投机取巧，而有注意公众事底兴趣。①

国民中学在校内学习自治，在校外则实践地方自治。雷沛鸿认为，在校外由国民中学师生“会同老百姓参与地方自治，实为其最有效之社会教育”②。时任广西教育厅长的黄朴心，在论及国民中学怎样参与地方自治时，提出要注意“确定参与自治事业内容”、“慎选地方自治导师”和“设置实验乡村”等建议。关于确定地方自治内容，包括“调查户口”、“整顿财政”、“训练民权运用民力”、“推行卫生与厉行新生活”和“注意业务管理”等。设置实验乡村，其目的“一方面作为学生平时实习场所，一方面国民中学即负责直接辅助其各种自治事业之

①林砺儒：《国民中学底学生自治》，载《广西教育研究》第5卷第1～2期合刊。

②雷沛鸿：《国民中学教育之目的理想及设施》，载《建设研究》第7卷第4期，民国三十一年(1942年)6月。

责,使其成为全县其他乡镇村街之示范”①。

国民中学校内练习自治,校外实习自治,不仅是理论设计,而且在一些国民中学中得到贯彻。苍梧县国民中学是广西最早成立的三所国民中学之一。它对校外地方自治有模有样地实施过:

> 地方自治课着重讲授“三自三寓”政策,强调对学生进行政治训练,将学生会称作县政府,将班会称作乡(镇)公所 学生会主席称作县长,班长称乡(镇)长。班会活动,着重练习演讲和讨论,还在实习农场建一间竹木结构的棚舍,作训练学生实施乡政的场所,叫做“国民新村”。②

强调公民训练,力主校内外学习和实施地方自治,这表明雷沛鸿并不拘泥于《广西建设计划大纲》以经济文化为重点建设的规定,仍然给予政治建设相当的重视。这是雷沛鸿以教育实现其政治理想在中等教育或国民中学上的反映。从这一点上,不妨再称雷沛鸿为“教育政治家”。

(三)国民中学与经济建设

经济建设乃20世纪40年代后广西四大建设中的重点。受此影响,雷沛鸿“认定县政建设的重心,在乎经济建设”③。国民中学对此也作出反应,注重生产劳动和合作经济推进。生产劳动,“不仅为培养个人之生产技能,且进而为乡村生产之协助”。其具体内容为,“挖种植蔬菜、饲养禽畜、养蜂、养鱼、栽种果树等”④。着重点为“农业实习及

---

①黄朴心:《国民中学与地方自治》,载《广西教育研究》第5卷第1~2期合刊。

②黎超良:《苍梧国民中学沿革(1936—1945)》,载《梧州文史资料选辑》第11辑,1986年7月版,第87页。

③雷沛鸿:《国民中学与县政建设》,载《建设研究》第5卷第5~6期合刊,民国三十二年(1943年)12月。

④《国民中学》,载《广西教育史料》第447页。

农业推广”[①]。国民中学在第四学年时，设农业推广组，进行专业训练——“施以农林、畜牧、农田水利、土木工程等训练，并从每县的农林场、水利、土木工程各项建设谋取联系，进行实习，以求其实用”[②]。对于国民中学如何参加农业推广，有人在理论上作了阐述，说“将农业上经过科学研究试验所获得的优良的或比较优良的成果，经过一番介绍传习，使一般农家能乐意接受，因而能增加生产的这一类事业，及以此事业为中心，为求达到目的，因而运用的各种方法与活动，这都是农业推广”。其主要做法为，首先，国民中学要教成人，注意转变农民观念，改进其农业生产技术和方法；其次，必须招收农村青年，培养基层农业推广干部[③]。至于合作经济的推进，按国民中学所设合作事业组，要求学生“一面学习，一面参加当地合作活动，使具有实际的知识技能，而能够从事实际工作”[④]。

张锡昌对国民中学怎样参加合作事业实践，作了进一步探讨。一要注意前期准备工作。掌握一定合作知识和理论；在学校内部创办合作社，使学生有初步实习的机会；调查当地合作事业，作初步研究，会同当地合作主管机关，详订参加合作事业的办法。二要确定具体办法。在时间上，以国民中学第2学年第2学期为宜；工作时间要长短相宜；指导工作最好由国民中学导师，会同当地合作行政主管人员共同负责；在考核学生合作实践成绩时，要注意从合作社业务的实绩、

①雷沛鸿:《国民中学教育之目的理想及设施》,载《建设研究》第7卷第4期,民国三十一年(1942年)6月。

②雷沛鸿:《国民中学与县政建设》,载《建设研究》第5卷第5~6期合刊,民国三十二年(1943年)12月。

③徐锡洐:《国民中学怎样参加农业推广》,载《广西教育研究》第5卷第1~2期合刊。

④雷沛鸿:《国民中学与县政建设》,载《建设研究》第5卷第5~6期合刊,民国三十二年(1943年)12月。

工作报告的记载和读书的笔记三个方面衡量[①]。这种合作事业实践设计，要求明确，步骤清楚，具操作性，是国民中学参加合作事业从理论到实践的必要环节。

各县"国中"实施生产教育的情形。广西"国中"普遍实施农业生产教育，参与各县经济建设。以桂北的阳朔、全州、灌阳三县"国中"为例，农业生产教育设有机构，准备充分，认真实施，取得成效，积累了经验。

"国中"农业生产教育的实施，按全省规定，通过设立农业生产实施委员会来主持一切。阳朔则通过组织农业生产合作社（有简章17条）办法进行。实施之前，有较充分计划和准备。灌阳国中广泛征求意见之后，确定六项工作要领：第一，纠正学生观念，提高农学兴趣，培养勤劳身手；第二，学生劳作成绩不及格者，一律予以留级；第三，耕种采用分组及个别两种方式；第四，农具由学生自备锄头一把；第五，收益除种子以外，学校与学生各半[②]。"国中"所实施之农业生产事业有五项：(一)作物：夏季蔬菜（菜、苋菜、辣椒、茄子、豆角、扁豆、苦瓜、南瓜、丝瓜），普通作物（棉、大豆、绿豆、落花生、玉蜀黍、甘蔗），冬季蔬菜（普通白菜、黄芽白、芥菜、萝卜、大头菜、菜花、菠菜、葱蒜、碗豆）；(二)畜养（本地种20只，杂种猪5只，杂种鸡鸭共14只，鱼600尾）；(三)农产制造（豆腐、豆浆、豆芽、腌白菜、卤咸萝卜）；(四)林业（自育苗至定植，以油桐茶树为多）；(五)普通农场工作（制作堆肥、种植绿肥、开沟筑路、整枝砍薪）[③]。在生产成绩方面，阳朔"国中"仅1940年上学期（3个月），总计已售出蔬菜的数量，共计8234.5斤，已

①张锡昌：《国民中学怎样参加合作事业》，载《广西教育研究》第5卷第1~2期合刊。

②周静远：《广西灌阳国民中学的农业生产实施》，载《教育与民众》第10卷第9期，1940年2月。

③王伊祥：《广西全县国民中学的农业生产教育》，载《教育与民众》第10卷9期。

收获而未售出者约4700余斤。所得收入国币527元8角，比历期中农业生产最高收入的1939年度下学期的112元，还超过4倍。该中学在总结获得好成绩原因时，认为学生方面，有三个原因。第一，对生产劳作，“在心理感到了无限的兴趣”；第二，生产劳作是锻炼体格研究学术的基本方法；第三，“了解这种生产劳作可能使自己成为一个生利者”[①]。“国中”劳动生产教育，考核严格，奖惩分明。阳朔“国中”劳作考核方法是实行三个统一：一、“考核与品行统一”：劳作勤劳与否或生产成绩优良与否，作为评定操行的主要条件。二、“劳作考核与辅导统一”：对于懒惰生产的学生，积极训导其努力生产；对于成绩拙劣者注意其原因，指导其改正生产之方法。三、劳作“考检与学业成绩统一”：平时之考核及收获量，即作为评定某学生之全学期学业成绩[②]。

各地“国中”农业生产不仅取得成绩，还积累了不少经验。江苏省立教育学院附属国民中学的心得有三个：引发学生的自动精神；教师要以身作则；考核要赏罚分明[③]。灌阳“国中”的经验分为四点：1、应视地方需要情形，决定种植作物，否则，易陷生产过剩之覆辙；2、教师之督促指导工作为事业成败之主体，应采取积极之方式与态度，不能有片刻之放松；3、若用分组及个别负责制度，因两种方法各有利弊，应斟酌实际情形，交错设置运用；4、种苗应由自己培植，较为妥当[④]。国民中学在参与县政经济建设过程中，有两点做法值得注意。

其一，提高民众智慧，使用现代生产工具。1944年4月，雷沛鸿认为，国民中学在经济建设过程中，除联系农业生产实际进行市郊教育外，还“必须进一步以现代科学知识、方法，以及生产技术、机器，作用

①② 杨第晰：《广西阳朔国民中学的农业生产实施》，载《教育与民众》第10卷第9期。

③杨友：《江苏省立教育学院附属国民中学的农业生产实施》，载《教育与民众》第10卷第9期。

④周静远：《广西灌阳国民中学的农业生产实施》，载《教育与民众》第10卷第9期。

于社会，应用于社会，而求其现代化”；进而进一步提出，“现代化的历程，在社会方面言，为社会改造运动；就教育方面言，社会改造运动反映到学校上，便为教育运动”（着重号为引者所加）。又说生产劳动，“绝非仅凭体力，机械地做蠢拙劳动。反之，我们须以之培养聪明才智，进而研究现代生产工具的适当运用，而追求进步的人生”①。即国民中学生产劳动非仅仅是体力的低级劳动，而是要糅合生产者的智力和素质，使用现代的生产工具，实现生产力、包括劳动者和生产工具在内的“现代化”；进而提出“现代化的历程”就是社会改造和教育改造运动的历程。可见，到了40年代，雷沛鸿的教育改造与社会改造这一“双改造”运动，不仅是一种“双建设”运动，而且演变发展为“双现代化历程”运动。

其二，结合各县实际，取得一些成效。国民中学是广西独特创制，又以乡村设校为原则，故而实施生产劳动须从广西是一个“纯农业的社会环境”的省情出发，并结合各县具体实际情况和独特环境加以变通进行。有人在论及国民中学实施生产教育经验时，建议应注意“适应社会环境的需要”——从横的方面说，注意各地的特产生产的情形，城乡的差别；从纵的方面说，“各地劳作环境进步的程度不同，生产教育的目标，作业的取材，要因地而异”②。

龙胜国民中学在筹设过程中，注意到设校要适应该县富产桐油的县情，特别着重于桐油等生产制造过程知识的学习。此举受到时任广西教育厅长苏希洵的赞扬③。榴（江）雒（容）联立国民中学，以小农

①雷沛鸿：《劳动生产的教育意义诠释》，载《广西教育研究》第6卷第1～2期合刊，民国三十三年(1944年)4月20日。

②《国民中学教育经验谈》，载《教育与民众》第10卷第2～3期。

③苏希洵：《广西国民中学之现状与改进》，载《广西教育研究》第3卷第5期，民国三十一年(1942年)5月。

区推广校内生产教育的做法，也值得注意。小农区以 30 方尺为一单位，先由教师在校内辟一标准农区，“亲自耕作，以示模范，然后分苗给各学生，于校外或自己家庭内划定农区，依法种植，教师时常巡视指导”。到成熟时，学生自产自销，自算成本，并利用展览，或比赛方法，“互相批评，以求精进”。目的在使学生明了生产劳作的重大意义，并且因此习得劳动的身手和农业的技能。这种方法在广西各地，均有推广价值[①]。阳朔县国民中学根据当地实际和季节变化需要，广种白菜，获得丰收。自给之外，外卖市场，尤其在总收入上合理分成，学校与学生分别各得其所，学生得 70%，学校得 30%，生产者拿大头。这减轻了学生及家长经济负担，又调动了学生参加劳作的积极性。其做法受到省主席黄旭初的“传令嘉奖”[②]。

可见，国民中学在参与一县经济建设方面，有理论，有实践。在实施中注意从各地实际出发，各显其能，逐渐摸索出自产、自销、自核成本、自己获益的生产、销售、分配三个环节相关联的路子和经验。这说明国民中学参与经济建设并非空谈，而是有一些成绩，出一些经验。

(四)“国中”与文化建设

文化建设是《广西建设计划大纲》的另一个重要内容。之所以这样，是因为与广西当局总结 30 年代建设经验成败的结果有关。在多种不足中，归根结底是文化建设不力，是“一个文化水准问题”[③]。提高文化水准要靠教育，尤其是中等教育。因此，1942 年雷沛鸿在第二次修订国民中学法规时，确定其使命之一，为“树立各县之文化中心”[④]。国民中学参与一县文化建设的主要表现之一，是辅导全县的国

①《国民中学教育经验谈》，载《教育与民众》第 10 卷第 2～3 期。

②刘嘉伟：《阳朔国中农业生产训练之实际与意见》，载《广西教育研究》第 1 卷第 4 期。

③童润之：《国民中学与广西建设》，载《广西教育研究》第 3 卷第 5 期。

④《广西国民中学办法大纲》(第二次修订)，载《雷沛鸿文集》续编，第 580 页。

民基础教育。除了为基础教育提供师资外，国民中学还直接负有辅导国民基础教育之责。由于广西师范学校为数不多，而且分区设立，难以对国民基础教育作“普遍辅导”，这就加重了国民中学这方面的责任。其总体情况，是“致力于训练现任国民学校教师，解答各种实际问题，供给补充教材之工作，并派国民中学高年级学生赴中心及国民学校实习”[1]。为使国民基础学校“真正成为乡镇村街的社会中心”，国民中学作为高一级教育，还在学术上加强对国民基础教育的辅导。乐茂松以为，国民中学可以在“研究”、“示范”、“巡回”和“通讯”等四种方式上，辅导国民基础教育。如“通讯辅导”，即以文字的方式，发行一种定期的辅导刊物。其内容以“政令的传达，地方建设与教育理论的介绍，工作方法的指导，国内外时事与地方政情的广播，以及各地工作人员、学校学生、社会民众生活的写述为中心”。这种方式可补前三种辅导的某些不足，尤其适合对交通不便、“素感精神食粮缺乏”的边远县区乡镇村街国民基础学校的辅导[2]。此外，国民中学在实施前后期制时，规定学生在毕业会考成绩合格后，除升学者外，“须于次学期赴指定具体之国民基础学校代理教师一学期”。期满成绩合格者，方由原校制发毕业证书[3]。这也可视为国民中学支持、辅导国民基础教育的一种表现形式。国民中学辅导国民基础教育，不仅有助于提高国民基础教育的水平，而且加强了国民教育体系内初、中等教育之间的联系性和整体性。

国民中学参与文化建设的另一表现，是设法提高一县的国民文化。雷沛鸿认为，提高国民文化并非凭空臆想，要从好坏并存的传统

---

①《国民中学》，载《广西教育史料》，第447～448页。

②乐茂松：《国民中学怎样辅导国民基础教育》，载《广西教育研究》第5卷第1～2期合刊。

③《申报》（影印本），民国二十九年（1940年）7月19日，第371册，252页。

文化和外来文化中，“用慧眼去抉择，存良去恶，淘金去沙”[1]；在此基础上，再加以创造，“融合新旧文化，复创造现代文化”[2]。黄旭初认为，对于传统文化与西方文化，要持“取醇去疵”的态度：“对外来文化固不能盲目相从，舍本逐末，对于固有文化也不能抱残守缺，固步自封，应该取醇去疵，使我们的文化不断的新陈代谢，不断地向更美更善的境界生长。国民中学教育是民族教育的一环，就应从事这种取醇去疵的工作。”[3]可见，“存良去恶”、“取醇去疵”，创造现代文化，这是国民中学为提高一县国民文化所取的标准和立场。虽嫌空泛，但不失合理之处。从更具体、实在一点上说，国民中学要从事一县文化事业的“设计”和“审议”，对国民性要“化私为公”，对陈规陋习要“移风易俗”[4]。何文炳则强调国民中学要“改进地方文化”，如修撰地方文献（如县志），兴革风俗习惯，倡导学术思想等[5]。

国民中学自出现以来，由于先天不足，后天失调，政治干扰，争论不休，直至被调整转向，但它仍顽强地在广西生存了十来年。表明这一中等教育制度有其合理之处，取得了一些成效。从理论上说，国民中学在争论中并没有败下阵来；相反 1942 年后，经雷沛鸿等人的努力，弥补了以前的不足，取得了一些进展。国民中学是为了改造中等教育缺点而出，打破了普通中学垄断广西教育天下的格局，得到了部分好评。有叫伯华者，专门研究雷沛鸿在《广西教育研究》、《建设研究》上发表有关国民中学的系列论文，认为国民中学的进步性表现在

①雷沛鸿：《中国过去的普及教育运动》，载《雷沛鸿文集》下册，第 29 页。

②雷沛鸿：《国民基础教育普及运动与国民中学的创制》，载《雷沛鸿文集》下册，第 336 页。

③黄旭初：《广西国民中学的由来及其发展》，载《广西教育研究》第 3 卷第 5 期。

④雷沛鸿：《国民中学制度之当前重要问题》，载《建设研究》第 7 卷第 2 期，民国三十一年（1942 年）4 月。

⑤何文炳：《如何使国中达成县文化中心的任务》，载《广西教育研究》第 3 卷第 1 期。

"中国化"、"大众化"、"民主化"和"科学化"等"四化"上①。中等教育专家林砺儒则说:"我向来坚决主张现阶段中国底中学教育底使命,应该是造就革命建国基层干部,现在广西底国民中学既专为此而设,便可以代表中国应有的中学。"又说:"广西国民中学开办有年,是这回抗战底产物,今后能否如愿成功,又当别论,而设校底宗旨,我认为十分正确。"②时任教育部督学刘寿祺则认为:"照我看来,现在国内许多研究中学教育的学者,他们的观点和论旨,表现虽有不同,但很少有超脱国民中学制度的思想与行动的范畴。"③尽管社会各界对国民中学的非议甚多,但不少专家仍坚持国民中学理论上的正确;所不足者,乃人事未尽、实施不力的结果。

在成效上,国民中学在一县的政治、经济和文化建设上均积极参与,取得一定的成绩。童润之认为,国民中学对于广西县政的各种改造和建设,起到了如下作用:其一,为广西建设供给了为数近万的基层干部,"对于地方建设工作,已经发生很多倡导和推动的力量";其二,国民中学遍设各县,"使中等教育机会大为推广,民族文化的水准逐渐提高,这于广西建设有莫大的裨益";其三,国民中学为"地方建设干部供给一些合理的基础准备";其四,国民中学对地方建设已发生了相当的"社会促进作用"。具体说来,国民中学的学生在推行政令、辅导农业生产、协助公共造产、指导合作事业、宣传兵役、慰劳征属等方面,均起了相当作用④。苏希洵也承认,国民中学六千余名毕业生,除少数升学外,绝大多数在"基层服务"。他们对"地方文化之发

①伯华:《国民中学的进步性》,《广西教育研究》第5卷第4期。

②林砺儒:《国民中学与中国教育之出路》,载《广西教育研究》,第3卷第5期。

③刘寿祺:《我对于西江学院的希望》,载《教育导报》第1卷第8期,民国三十三年(1944年)8月1日。

④童润之:《国民中学与广西建设》,载《广西教育研究》第3卷第5期。

扬，建设之推动，协助实多”[1]。在所有贡献中，又以推动基础教育文化事业最为明显。仅1940年下学期，在621名毕业生中，从事国民基础教师工作的就有483人，约占77.5%。如果按1941年全省共设“国中”48所计[2]，那么，“国中”参与广西县社会各项建设的空间亦不算小。

①苏希洵：《广西教育概况》，第41页。

②《桂政纪实·文》，第281页。

第七章

西江学院与桂南社会

以国民基础教育、国民中学和国民大学为主轴，重构中华民族教育体系，是雷沛鸿在广西进行教育改造的重要目的。国民大学是民族教育体系中的最高教育层次，而西江学院则是国民大学的雏形。因此，西江学院是雷沛鸿建构的民族教育体系中不可缺少的一环，向为研究者所重视。已涉及到目标、功能、理论、精神、学风与现实意义诸方面。其中毛松寿1992年发表《雷沛鸿改革大学教育的理论与实践》一文，结合当时背景，研究了大学的基础与中心、求真学问、自由思考、与民众结合、求实的学风与理论联系实际的方法，活用学分制等，为进一步研究雷氏高等教育思想打下了基础[①]。

第一节　指导思想

1946年元旦，雷沛鸿在《西江学院之教育实施方针》一文中说：

由西江学院发展到西江大学，当为吾人在大学教育上之努

①《雷沛鸿教育思想研究文集》(一)，第303～309页。

力方向。推进学术之博大与精深，普及科学知识之广泛用途，促进团体道德之实践，提高艺术教育的审美人生观，当为吾人在大学教育上之主要企图。训练实用技术人才，造就公忠体国的政治家，养成意志坚强而又智勇双全的民族战士，培植有专门知识，有思想力、审美力、同情心的学者，当为吾人在大学教育上之中心活动。继承文化遗产，创造新文明以适应环境，控制世变，当为吾人在大学教育上之终极鹄的。①

这些大学教育上之"努力方向"、"主要企图"、"中心活动"和"终极鹄的"，实际上是雷沛鸿创设西江学院的指导思想。如果以此为基础，再结合相关材料进一步分析，西江学院的指导思想可从努力创办西江大学，追求真理，建设民主政治，创造新中华文明等几个方面展开。为与时贤不同，本节着意第一，加强溯源工作，对雷氏大学理念不仅知其"然"，而且知其"源"；第二，对雷氏大学功能的研究，不仅注意其内容，而且注意其内在关系以及获得这些功能的途径；第三，建设民主政治，创建新中华文明是西江学院重要、不应忽略的指导思想。

一、理顺学科结构，办成西江大学

作为国民大学试验园地的西江学院，与雷沛鸿的母校——美国哈佛大学大有渊源。他在《西江学院的世界文化基础》中，谈到了西江学院与哈佛大学的关系，认为西江学院的教育理想"孕育"和"营养于"他在哈佛大学研究院从事研究的收获和启示②。西江学院的教育设施和办学方向，借鉴于哈佛。西江学院以"文理科教育"为中心，文理教育则又以博通教育为基础。"文"(Arts)，包括文学、艺术、道德、哲

①《广西教育研究》第7卷第1期，民国三十五年(1946年)1月1日。

②雷沛鸿：《西江学院的世界文化基础》，载《雷沛鸿文集》下册，第480页。

学、社会科学;"理"(Sciences),包括物质科学与生物科学。文理教育要融会贯通,互相渗透,使学生打下合理的知识基础,为日后高深的学问研究作好准备。"文"与"理"相互渗透外,"学"与"术",即理论与应用,互相结合。他认为文理,如中、外文学、数、理、化、史地、法、经、政、教育系,其对象为"学";文理"复逐渐应用学理于农、工、商、矿、渔、牧等寻常生活,化为专业教育,分设专科学校;其对象为"术"[①]。文理贯通源自哈佛,"学"与"术"的区别,得自蔡元培整顿时的北大[②]。因此,雷沛鸿在试验国民大学过程中,先着手于"学院"一级的组织,以文理科教育为大学教育的基础与中心;然后再以此为基础,"由西江学院而徐图构成森罗万象、兼容并包的西江大学"[③]。这一西江大学,是借鉴世界最著名大学的办学经验,结合中国、广西的实际而努力创设的理想远景中的国民大学。

二、研究高深学问,求取客观真理

大学教育的主要功能之一,在于研究高深学术和求取真理。雷沛鸿这种大学指导思想,主要受英国政治、教育家和勒殿(R. B. Haldane)的影响。和勒殿曾说过,高等教育的实质,在于获得一种高深的科学知识。"应着意于求真,而真理乃为完全无缺的一本体"[④]。要获得科学知识,必须本着求真踏实的态度,自由思考的科学方法和理性批判的精神。真学问的取得,一是"必须日积月累,融会贯通,不是一蹴而就";

---

①雷沛鸿等:《创建西江学院建议书(办法)》,载《雷沛鸿文集》(续编),第494页。

②曲士培:《中国大学教育发展史》,第398~399页,山西教育出版社1993年7月。另雷沛鸿有《让我们学习蔡先生的学与教》一文,对蔡氏思想把握颇深,载《文化杂志》2卷1期,1942年3月25日。

③雷沛鸿:《西江学院是什么》,载《雷沛鸿文集》下册,第454页。

④雷沛鸿:《远瞩未来》,载《教育杂志》第23卷第8号,民国二十年(1931年)8月20日。

再就是“脚踏实地，不避艰苦，实事求是，才能获得渊博贯通的造诣”[①]。

研究者已注意到雷氏关于大学求取真理离不开自由思考、科学方法、批判精神及其内在联系[②]，这里着重论述科学方法与批判精神在其中的具体作用。他对如何运用科学方法获得真理有一段相当经典的表述：

> 真理非前定，亦非一成不变，真理宜穷追，愈穷追，愈接近正确；真理的去处，不在圣贤，不在古典经典，不在宗教圣经，而在宇宙间，人世间；追求真理的方法，不是一味采取主观的内省法，须运用客观的科学方法；科学研究的对象不限于书本，而重在客观事实，在事实上搜集材料为张本，依此张本多方假设，将假设应用于事实问题，再加别择，屡试不爽，构成系统化的科学思想、科学原理、科学技术，而贡献于人类文明。只有科学方法的正确运用，人类的自由思考，才能帮助人类自图解放于自然与社会的束缚。[③]

人类文明的进步，有赖于批判精神的存在。关于批判精神，雷沛鸿认为应把握几个要点。第一，要批判与自我批判相辅而行；第二，要大度包容，彼此互相容忍，并勇于接受批判；第三，也是最重要的，要有“尊重理性的信念”。即在运用批判方法时，从理性出发，以理性为权衡，不能感情用事而无建设性；也并非毫无主见，逆来顺受，盲目服从。批评与自我批评相结合，以理性为准绳，以真理为信念的要求。这是大学应有的品格之一。西江学院对此十分重视[④]。

---

①雷沛鸿：《学问知识的真实性》，载《教育导报》第1卷第2期，民国三十五年(1946年)2月25日。

②《雷沛鸿教育思想研究文集》(三)，第207～210页。

③雷沛鸿：《什么是构成大学大的特性》，载《雷沛鸿文集》下册，第471页。

④雷沛鸿：《发扬理性的批判精神》，载《雷沛鸿文集》下册，第522页。

三、建设民主政治

教育，特别是大学教育，在民主政治建设中具有重要的作用和功能。这是雷沛鸿早在1928年赴欧洲考察各国高等教育后，就形成的观念。他在引申、发挥英国政治家和勒殿关于教育与民主关系的思想时说过，“全国成人必有赖于高等教育，以求取高深知识，以培养博学深思，又以锻炼明决的判断力；诚如是，德谟克拉西在未来社会中必有希望”。民主的基本理念，“在于人人平等；但人人平等在实际上必不易做到，无已，惟有先从教育的机会平等，尤其是高等教育的机会平等做起”[①]。大学要培养高深的科学知识，但这种知识不能仅为少数人所垄断，“必须变成人道化及平凡化；惟有人道化及平凡化科学，德谟克拉西在将来方可以享万世无疆之休”[②]。高等教育可以养成民主政治所需的判断力；民主平等，先从高等教育的机会平等开始；大学所生产的高深科学知识，必须平凡化。这些足以表明，大学教育在民主政治中所扮演角色的重要，以及二者之间关系的密切。西江学院在校内注意培养忠公体国的政治人材，实行民主政治生活教育，“不但有以建立全校为一富有自治力的民社，而且有以助成未来的民主社会”[③]。即成为民主政治训练的基地；在校外，极注意进行大学教育扩充运动，“使学问知识普遍传播于人间，相与协助，化民成俗”。培养发展民主社会中所需要的新公民德行[④]。可见，建设民主政治，培养民主思想，也是雷沛鸿创办西江学院政治上的指导思想之一。

---

①②雷沛鸿：《远瞩未来》，载《教育杂志》第23卷第8号，民国二十年(1931年)8月20日。

③雷沛鸿：《西江学院之教育实施方针》，载《雷沛鸿文集》下册，第442页。

④雷沛鸿：《西江学院学则的开宗明义》，载《雷沛鸿文集》下册，第501页。

四、创造新中华文明

改造旧中华文明，建设合乎时代潮流的新中华文明，这是雷沛鸿从事教育改造和社会改造的崇高目标。这不仅表现在国民基础教育运动和国民中学的创制上，而且落实在西江学院的创建中。他多次指出，由于近代西方以科技为基础的工业文明挑战和冲击，中国传统文明处处穷于应对，军事外交上接连受挫，政治、经济、社会、道德和文化上不断解体。在这种情况下，国人应负的责任和所做的事，就是要努力于政治上、经济上、社会上、道德上、文化上的全面改造，以“谋重建整个的新中华文明”[①]。在这个意义上，雷沛鸿说继承传统文化中的遗产，创造新文明，适应环境，控制世变，就成为国人在大学教育上的终极鹄的。

创设西江学院的动机之一，就是发展西江流域文化，进而为重造新中华文明做出贡献。雷沛鸿说，就中国各个区域、流域文化而言，可划分为黄河流域文明、长江流域文明、黑龙江流域及西江流域文明。黄河流域是中华文明的发源地，长江流域是发展地，黑龙江与西江流域是后起之地。就发展水平而言，西江文明比较落后。因此，更需加倍努力，迎头赶上，以求中华文明的总体平衡发展[②]。就发展的前途而论，后起之秀的西江流域文化，将对新中华文明的建设有较大的作为。因此，他有一段充满辩证精神和令人感奋的论述：

> 我们深感黄河、扬子江流域的中原文明，日趋于古老，东南海岸线的低原文化，则受资本主义自由竞争的影响，为金融资本、官僚资本所腐蚀，都非重新调整，不足适应现代文明。西江流域文化的未成熟性，却有生长与发展，而贡献于新中华文明与新

---

①雷沛鸿：《南洋华侨与祖国文化》，载《雷沛鸿文集》续编，第 131 ~ 132 页。

②雷沛鸿：《西江学院是什么》，载《雷沛鸿文集》下册，第 456 页。

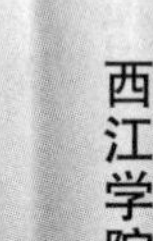

世界文化的可能。那是要说，西江流域文化，对于中国文化与世界文化，更富有截长补短，撷精去糟，提炼发展和批判创造的可能性。[①]

所以，雷沛鸿创设西江学院，取名“西江”，实具有深远的寓意和远大的理想。只有从这个角度和高度，去理解西江学院创办的文化历史意义，方能恰当地估量这个名不见经传的大学在近代中国高等教育史上的特殊地位。因此，为重造新中华文明尽绵薄之力，也是雷沛鸿创设西江学院的重要指导思想之一。

第二节　西江学院的创建与发展

西江学院从1944年筹议，1945年正式宣告成立，1946年取得合法地位，到1952年正式并入广西人民革命大学（即今日广西大学）为止，大致可分为设计筹备、组织实施、新旧交替三个阶段[②]。

一、设计筹备

1943年7月，卸任广西教育厅长的雷沛鸿应广西省政府聘请，出任广西教育研究所所长。为继续推行国民基础教育，桥接国民中学，他在总结1942年私立南宁农业专科学校办学经验基础上，进一步提出创办国民大学的动议[③]。

①雷沛鸿：《西江学院是什么》，载《雷沛鸿文集》下册，第458页。

②最早研究西江学院创建的文章为陈业强的《雷沛鸿先生创建的两个教育学术研究机构与西江学院》一文，载《雷沛鸿纪念文集》第280页。本节在其基础上提出发展的三个阶段，并补充相关的新材料。

③《设计筹备》一目，主要依据《公立西江学院创设纪事》写成，不一一详注，载《广西教育研究》第7卷第1期，民国三十五年（1946年）元旦。

1944年6月1日，雷沛鸿与马名海、卢显能草拟了《发展国民大学教育计划大纲草案》，从教育改造和社会改造的互动关系，以及促成"新社会秩序之建立与新教育体系之创设"方面，阐发了创建国民大学的重要性和必要性。6月4日，雷沛鸿等21人在桂林广西教育研究所举行了第一次筹备会，就上述大纲草案展开了热烈讨论，初步解决了创办国民大学的可行性、先办理科独立学院和以各县联立为办学原则等重大问题。6月12日，第二次筹备会议在该所大厅举行，会议正式提出建立西江文理学院，并明确了筹设动机、创设要旨、进行程序、经费筹措、校名和地点等问题。7月18日举行第三次筹备会，初步拟定以桂南籍人士为主的发起人名单，讨论通过了雷沛鸿起草的《创设西江学院建议书》，成立了以雷沛鸿为主任委员的西江学院筹备委员会(15人)。这次会议，为西江学院的成立，作了组织准备。7月28日召开第四次筹备会议，对办学过程中有关实际问题，作了具体安排，增加了筹委会委员（共17人），并决定向有关当局和社会散发《创建西江学院建议书》；邀请有关行政长官，列名为赞助人。西江学院的创办，由抽象构想发展到具体设计，由教育领域扩展到政治、社会领域。

正当筹备工作紧锣密鼓地进行时，战局又变，日寇第二次侵桂。广西教育研究所被迫撤出桂林，迁至桂西重镇百色，继续负起筹建学院的使命。11月5日，雷沛鸿主持的第五次筹备会议在百色行健中学举行。会议决定设置西江学院校董事会，且公推雷沛鸿、苏希洵等人为董事，苏希洵为董事长，并以邵力子、李四光、李宗仁、白崇禧、黄旭初等人为名誉校董。11月26日，西江学院校董事会在百色正式成立，雷沛鸿被聘为首任院长。至此，西江学院设计宣告成功，开始进入组织实施阶级。

二、组织实施

1945 年西江学院根据社会需要，确立临时任务，解决学院性质和招生问题。1 月 11 日，苏希洵、雷沛鸿等 17 人在百色大街三多号后楼召开临时谈话会。鉴于战事影响，省内高等教育机关已停顿，苏希洵建议，从速成立西江学院，争取短期内招生，以免青年失学。2 月 22日，公立西江学院终于向社会宣布正式成立，校址在百色。之所以称“公立”，取各县协款联合之意，亦有“教育为公”[①]的本意。3 月，西江学院首次招收大学进修生甲乙丙班，共计 20 人。抗战胜利后，学院于 1945 年 9 月 16 日迁回南宁，与私立南宁农业科学校合并，以南宁津头村原广西普及国民基础教育研究院旧址为院址，正式开始第一年秋季招生。原计划招生 100 名，结果 3 个教育单位（大学本科、专科、预科）共招收 7 个班 346 人。

三、新旧交替

1946 年，西江学院的工作重心，是创造学术和教育环境。正如该年度学院制定的《西江学院五年建设计划大纲》总纲所提出的，“自三十五年起，当集中力量，建立广大深厚之基础，及可久可大之规模，而创造动的教育环境，与夫宁静学术环境。务使学问与事功，循序渐进，并期于五年之内，蔚然建立一教育新型之西江大学”[②]。大纲对学院今后的办学层次、学术机构、建筑设备、经费来源和人才培养，均提出了宏伟规划和初步设想。其近期具体措施是，成立西江学院协进会，运用社会力量，加强学院建设，修建大礼堂，推动学院各项事业发展。

---

①陈业强：《雷沛鸿先生创建的两个教育学术研究机构与西江学院》，载《雷沛鸿纪念文集》，第 280 页。

②《西江学院五年建设计划大纲》，载《教育导报》第 1 卷第 9 期。

1946年秋季，师生员工人数增加，教工65人，学生398人，分布在国文系、英文系等10个班。

1947年是西江学院辉煌时期。本年度本科、专科、附属中学，及津头村国民学校学生总数达1118人；各县协款数达48县，协款总额到1947年11月底，为148804000元；图书资料已由1945年下学期的1902册，增至1947年的11713册；农场生产效益由1946年的600余万元增至1947年的3500多万元。学院无论在办学规模还是学生人数、基本建设、图书资料、教学设备、实验农场、生产效益等方面，均有长足进步[①]。

但兴旺中潜伏着危机。这突出表现在学院立案手续的纠缠上。从1946年3月至1947年12月，西江学院为能在国民政府教育部立案，几经周折未果。1946年11月20日，广西省政府发下"广西省西江学院关防"，定为省立，并于12月1日正式启用。直到这时，学院才真正取得合法地位。此后，在为期不长的时间内，校名迭经变换。1947年6月27日，国民政府教育部下令，改广西省立西江学院为"广西省立西江文理学院"。同年12月25日，再改为"广西省立文理学院"[②]，并确定12月25日为院庆纪念日。然而，虽然名称屡变，但院长一直是雷沛鸿。这表明其不愧为该院的"领导者和保姆"[③]。此其一。其二，从表面上看，西江学院取得省立的合法地位，实际上并没有得到多少实惠，反而使民间筹款为省府控制；而且在系科设置、招生范围等方面，受到种种限制，新设附属中学也不能立案。学院开始走下坡路。

1948—1949年，学院举步维艰，甚至出现基建经费停发现象。尽管如此，在雷沛鸿的领导下，师生并没有气馁。他们采取在招生上变

①《教育导报》第1卷第12期，民国三十六年(1947年)12月25日。

②《教育导报》第1卷第7期，民国三十五年(1946年)7月1日。

③《广西日报》，民国三十七年(1948年)12月4日。

通、经费上募捐等措施，在艰难中苦苦支撑。师生们日益不满国民党的腐朽统治，雷沛鸿也被迫出国，远走他乡。

中华人民共和国成立后，远在美国的雷沛鸿闻讯欣然返国。1950年1月5日，回到南宁。他在即日的欢迎暨院庆大会上作重要讲话，号召全院师生员工开展新民主主义学习运动，从头学起，改造自己，全心全意为人民服务。6日，南宁军管会派军代表侠静波前来接管西江学院，从组织上调整西江学院的行政机构，废除训导制，用新的权力机构院务委员会取代原来的院务会议。雷沛鸿被文教部指定为主任委员。

1950年春，西江学院受命对系科设置进行调整。文科增设教育等系，工科设土木工程等系，农科设农业经济等系，连同原来的中文、外语、化学共6个系。与此同时，雷沛鸿也积极总结、批评、改造自己的教育思想，写成《第一届全国高等教育会议文件的学习总结报告》，表示愿意接受人民民主教育的理论，完成了从一个旧式教育家向新式教育家质的转变和飞跃[①]。

1951年1月，广西省人民政府教育厅发文，将西江学院改名为广西省西江文理学院，随即着手调整该院的办学形式及工作重点。为替广西培养建设所急需的大量人才，学院总体上已转向举办会计、水利、税务等短训班为主。从1950年3月至1951年底，西江学院共轮训了3期共295名学员，为广西社会主义建设培养了一批应急实用人才[②]。

1952年3月，经教育部批准，西江学院正式并入广西革命大学，雷沛鸿调任他职。西江学院的原址变成广西人民革命大学(即今日广

①曹天忠:《雷沛鸿教育思想的演进》,载《广西师范大学学报》(哲社版)1993年1期。

②参见陈业强的《雷沛鸿先生创建的两个教育学术研究机构与西江学院》,载《雷沛鸿纪念文集》,第292~293页。

西大学前身)的校本部,成为新型大学的一部分。

第三节　西江学院与桂南社会

西江学院虽坐落于西江上游,但并不偏安桂南一隅,实有远大的目标和崇高的理想。它以参与地方建设、中国建设和世界建设"三重建设"[①]为目标;更以"教育为公、学术为公、天下为公"的"三公"主义为立校精神和崇高理想[②];但它同时又以"实事求是"为学风。依雷沛鸿从大处远处着眼,从小处近处着手的务实办教作风,把远大理想和脚踏实地的态度结合起来。在"三重建设"中,地方建设是基础[③]。在地方建设中,尤以桂南社会建设为迫切。在"三公"主义中,教育为公更加重要。这是雷沛鸿一贯追求的教育理想。反映在西江学院教育中,就是教育(包括高等教育)"不应只是为少数有钱人着想,应该把教育生根在民间。具体地说,一方面利用民间的力量去发展教育,一方面把教育渗透到民众生活中去,引进科学技术与民主于寻常百姓生活中去"[④]。西江学院主要仰仗桂南各县协款和民间社会力量开办而成,注意把高等教育扎根于桂南民众生活中,为桂南公众服务。况且,西江学院从1945—1951年存在的6年间,其教育实践主要立足于桂南社会。因此,研究西江学院——国民大学的雏形,只有将它与桂南社

①雷沛鸿:《西江学院之教育实施方针》,载《广西教育研究》第7卷第1期,民国三十五年(1946年)1月1日。

②雷沛鸿:《开会词——在广西教育研究所、广西西江学院联合举行的春节联欢会上》,载《教育导报》第1卷第2期,民国三十五年(1946年)2月25日。

③雷沛鸿等:《创设西江学院建议书》,载《广西教育研究》第7卷第1期,民国三十五年(1946年)1月1日。

④《成长中的西江学院》,载《广西日报》(南宁)1946年11月6日。

会结合起来考察,才能弄清它的历史真相,确定它的历史地位。同时也为大学与它所在的区域社会关系的研究,提供一个典型的个案。或谓大学是民族灵魂、社会心脏。这是一般意义上强调大学在文明演化和社会发展中的地位。然一所大学究竟在多大程度上辐射、滋润和影响它所处的社会与文明?这一文化教育学术史上重要而又饶有兴趣的问题,似乎未引起足够重视。通过西江学院与桂南社会互动关系的考察,或许能予人启示。

一、依托桂南社会

西江学院创设的动机之一,为纪念抗战中桂南失地的收复。西江学院是雷沛鸿等人在1942年创办的私立南宁农业专科学校的基础上,"扩充"而成[①];南宁农专,则为纪念桂南失地收复而设。1940年11月29日收复的桂南18县,是抗战中"我国首次收复之整块失地;南宁为我国于沦陷区中最先光复之名城"[②]。桂南人民在沦陷之时,抛弃"田园庐基,扶老携幼,散走四方,挨饥受寒,不辞艰苦";所表现出来的民族正气,"可以壮山河,可以贯日月,可以惊天地,泣鬼神"。战略上组织游击队,配合抗日部队打击敌人,最后将侵略者赶出桂南。这种以鲜血换来的痛苦经验和伟大成就值得纪念[③]。邕宁旅桂林人士则直接指出,西江学院创设,"藉以纪念桂南之光复,而为国家建设育才"[④]。从经济上说,创设南宁农业专科学校,是为了恢复因战争破坏的农村生产力,协助战区复兴。日军寇桂南,大肆破坏,无所不用其极。大兵过后,劫后奇荒。桂南地区"虽则光复两年有余,迄今仍是元

---

①雷沛鸿:《创设西江学院建议书(办法)》,载《雷沛鸿文集》(续编),第494页。

②③雷沛鸿等:《私立南宁农业专科学校创设计划》,载《广西教育研究》第7卷第1期,"国民大学教育研究特辑",民国三十五年(1946年)1月1日。

④《公立西江学院创设纪事·公函文书摘录》,载《广西教育研究》第7卷1期。

气凋残，十八县未复”。因此，需要通过教育，指导生产，恢复农村生产力①。为纪念桂南收复和恢复桂南经济，于是有西江学院及前身南宁农专创设，表明西江学院与桂南社会与生俱来的关系。

从创办者看，西江学院的倡议者、筹备者和发起人多为桂南籍，而倡议在桂南设大学的，正是桂南邕宁县人雷沛鸿。1944 年 6 月 4 日下午 1 时，在桂林广西教育研究所举行的西江学院创设第一次筹备会议上，主持者雷沛鸿谈起创设西江学院的经过：

> 今年四月间，本人回邕处理农专（南宁农专——引者）校务，并至右江一带考察地方自治及教育事业，适邕宁县（中略）建立一完全中学。莫县长深仁暨地方人士就此事相与征求鄙见，本人以为邕宁一地公私中学已达二十余所，而高等教育机关尚感缺乏，与其添办中学，不如创设高等教育机关，以昌明学术，培养人才，提高国民文化为宜。县长、参议院议长、县党部书记长暨地方人士，颇以为然；并特为此事在南宁举行座谈会，相与交换意见，结果决定由邕宁县联络三南（即南宁、田南、镇南——引者）各县，发起创立一高等教育机构于南宁，至于设校计划则嘱由本人转至桂林后，会同三南留桂人士及教育专家，洽商拟定，以便按部进行。②

不久，雷沛鸿、卢显能、马名海等人牵头起草了《发展国民大学教育计划大纲草案》。1944 年 7 月 18 日，第三次筹备会召开，推举留居桂林的属于桂南，如南宁、百色、龙州区的资望人士，雷沛鸿、苏希洵、黄崑山、陈寿民、陈良佐、雷殷、何应恩、颜僧武、农树棻、王赞斌、苏康甲、苏诚、谢宗铿、黄奕勋等为筹备委员，成立筹备委员会。常务

---

①雷沛鸿等：《私立南宁农业专科学校创设计划》，载《广西教育研究》第 7 卷第 1 期，“国民大学教育研究特辑”，民国三十五年（1946 年）1 月 1 日。

②《公立西江学院创设纪事 · 第一次筹备会议录》，载《广西教育研究》第 7 卷第 1 期。

委员会主任委员为雷沛鸿，常务委员有苏希洵、黄崑山、陈寿民、苏康甲[①]。就发起人而言，绝大多数是桂南籍人士。仅据1944年6月11日下午举行的第二次筹备会议而论，在酝酿、推举的71位发起人中，初步考究，桂南籍就占了64位，占总数近90%。具体名单和籍贯有：雷沛鸿（邕宁）、马冠麒（邕宁）、潘山、蒙起鹏（桂南籍，何县暂不明）、朱化雨、谢起文（邕宁）、吴尊任、陈锡鹏、王永华（百色）、卢显能（邕宁）、梁上燕（邕宁）、苏诚（桂南籍，何县暂不明）、叶鸣平、谢汝鋆（邕宁）、李微（邕宁）、黄崑山（邕宁）、钮兆斌（邕宁）、杨世贤（邕宁）、黄尚钦、麦有权、马名海、曾其新（靖西）、农树菜（镇结）、苏康甲（宁明）、苏希洵（武鸣）、陈良佐（宾阳）、黄现璠（扶南）、王焕（百色）、谭汉男（上思）、韦可德（横县）、蒋炳、王番（上金）、邓殷藩（恩乐）、覃继雄（都安）、梁升俊（绥渌）、王赞斌（凭祥）、区文雄（龙津）、李森（崇善）、吴如岑（永淳）、童思温（靖西）、谢宗铿（天保）、赵佩莹（龙茗）、杜肃（崇善）、甘嘉勋（扶南）、谢謇（宁明）、郑建宣（宁明）、黄光京（武鸣）、韦振鹏（宾阳）、曾如柏（田阳）、杨煊（同正）、周可法（上林）、覃克勤（上林）、古材型（永淳）、陆炯之（隆安）、班英（隆安）、莫大基（横县）、韦大枢（横县）、黄桐诰（明江）、唐伟英（都安）、贺继章（都安）、陆材森（绥渌）、吴亮洪（绥渌）、岑永杰（西林）、岑超（西林）、林世嘉（凭祥）、赵可任（龙津）、罗绍韩（隆山）、林鹏飞（那马）、黄奕勋（田阳）、梁豪雄（田东）、陆达源（同正）、莫长啸（果德，今平果）[②]。这些发起人中，桂南各县几乎都有人参加，具有相当代表性和广泛性。

西江学院的得名、经费和生源，也与桂南大有渊源。在桂南设一

①梁上燕：《雷沛鸿先生创设西江学院始末》，载《南宁文史资料》总第5辑，1988年3月；《公立西江学院创设纪事·第三次筹备会议录》，常务委员尚有苏康甲。在第四次筹备会上，加推黄中廑、李画新为常委。

②《公立西江学院创设纪事·第二次筹备会议录》，载《广西教育研究》第7卷第1期。

高校已定，但对校名，则有异议。在第二次筹备会上，校名初有“桂南”、“大南”、“邕南”等提出，后又有“自强”、“光复”、“建设”、“立人”、“新生”、“树人”、“肇兴”等备选。经讨论，大家觉得“桂南”、“大南”等名称虽切合桂南实际，但有违高等教育没有地域界限的原则；而“自强”、“光复”等名称含有纪念抗战胜利的意义，却又不合各国高等教育大多冠以地名的惯例。最后，卢显能认为，学院将以“西江流域为其教育园地”，其教育设施“自有其适应地方需要之地方性”，建议校名冠以“西江”为宜。雷沛鸿接过话茬，说“西江”二字，地理上的含义比较广泛可用，且在文化立场上观察，“西江流域的文化亟待濬发，吾人在此时此地，建立此校，自应以西江文化的发展，为其对象”，同意卢显能的提议[①]。西江学院最初名称是“公立西江学院”。冠以“公立”二字，一方面体现“教育为公”的理想；另一方面，学院的经费并非国家和广西省政府拨款，而是桂南各县联合出资，协款置设，以期在国民政府办公立大学原有“国立”、“省立”、“市立”的种类上，另创“各县联立”的公办大学模式[②]。桂南各县负担绝大部分经费，养育和支持了西江学院。第二次筹备会议决定，学院的经费“由联立各县，按人口及粮赋比例分担；各县担任经费多少，为享有学生学额多寡之一种依据”。大体上是每县捐十万经常费，给予一个名额[③]。有关经费的主要来源办法：联立各县人口田赋比例，分担每年经费，总额合计至少为2000万元(国币)。其分配数为：

一等县，每县每年(下同)担负200至400万元；二等县，担任100至200万元；三等县，担任50至100万元。四、五等县，担任30至60

①《公立西江学院创设纪事·第二次筹备会议录》，载《广西教育研究》第7卷第1期。

②卢显能：《西江学院取得合法地位的报道》，载《教育导报》第1卷第7期，民国三十五年(1946年)7月1日。

③《公立西江学院创设纪事·第三次筹备会议录》，载《广西教育研究》第7卷第1期。

万元。各县将其县立农林场交本学院与县政府合力经营，并酌赠其收益之一部分，充本学院基金。联合各县原来县有的学田、公地、农林场及其他固有财产，尽量赠与本学院，充作基金[①]。1944 年 7 月，率先响应筹款的是邕宁，计划认担筹备费 10 万元，首期置建费 1000 万元。其后百色认担开办费 100 万元，经常费 200 万元；靖西开办费 50 万元，经常费 100 万元；田阳开办费 30 万元，经常费 120 万元；田东经常费 100 万元；天保 80 万元，东兰 40 万元，凌云、田西、乐业各 30 万元[②]。认担筹款日趋踊跃。到 1945 年，经费筹集已有较大进展，认担经费有下列各县，情况如下[③]。

1945 年桂南各县认担西江学院经费一览表：

[单位:万元(国币)]

县名＼款项	认担开办经费	认担经常费	已缴费	备注	今地名
邕宁	10	400	1010	含建置费 1000 万元	
横县	400	150			
百色	70	200	240		
宾阳	40	200?			
上林		200	50		
武鸣	40	120	160		
靖西	50	100	80		
田阳	30	120	30		
天保	20	90	40		德保
田东		100	30		
永淳	35.3	50	40		横县
万冈	20	30	30		巴马
东兰		40	40		

①雷沛鸿:《创设西江学院建议书(办法)》,载《雷沛鸿文集》,第 495 页。

②《公立西江学院创设纪事·公函文书摘录》,载《广西教育研究》第 7 卷第 1 期。

③据潘景佳:《经费·事业·理想——本院三十四年经费简报》统计,载《教育导报》创刊号,民国三十五年(1946 年)1 月 25 日。

续表

县名 \ 款项	认担开办经费	认担经常费	已缴费	备注	今地名
果德	20	20	20		平果
隆安	10	30	10		
崇善	10	30	20		崇左
万承	30				大新
那马	1	20			马山
凤山	2	10	12		
镇结		30	30		天等
向都		30	30		天等
凌云		30	30		
乐业		30			
田西		30	20		田林
同正	10	10	10		扶绥
雷平	10	10			大新
西林	10	10			
养利		10			大新
龙津		10			龙州
上思		10			
明江		10			宁明
镇边		10	2		那坡
西隆	10				西隆
上金	10				龙州
绥渌	10				扶绥
龙茗		10			天等
合计	848.3	2150	1934		

据上表统计，1945年，桂南各县认担经费者35县，开办费848.3万元，经常费2150万元，合计全部认担经费共2998.3万元，已缴纳费用有23县，共计1934万元，接近了《创设西江学院建议书》要求联立各县，每年分担经常费不少于2000万元的目标。而且，认担县数达35个，覆盖了30年代桂南所辖百色、武鸣、南宁、天保四大区32县的

全部[①]。若以已缴款的23县计，覆盖区域也达75%以上。1947年底，参加协款县已达48个县，不仅覆盖桂西南各县，而且包括了桂东南的陆川、桂平等地[②]。此外，桂南各界，通过参加西江学院促进会，或以个人名义等方式向学院捐款。据1945年统计，共捐款284万元。上述数字足以说明，西江学院的经费来源，主要是桂南各县的协款。这成为西江学院的优点之一。“它是一所民有、民治、民享的学府，自易获得大众的支持，而供应大量的经费”[③]。八年抗战后，百废待举，百业待兴，恢复教育之声不绝于耳，然国库虚空，步履维艰。在恢复教育尚难以为继之际，西江学院却以新姿态诞生于世，背后有桂南社会和人民作后盾，“受着三南人士的抚育”[④]。

桂南各县参与办理西江学院，关心支持，献计献策，寄予厚望。宁明、万冈、凌云、西隆、横县、邕宁等近20个县的县长、参议长先后到学院参观[⑤]。各县民众不仅在物质上给西江学院大力支持，而且对学院的办学方向十分关心。1946年3月，与西江学院密切合作的广西教育研究所，进行问卷调查，请各县政府教育科提供意见。关于高等教育，内有“贵县对于桂西南各县联立之西江学院有何期望？促进该院事业发展之方策为何？”一目。桂南邕宁、宾阳等26县纷纷响应。结果经广西教育研究所整理，主要有两大方面。

各县对学院的期望：第一，“培养地方建设专才”。归纳起来有，按照地方发展需要，注意培养师资、医药、土木工程、水利等专门实用人

---

①钟文典主编：《20世纪30年代的广西》，第72页。

②《教育导报》第1卷第12期，第6页，民国三十六年(1947年)12月25日。

③《教育导报》第1卷第7期，第15页，民国三十五年(1946年)7月1日。

④风歌：《“希望”跳跃在津头村》，载《广西日报》(南宁)1947年4月25日。

⑤雷坚：《雷沛鸿传》，第231页。

才，增加各县招生名额等目[1]。第二，“响导地方建设事业”，尤其是文化教育事业。第三，“扩大学院施教范围”。都安、镇结、苍梧等县，期望学院注意大学扩充运动，扩大各科系班数，甚至设分院于各地，方便桂东南子弟就地求学，提高文化水准[2]。第四，“扩充成为西江大学”。邕宁、雷平、上林等县，希望学院尽快扩充成为桂西南一所设备完整、国立和权威的西江大学[3]。

各县对学院的献议：第一，学院本身应努力实现者，包括“筹集充裕经费”（邕宁、永淳、那马等）；“聘请优良师资”（田东、邕宁、左县）；“发展生产事业”（田东）；“注重实事求是”（都安）；“加强联络工作”（田东、那马、苍梧）；“完成立案手续”（隆山）。如“加强联络工作”方面，田东等县建议，学院应设法让社会各界人士对自己投下深切关怀；桂西南各县、参议长为学院董事会之当然校董，以便联系；学院研究所得，撰成书刊，随时分送各县参考，藉资宣传，以增加各地对学院的认识[4]。第二，联立各县应协力实现者，包括“增加认担款额”，“依期缴交经费”等等。养利、龙津、都安、田东、上金、西林、东兰、隆山等县均表示尽可能增加认担款额；有的则建议扩大协款范围；有的提出除自由认担外，应依照各县经济情况，开会决定分配负担经常费，以保证稳定经费来源，巩固学院基础[5]。这一及时的教育调查和桂南各县的积极反馈，加强了双方的交流和沟通。各县对西江学院发展非常关心，提出许多建设性的意见，不少与西江学院创办宗旨和要求相吻合。这反映了学院的办学方向切合桂南民众生活需要，也有利于西江学院本身的发展；并使雷沛鸿一贯提倡的教育，尤其是高等教育，生根于民众生活，为地方“共有、共营、共享”的理想，逐渐成为现

①②③④⑤《各县对西江学院的期望与献议》，《教育导报》第1卷第6期。民国三十五年(1946年)6月1日。

实[①]。这是高等教育大众化、民主化的表现，也是西江学院与其他大学明显的相异之处。

二、反哺桂南社会

教育社会化，教育改造必须与社会改造相结合，这是雷沛鸿教育思想的轴心。这同样适用于西江学院。办南宁农专之初，就认定学校为社会需要而生，以社会服务为目的[②]。西江学院承此余绪，“本取诸社会，用诸社会之主旨”[③]，积极参与桂南各项建设，反哺桂南社会。

西江学院创办主要目标之一，是参与地方建设，特别是经济建设。其中，尤重农业问题。1943 年，雷沛鸿在《私立南宁农业专科学校之教育旨趣》中强调，农专的教育旨趣，乃为“生产第一”。该文还从“现代化”的角度，强调农业经济的重要性。学校“最为迫切”的教育旨趣，是“整个民族生活的现代化问题”；“我们的整个民族生活，不管是工、是农、抑其他部门生活，必须一齐同时求取进步”，而且“须求取有目的有计划的进步”[④]。这是一种全面的、重视农业经济的现代化设想，接近或反映了国人 30—40 年代对“现代化”问题探索的水平[⑤]。1944 年 6 月，雷沛鸿提出国民大学要注意与各县进行经济合作建设，主张：“有关各县之县农林场，由学校与县政府合力经营之；有关各县所设之农田水利工程及其他工程、合作社、中央工场，均请酌拔为学

①雷沛鸿：《开会词——在广西教育研究所、广西西江学院联合举行的春节联欢会上》，载《教育导报》第 1 卷第 2 期，民国三十五年(1936 年)2 月 25 日。

②雷沛鸿：《私立南宁农业专科学校之教育旨趣》，载《雷沛鸿文集》(续编)，第 474 ~ 476 页。

③《本院各县学生联呈原籍县政府参议会请加入协款》，载《教育导报》第 1 卷第 2 期。

④雷沛鸿：《私立南宁农业专科学校之教育旨趣》，载《雷沛鸿文集》续编，第 474 ~ 476 页。

⑤参见罗荣渠主编的《从“西化”到现代化》，北京大学出版社 1990 版，第 910、915 页。

校之实习场所；有关各县之地方建设事业，由学校员生与有关人员，通力合作，以作成计划之教育建设，配合有计划之政治、经济等建设。”①各县农场与学校合办，目的“是想多方面与各县联系之故；进一步且要使教育事业与县地方建设乃至国计民生，发生相互感应作用”②。稍后，雷沛鸿又说，左右江农业生计，原始单调，对此，西江学院“殊不能袖手旁观”；“吾人必须努力参与全国产业革命运动及左右二江的水利事业、造林事业、畜牧事业”③。西江学院参与桂南经济建设的重要举措和行动，是协助重建战后桂南经济。

在校内，计划恢复原广西普及国民基础教育研究院畜牧场，“从事耕牛繁殖推广，及兽疫防治事业，”以相助恢复桂南农业生产力；复办研究院原有机械厂，“研究制造农工生产工具、科学器材，而推广应用于农工业生产，以协助政府恢复农工生产力”④。在校外，1946 年 1 月 7 日，向行政院善后救济总署广西公署，提交《为桂南农工业善后救济申请书》，本“善后重于救济，善后即是建设”宗旨，申请加入战后桂南社会重建工作行列。《申请书》鉴于桂南各县属农村社会，两度沦陷于敌的残酷现实：“备受摧残，灾情冠于各地。其中直接打击农业经济者，厥为耕牛、农具、种子、住屋、及其他生产工具之受劫杀、破坏、焚毁。故田园荒芜，失耕一年数载者，触目皆是。”估量学院能力，根据自己优长，选择了“对恢复农工生产力及改进农工业生产之有重大意义”的重建任务。除向政府申请经费、物资若干，以尽快恢复研究院原有的畜牧场及机械厂外，还通过学院设置的农业及工业两系科，“务

①《公立西江学院创设纪事·发展国民大学教育计划大纲草案》，载《广西教育研究》第 7 卷第 1 期。

②《公立西江学院创设纪事》，载《广西教育研究》第 7 卷第 1 期。

③雷沛鸿：《西江学院之教育实施方针》，载《雷沛鸿文集》下册，第 443 页。

④《公立西江学院三十五年工作计划大纲·生产与社会事业》，载《教育导报》创刊号。

使教者学者，能运用教育方法，透过合作体制，以引进科学知识与科学技术于广大农村，协助农工业复员，促进农工业之现代化。”1月9日，又向同一机关提出《恢复广西家畜保育所兽疫防治事业申请书》。基于战时桂南“耕牛损失惨重”和战后因牛瘟“造成损失为数尤巨”的双重考虑，建议恢复原来基础较好的广西家畜保育所的“兽医防治事业，以相助恢复桂南各县之农业生产动力。”防治区域，由小而大，由近而远：“先就南宁附近各县为实施防疫地区，再逐渐推广于桂南各县乡村”[①]。耕牛是农民的命根子；工具是生产力的决定性因素。西江学院在参与战后满目疮痍的桂南经济重建中，发挥自身优势，抓住恢复农村生产力的症结，经济复员与农工经济“现代化”并举，重点明确，标本兼治。

雷沛鸿创设西江学院终极目的之一，是改正西江流域文化的不足，发掘其潜能，为中国总体文化的平衡发展和重造新中华文明而努力。重造新中华文明，首先必须改正广西地方文化的缺点。广西文化总的缺点，一言以蔽之，是原始落后，处于终日劳碌于物质衣食上的“生存竞争”的低级阶段，而没有达到精神上的“理智竞争”的高级阶段[②]。按照“地方文化是地方教育设施的最大根据”的观点[③]，广西文化亟待通过“‘生存竞争’的阶段，引进到‘理智竞争’的程途，以适应新中华文明、新世界文明的进步”[④]。1938年9月24日，雷沛鸿应华中大学之邀，作《广西地方文化的研究一得》学术讲演。讲词先后在《教育通讯》(重庆)、《广西日报》(桂林)和《中国农村》上发表。认为广西地方文化，有同化力、大同精神、质朴性和未成熟性、女性主义和农业文化复杂性等五个特质。这些特质优缺并存。例如质朴性和未成熟性，

---

①《文书一宗》，载《教育导报》创刊号。

②③④雷沛鸿：《西江学院是什么》，载《雷沛鸿文集》下册，第456～458页。

其长是朴实、勤劳、俭约、勇敢等；短“在于生活简陋、心理早熟、眼光短浅、气量狭窄，所以在学问与事功上，类多浅尝辄止，而不肯也不能长进”[①]。在西江学院的历次学府生活训词中，雷沛鸿几乎都对广西地方文化、尤其是西江流域文化的缺点，严加解剖。认为受马来文化的影响，生活上“懒惰”习气很盛，“无远见，不积蓄”，挥霍浪费成风；精神上，迟钝散漫，缺乏向上进取的朝气；性格气质上，“好勇斗狠”，居民脾气急躁，械斗风气盛行[②]。尤其是青年学生在学问思想上，“偷懒惜力，不肯长进”；“桂西南各县文化不平衡，学问的偷懒倾向愈甚”[③]。因此，他强调，要“以地方文化为教，从有意识有计划有组织的教育实践中，努力于新文化的创造”[④]；学院必须“向广西以至西江流域文化的缺点挑战，以地方文化的特性做个教育的对象，加工矫正，努力创造新文化”，并具体落实到课堂、集会和内务整理等教学和日常管理中[⑤]。

雷沛鸿通过西江学院，改正西江流域的文化缺点，挖掘其质朴性和未成熟性的潜能，以桂南为起点，以广西为基地，重塑新中华文明，这与当时政治、文化氛围有关。近代广西革命策源地多在西江流域。太平天国运动酝酿于桂平金田；倾向孙中山国民革命的李宗仁、白崇禧、黄旭初为首的新桂系，崛起于桂东南玉林一带，在内战和外战中地位显赫。人称广西是“中国的模范省，中华民族复兴的策源

---

①雷沛鸿：《西江学院是什么》，载《雷沛鸿文集》下册，第456～458页。

②参见《雷沛鸿文集》下册，第506～507、513页；《雷沛鸿文集》续编，第511页。

③《各县对西江学院的期望与献议》，载《教育导报》第1卷第6期，民国三十五年(1946年)6月1日。

④雷沛鸿：《以地方文化为教》，载《教育导报》第1卷第3期，民国三十五年(1946年)3月15日。

⑤雷沛鸿：《向地方文化的缺点挑战》，载《教育导报》第1卷第3期。

地”[①]。历史上的光荣事迹和现实中举足轻重的影响,给广西以极大的鼓舞,成为广西人思考自己未来的传统和现实的资源,也是国人看好广西的一个重要依据。为了论证本省应担当的历史重任和加强自信心,他们别出心裁地挖掘自身文化的优势和潜能。1934年,官方就说:“广西经济落后,外力侵略之程度较轻,民族之意志与生活力未至于消沉衰老之期。”[②]又说:“近代各国之复兴基点,多为荒凉偏狭之地,例如凯末尔之复兴土而其,即自荒凉之小亚细亚草原上着手,加富儿之复兴意大利,亦只以区区撒地尼亚王国为中心;吾人今日之建设广西,正与当年凯末尔、加富儿等之建设事业先后辉映,吾人相信,复兴中华民族之路线,惟有于此中求之,史实昭彰,谁谓贫瘠荒凉之广西,不足为复兴中华民族之基础耶?”[③] 1936年,一位不愿透露姓名的旅粤桂人,说得更具代表性:“我觉得华北民族的奴隶性太重,江浙又因为受六朝金粉的遗毒,失之庸儒萎靡,广东虽较为勇进,却又不免失之空浮,恐怕都不足以担当复光民族的大任,所以我觉得中华民族的希望,就只有寄托在这一千二百万刻苦的、斗争的、沉着的广西民众身上。”[④]

如果说广西人自我评论,有本位之嫌的话,那么,外省名流对广西寄予的厚望,无疑值得注意。时任四川大学校长张澜(字表方)说:“中国的民族性,以现在说,北方衰朽,长江流域脆薄,两广却显出若干坚强振作的气象。在我看来,将来黄河流域定亡,而长江流域亦亡,

---

①一飞:《我的广西观》,载《群言》第12卷第1期,民国二十四年(1935年)2月25日。

②《二十三年度广西省施政计划》,广西省政府秘书处1934年印,第3页。

③许璧编:《广西建设集评》,第195页,转引崔载阳:《广西教育上的民族主义》,载《教育研究》,第63期,1935年12月号。

④佚名:《广西民团组织的重大意义》,载《群言》第12卷第6期,民国二十五年(1936年)1月10日。

救中国定是西南。”并说四川要想避免走上死亡的道路的话，是要“取法广西的”[①]。国立中山大学教授张君劢也说，“广西因文化落后而保留许多好性质”，如后起、富于自信力、有勇气、诚朴、能刻苦耐劳。其中，诚朴“易于一心一德”；刻苦耐劳，“合于革新时代所需要之清教徒的精神”；后起，主要是相对于中原文化而言，“少不更事，故能有朝气”。秦亡六国，日耳曼灭罗马，正是后起之秀的结果[②]。

所以，雷沛鸿提出从西江文化未成熟性特质中开掘、提炼出重造新中华文明的新鲜因子的设想，是有其政治、文化背景的。这一思想既包含了对西江上游文化的肯定，也隐含着对中原古老、过时的文明和东南沿海为官僚资本及私人资本所污染的个人主义两种文明的不满。这种试图以西江文化为切入点，重建新中华文明的设想，或许被人讥为异想天开、不自量力，但深入细想，未必不是近代岭南文化的一种折射。戴逸指出：“岭南文化，受西方文化的影响较深，富哲理性，体大而思精，善于构筑思想体系，提出救国救民的思想纲领”，其学风则“富理想和浪漫的色彩”[③]。岭南文化，一般来说，是以广东为主体、包括广西在内的珠江流域和西江流域文化。雷沛鸿早年求学广州，加入同盟会；动辄以改造整个中华文明为己任，自称“浪漫主义者”，无疑受岭南文化的影响[④]。事实上，1945年3月，以雷沛鸿等人组成的西江学院董事会，在《筹办西江学院募捐启》中，强调“两粤”的重要

①赖彦于主编：《广西一览·游桂名人评语摘要》，广西印刷厂民国二十五年（1936年）版，第11页。

②赖彦于主编：《广西一览·游桂名人评语摘要》，广西印刷厂民国二十五年（1936年）版，第10页。

③戴逸：《纪念陈垣与开展区域文化研究》，载《历史研究》1991年第3期。

④ 雷沛鸿：《本院第一期建设募捐运动的教育意义》，载《教育导报》第1卷第8期，民国三十五年(1946年)8月1日。

性。“自海禁既开，西江之人才日盛，洪杨首义之后，国民革命诸公继之，开发港越暹缅以及南洋群岛北美洲之富力者，华侨中亦多两粤人士。园地新辟，蓓蕾初葩，意料西江之新文化与夫商工农矿各实业，必有颉颃黄河长江流域而兴者”[①]。雷沛鸿有意以西江流域文化代替珠江流域文化的提法，既是对东南沿海低地文化的保留，也是对传统岭南文化中粤重桂轻的一种相反强调[②]。

西江学院创设原因之一，在于能使桂南子弟就近上大学。各县期望“学院能成为桂西南文化之领导机构，扩充教育范围，使与国民学校，国民中学发生密切关系成为国民大学，负起中国教育改造的使命”[③]。西江学院通过和广西教育研究所合作，从学术上支持桂南各地初、中等教育。《西江学院五年建设计划大纲》(1946—1950)规定：学院“今后仍谋经常与广西教育研究所，及西江上游各县，及本院所在地之南宁地方县政府及民众合作，时时回顾及协助当地学校系统中之定式教育，携手并进，毋使脱节，且更能切实衔接。因之，本院更将用力于国民基础与国民中学等教育制度之研究实验及辅导等项工作，以相助健全其组织，充实其内容，提高其程度、发挥其功能”[④]。直接的行动，是与广西教育研究所、邕宁县政府以及当地乡村公所民众，合办中心国民学校一所，并以“人力相协其发展”[⑤]。

①《公立西江学院创设纪事·筹办西江学院募捐启》，载《广西教育研究》第7卷第1期。

② 1921年10月27日—11月7日，第七届全国教育会联合会在广州举行，雷沛鸿代表广西与会。会上通过决议，统一认定全国地理划分成黄河、长江、珠江、黑龙江四大流域。《第七届全国教育会联合会纪略》，载《东方杂志》第14卷第1号。

③《各县对西江学院的期望与献议》，载《教育导报》第1卷第6期。民国三十五年(1946年)6月1日。

④《西江学院五年建设计划大纲》，载《教育导报》第1卷第9期，民国三十五年(1946年)11月1日。

⑤《公立西江学院三十五年工作计划大纲》，载《教育导报》创刊号。

西江学院扶持桂南教育的另一表现，是根据桂南地区实际需要，采取一些灵活措施，为当地培养人才。在制度上，学院根据西江上游文化发展水平和抗战对教育的影响，认为桥接中等教育、引进青年学子于大学及专科学校，提高素质，谋西江流域文化的高度发展，“实为目前急需”。因此，其教育设施分为大学、专科和预科教育三种。前者造就高深研究人才，中者培养专门实用人才；后者则是适应战时中学生程度低下实际的产物[①]。最能体现学院按桂南社会需要办学、独具特色的教育制度，当推所谓的“特别生制”。1948年秋，西江学院开始实行这一制度，主要是为那些学问有一定基础、有志深造；或在社会上服务成绩好，又不能上大学的社会优秀青年而设。桂南原先服务于国民基础教育事业或国民中学，中途按政策规定参加社会服务，而影响学业的学生，经过一定考选，即可做特别生[②]。共招收特别生22人，多是在社会上服务过的职业青年。他们可以有针对性地选修所需要学习、或是与其服务工作性质相近的科目。科目修毕，由西江学院发给毕业证书，但学籍和证书不呈报教育部[③]。特别生制，是西江学院实施教育社会化，在桂南进行大学教育扩充运动的典型。招生和教学，采取宽进严出、分组弹性的办法。为适应桂南各协款县文化水平差异，同时为高等教育机会均等起见，学院规定学生入学标准，“尽可依各县地方文化程度之参差而酌为伸缩，以谋机会之均等；惟毕业标准，则务求其齐一”[④]。教学方法，根据学生大多来自联立协款各县，年

①《公立西江学院学则》，载《教育导报》1卷3期。

②金开山：《大学扩充教育运动的一例——介绍西江学院的特别生制》，载《广西日报》(南宁版)民国三十七年(1948年)11月13日。

③关山：《教育改造运动与西院——访问西江学院》，载《广西日报》民国三十七年(1948年)12月14日。

④雷沛鸿：《创设西江学院建议书(办法)》，载《雷沛鸿文集》续编，第494页。

龄差别大,“学历来源不一,程度参差不齐”的实际,认为“惟有采取弹性的教学,才能适应特殊的情境”。弹性的教学,即按学生水平程度,把要学习的科目,作有系统分组,使学生由浅入深、按部就班地学习。无论何科,凡未能跟原班级上课者,可到适合自己水平程度的组别补习。经过教师适当指导和自己努力,赶上之后,再回原班组,继续学习。这种分组、弹性、滚动式的教学方法,因材施教,“适应学生个性差异、学历程度不同”的桂南教育现实[①]。

三、影响

西江学院源于桂南社会,又反哺桂南社会;参与战后桂南经济的重建,向西江文化的缺点提出挑战,重塑新中华文明,扶持当地教育发展,从而为考察一所大学究竟如何影响、辐射它所在的区域社会和文明,提供了具体佐证。从教育史上看,以各县协款方式创办大学,突破了国民政府规定的大学只能由国立、省立和市立的格局,开创了“各县联立”的办学新模式。此举甚至被认为是桂南各县民众“试行公民创制权”,办理地方公民大学的结果,其意义已超越教育范围[②]。在制度上,从桂南实际出发,创造了只要知识,不惟文凭的“特别生制”。这些可视为高等教育史上的新鲜事,至少在广西来说是这样。西江学院试图改变中国,特别是广西高等教育不合理的布局,弥补了桂南地区没有完整意义上大学的缺陷。试图闯出一条与传统中国高等教育不同的路子,声称“不是一个传统的大学教育机关”,而是“因为不满意于教育现象与教育传统”而设[③]。中国教育,“一向很偏枯,大学教育尤甚。大学的设置,只集中于极少数的大城市,而且专为少数富

①雷沛鸿:《教育设施的调整工作》,载《教育导报》第1卷第6期。

②卢显能:《西江学院取得合法地位的报道》,载《教育导报》第1卷第7期。

③雷沛鸿:《感谢与祝愿》,载《雷沛鸿文集》续编,第524页。

贵人家的利益着想”。相反，学院“要发动民间力量，为大学教育开一新纪元”[①]。亦即改变办理高等教育的路向，重心由城市转向农村。西江学院先设于百色，后迁回南宁郊区，当是对中国大学教育布局重城市、轻农村的一种否定。

20世纪40年代，广西的高校为数不多，分布很不平衡。国立广西大学、国立桂林师范学院、省立医学院、私立无锡国专、私立西南商专、私立桂林美专，“概丛集于桂林一隅”。结果“不特青年之受教机会极不均等，左右二江及边远县份之地方建设，尤叹才难”。这种现象引起教育界的不满：广西高校均在桂林，左右两江无之，分布“太不合理”，因而，在“桂西南，设立高等教育机关实属必要”[②]。韦振鹏在西江学院第二次筹备会上，进一步论证在桂南设高等教育机关的理由。“左右两江各县，文化程度向来低落，其原因是在于教育机会没有均等。自从省会由南宁迁桂林后，左右两江各县的青年，因为邕柳一带没有高等教育机关，很难有接受高等教育的机会。”因此，创设一学院于桂南，“确实有其需要”[③]。韦氏的看法，虽不无家乡观念，但确是实情[④]。西江学院的创设，使桂南因省会北迁造成的文化损失，“得了一

①雷沛鸿：《本院改为省立与我们的课题》，载《教育导报》第1卷第7期。

②《公立西江学院创设纪事·筹设广西文理学院暨专科学校计划草案》，载《广西教育研究》第7卷第1期。

③《公立西江学院创设纪事·第二次筹备会议录》，载《广西教育研究》第7卷第1期。

④广西省会，民国前在桂林。民国后桂南人陆荣廷任都督，出于地域利益，将省会迁往南宁，桂北籍议员群起反对，是为“迁省之争”。此后，两个地域集团利益之争一直不断。1936年10月，桂北人李宗仁、白崇禧掌权，又将省会迁回桂林。广西迁省不仅波及政治，而且牵动教育，西江学院也未能幸免。1946年，学院以公立向教育部申请立案受挫，新桂系欲取消之，但因“顾忌桂南一带参议员和地主阶级的反对，不便勒令公立西江学院停办”，遂将其改为省立。李微：《新桂系的国民中学》，载《广西文史资料》第15辑。

部分补偿”[①]，在一定程度上改变了广西高等教育重桂北、轻桂南的不合理格局，并成为桂南教育发展的先导。抗战胜利后，广西教育亟待重整，学院率先从百色迁往南宁，恢复上课，为教育界树立了榜样。省府秘书长陈寿民对此大加赞赏：“西江学院迁邕，此为一极佳现象，良以该院为西江最高学府，能于邕垣上课，对地方教育，裨益良深。”[②]西江学院点设桂南，对广西文化教育发展产生了积极影响。当年力主在桂南设校的韦振鹏，在近半个世纪后，更加认清该院设置的历史意义：“填补了桂南无高校的空白，并带动桂南中小学教育的提高；使广西最为落后的右江壮族地区，有了历史以来第一间高等学校。”[③]不仅如此，如果放宽视野，揆诸“西江流域，除广州桂林等处设有大学及专门学校之外，而在西江上游属于人物繁庶之区，尚付阙如，殊深遗憾”的说法[④]，那么，西江学院创设的文化影响实已跨出了广西。

①社论：《一个重要的呼吁——为桂林师范学院院址及西江学院经费问题而作》，载《广西日报》民国三十六年(1947年)3月2日。

②《陈秘书长对邕观感——西江学院迁邕为最佳现象》，载《曙光报》(南宁)民国三十四年(1945年)10月6日。

③韦振鹏：《毕生爱国，振兴教育》，载《广西文史资料选辑·雷鸿沛纪念文集》第26辑。

④《西江学院募捐启(三)》，载《教育导报》第1卷第8期。

第八章

雷沛鸿在广西的教育改造与民国时期乡村建设运动

乡村教育或乡村建设运动的研究,此前学界多就各家各派分类研究,很少对各派之间事实上的联系进行较为深入的探究,尤其忽略广西教育的社会改造与全国乡村建设运动之间的勾连。本书出版后,境内外学术界均有书评,反映良好①。唯认为对雷沛鸿在广西的教育改造和社会改造与20世纪30—40年代的全国教育和社会的关系,尤其是与乡村建设运动的关系,没有进行专题研究,且言之过简。有鉴于此,本次增订,限于篇幅,主要是拟通过雷沛鸿在广西主持和领导的国民基础教育教育改造与基层社会改造的思想和活动的事迹,与全国各地教育界的交往、互动、冲突、竞争、融合的关联,突破此前广西一省区域研究的界限,以考察其是如何实现跨省交流的。一方面借鉴他人改正、充实自己,另一方面以本身的创造和经验影响、辐射各方各派,最终使地方性的广西国民基础教育及其"三位一体"

①潘光哲:《"拯救"被"遗忘"的人物:曹天忠,教育与社会改造——雷沛鸿与近代广西教育及社会》,《"中央研究院"近代史所集刊》第48期,2005年6月;李华兴:《以史为鉴的启示:读曹天忠 < 教育与社会改造 >》,《历史教学》2005年5期。

制度的做法，上升为国家意志，成为新县制的重要渊源之一，从而成为新桂系继军事之后，在文化教育和政治制度上跨省扩张的又一重要表现。为与此前相关教育史方面的研究作区别，这种考察主要不是在理论和逻辑上简单地进行异同比较和优劣高下的价值判断，而是着重彼此之间交往史实的联缀和展开，从时代背景和全国互动的脉络中显现出其固有的联系与地位。

第一节　国民基础教育与乡村建设各派的互动

20 世纪 30—40 年代，社会教育多是乡村教育的别名，而乡村建设因为主要以教育为方法和手段，与乡村教育大同小异，故二者常常混同使用。各地乡村教育或乡村建设由于所处的自然条件和社会条件不同，信奉的理论方法有别，形成众多的派别，计有梁漱溟的村治派或狭义的乡村建设派，陶行知的晓庄生活教育派，晏阳初的定县平民教育会派，以俞庆棠、高践四为首的无锡江苏省立教育学院民众教育派，以庄泽宣、崔载阳、古楳、子钵（尚仲衣）等中山大学教育研究所为代表的"普通大学教授"，以汪精卫为首的"农村复兴委员会"，以黄炎培、江问渔为首的"中华职业教育社"，以陈翰笙、薛暮桥、千家驹等为代表的"中国的社会主义者"或中国农村经济研究会，以雷沛鸿开创的"广西的国民基础教育者"等十一派[1]。政府方面，除汪精卫的改组派外，尚有以政学系为主、在"剿匪"区推行的特种教育派以及以 CC 系为首的江宁、兰溪实验县派。因而，乡村建设各派的数量远比坊间书籍所说的三派或五派为多。乡村建设各派分散异地，在实际工作中深感互通声气，取长补短的重要。他们借参观调查、研究讲

[1] 曹天忠：《乡村建设派分概念形成史考溯》，《广东社会科学》2006 年第 2 期。

学、为文介绍、批评讨论、登载情报、人员流动等途径，频繁往来联系。雷沛鸿开创的国民基础教育派与其他各派互动的详情样态，可从集体借鉴和分派交往两大方面来述说。

一、集体借鉴

集体借鉴，即国民基础教育以学术研究机构和学会组织为平台，与各派之间同时进行的集团式的交互活动。一是依托广西普及国民基础教育研究院，重视吸收、研究、借鉴全国各地乡村建设的经验；二是凭借中国社会教育社为媒介，积极开展与各派的交往。

1933 年 9 月，从雷沛鸿就任广西教育厅长实施国民基础教育起，至次年 5 月止，在此之前，该派为“力求充实内容，向鲜对外宣传”①，与各派联络甚少，同行知之不多。之后，由于雷沛鸿虚心求教和新桂系当局为了反对蒋介石的需要，礼贤下士，广西教育界积极开展对外联系，使向称落后的南疆桂省，一时成为乡建的关注点。1935 年 9 月，雷沛鸿看到陶行知编的《普及教育续编》一书后，特地在广西国民基础教育研究院（以下简称研究院）朝会上要求同仁研读，并评介全书所收全国及本派的材料：“内容分理论，实施办法，表格，诗歌，四部分”，很有价值，极堪注意。还规定该院从此“应有一专人负责搜集全国各地之有关于普及教育运动之各种理论，办法，章则，印刷品，汇集起来，供大家研究，这是一件很需要的工作”②。这表明后起并处在相对闭塞的广西雷沛鸿派，渴望了解和融入全国乡建大潮的愿望。

在此背景下，研究院成为乡教各派各地人员往来的汇集之所。据追随过雷沛鸿的严少先回忆，该院乡教各派人员云集，计有“江苏

---

①《国民基础教育研究院最近一月来消息一束》，《教育周刊》7—8 期合刊，1934 年 5 月。

②《本院新闻》，《日刊》第 213 号，1935 年 9 月 4 日。

省立教育学院、南北晓庄师范、中华职业教育社、山东邹平乡村建设研究院、河北定县平民教育社、贵州达德师范及广东暨南大学的各地学者”,如徐旭、武宝琛、秦柳方、马勤如、胡耐秋、龚家玮、范昱、叶蕴贞、方与严、杭苇、潘一尘、沈子英、陈希文、梁金生等45人,可谓人才济济。大家“介绍各地的优良经验,汇集交流,各扬所长”。各地的特约导师、乡村教育的领军人物纷纷前来讲学报告,有梁漱溟的乡村建设专题讲座,晏阳初的关于河北定县的平民教育专题报告,陶行知的生活教育方面论述,蓝梦九的教学用合一的方法介绍等等,彼此“交流研讨,切磋琢磨的学术空气很浓,蔚然成风”①。

就员工籍贯而言,该院计有桂、粤、闽、川、滇、黔、豫、冀、湘、鄂、浙、苏、皖、鲁、沪、平16个省、特别市。人数以流域而言,“长江流域居多数”,省份则以江苏为最②。就个体论,贵州黄齐生、四川蓝梦九的经历与贡献很能说明问题。黄曾是平教会的专家,在邹平听过梁漱溟的课③,又担任过职教社漕河泾农学团总干事,后经陶行知的推荐,从晓庄来到广西,担任研究院副院长、代院长,传授生活教育学说,受到师生的爱戴;④后又从家乡贵州接洽刘曼青等8名男女来研究院,研习国民基础教育,“以备在黔亦作普及教育运动”⑤。蓝梦九,曾供职于山东邹平,1935年3月1日因言论“左倾”去职南下,进

①严少先:《立志向,做世界——纪念沛鸿师长诞辰百年》,《雷沛鸿纪念文集》,广西文史资料选辑,第26辑。

②《日刊》第198、64、404号,1935年8月20日、4月5日、1936年3月28日。

③梁漱溟:《回忆黄齐生先生》,中国文化书院学术委员会编:《梁漱溟全集》第7卷,山东人民出版社,1993年版,477页。但梁氏否认黄齐生在定县干过则误。

④杨应彬:《津头村外气如蒸——怀念雷沛鸿先生》,高敏贵主编:《雷沛鸿纪念文集》(二),1999年9月版,第93页。

⑤《贵州青年男女来院学习》,《日刊》第240号,1935年10月1日。

入研究院。他扬弃了陶行知生活教育中的“教学做合一”理论，自创“教作用合一”说，与国民基础教育相发明，贡献颇大，惜为学界所忽略。他所谓“教”，是指学校里的教材、教员、教室等而言；所谓的“作”，是指实验场所的用具、技师、实验室等而言；所谓“用”是指教育的用途、社会的需要和为民众所用而言。“教作用合一”的教育，就是“要‘教的’，‘作的’，‘用的’，合成一气，不相隔离的意思”①。其特点是强调教育的应用性和整体性，这与雷沛鸿的教育理念甚为相契，受到后者的重视，经验被大量吸收进国民基础教育的各项重要法规之中。蓝氏自谓先后帮雷沛鸿起草或修改了《广西国民基础师范办理通则》《基础教育指导区规程》《广西基础教育研究院组织大纲及组织系统表》《办理国民基础学校须知》等，“一切我都把‘教作用合一’的精神在可能的范围内加入进去，使其教育更实际化，更合理化，而组织愈加严密”②。

20世纪30年代初的中国，内忧外患。外有日寇闪击东北；内有军阀混战，政治分裂，乡村破产。当时学界不甘心中国处处落于人后，为振拔学术，结社风气日浓：“少数热心之士，遂联合同好，组织各种学术团体，从下往上推进，同时又向横的方面扩大，这是处于一切不景气环境中寻出生路之惟一办法”③。在这一背景下，与乡村建设关系密切的两个全国性社团——乡村工作讨论会和中国社会教育社（以下简称社教社）应运而生。学界已在一定程度上注意到前者在乡建由分散到整合中的联系作用，而对成立更早，活动范围更广，存在

①蓝梦九：《教作用合一的教育》，南宁国民基础教育研究院，1935年版，第5页。

②蓝梦九：《教作用合一的教育·引言》。

③钟道赞：《参加社教年会之后》，中国社会教育社编印：《中国社会教育社第一届年会报告》，无锡：民生印书馆，1933年版，第110页。

时间更长，作用丝毫不亚于前者的社教社，在各派有组织的联系过程中的功能的研究，几乎阙如。因而对这一具有“全国社教之总枢纽”称誉的民间教育学术团体进行考察①，既可以弥补已有研究中乡村教育各派之间横向联系不足的缺憾②，也有助于把握这一时期中国社会结构如何由松散走向紧凑的历史。

中国社会教育社的成立，旨在使乡村教育各派之间互通声气，提携团结。1931 年 12 月，该社成立于南京（后迁无锡），发起词云：“我们已知各地的社会教育同志，已在不同的环境之下，依据适当的理论和方法，推进他们的事业。但中国地大人众，同志散处各地，深感声气少通，愿宏力薄。因此，同人等欲谋全国社会教育同志的大团结，而有中国社会教育社的发起。”③各派之间疏于联系，制约社会教育效率和功能的发挥，社教社因此而成立。该社选举俞庆棠为常务理事兼总干事（后增加了梁漱溟），雷沛鸿、李蒸、高践四、赵冕、钮永建、梁漱溟、郑宗海等人为理事。它“以研究社会教育学术，促进社会教育事业为宗旨”，组织机构由社员年会、理事会和具体办事的事务所组成。盛时有个人社员 1600 余人，团体社员 36 个，几乎包括了全国研究社会教育的学者和教育工作者。

作为现代学术社团，社教社最主要的活动方式是举办年会。社教社年会地点的确定及轮值，是乡建事业本身空间联系和扩展辐射

---

①《大会经过》，载中国社会教育社编印：《 中国社会教育社第三届年会报告》无锡：民生印书馆，1934 年版，第 8 页。

②关于乡建各派的单独研究和总体情形的研究，就专著而言，主要有董宝良、周洪宇主编的《中国近现代教育思潮与流派》，人民教育出版社，1997 年版；郑大华《民国乡村建设运动》，社会科学文献出版社，2000 年版；吴相湘《晏阳初传》，岳麓书社，2001 年版等。其中郑书在第 122 ~ 128 页已注意到乡村工作讨论会在乡村建设中的作用。

③《中国社会教育社成立志盛》，《 教育与民众》（合订本），第 3 卷第 4 期，1931 年。

的表征。其中,就与国民基础教育关系而言,最主要的是与中山大学联合组织举办的第四届年会。第一、二、三届年会分别在杭州(1932)、济南(1933)、开封(1934)举行。如果说这三次会议的召开,主要是为了加强黄河流域与长江流域之间的乡村建设之间的联系,那么,第四届年会的举办,则表明乡教联系的重点转移到华南,使珠江流域与黄河、长江流域连成一体,雷沛鸿的国民基础教育派的地位也因之得到确定。中大校长邹鲁有感于"南方学术空气似觉消沉,社教事业有待扩展",申请希望社会教育社第四届年会能在广东举行,并由崔载阳代为恳切陈词。与此同时,以雷沛鸿为厅长的广西教育厅对开会也有兴趣①。1936年1月18日到22日,由中山大学主办、教育研究所承办的中国社会教育第四届年会在中山大学隆重举行。全国教育界名流和各省代表共182人出席会议。大会主席由钮永建、邹鲁、金曾澄、黄麟书、梁漱溟、雷沛鸿、萧冠英、崔载阳、钟荣光、俞庆棠、董渭川组成。各省代表人数为:广东99人,江苏41人,广西10人,湖南9人,河南7人,山东3人,江西、福建、河北、四川、浙江、安徽各2人,湖北1人,具有相当的广泛性和代表性。在大会上宣读论文和教育实验报告的,按顺序先后,有广西国民基础教育研究院的雷沛鸿、山东乡村建设研究院的梁漱溟和江苏教育学院的刘平江,他们分别"代表华北华中华南各部"②。国民基础教育派与进行乡村建设的老牌的邹平派、民众教育派三家,鼎足而立。

此前,雷沛鸿还作为嘉宾在大会上致词,强调办教育要中国化,

①方惇颐:《中国社会教育社第四届年会之前前后后》,《教育研究》第67期,1936年4月号。

②储志:《中国社会教育社第四届年会记》,《教育与民众》第7卷第7期,1936年3月28日。

"要解决中国问题,只有向国内民众学,不能向国外人民学"①;同时提出社会教育的责任在于救亡,此举受到"左倾"的中国农村经济研究会的赞许②。广西国民基础教育的工作成绩出色,受到大会的重视,以致社会教育社总干事俞庆棠在报告社务时,认为广西的教育与山东的乡建一道,在"组织制度的努力"上,代表了社教社"努力的程度"和今后发展的方向,已有后来居上之势③。20 日下午,崔载阳引导全体与会者,参观中大教育研究所及该所附设的民族中心制小学课程实验班"成绩展览会",借以宣传和扩大民族中心制课程的成果和影响④。

会后,社教社"以广西近年建设事业一日千里,培植民力,颇有办法",决定组织广西教育考察团。参加者 66 人,占 182 位全体与会者的三分之一强。23 日,考察团逆西江而上,以考察广西一切建设,而"特重于教育之事业",为期三周。考察团在广西参加学术会议,出席研究院成立两周年纪念会暨广西颁布普及教育令庆祝会,捐款奖励研究院实验工作⑤,与雷沛鸿商榷有关国民基础教育的问题。而最重要的是撰写并印行考察报告《广西的教育及其经济》一书。关于前者,雷沛鸿回忆:"中山大学、江苏社教考察团来到广西,他们以教育的观点来和我讨论关于国民基础学校的问题。他们提出几个问题:1. 国民基础学校教师负担重不重? 2. 国民基础学校教师报酬太低怎样可能完成这繁重的工作呢? 3. 国民基础学校的经费不足怎样办理

---

①方惇颐:《中国社会教育社第四届年会之前前后后》,《教育研究》第 67 期。

②《中国社会教育社的第四届年会》,《中国农村》第 2 卷 3 期,1936 年 3 月。

③中国社会教育社第四届年会筹备委员会编:《中国社会教育社第四届年会纪念册》第 100 页。

④《社教社四届年会续议补志》,《国立中山大学日报》第 4 版,1936 年 1 月 30 日。

⑤雷坚编著:《雷沛鸿传》,第 123 页。

呢?”雷的回答是:“教师不应该以报酬为从事教育的出发点,假若为了教育经费不够而去增加民众负担,那是不可以的。因为他还未见你给他的好处,却先见到你给他加重负担。所以教师的薪俸是不能从增加赋税去提高的,否则会使教育和政治、经济分离。”①

关于《广西的教育及其经济》,其中的“结论与建议”,实际是对广西教育优点的肯定与对不足的委婉批评,由参加考察的崔载阳、俞庆棠、董渭川、童润之、刘平江、俞颂华、杨冀心、甘导伯、陈洪有等人集体讨论而成。结论共8条,涉及国民基础教育者有:

第一,“广西的教育是与政治军事经济融成一片,而以之为完成各种建设的工具,有整个的系统,有一贯的精神。故推行迅速,成效较大”;第二,“教育设施只求实际,不事铺张,走遍广西各县,亦不见有宏丽之校舍,‘以最少的钱办最多的事业’,这的确是广西教育的一种特色”;第三,“国民基础教育,把义务教育与民众教育合冶一炉,其收效自较各省义教与民教隔绝,不相联络者为大”;第四,“‘一员三长’(国民基础学校校长同时兼任乡(镇)村长、民团团长——引者)、‘一所三用’(指国民基础学校、乡(村)公所、民团队部合在一处办公——引者)的制度,不但人力财力两均经济,即办事方面亦可以得到许多便利”;第五,“教育设施和政府建设计划既有切实的关联,所以毕业的学生都有相当的工作,不致有出路困难的苦痛,也不致有‘学非所用’、‘用非所学’的流弊”。

建议凡18款,希望桂省当局切实加以注意和改进。其中与国民基础教育有关者有,“根据《广西建设纲领》训练学生固好,但太重训练,而忽略教育,甚至有时会有反教育之弊;教育是政治的工具,也希

①雷沛鸿:《国民基础教育的理论与实际》,载韦善美、马清和主编的《雷沛鸿文集》(下),第161页。

望因教育发达而使政治更有进步”;“一员三长”制易偏于政治军事,而忽略教育工作;要使经济建设与教育设施充分相沟通,以保障国民基础学校的经费;儿童须八岁方能所受国民基础教育,时间过短,且内容简单,天才儿童不能获得适当的发展;国民基础教育与民团训练相联系,要加重民团训练中的识字与公民训练;基础学校的师资应加强等①。集全国各地社会教育界精英实地考察及其做出的结论与建议,本身是一种重要的南北学术交流,也使广西国民基础教育的名声鹊起。

值得指出的是,俞庆棠、崔载阳等人返回广州后,应邀在中大2月15日的学术政治讨论会上作报告并交流广西考察所得。在讨论中,校长邹鲁对俞庆棠所说的,广西通过民团干部学校,培养负责基层建设的“一员三长”的做法,使“新势力能打倒旧势力”的观点,十分赞同,并与广东作了比较。他说:“广西用新势力代替旧势力,并不发生什么问题,广东用新势力代替旧势力,却可说完全失败,其最主要的原因,就是广西自上而下皆生活朴素,能忍耐苦劳,而广东则不能”②。邹鲁比较两广新、旧政治势力交替不同的结果及其原因的分析,实际上成为日后广东拟采借广西国民基础教育必须有政治清明这一先决条件关注的先声。

总之,借中大教育所承办社教社第四届年会之机,各地学者通过与会、发言、考察,讨论等不同环节和途径,不仅使两广之间的教育互动大大加强,将南方与中部、北方乃至全国的社会教育界紧密地联结

①中国社会教育社广西考察团编辑:《广西的教育的及其经济》,无锡民生书局,1937年3月版,第43~46页。

②俞庆棠讲:《广西考察的报告与讨论——附本校校长院长教授意见》,《石牌生活》第7期,1936年2月28日。

在一起，而且使得广西国民基础教育的地位得到同行的认同，显示了南方，尤其是珠江流域乡建开展方兴未艾的局面。由此看来，1935年10月无锡乡村工作讨论第三次会议后，乡村建设运动已经基本结束的说法，为时过早①。在广州年会上，与会的领导人一致强调年会地点的有目的选择，对社教事业发展具有"以点带线，点线成面"的意义。负责操办本次年会的中山大学教育研究所所长崔载阳氏在会前欢迎社友到广州来时强调：此次会议举行的重大意义，"充分表示出本社生命之继待不断的扩大。从长江流域、黄河流域沛然的扩大到珠江流域"；从国家的角度而言，年会的召开"确实表明我国无论南方北方，他们的文化教育始终都是一有机的大整个，不可分离的统一体"②。其时，日本帝国主义正在策动华北河北的于学忠、山东的韩复榘，华南两广的陈济棠、李宗仁、白崇禧等地方实力派，阴谋分裂中国统一。在这一背景下，将南北乡建交流的意义提高到国家文化统一体的高度来认识，与日寇压境下全国民族意志须要集中、统一的时代主题相扣合，说明各派乡建联系的意义已超出其本身。

二、分派交往

就个体各派而言，国民基础教育与大学教授、乡村建设、平教会、中国的社会主义者、民众教育等诸派之间积极互动，异常活跃。

国立中山大学教育研究所大学教授派。广东、广西同属岭南文化区，它们比邻而居。20世纪30年代初，为了与蒋介石的南京国民政府对抗，西南政治最高机关——"西南政务委员会"开府广州，"两

①杨开道：《我所知道的乡村建设运动》，《文史资料存稿选编·教育》，中国文史出版社，2002年版，第1089页。

②《中国社会教育社第四届年会纪念册》，1936年5月版，第125～126页。

广施设，皆取决于此会”。广西李宗仁即常驻穗，开展外交，号称“外交将军”，两省关系得到前所未有的加强①。新桂系在“建设广西、复兴中国”口号下，励精图治，各种建设齐头并进，尤其是教育建设，全国瞩目。各方前往考察、介绍和借鉴者“肩摩踵接”②。广西国民基础教育得天时、地利之便，与中大教育所为首的广东教育界交往频繁。主要交流途径有考察介绍、采借课程、互刊论文和邀请讲学等，揭开了两地教育交流的重要篇章。

考察介绍。有西南最高学府之称的国立中山大学师生，对广西的建设一向关心，时常结队西行。先后入桂考察和讲学者有张君劢、张农、丁颖、范锜等名教授。教育研究所教授范锜入境后，即感到广西“有一种使人向上的空气”，予人印象“极为深刻”；而广西教育则“有两大特点：一教育军事化，二教育生产化。教育军事化，在现时是极重要的；教育生产化，也正是适应时代要求的”③。这两大特点，实际上就是国民基础教育以爱国教育为主，生产教育为辅的教育方针。1934年4月，教育研究所“以为两广相邻，在学务上应多方取材并联络”，遂组织广西教育考察团，分军事教育，学校教育，教务行政、基础教育四组，共20余人。其中，以学生梁瓯第、伍慕英、张乾昌、陈孝禅组成的军事教育组，考察细致，收获不菲，撰有《广西军事教育之考察》长篇报告，刊于教育研究所所刊《教育研究》第58期。关于梁瓯第等人考察报告的缘由和主要内容，教育研究所所长崔载阳有过概括：“近年广西军事当局，埋首建设，对于军事教育的设施，尤为努力。我们以广西的军事教育在成绩上最有可观，在制度上最为新颖，在数

---

①梁文威：《广西视察记》，《广西印象记》（二），1935年12月版，第37页。

②苏阳恂：《记南宁之行》，《广西印象记》（二），第284页。

③《广西一览·游桂名人评语摘要》，第21页。

量上最为众多，在全国的视线适为焦点”，故有广西教育考察团之组织。其中军事教育组，先后经梧州、南宁、柳州、桂林等地实地考察，为时20余天。主要项目“计有驻省军事最高机关，军事政治学校，航空学校，干训大队，军训独立队，初中军训大队，高中以上学校军事训练，民团训练，公务人员军训，看护训练”等①。考察者在结论中认为，广西军政当局以军事为原动力推动政治经济和文化建设是“一种创举”；军事教育有“很好的收获”；军事训练给衰落老大的中华民族是一服“兴奋剂”，具有刺激作用。但从教育原理论，学校教育过度军事化会出现以强制代替诱导，影响学生自发自动，甚至注重表面形式的组织和训练，忽略科学知识的灌输和军事科学之高深的研究②。

此外，中大师生，尤其是教育所的师生在校内外出版物上撰文推介广西国民基础教育者，校内有教授雷通群的《修正广西国民基础学校办理通则须知》③，学生有卢绶的《广西国民基础教育的介绍与批评》④等。在校外，据粗略统计，自1934—1936年间，仅在广西留穗学会会刊《群言》上发表与国民基础教育有关的论文，就有杨韬亮的《广西教育目前的两个问题》(第11卷第1期)、力吾的《今后广西教育设施方针的商榷》(第11卷第2期)、陈家盛的《广西国民基础教育的理论与实际》(第12卷第2期)、佚名的《广西民团组织的重大意义》(第12卷第6期)、丁颖的《广西全省农业讨论会之观感》(第12卷第5期)。其中，陈家盛的文章较全面地介绍了国民基础教育的内容，并将其特征概括为“连惯”性，比较准确地抓住了其内容和特

①崔载阳：《国立中山大学教育研究所之过去现在与将来》，《教育杂志》第25卷7月号，1935年7月10日。

②梁瓯第等：《广西军事教育之考察》，《教育研究》第58期，1935年3月号。

③《文明之路》第3期。

④《中国教育季刊》创刊号，中大中国教育问题研究会主办。

色。中大农学院教授丁颖则以其亲赴广西的经历认为国民基础教育"最特别的是注意到民族意识";国民基础教育研究院课本"注重乡土材料,实为农业改进的好因子";雷沛鸿"富有旧式教育革命性,对于社会组织也有革命思想"。后者赞扬了国民基础教育的创始人,前者实际上是对国民基础教育课本参考"民族中心制"小学课程的间接肯定。

中山大学及其教育所对广西教育,主要是国民基础教育的考察、推介和批评,在充分肯定国民基础教育中的军事教育成绩显著的同时,也指出军事教育过度化的不足。这与前述中国社会教育社广西考察团的看法大体一致。

采借课程。国民基础教育"特以民族运动为中心,全部课程大纲分为:乡土概况、本省建设、民族历史及现象、世界大势四大单元"①。然而,该课程究竟从何而来,学界一直弄不清楚。它实际上采自中大教育所的"民族中心制"小学课程。这种课程分为"四个大单元,即'我们的乡土','我国民族的现状','我国民族的过去',及'我国与世界'"②。"民族中心教育"的创始人,是法国里昂大学博士、中大教育研究所第二任所长崔载阳。其理论依据为涂尔干的社会教育学和杜威的"生活教育"说,课程内容结构则源自苏俄与法国的小学课程。崔载阳主张,这种教育必须以中华民族及其"协进"的特质为中心和本位,实现外来教育深层的中国化,以做到"不左抄右袭,不泥古眩今,惟向世界取雨露,从乡土吸营养,使旧根出新芽"③。这与雷沛鸿力主得益于西方的国民基础教育,须中国化的思想很接近——宣称

①雷沛鸿:《六年来广西国民基础教育》,《建设研究》第3卷第4期,1940年6月15日。

②崔载阳:《敬致全国教育同人》,《教育研究》第83期,1938年4月号。

③崔载阳:《敬致全国教育同人》,《教育研究》第83期,1938年4月号。

"要以'到民间去'来替代'到外国去'而求出整个教育的政策;又要以'在本国调查'替代'往外国考察'而搜集思考材料,更要以'到田间去,到市井中去,到工肆中去'替代'到欧洲去,到美洲去,或到日本去'而作设计研究"①。可见,国民基础教育和民族中心教育的创制者在中西教育交流上的态度基本一致,这是前者采借后者课程的基本前提。

国民基础教育借鉴中大教育所课程的另一个因素,是雷沛鸿与该所有非同一般的关系。1930年3月,当时尚在江苏省立民众教育学院任教的雷沛鸿,应广东省主席陈铭枢之邀,趁南下帮助筹备成立广东民众教育学院之际,即往中山大学"晤教育系主任庄泽宣先生"②。庄氏同时兼任该校教育研究所首任所长。1931年3月21日,雷沛鸿又为该校教育系1932年级学生作演讲③。1933年9月,则被聘为《教育研究》特约撰稿人。因此,1934年4月,崔载阳、方惇颐《根本改造我国小学课程之尝试》(又名《民族中心制小学课程论》)发表后不久,雷沛鸿即决定国民基础教育在课程和教材方面参考民族中心制的课程和用书。这就是方惇颐所谓的"广西教育厅长雷沛鸿先生也曾函索我们新编的课程及用书,后来他们所拟的国民基础学校课程多有参考我们的办法"④。

国民基础学校课程如何参考民族中心制课程?据负责编定课程的武宝琛说,是"遵照雷院长(教育厅长雷沛鸿同时兼任广西普及国

①雷沛鸿:《国民基础教育实施步骤》,《教育旬刊》第1卷第7、8期。

②雷沛鸿:《广东民众教育事业的曙光——参加广东省立民众教育学院筹备的报告》,载韦善美、马清和主编:《雷沛鸿文集》(上册),广西教育出版社,1989年版,第72页。又中大教育所和教育系一批人马两块牌子,人员互有交叉。

③《教育系民廿一年班同学会敬约》,《国立中山大学日报》,1931年3月21日第4版。

④方惇颐:《民族中心制小学课程编制之演进》,《教育研究》第60期,1935年5月号。

民基础教育研究院院长——引者)之指示起草"①。在课程中心、编制原则、教学科目、教材范围与学习单元等多方面接受了民族中心小学课程的做法。课程编制原则:1."适合学习心理";2."适应社会需要"。适合学习心理就是适合学习者的需要并令其感兴趣,亦即"由小而大,由近及远,由浅入深"②。教学科目,国民基础学校分为五科:"(一)国语(包括社会、自然、公民、卫生——原注,下同);(二)算术(包涵日常生活中应用的心算、珠算、笔算);(三)艺术(包涵音乐、美术、演剧等);(四)体育;(五)实际行动。"这与民族中心小学课程中的国语、算术、音乐美术、公民社会、劳作自然、体育卫生六科大同小异。1935年,民族中心小学课程根据民族需要,再简化为政治基础教育、军事基础教育、经济基础教育和人文基础教育四科。1936年,崔载阳在参加广西国民基础教育研究院第四次会议时,提出国民基础教育中的壮丁成人教育主要科目,应分为四科:军事基础教育(包括军训、体育、卫生——原注,下同)、政治基础教育(包括公民和社会)、经济基础教育(包括自然劳作、算术)、文化基础教育(包括国语、美术、音乐),并为大会稍加修改后接受。壮丁要受政治、经济、军事和文化四科教育③。这四大基础教育课程与广西四大建设内容思想基本相同。最后民族中心教育名称亦一度改称为"民族基础教育",与国民基础教育简直如同一辙了。这说明广西国民基础教育课程多次、动态性地受到民族中心教育课程的影响,而后者在影响前者的同时,本身也被影响。这是一种良性、互惠的互动关系。国民基础

①武宝琛:《国民基础学校课程编制纲要及说明书》,《广西教育旬刊》第1卷7~8期合刊。

②武宝琛:《采取设计方法进行的两年来之本院课本编辑工作》,广西普及国民基础教育研究院总报告编委会编:《广西国民基础教育研究院三年总报告》,南宁集成书局1936年6月版,第211页。

③《本院第四次学术会议提案的讨论经过及其整理结果》,《国民基础教育通讯》第14号。

教育教材范围和学习单元为:“一,乡土概况;二,本省建设;三,民族历史及现状;四,世界大势”。相应地,学习的单元应是“先由若干较小的学习单元,合成若干较大的学习单元,然后由若干较大的学习单元,合成一个整个的学习大单元”。具体来说,按由小到大、由易到难的原理,分别由乡土概况单元到本省建设单元、民族历史及现状单元、世界大势单元,最后由四个单元以组成“民族运动”这一课程中心的更大单元①。

值得指出的是,国民基础教育并非拘泥、照抄民族中心教育的课程,而是结合广西建设的实际和要求,进行变通与创制。课程范围增加了“本省建设”内容;编制方式除单元制外,还采用主辅结合的圆周制。列为第二大单元的本省建设,内容包括“第一单元政治建设:(1)自治组织,(2)调查户口,(3)修筑道路,(4)开发水利,(5)公共卫生,(6)救济事业;第二单元经济建设:(1)改良作物、畜牧、渔业,(2)垦荒与造林,(3)开发矿产,(4)合作事业,(5)振兴工业,(6)发展商务;第三单元文化建设:(1)普及教育,(2)集团精神,(3)互教共学,(4)风俗改良;第四单元军事建设:(1)民团组织与军事训练,(2)防御与救护,(3)战时之后方行动。”②主辅式的编制,即第一到第四大单元分别为乡土概况、本省建设、民族历史及现状,世界大势。在应用时,并非各自脱节,而是“第一学期,以第一大单元为主,其他各单元为辅,第二学期以第二大单元为主,其他各单元为辅,第三学期以第三大单元为主,其他各单元为辅,第四学期以第四大单元为主,

①武宝琛:《国民基础学校课程编制纲要及说明书》,《广西教育旬刊》第1卷第7~8期合刊。

②武宝琛:《采取设计方法进行的两年来本院课本编辑工作》,《广西普及国民基础教育研究院三年来工作总报告》,第212页。

其他各单元为辅。换言之,即应采取圆周式的编制"①。这种"各单元之间,又须脉落贯通,应绝对避免不相衔接之弊"的做法②,为民族中心教育课程中所无,目的在于适应和配合广西政治、经济、军事、文化四大建设"连锁性"特征的需要③。

互刊论文和邀请讲学。由于雷沛鸿与教育所的渊源及其在教育界的影响,使他不仅被聘为教育所所刊《教育研究》特约撰稿人,并在以后成为所外在该刊发表论文最多的作者之一。1935 年 4 月,雷沛鸿在该刊第 59 期发表了《什么是国民基础教育?》一文,介绍了国民基础教育的来源、概念、理论依据和使命。这是目前已知雷氏在省外发表有关国民基础教育最具理论性和代表性的论文之一。同年夏季,崔载阳应邀到广西普及国民基础教育研究院讲学数星期,题目是《民族中心教育的基本理论》。其主要内容包括民族中心教育的来源、本质、目的、办理等。为了欢迎崔氏,该院同工同学及暑假讲习会会员一律出席,听众踊跃,"拥挤非常"。讲词发表在该院院刊——《广西普及国民基础教育研究院日刊》第 184 号上。这也是崔氏关于民族中心教育理论最有代表性的论文。崔氏讲学之余,参观广西教育,返穗之后作有《广西教育上的民族主义》一文。谓"目击该省教育之迈进,每多感慨,而对其教育上民族主义精神之浓厚,触动尤深",评价甚高④。通过邀请讲学,将两派教育中最具代表性的理论成果分别发表在各自机构的专门刊物上,这是两种教育在理论层面

①武宝琛:《国民基础学校课程编制纲要及说明书》,《广西教育旬刊》第 1 卷第 7 ~ 8 期合刊。

②武宝琛:《采取设计方法进行的两年来本院课本编辑报告》,《广西普及国民基础教育研究院三年来工作总报告》,第 223 页。

③亢真化编:《黄旭初先生之广西建设论》,建设书店,1938 年 9 月版,第 22 ~ 26 页。

④《教育研究》第 63 期,1935 年 12 月号。

上进行交流。

邹平乡村建设派。 邹平与南宁虽相距遥远，但因梁漱溟原籍广西，名震教育界，雷沛鸿格外关注该派的动态。双方交往最主要的表现当推梁漱溟南下广西讲学。1935年2月，经雷的多次邀请，梁漱溟终于回到故乡，在研究院进行了半个多月的交流活动。他首先作了《乡村与都市问题》《中国教育的改造》的专题演讲，宣传其名传一时的社会本位的教育系统改造方案①。雷沛鸿对此点评道："我们很高兴听到这样有意义的演讲。我们主张的国民基础教育的论据，恰与梁漱溟先生的根本见地相符合，更希望以后漱溟先生对我们续有深刻的启发我们思想的演讲。"②其次，主持学术讨论，回答听者疑问。所回答的问题计有新技术引进与伦理团体组织的关系、中国伦理本位思想的前途等近20个问题③。再次，比较邹平与雷沛鸿派的异同。勾留南宁的梁漱溟特作《广西国民基础教育与乡村建设运动》一文，认为两者在教育的乡村民众化、以学校为社会改造的中心、儿童与成人教育合并、政教合一等方面相近，但在是否让农民自动，以及教育动力依靠政治还是以社会力量为主的问题上观点迥异④。最后，梁氏也有所批评和建议，在充分赞扬雷沛鸿的敬业与执著，肯定广西当局励精图治的同时，也批评广西教育实施中政治力量介入太大，文化力不够。鉴于生产教育不易做到，建议研究院应与省政府的施政计划相结合⑤。

梁漱溟此行对国民基础教育派产生颇大的影响，除成立"梁漱溟

---

①梁漱溟演讲，勤如等记：《中国教育的改造》，《日刊》，29—32号，1935年3月。

②《日刊》19号。

③马勤如、倪焕周记：《梁漱溟先生主理学术讨论会纪录》，《日刊》，27—29号。

④《国民基础教育丛讯》创刊号，1935年3月。

⑤《漱溟先生临别赠言》，《日刊》34号。

先生学说研究会”外[①],最主要的影响,莫过于在看待近代中国落后的原因这一根本问题上,研究院抛弃了晏阳初的观点,采纳了梁漱溟的主张。由范昱起草的研究院院歌的歌词中原有这么一句:“内忧外患,肇共晚清,惟贫与弱是主因。”这是受晏阳初认为中国的落后因为贫、弱、愚、乱观点的影响。但梁认为,“中西文明不合辙,才是我国积弱不振的主因”。经过讨论,雷沛鸿接受这一观点,遂用“文明抵触其主因”代替了“唯贫与弱是主因”这句歌词[②]。这不仅是邹平与平教两派深层矛盾的又一次暴露,而且说明在雷沛鸿认识近代中国落后的根本原因这一问题上,前派的影响超过了后派[③]。当然,这并不意味着雷完全认同梁的观点,研究院与邹平有所不同:“我们并不预先建立一个体系的哲理和思想,而是要见诸事实的实际行动。”概言之,前者“是以实验为研究”,后者则以“诵习和讨论为研究”[④]。

定县的平教会派。该派很早就重视展开与广西的联系,分两条线进行:一是与桂省当局,包括由建设厅长伍廷飏在柳州开办的农垦试验区[⑤]联系,另一是和雷沛鸿的国民基础教育派联系;以前者为

①《本院成立梁漱溟先生学说研究会》,《日刊》27号。

②严少先:《立志向,做世界——纪念沛鸿师长诞辰百年》,《雷沛鸿纪念文集》,广西文史资料选辑,第26辑。

③雷沛鸿:《何谓国民基础教育》,载韦善美、马清和主编:《雷沛鸿文集》下册,广西教育出版社,1990年版,第123页。

④雷沛鸿:《邹平乡村建设研究院》,载韦善美、马清和主编:《雷沛鸿文集》(续编),广西教育出版社,1993年版,第277页。

⑤吴湘相也注意到平教派与广西省政府的联系(《晏阳初传》第280~281页),但与郑大华一样忽略了与雷沛鸿派的来往。事实上广西当局与雷沛鸿派在教育方面有较大的区别,二者不能等同。详情可参见谭群玉、曹天忠的《雷沛鸿与新桂系的思想比较》,《广西社会科学》1997年第1期。

主，后者为辅。这种主辅分明的联系方式，对两派在广西的教育事业发展影响极大。

早在1927年，晏阳初在武汉北伐士兵中进行平民教育时就与李宗仁相识。1932年4月29日，晏阳初在复李宗仁的代表陈光甫的信中提到，愿意派汤茂如与李氏商讨平民教育计划，并建议："假如李将军心目中确实有一个平民教育的重大计划，我们真是十分高兴帮助广西成为第一个推行全省规模的平民教育运动的省份。"①此后，平教派一直有拟将广西作为推广平民教育理想基地的设想，难以割舍。于是有汤茂如赴广西宾阳，试验由内政部准许的实验县之举。不幸的是，1935年5月，汤因涉嫌杀司机，遭到广西文化名流白鹏飞等人的控告而入狱②，平教派在广西的计划顿遭大挫。此事起因表面上似乎是如晏阳初所说的，因白氏曾与汤氏在江苏教育学院有隙而趁机报复③，事实上恐怕主要是反映了桂省文化教育界对平教派观点有所保留并试图抵制后者染指广西教育④。广西官方并不因此放弃与平教会的合作，同年6月5日，省主席黄旭初电告晏阳初，急派干员继续汤的工作。对此，尽管晏阳初颇为犹疑，没有立即答应，但显

---

①晏阳初：《致陈光甫》，《晏阳初全集》第三卷，第262～263页。

②凌天洪：《广西通信》，《社会与教育》第5卷第24期，1933年5月。

③晏阳初：《致S·M·冈恩》，《晏阳初全集》第三卷（书信），第370页。

④1933年5月31日，尚在江苏教育学院任教、家住上海的雷沛鸿就批评定县"只知研究，不知实施；它又只知实验，不知普及：其尤甚者，它日惟以研究实验自娱，而忘却全国颠连无告的劳苦群众。"（《雷沛鸿文集》上册，第61～62页）。时任广西教育厅长李任仁也在同时批评平教会的一些做法，这决非偶然。而李任仁正是其接任桂教厅长的推荐者。但雷似乎预感到问题的复杂，不为所动。直至广西最高长官李宗仁亲自赴上海礼请，并答应允许完全按照他的主意办理教育，才就职的。载马清和：《风雨相依——回忆宾南先生》，香港天马图书有限公司，2000年11月版，第149～150页。

然心存感念，希望继续与广西高层保持较密切的联系，遂派出重要干部及工作人员南下，并顺道访问同年9月回桂担任教育厅长的雷沛鸿及其掌控的研究院。

1934年4月20日，平教会副会长陈筑生来研究院作“国民基础教育应具的精神”的学术演讲①。实际上，他此行主要是为了探听当局在汤茂如事件后的诚意，以及在广西开办平教会促进会分支机构的可行性②。陈北返后，践行与雷沛鸿之约，“寄来大批平民读物”供该院参考③。1935年5月，平教会受伍廷飏之请，派罗靖华、叶世瑞前往柳州帮助训练师资，“以三月为限”④。在工作之余，罗等人抽暇到南宁考察，比较了定县与国民基础教育的异同，认识相当到位，并将国民基础教育的各种优点，“均已有详细报告，寄回定县平教会，以为他山之石”⑤。1936年4月，平教会因得广西当局“迭嘱前往效助”，决定在桂设办事处，地点在南宁中山公园，公推陈筑山主持一切。该会对能够插足广西，以实现梦寐以求的大规模推广教育计划十分重视，“并经陆续选遣此间负责重要职责之同志，如有光、佛西、石庵诸兄南下襄助”⑥。有光即朱有光、佛西即熊佛西、石庵即姚石庵，均为平教会重要干部。

---

①《国民基础教育研究院最近一月来消息一束》，《教育周刊》7—8期合刊，1934年5月。

②晏阳初：《致S·M·冈恩》，《晏阳初全集》第三卷（书信），第371、448～449页。

③武宝琛：《采取设计方法进行的两年来之本院课本编辑工作》，载广西普及国民基础教育研究院总报告编辑委员会编：《广西普及国民基础教育研究院三年来工作总报告》，南宁集成书局，1936年6月版，第215页。

④《平教会派员赴桂协助教育工作》，《民间》第2卷第2期，1933年5月。

⑤罗靖华等：《广西国民基础教育与定县农村教育》，《日刊》221—222号合刊，1935年9月12—13日。

⑥晏阳初：《致乐天等》，《晏阳初全集》第三卷（书信），第509页。

平教派与广西的联系以当局为主,以雷沛鸿派为辅,反映其与后者关系的疏离,甚至矛盾。雷沛鸿在广泛加强与乡建各派联系的同时,似乎对平教派积极介入广西保持着戒备,甚至采取弱化、减低其在广西影响的措施。前述研究院院歌歌词的修改,"弃晏从梁",即为显例。此举不仅说明雷沛鸿对平教派观点有所保留,而且挑战了有"广西宪法之称"的《广西建设纲领》有关近代中国落后的贫、愚、弱、乱病态及病因的说法,后者显然是受晏阳初的影响①。在某种程度上可以说,这是否定了晏阳初的看法,无异于反对广西建设纲领。此举刺激了与平教派关系十分密切的广西省政府,致使双方联手抵制和排斥雷沛鸿,这很有可能是造成迄今为止为学界所忽略的雷沛鸿被免职,以及研究院遭关停的重要原因之一②。

首先,是省府秘书长邱昌渭对研究院工作吹毛求疵,故意刁难。1935年8月,国民基础教育暑期讲习会概况呈送省政府、教育厅备案已获同意,但邱认为"讲习会职员及讲师栏里面,教育厅兼研究院长之下不应用雷宾南,应用雷沛鸿,同时厅字下漏了'厅长'二字,特别讲座讲师邱秘书长昌渭,误为邱秘书长昌渭,认为是很重大的错误,不肯盖图章,未准备案,一定要追究责任者,加以处分"。雷沛鸿对这种漏掉"特别讲座讲师"之类鸡蛋里挑骨头的做法,表示不满,并特地补上一句:"我在广西最多再做一年。"③意谓其职务将不保。其次,也是最重要的,广西当局早有让平教派取代雷沛鸿接掌教育厅和研究院的预谋。根据平教会档案,早在1936年3月,"广西当局要使本会能彻底推行其工作起见,极诚恳的要求陈(筑山——笔者)先生担

①武宝琛:《国民基础学校课程编制纲要及说明》,《广西教育旬刊》第1卷第7—8期合刊。

②学界一般认为,研究院内有共产党活动被发现是雷被免职的原因。

③雷沛鸿:《我的最近生活的回顾与前瞻》,《日刊》209号,1935年9月。

任教育厅长职务";"同时并请朱有光先生担任国民基础教育研究院院长"①。此事后因"两广事变"爆发,以及雷沛鸿不合作而作罢。因此,平教派与广西主次分明,双线进行的联系,由于没有得到桂省教育界的应有配合,非但没有达到在广西推广其事业的预期目的,反而促使生机勃勃的雷沛鸿派提前退出乡村教育的历史舞台,言之太息。

国民基础教育派。该派在与乡村建设具有代表性的大学教授、乡村建设和平教会三派来往的同时,还与"中国的社会主义者"、民众教育派、生活教育、金陵农大、职业教育社诸派之间,发生关联。

国民基础教育研究院与广西师专学生的争论,背后反映了国民基础教育派与"中国的社会主义者",即中国农村经济研究会派之间的分歧。1934 年 12 月,广西师专学生一行 96 人,进研究院实习。师专学生虽然肯定国民基础教育的主旨和意义,但对它的内容、教学方法、学制、轻视理论等方面,几乎都作了否定,从而与研究院师生发生激烈的争论。前者认为:"农村破产,救死不遑,人民不可能来接受基础教育";后者针锋相对:"正因为当前国势日危,农村破产,基础教育才有爱国教育、生产教育的提倡;""接受基础教育的男女老幼的踊跃热烈的事实,充分说明人民大众是需要这种教育的。"②特别是对国民基础教育"以爱国教育为灵魂,生产教育为骨干"两大内容,师专学生坚持认为由爱乡土、爱家庭以培养爱国思想,非但不可能,相反容易造成狭隘的地方观念,反而足以破坏国民的统一意志;中国生产的下降,是帝国主义的侵略,封建军阀扰乱及天灾迭乘的结果。因此,两大内容的最终解决,"都落在反资本帝国主义反封建残余等等的任

---

①晏阳初:《对在定县工作同志的讲话》,《晏阳初全集》第一卷,第 460 页。

②马伟:《我知道的宾南先生》,《雷沛鸿纪念文集》,广西文史资料选辑,第 26 辑。

务上去”①。学生如此有组织和坚定一致的看法，绝非偶然，原来是受老师的影响。师专校长杨东莼，是大革命时期著名的共产党人和学者，他通过由中共掌握的中国农村经济研究会负责人陈翰笙的推荐，请来了薛暮桥等人担任教师，开设了“社会发展史、辩证唯物论、政治经济学等马克思主义课程。学生思想进步很快，学校自称是‘小莫斯科’”②。师专学生与雷沛鸿派的争论，实际上是“中国的社会主义者”与整个乡村教育派对垒的一个缩影。因为前者在批判后者时，认为乡教各派有一个共同的特征，“即是都以承认现存的社会政治机构为先决条件；对于阻碍中国农村，以至整个中国社会发展的帝国主义侵略和封建残余势力之统治，是秋毫无犯的”③。

民众教育派。从第二章可知，雷沛鸿曾在该派所依托的无锡江苏教育学院当教授5年(1928—1933)，并一度兼任研究实验部主任，成为学院的领导核心之一。省外最早及时对雷氏在桂省颁布的《广西普及国民基础教育试办规程》《广西普及国民基础教育五年计划》等重要法案作出反应及转载者，即是江苏教育学院院刊《教育与民众》④。在互邀讲学方面，两派也进行得较早。1934年3—5月，雷沛鸿考察江浙水利及合作事业，在苏教院作了《最近的广西教育》，重点讲解了自己担任桂省教育厅长9个月来，推行国民基础教育的概况⑤。在此期间，雷还邀请苏教院教务部主任陈礼江来南宁讲学三

①广西师专调邕训练班全体学生报告：《参加广西普及国民基础教育研究院工作报告书》，1935年1月第17～19页。

②薛暮桥：《薛暮桥回忆录》第41、46页，天津人民出版社，1997年5月。

③孙冶方：《为什么要批评乡村改良工作》，《中国农村》第2卷第5期，1936年5月。

④《教育与民众》第5卷第2期，1933年10月。

⑤雷宾南：《最近的广西教育——民国二十三年四月九日在江苏教育学院讲》，《教育周报》第3卷第6期，1934年5月。

周。后者分别作了题为《国民基础教育研究院之任务》《国民基础学校之任务》的学术讲演，并考察和评价了民团及其与国民基础教育的关系①。就人员交流而论，苏教院的毕业生先后到研究院工作，且成为骨干的有雷荣甲、秦柳方、胡耐秋、沈子英、范昱、叶蕴、黄旭朗、马勤如(清和)等十多人。其中马勤如还成为雷的伴侣。前述研究院外省人以江苏最多，与此大有关系。

生活教育等各派。陶行知对雷沛鸿依靠政治推行国民基础教育的做法，由始初反对，转而理解和支持，直至亲赴南宁讲学；并派出方与严、董渭川、潘一尘、杭苇、孙铭勋等得力干部到研究院工作；积极帮助推行"小先生制"，以缓解国民基础教育实施过程中庞大的师资缺口的燃眉之急②。1935年7月，教会系统的金陵农业大学教授、乡村建设代表人物之一的章之汶③，应雷沛鸿之邀到研究院讲学。他进行了生产教育设计，举办生产教育人才训练班④；作《我国乡村建设之鸟瞰》讲演，带领研究院员工雷荣甲、潘一尘起草《乡村建设初步计划草案》⑤；调整设计研究院实验农场，"主旨在于介绍优良种畜以示范，然后用表证方法推广于农家"⑥。这正是该校具有特色"研究、

①《国民基础教育研究院最近一月来消息一束》，《教育周刊》第7—8期合刊，1934年5月15日。陈礼江：《广西的民团及其评价》，《申报月刊》第3卷第9期，1934年9月。

②详参吴桂就：《陶行之与雷沛鸿教育实践的相互关系》，广西雷沛鸿教育思想研究会编：《雷沛鸿教育思想研究文集》(二)，第188~193页。

③傅葆琛：《乡建运动总检讨》，载陈侠、傅启群编：《傅葆琛教育论著选》，人民教育出版社1994年版，第403页。

④《雷沛鸿传》，广西人民出版社，1997年4月版，第97~99页。

⑤《日刊》第157、170号，1935年7月。

⑥《本院实验农场概况》，《广西普及国民基础教育研究院三年来工作总报告》，第116页。

教学、推广”的乡建经验在广西的运用和推广①。中华职业教育社1935年4月，由该社李涛、姚惠滋等五人组成的农村考察团入住研究院月余，与该院员工共同生活，实地考察，称赞广西教育优点之余，也委婉地提出基础教育成功实现量的扩大的同时，应注意质的提高问题。雷沛鸿则赞赏考察团试图走遍国内农村之举，并给考察团题词："民族的出路，就是乡村的出路，而且我相信，只有中国民族有出路，乡村才有出路！。"②实际上是趁机向外界宣示本派的建设路向，是“从大到小，由民族到乡村”，从而与以县为范围的平教派和梁漱溟的乡村建设派的“从小到大，由乡村到国家”的思路，有意识地划分开来。

第二节　“政教合一”与乡村建设运动

上节着重从教育的内部述论国民基础教育与各派的关系，本节则主要从教育与社会，尤其是教育与政治的方面，述论国民基础教育的政教合一与乡村建设运动的关系。

关于乡村建设中“政教合一”的内容、演变和类型极为复杂③。就其与乡村建设运动的关系而言，大体上有三层含义：第一，政教合一中“教”，经历一个从单一教育向多种教育制度综合过渡的过程；第二，以政教合一中的“政”来说，其含义由狭义的政治向包括政治、经

①章元善、许仕廉：《乡村工作讨论会第二次集会经过》，《乡村建设实验》第1、2集，民国丛书第四篇15，上海书店影印，第17页。

②李涛：《中华职业教育社国内农村考察团，答谢雷院长并告别诸先生暨同学》，《日刊》第128号，1934年6月。

③郑大华已注意到乡村建设中的政教合一问题，并评价其在乡建中的得失，但尚有大量的工作可做。郑氏著《关于民国乡村建设运动的几个问题》，《史学月刊》2006年第2期。

济、军事、文化的四者合一在内的广义政治演变；第三，从政教合一中的“政”与“教”关系的结合形式和主次的类型而论，至少可分为各不相同的三种模式。

一、“政教合一”中“教”的扩大

“政教合一”中“教”含义的扩大和变化。以1932年前后为界，此前中国教育界，特别是北方的民众教育界，出于对20年代政治黑暗，屡屡蛮横干涉教育的不满，对政教合一多持反对意见。“九一八”事变之后一段时间，这种情况才开始有所改变。广西在这一方面起步较早。1933年9月，广西省政府即通过了雷沛鸿提出的《广西普及国民基础教育六年计划纲要》，已经决定以政治等力量推动国民基础教育，同时又试图通过以教育推动政治建设。这显然是一种政教结合的举措。1934年1月，内政、教育两部召开民众教育会议，邀请梁漱溟、晏阳初、高阳（践四）等乡村建设代表参加，这是民间乡建人士与政府的首次接触。会上决定“请教育部咨商内政部指定各省之一县或若干县，以县立民众教育馆馆长或农民教育馆馆长兼任区长，试行‘政教合一’”后教育部请江苏、浙江两省试行此制，以为全国模范。苏省决定以昆山、宜兴等县加以实验，以农民教育馆馆长兼区公所所长，馆与所合为办事处。但这时的民众教育仅属于社会教育的范畴，尚未包括学校教育在内，因而这种政教合一被批评为不够彻底。1935年，江苏昆山徐公桥进一步将“遗弃”的学校教育加入进去，“而展开‘政教合一’实验的新阶段”，将区公所、农民教育馆和乡村中心小学校三位一体结合在一起，出现行政领袖区长、精神领袖校长和技能领袖农教馆馆长合作①。增加了学校教育，这就弥补了宜

①金轮海：《徐公桥政教合一实验的新阶段》，《教育杂志》第26卷10月号，1936年10月。

兴的不足；同时区长、校长、馆长三长联合，扩大了内政、教育两部关于政教合一范围的规定。江宁、兰溪实验县的政教合作是由区公所联合中心小学，“包括社会教育”，学校教育与社会教育结合，以学校教育为主，并多用政治力量加以推动①。1934年，广西实行较彻底的政教合一，“教”即“将义务教育与民众教育、学校教育与社会教育冶为一炉”的国民基础教育②；几乎与此同时，以反共为主旨的江西特种教育也规定：将来“要将民众教育和义务教育冶于一炉，把学校教育和社会教育打成一片”③。这很可能受广西国民基础教育构成的启发和影响，因此，在政教合一中“教”的含义和范畴上，国民基础教育承前启后，范围更大，也更加彻底。正因为如此，国民基础教育成为中国现代民众教育历史发展链条上的重要一环。

首先，国民基础教育是对平民教育的继承。1934年，傅葆琛在论述民国平民教育的历史演变时，认为各省的民众教育、乡村建设运动“都是平民教育的变相”。其时较有名望和成绩的江苏教育学院的民众教育，山东邹平建设研究院的乡村建设，上海徐公桥中华职业教育社的农村教育，都与平民教育有密切的传承关系，特别是与定县的平教会大有渊源。如江苏教育学院，就是在平教会派汤茂如等一大批人，帮助创办的苏州民众教育学校基础上创立起来的④。而雷沛鸿则在江苏教育学院从事教研工作近五年，并成为其中的领导核心，对该院民众教育与社会改造的经验得益甚多 。

其次，国民基础教育更是对平民教育的综合和发展。从教育的

①陈一：《政教合一之理论与实际》，《建国月刊》第13卷第6期，1935年12月。

②李彦福等编：《广西教育史料》，广西人民出版社，1990年版，第524～526页。

③程时煃：《特种教育的涵义与实施》，《教育杂志》第24卷第2号，1934年10月。

④傅葆琛：《平民教育之魔力》，载陈侠、傅启群编的《傅葆琛教育论著选》，人民教育出版社，1994年版，第313页。

演变和内涵上说，平民教育之后是民众教育；民众教育之后是国民基础教育；国民基础教育之后为国民教育。国民基础教育把民众教育与儿童教育、学校教育与社会教育冶为一炉。这较从前民众教育单指成人民众而无儿童的义务教育，是一种综合，且办理起来收效较大。在教育对象上，乡村教育的主要对象是农民，平民教育的对象只是平民，包括工人和农民。而国民基础教育的对象是“全社会的、全国的、全中华民族的，无阶级之分”，因而“比任何种教育的对象都来得大”①。在施教范围上，清末时期是村治；民国时期的民众教育，主要是以一县为单位实验；国民基础教育则是在广西全省实施与推广，范围较以前为大。

二、“政教合一”中“政”的演变

以“政教合一”中的“政”来说，则由狭义向广义演变。伴随着政教合一中“教”的范畴由社会教育向学校教育的扩大，“政”的内涵也随之扩展。乡村建设各派，起初在各地参与社会建设时，结合实际，分别从识字教育、军事、经济或政治某一单方面内容入手，但最终走向四个方面的内容合作和一体化。江苏教育学院民众教育派主张“下手时，要力图适应人民之实际需要，如贫穷而注重经济的教育与建设，闾阎不安而注重地方自卫是。归结点要在人民有组织、能合作、习自动、善奋斗、自乡村以至民族的问题，都能共同努力来合作”②。1933年，乡村教育与乡村建设已有合流的愿望。同年7月，第一次全国乡村工作讨论会在邹平举行，这本是乡建工作同人的会，但参与者反以定县、无锡等教育机关为多；8月，中国社会教育社第

①杨习仁：《国民基础学校教师应备的条件》（续），载《日刊》第185号。

②《中国社会教育社第二届年会报告》，第90页。

二届年会开幕，原是教育团体的集会，竟以乡村建设作为讨论的主题。1934年后，随着政教合一的逐渐认同和工作的展开，乡村教育与乡村社会建设的关系也由分离到合作。换言之，这是政教合一的内容由狭义向广义转化。所以，1935年10月，江苏教育学院院长高践四直截了当地说："政教合一"的研究，实是"'政教养卫合一之研究'"，因为"'养卫'二字所包括的'民生'和'保卫'两大端，都可容纳于'政教'两字中"①。政教养卫即乡村建设中的政治、文化、经济、军事内容。

但政教合一的内容由狭义向广义转化和扩大过程，并非一蹴而就，而是有阶段、分重点进行。首先，以政治与经济两大建设为主。正如民众教育派的傅葆琛所认为，地方自治即民众政治教育的工作，与社会生产"乃我国今日对症下药之要图"；只有靖乱救穷，"政教合一，我们所希望的地方自治与社会生产方能普遍，方能彻底"②。其次，以文化、政治、经济为骨干。1934年10月，在第二次全国乡村工作会议上，与会者达成的共识是，乡建的内容在"横的方面，以文化、政治、经济三方为骨干"③，在政治、教育的基础上，加进了文化。再次，政治、经济、文化、军事四大建设打成一片。广西的乡建，起初重点也是军事和政治建设。1935年3月后，广西教育厅长雷沛鸿在实际工作中发觉，"如果不能增进人民的经济能力，则不论军事、政治、教育的设施，都属于分利而难以为继"，于是，决定增加经济建设。因此，广西原来的政治、经济、军事"'三位一体'实应改称为'四位一

---

①高践四：《政教合一问题之研究》，《民间》第2卷第1期，1935年5月。

②傅葆琛：《民众教育与地方自治及社会生产的关系》，载陈侠、傅启群编：《傅葆琛教育论着选》，人民教育出版社，1994年版，第329页。

③《乡村建设实验》第1、2集，民国丛书四编15，上海书店影印，第489页。

体’,务将政治、经济、文化、军事打成一片”①。至少在理论上较早地开始了政教合一中“政”的含义由狭义向广义的转化。1935年6月,为弥合了中国近代以来教育与政治、生产、军事分家的错误,江西特种教育也规定了“重心在管、教、养、卫四大训练。亦即政、教、经、军连锁实现的试验”②。至此,政教合一的内容完成了由狭义的政治与教育合一,向广义的教育与政治、文化、经济和军事建设合一的转变和扩大。

不过,需要指出的是,广西国民基础教育尽管在理论上完成了由政治内容狭义向广义的转变,但在实际运作中则显得滞后。这种现象直到40年代新县制在全国推开后才有所改进。广西“三位一体”由于缺乏或不够重视实际上更加重要的“养”——经济建设,与新县制管、教、养、卫在内容上未能一一对应。不少省外学者批评这是广西三位一体制“最大的缺点”。原因是“管教养卫是政治的四大部分,等于桌子的四个足,缺一不可的,三位一体的制度,缺了养的一个足,因而推行其它三部分的工作,就要发生很大的阻碍。”故必须在三位一体的制度基础上,再加入“养”这个部分而变为“四位一体”③。如前所述,尽管早在五年前广西教育厅长雷沛鸿已注意及此,但当他看到这些批评后,立即重申桂省要“发扬三位一体制的精神,使管教养卫更密切地联系,更进一步地推行四大建设(政治、经济、文化、军事——引者注),在其中最重要的是经济建设,务须全力以赴,努力增加生产,并要求分配的合理化,以改善民众生活”④。三位一体制在

①《国民基础教育的产生》,载韦善美、马清和主编:《雷沛鸿文集》(下),广西教育出版社,1990年版,第234页。

②程仲文:《收复匪区“管”“教”“养”“卫”的特种教育》,《政论》第31期,1935年6月。

③张平洲:《四位一体与推行合作》,《现代读物》第5卷第5期,1940年5月。

④韦善美、马清和主编:《雷沛鸿文集》(续集),广西教育出版社,1993年12月版,第88页。

全国视野之下,加入并强调了最重要的经济建设,真正成为"四位一体",并在《广西省基层经济建设纲领》中得到体现和落实,在内容上更加匹配新县制管教养卫的精神。这是广西三位一体制在内容上的进一步完善和发展,也是在抗战的大背景下,此前长期与中央对立的广西与全国在制度上对接和统一的一种表现。

三、"政教合一"中"政"与"教"的关系

从"政教合一"中"政"与"教"关系的结合形式和二者之间主次的类型而论,已有研究认为乡建存在两大典型模式:邹平的"以教统政",定县的相对独立又密切联系的"政教平衡合作"①。事实上,除此之外至少还有广西"以政(军)统教"的第三种模式。随着乡村建设运动由研究实验向应用推广的发展,政治的作用愈来愈重要。1935年10月,晏阳初深有感触地说:"由学术的立场去建设乡村,是由下而上的工作,是基础实验的工作,即以学术的立场去找教育的内容,建设的方案,当然是可以的,不过如欲将研究所得的推广出去,则非借助政府的机构不可。"②从而放弃了此前教育独立的清高立场。而在1933年9月,雷沛鸿即明确规定,国民基础教育以"学问劳动与政治合作方法",强调以教育与社会,尤其是与政治互动为主旨:"(一)以政治力量为主,经济的力量及社会的力量为辅,限于六年之内普及全省国民基础教育。(二)以国民基础教育的力量,助成本省下列各项建设:1. 政治建设;2. 经济建设;3. 文化建设;4. 社会建

①郑大华:《民国乡村建设运动研究》,社会科学文献出版社,2000年版,第466页。

②晏阳初:《平民教育促进会工作演进的几个阶段》,载宋恩荣主编的《晏阳初全集》第1卷,湖南教育出版社,1992年版,第391页。

设”①。

广西“以政(军)统教”的政策甚至凝结在制度上,这在国民基础教育中尤为明显。时人以为广西“基层教育组织与基层行政系统一致,以法令规定按行政单位设校,村街设国民基础学校,乡镇设中心国民基础学校,使教育区域与行政区域浑然一体,此为国民基础教育制度之特色所在,亦为政教合一之成功所在”②。40 年代,该制如法炮制地被扩大和运用到县、省一级的行政机构当中。黄旭初在草拟广西新一轮建设计划时,关于文化部分,规定“学校系统应与行政系统的一致,应在村街设国民基础学校,乡镇设中心基础学校,县设国民中学,省设大学及专科学校”③。卢显能则将广西社会、教育双改造相结合总结为“广义底政治与教育的配合”④。在这个意义上说,雷沛鸿并非一般意义上的教育家,而且是一位教育政治家。因此,他的教育思想的影响,与其说是教育实施在全省进行,时间上走在前头,范围上较梁漱溟、晏阳初为大,毋宁谓在教育与行政制度合一的程度和空间上,比后两者更彻底、更广。

综上所述,国民基础教育与乡村教育或乡村建设各派之间的交往联系方式多样,互动频繁,冲突交融,和而不同,取长补短,共同提高。这表明当时各地政治军事的对垒并不影响各派之间在教育和建设上的沟通,甚至具有中国社会由分散到统一的象征意义。从教育与社会,特别是教育与政治层面而论,政教合一与乡村建设运动密不可分,无论从其中的“政”还是“教”,抑或“政”与“教”的关系来说,

---

①《雷沛鸿文集》下,第 7 页。

②《国民教育实施》,载《广西教育史料》,第 532 页。

③转引自柳泽民:《从新县制之基本精神略论本省的国民中学》,载《教育与文化》第 11 期。

④卢显能:《国民中学与国民基础教育的联系问题》,载《广西教育研究》第 3 卷第 4 期。

广西国民基础教育中的政教合一或者实施较早，或者内容上较全面，或者由于人才和经费两乏，在人事和组织依托上，一人三长、一所三用上，异于他处，并比较彻底。

这种政教合一不仅与各地乡村建设的关系难以割舍，而且为渊源于乡村建设的、以教育为基础的全国新县制的推行，提供了思想和制度上的资源。1939 年 6 月，蒋介石在为新县制定调的《确定县各级组织问题》讲演中说，今后国民教育“应采儿童与成人分班合校制，将所有义教（义务教育简称——引者）、社教（社会教育简称——引者）、特教（特种教育简称——引者）等均合而为一”①。因此，政教合一的“教”成为新县制下国民教育的本源。又有人认为江西保甲和特种教育、广西三位一体、平教会在定县、山东乡建院在邹平、江苏昆山等地的政教合一实验等均为新县制出现之先声②。可见，以政教合一中的“政”来说，其含义包括政治、经济、军事、文化的四者合一则是新县制管教养卫原则的滥觞。

①张其昀主编：《先总统蒋公全集》第 2 卷，台北：中国文化大学中华学术院编印，1984 年 4 月，第 1324 页。

②吴培元：《新县制与民众教育》，《政治建设》第 2 卷第 3 期，1940 年 3 月。

结 语

根据已有的学术史,本历史与逻辑相统一的方法,借助教育学、社会学、政治学等相关学科的理论和知识,着重考察并重建了雷沛鸿教育改造和社会改造相结合思想的渊源、形成、流变和实施运作过程的历史;发现并细密地论述了初等国民基础教育、中等国民中学和高等西江学院三个不同层次的教育,在理论和实际运行中,与广西社会建设存在内容和空间上互相对应的"三级四部门"、纵横交错的结构关系。所谓"三级四部门",即广西建设"纵的方面,分为全省建设、各县建设、基层建设三级;横的方面,分为军事建设、政治建设、经济建设、文化建设四部门"。也就是说,这一"三级四部门"、纵横交错的建设制度结构,恰好与雷沛鸿所创立的初、中、高各个不同的教育层次存在着内容和空间的梯度对应关系。即国民基础教育运动与基层社会军事、政治、经济、文化四大建设(含特种部族教育与少数民族社会改造),国民中学与县级社会改造,西江学院与桂南社会互动。从而为中国近现代教育史上"教育与社会"这一抽象的理论,填充了新的和具体的内容。

雷沛鸿进行教育和社会改造的活动半径,以家乡为原点,大体上可用“走出去，又回来”加以涵括。因此，述评其教育思想改造和社会改造活动，不仅要从教育史，而且应从社会史；不仅要从广西，而且应放在全国范围中加以考量。这主要反映在乡土特色和统整性特征上。善用乡土资源，舍小家顾大家。1945年3月14日，学衡派健将梅光迪，倾其晚岁经验，在日记中写道：“予常谓爱人类必先爱国，爱国必先爱乡，爱乡必先爱家，爱家必先爱身。由小及大，由近及远，而后一事乃有所着手。且此等事关于情感者多，尤须具体化，抽象与理想无用也。”①从各种爱的一致性上看，证诸雷沛鸿一生，始在国外从学，继在大江南北从教，再回广西从政，标帜教育为公，学术为公，天下为公，参与地方建设，国家建设，世界建设。立足家乡，胸怀祖国，放眼全球，当知此说大体不谬。然而，在实际生活中，上述数爱又往往矛盾，熊鱼难兼。雷沛鸿久在美游学，成家立室，妻贤儿乖，但为报效国家，毅然返回中土；而且最终落脚点既不在发达的苏粤地区，也不眷恋通都大邑，而是扎根桑梓，兴办教育，服务国家。这既是他舍小家顾大家的表现，也是其善用乡土资源的结果②。这在20世纪30—40年代中国政治混沌、敌寇压境、社会无序的残酷背景下，不失为一种现实和明智的选择。

关于雷沛鸿教育思想的特征，学界多有研究。其中一个便是整个性或整体性，雷沛鸿称为“统整性”③。从知其所以然的进一步要

---

①罗岗、陈春艳编：《梅光迪文录》，辽宁教育出版社，2001年版，第96页。

②一个有趣的事实是，国民基础教育的大本营——广西国民基础教育研究院建于雷家祠堂中。国民中学开办最早、成效最著，结束最迟的是在雷沛鸿家乡邕宁县，西江学院最后亦迁回研究院的原址上。这显然与雷家为南宁附近名门望族，人财两旺，势力强大，富于正义有关。详参舒芜的《纪念雷宾南先生》，载《广西文史资料选辑》第26辑《雷沛鸿纪念文集》。

③《雷沛鸿传》第288～289页。

求来看,统整性尚有更深的意蕴。第一,从教育史上说,实是近代以来外来教育中国化、结构性转型的一次重要尝试;第二,从社会史上言,可谓20世纪30—40年代中国社会结构从分散走向整合的一次比较成功实践,其意义超出了教育的领域。

近代中国教育屡受人诟病,主要存在着两大毛病:一种是洋化的八股教育,另一种是封建的养士教育。洋化的教育不顾教育制度的社会性质和经济背景,盲目、轮流抄袭,时而德法,时而英美,时而日本,雷沛鸿称之为"食而不化的外国学校制度"。这种生搬硬套的做法,久而久之,养成一种无洋不好的崇洋心理和鹦鹉学舌的机械思想,丧失了民族自尊心。这反映了半殖民地半封建教育的特点。养士教育不顾现代社会日新月异的发展,沿袭传统那种劳心与劳力分家,脱离生活,隔绝民众生活的作法,雷沛鸿谓为"僵化的教育"①。就教育界充斥着洋教育的情形及其引发的后果:"其一是,在于盲目地模仿外人,而失却生活力,其二是,在于抽象地玄想,而脱离现实社会"来看②,第一种教育更为严重。其不但在空间上不合中国的国情,不能与中国现实生活相结合,而且同时具备拒绝与民众结合的"僵化的教育"的缺点,异曲同工,二者甚至恶性循环,加剧了近代中国教育"缺乏社会基础"这一根本性问题的严重性。就空间基础而论,雷沛鸿根据社会学理论,认为中国社会发展水平和本质,与欧洲工业革命后科学昌明,分工发达的商业社会相比,迥然不同,依然是一个"农业社会,乡村社会,宗法社会"③。亦即分工欠发达,经济落后的综合、板块化的前现代社会。因此,不顾这一根本国情,盲目引

①雷沛鸿:《团社式的学习》,载《雷沛鸿文集》续编,第358页。

②雷沛鸿:《国民中学与学制改革》,载《广西教育研究》第3卷第5期,1942年5月。

③雷沛鸿:《国民基础教育的产生》,载《雷沛鸿文集》(下),第233页。

入西方社会分工发达基础形成的分工教育，“不但变了形，而且变了质。结果是，全国学制不但日趋于恶化，而且日趋于无政府状态，恰如治丝而愈纷乱，驯致支离破碎，分崩离析，简直等于漫无组织，毫无体系”①。这种教育不但不能救国，反而足以误国。其具体情形和弊端恰如1934年徐旭所批评的：

教育本身被各种所谓教育专家也者粉骨碎身，各执成见，立界牌，树派别，严守阵势，不可侵犯。办学校教育者骂民众教育为疣物，办民众教育者骂学校教育是害虫。甚至办学校教育中之大学教育者、中等教育者、初等教育者、办民众教育中之生计教育者、公民教育者、文字教育者，都勾心斗角，运用其灵活的手段，来排斥异已，实现其本身之“扩大狂”。而于教育各阶段之连锁关系，均置之不问且不究。其他剽窃一些教育的皮骨巧立一个教育的名目，来建门户，筑壕沟，在最近更是层出不穷。这种各自为政，甚至互相攻讦的现象，使教育支离破碎，那无怪教育无由显示其建设社会之功用了。②

这种支离破碎的教育，自然无法担负起促进综合的中国社会建设的重任。曾与雷氏共过事、思想深受其影响的董谓川，在40年代末对中国近代以来的教育下总批判时，作了进一步的发挥：

西洋的“课程之注重纵的系统，是有其意义的，并且是能综合应用到其分工的生活上的。而我们呢，不光是没有工业革命，而且变成了列强的半殖民地，民族工业无由发展，大多数人还在经营着近乎原始的‘自耕而食，自足而衣’的农业和手工业；学了人家那许多东西，除掉换取身份地位以外，根本与生活无涉，更

①《雷沛鸿文集》(下)，第355页。

②徐旭：《广西普及国民基础教育的前程》，载《中华教育界》第22卷第1期，1934年7月。

无从应用到生活上去。因为中国人的生活,还是一套又一套的综合性的横的单元。例如种田,是一人一家从耕种致收获整套包办下来的,从来无所谓分工。由此一个例,可见那些分析得专精的纵的系统根本无法综合到横的单元上去;况且是一套洋的材料呢……这问题,小而言之,是和一人一家的各种生活不相干;大而言之,是和国家社会的建设事业不相干"①。

这是对雷沛鸿教育统整性特征的重要性和必要性更具体和清晰的阐发,也表明雷氏在这一方面的影响。由此可见,外来教育中国化,根本上就是由专精、分工的纵向教育向综合、横向的教育结构性转型。

在这一近代中国教育转型过程中,雷沛鸿从理论和行动两大方面均作了努力。理论上,根据生活有整个性,教育也应有整个性的原理以及前述的社会学理论对中国社会属性的判断,决定教育与社会整合。1935 年 11 月,他说:"我们对教育的基本概念是:人类生活有整个性,不能把它肢解。说那是政治生活,这是经济生活,或者说这是文艺生活,那是健康生活。因之,我们的教育是根据生活出发,它也是有整个性,不能把它勉强分家,尤其是在国民基础教育运动下,更要竭力避免这种支离破碎的现象。"②这是从理论、从教育与社会关系的角度,说明国民基础教育具有整合性的依据。

行动上,则由教育的整合到社会的整合,以整合的教育改造综合的社会。教育整合性包括教育内部结构的整合和教育与它的外延——社会的整合两方面内容。教育内部结构的整合,从横的方面说,在教育对象上,成人教育与儿童教育合一;在教育设施上,学校教

①董渭川:《旧教育批判》,中华书局 1949 年版,第 23~24 页。

②雷沛鸿:《广西普及国民基础教育研究院之工作性质》,载《雷沛鸿文集》下册,第 154 页。

育与社会教育合流;在教育目标上,爱国教育与生产教育"很统一而为整个性的"①;在教育理念上,义务教育与权利教育统一;在教育组织上,"三位一体";在教学方法上,"教学做"合一。从纵的方面,即各个教育层次关系上,先有国民基础教育,次有国民中学,再有国民大学(西江学院);然后再高一级教育,依次辅导,扶持下一级的教育。对这种自下而上,自上而下,上下对流,连成一贯的做法,时人卢显能作了这样的评述:"以国民基础教育做底子,由下而上地开展,养成干部,培养专才,研究学术,昌明科学,提高文化;复由上而下地加工,力谋中下层各层次教育的充实长进,地方文化的丰满提高,只有在这情境之下,教育才能产生浑然统一,充满生动的力量,有效地服务于民主和和平建国。"②

教育与它的外延——社会的整合。国民基础教育实施方法是学问与劳动、政治相结合,实践"政教合一"、"建教合一"和"文武合一"之策略③;教育改造运动和社会改造运动相结合,教育与政治、经济、文化、军事打成一片。这种整合教育内部和外延的做法,在国民基础教育制度上得到充分的体现。时人陈家盛将国民基础教育的主要特色概括为"六连贯":"教育与经济政治连贯"、"儿童教育与成人教育连贯"、"生产教育与爱国教育连贯"、"教育与军事政治连贯"、"智力劳动与体力劳动连贯"、"学校与家庭社会连贯"④。国民中学同样体现了统整性精神。如其课程编制的基本原则之一规定:"生活原有其统整性,国民中学之学校生活,由其全部课程反映出来,不论课内工

①蓝梦九:《教作用合一的教育》,广西普及国民基础教育研究院,民国二十四(1935)年版,第51页。

②卢显能:《开拓师范教育的新出路》,载《教育导报》第1卷第4期,1946年4月1日。

③《国民教育实施》,载《广西教育史料》,第528页。

④陈家盛:《广西国民基础教育的理论与实际》,载《群言》第12卷第2期。

作，课外活动以至起居饮食，待人接物均应有其统整性。"①因此，中国社会教育社广西考察团认为，广西教育的整合性既是特点，又是优点："广西的教育是与政治军事经济融成一片，而以之为完成各种建设的工具，有整个的系统，有一贯的精神。故推行迅速，成效较大。"②

在社会方面，顺应了抗日战争的需要，促进了广西社会的改造。雷沛鸿在广西实施教育改造时，正是日寇侵华、中国人民开展神圣的抗日战争的时期。他以教育为武器，及时、全面地参与了抗战运动。全面抗战之前，以"侧重救亡"作为广西教育的施政方针和主要内容③。抗战进入全面、持久阶段后，又不失时机地呼吁，中国现在"需要全面教育，又需要生长教育"④。而在教育内容上以政治、经济、文化、军事四大建设为外延，适合了在全面抗战的要求下，"在政治上、经济上、教育上的国防准备都是救亡抗战的必需条件"的全面抗战观⑤。从成效上说，广西沦陷后，桂南人民坚壁清野，英勇抗战，牺牲惨烈，是"备受国民基础教育之感应"的结果。⑥ 国民中学所培养的数万名毕业生对抗战作出了较大的贡献。职业教育专家杨卫玉对此评价道："假如广西没有国民中学，恐怕这一次抗战中，广西对于民族

①董渭川：《中国教育民主化之路》，中华书局，1949 年 4 月版，第 97 页。

②中国社会教育社广西考察团编辑：《广西的教育及其经济》，民生书局，1937 年 3 月版，第 43 页。

③雷沛鸿：《今后本省教育的实施方针》，载《教育论坛》第 2 卷第 12 期，1933 年 1 月 25 日。

④雷宾南：《再论民族战争与民族教育》，载《教育通讯》（重庆）第 2 卷第 30 期，1939 年 7 月 29 日。

⑤《毛泽东选集》（合订本），第 236 页。

⑥卢显能：《西江学院取得合法地位的报道》，载《教育导报》第 1 卷第 7 期，1946 年 7 月 1 日。

的贡献不会有这样广泛而伟大。”①

雷沛鸿在广西通过初等的国民基础教育，中等的国民中学和高等的西江学院，培养了大批社会所急需的人才，分别参加了广西基层、县级和桂南社会的政治、经济、文化和军事等各个层次不同的四大建设，起到了应有的作用，取得了不少的成绩。在三种教育中，尤以国民基础教育促进社会进步的效果显著。国民基础教育推行后，社会发生了以下变化："民众生活的改变"——民众受教育的感化已渐能认识自己，认识环境而改变生活的态度；"学问空气的弥漫"——民众热心求知，全省翕然响风，诚意接纳新知，形成积极向上的社会氛围；"政令推行的顺利"——一切政令借助教育的力量而推行无阻；"基层建设的进展"——政治、经济、文化、军事四大建设，民众乐于参加，建设有长足的进步；"民族意识的提高"——民众受爱国教育，知有国家和民族，踊跃征兵纳粮，民族情绪高昂。这直接表现在民族抗战的实绩中②。

雷沛鸿教育思想的统整性过程，也是在广西试图建构"最强固又最坚韧的民族黏合力"的中华民族教育体系的过程。以此为纽带，在近期不但将广西各方面的力量整合、团结起来，以整个民族国家的力量以抗日救国，而且在长远将近代以来因外力侵入引起"分崩离析"的社会结构重新"黏合"起来，以改造旧中国文明，建设新中华文明，试图实现民族的振兴③。至少雷沛鸿教育思想统整性特征的实践造成了广西的社会结构由松散到紧凑，由分散到统一的效果。所以，有人说，这"不单在教育本身方面，而且在整个广西各部门建设中，都表

---

①杨卫玉：《广西教育之观感》，载《教育杂志》第28卷第12号。

②卢显能等编：《国民基础教育实施法》，第404页。

③雷沛鸿：《国民中学制度之当前重要问题》，《建设研究》第7卷第2期，1942年7月。

现这个力量。本省建设，虽分为政治、经济、文化、军事四大部门，但有其整个性，连锁性与一贯性，各部门工作之进行，是分工合作，协同一致的，这在教育方面，是尽了相当的力量了”①。

包含教育内部结构以及教育与社会双重性内容在内的统整性特征，不但在广西教育和社会建设中取得明显的成绩，而且在全国范围内来说，也有不容忽视的优长。在这一方面，国民基础教育特别引人瞩目。就教育本身来说，1946 年，教育部督学刘寿祺认为，广西的国民基础教育制度“与山东的乡学村学，定县的平民教育制度，以及许多教育专家的主张来比较，均胜一筹”。因为其“有崇高的理想，有全盘的计划，复有具体的办法，而且能够切实地大规模的实践，所以能纳入国家立法，而推行于全国”②。对国民基础教育之所以成为新县制中国民教育的主要来源之一，作了很好的解释和说明。以教育与社会关系而论，1935 年参观过全国各地乡村建设的孔雪雄，对广西国民基础教育与社会建设的统整性有过相当高的评价：“我们知道广西这几年来努力于民团教育地方建设，已得相当成绩”；“而政府以极大之决心运用政治力量和社会经济力量以促其成。此种做品，不但是标本兼顾无零杂褊隘之弊，而且有整个的政治经济力量为其前驱后援，亦比较易致功效。和其他地方的局部建设实验工作一相比论，颇使我们引起有如步枪战法和铁甲车战法的不同之感，我以为这是很可以使我们注意的一件事”③。

尽管雷沛鸿的教育思想和实践活动在参与广西社会各层次改造与建设中取得了不俗的成绩，但受制于当时中国，特别是广西的政

---

①邱昌渭：《七年来的广西教育》，载《广西之建设》（二），第 464 页。

②刘寿祺：《我对于西江学院的希望》，载《教育导报》第 1 卷第 8 期，1946 年 8 月 1 日。

③孔雪雄：《中国今日之农村运动》，中山文化教育馆，1935 年版，第 408 ~ 409 页。

治、经济、文化、军事等历史条件,仍有许多可议之处。如量可质次,经费支绌,师资欠佳以及不注意社会分工,政治对教育过多挤压等。

以质量较差说,与广西当局先数量后质量和速成的建设指导思想有关。接任雷沛鸿的广西教育厅长邱昌渭明确地指出:“先求量的普及而后谋质的提高,此不仅教育方面为然,其他各部门建设亦有同样的情形。”①教育部官员认为,桂省初等教育“求成过速,地方财力有时穷于应付,难免草率从事……今其量虽已达到规定,其质则仍未符合设校之标准”②。以经费论,近代中国原属穷国,广西又是中国“穷中之穷”的省份,难以在财政上增拨太多的教育经费。雷沛鸿在办理教育时,有一个过于理想化的信条,即人人免费受教,以不加重民众负担为前提。国民基础教育经费主要来源是采取公共造产的办法,设农仓、植桐、造林等。此法并无很多实在基金,被人讥为“虚金制”③。这对经费解决虽有一定作用,但效果不大。经费不足,学校设备难以充实,聘请教师无着落,这是造成广西教育质量上不去的经济原因。以师资言,对国民基础教育的师资,雷沛鸿虽有重视,原拟在广西八个行政区各设国民基础师范学校 1 所,但为新桂系当局以已设有广西民团干部学校为由所阻而作罢;后有设一师范学院的想法,又为教育部以师范学院须国立而搁浅,只好以“互教共学”、办短训班等非专业化的办法培养师资,加以补救,但终因杯水车薪,“赶不上事变的要求”④。所以,国民基础教育的师资反较其前任教育厅长李任仁掌政时退步。国民中学最后被调整转向,原因很多,师资质与

---

①邱昌渭:《七年来的广西教育》,载《广西之建设》(二),第 455 页。

②周辉鹤:《广西国民教育视察报告》,存中国第二历史档案馆,全宗号第 5 卷第 10856 号。

③《视察广西省国民教育简要报告》,存中国第二历史档案馆,全宗第 5 卷第 10856 号。

④雷沛鸿:《当前本省施政的重大问题》,载《广西教育通讯》第 2 卷第 7—8 期合刊,1940 年 6 月 16 日。

量的不良当为要因之一。教育与政治结合,政教合一,人事上乡(村、街)长,兼国民基础学校校长和民团团长的"三位一体"制度,符合广西社会分工不发达、人才经费两缺的实际,但从长远和纯教育观点来看,造成教育成为政治的附庸,被政治挤压,为当时省外教育人士所批评。

广西教育存在各种问题,及其在参与桂省社会建设过程中未能完全臻于最终目的,根本原因,还是当事人雷沛鸿冷暖自知:"教育原为社会机能之一,其事业概寄托于社会,社会本身既欠健全,则教育改造工程,无疑地终难推行顺利。"①由此证明,教育发挥其改造社会功能大小,取决于后者的健全与否和发展程度:大体上可以说,与传统社会成反比,而和现代社会成正比。

①雷沛鸿:《创设西江学院建议书》,载《雷沛鸿文集》(下),第438页。

征引文献

报刊

《广西普及国民基础教育研究院日刊》(共500期)
《广西教育行政月刊》
《国民教育指导月刊》
《教育杂志》
《东方杂志》
《教育与民众》
《中华教育界》
《教育通讯》(重庆版)
《广西教育研究》
《广西教育》
《广西教育通讯》
《广西教育公报》
《广西省政府公报》
《教育论坛》
《建设研究月刊》
《民众园地》
《正路》
《桂潮》
《文化杂志》
《教育论坛》
《广西学生》
《广西儿童》
《教育与职业》
《指南针》
《村治》
《生活思潮》
《自治月刊》
《广西大学周刊》
《石牌生活》
《乡村建设》
《复兴月刊》

《教育导报》
《教育与文化》
《群言》
《申报月刊》
《教育旬刊》
《教育周报》
《宣化学园》
《教育研究》
《创进月刊》
《民团期刊》
《建设干部》
《新社会半月刊》
《人文月刊》
《广西教育季刊》
《邕宁教育》
《抗战时代》
《抗战教育》
《民众教育》
《近代史研究》
《干校校刊》
《民国日报》(南宁版)
《申报》(影印本)
《大公报》(桂林版)
《广西日报》(南宁版)
《华美晚报》
《曙光报》
《中央日报》(南宁版)
《大美晚报》(上海版)
《救亡日报》
《扫荡报》
《历史研究》
《历史档案》
《广东社会科学》
《中山大学学报》(哲社版)
《沈阳师范学院学报》(哲社版)
《玉林师专学报》
台北《"国史馆"馆刊复刊》
台北《"中央研究院"近代史研究所集刊》

文献资料

档案

哈佛大学研究生院资料室 1921 年档案。
中国第二历史档案馆·教育档。
广西档案馆·广西省教育厅档。
《广西省政府施政纪录·教育》。
《国民教育法令汇编》,广西省政府教育厅,1943 年 10 月版。
广西省中等学校校长级主任会议录,民国二十七年(1938 年)9 月。

雷荣甲:《广西普及国民基础教育研究院民国二十四年全年事业的鸟瞰》。

《广西省施政计划》(民国二十二—二十七年度)。

《广西普及国民基础教育研究院三年来工作总结报告》。

《广西国民基础学校办理通则》,广西省政府教育厅编印,未注出版时间。

《广西省立师范专科学校调邕训练班训练经过报告》,广西师专调邕训练班编印,民国二十四年(1935年)版。

廖葛民编:《二十三年度广西省中等学校自然科、语文科、图画科及国民基础教育行政成绩展览会报告书》,民国二十三年(1934年)版。

邕宁国中教导处编:《邕宁国中生须知》,民国三十年(1941年)版。

年鉴、统计资料

教育部编:《第一次中国教育年鉴》,上海开明书店,1934年版。

《中国教育年鉴》(第一次),教育部1948年版。

《桂政纪实·文》,广西省十年建设编纂委员会,民国二十九年(1940年)编印。

《广西年鉴》(第3回)

《广西统计资料简编》

《广西教育统计提要》(抗战期间),广西省政府教育厅统计室编,1946年5月。

《民国二十四年度广西省教育调查统计总报告》,广西省政府教育厅编印,民国二十七年(1938年)1月。

《民国二十九年度广西教育统计》,广西省政府教育厅编印,民国三十年(1941年)12月。

日记、游记、参观记

吴宓著,吴学昭整理:《吴宓日记》,北京生活·读书·新知三联书店1998年版。

《竺可桢日记》,人民出版社,1984年版。

宾敏陔:《桂游日记》,湖南地方行政干部学校 1938 年印。

五五旅行团编:《桂游半月记》,中国旅行社,民国二十一年(1932 年)8 月版。

潘文安:《粤桂印象》,上海生活书店印行,民国二十三年(1944 年)3 月。

郑建庐:《桂游一月记》,上海,中华书局,民国二十四年(1935 年)8 月发行。

《广西印象记》,民国二十四年(1935 年)3 月版,未注出版者。

《广西建设集评》,上海民众通讯社,民国二十四年(1935 年)3 月。

龚家玮主编:《广西新教育之观感》,广西普及国民基础教育研究院印刷,民国二十五年(1936 年)6 月版。

中国社会教育社广西考察团编辑:《广西的教育及其经济》,无锡民生印书馆,民国二十六年(1937 年)3 月版。

徐天武:《基础学校教师生活记述》,民团周刊社,民国二十八年(1939 年)9 月 15 日初版。

曹聚仁著,曹雷编:《听涛室人物谭》,上海人民出版社,1998 年版。

回忆录、纪念文集、文史资料

政协广西区委会文史资料研究委员会、致公党广西区委会合编:《雷沛鸿纪念文集》,政协广西区委会文史资料研究委员会 1988 年版。

李宗仁口述,唐德刚撰写:《李宗仁回忆录》上、下册,华东师范大学出版社,1995 年版。

万仲文:《桂系见闻谈》(铅印本),广西师大历史系、广西师大科研生产处 1983 年印刷。

贾廷诗、陈三井、马天纲、陈存恭等记录,郭廷以校阅:《白崇禧先生访问纪录》(上,下),台北:“中央研究院”近代史研究所,1989 年版。

广西壮族自治区文史研究馆编:《桂海遗珠》,上海书店出版社,1994 年版。

晏阳初纪念文集编辑委员会:《晏阳初纪念文集》,重庆出版社,1996 年版。

《广西文史资料选辑》。

广西南宁市政协文史资料研究委员会编:《南宁文史资料》总第 7 辑,1988

年版。

《南宁文史资料》第 5 辑,1988 年版。

《贵港市文史资料》第 17 辑,未注出版时间。

《梧州文史资料》第 5 辑,1988 年版。

《梧州文史资料选辑》第 11 辑,1986 年版。

《全州文史资料》。

《恭城文史资料》。

雷沛鸿文集

雷宾南著:《成人教育论丛》(第 1 集),江苏省立民众教育学院研究实验部出版,民国二十年(1931 年)5 月初版。

雷宾南著:《国民中学创制集》,广西教育研究所,1946 年 9 月版。

雷宾南著:《国民基础教育论丛》,广西教育研究所,民国三十五年(1946 年)11 月初版。

雷沛鸿编述:《省教育方针讲演纲要》,《广西青年军干部讲习班讲义》(之五),未注出版时间。

莫一庸编,雷沛鸿、苏子美校订:《广西乡贤文选》,未注出版时间。

周作福编著,雷宾南校阅:《教育方法》,南宁图书供应社,1948 年版。

韦善美、马清和主编:《雷沛鸿文集》上册,广西教育出版社,1989 年版。

韦善美、马清和主编:《雷沛鸿文集》下册,广西教育出版社,1990 年版。

韦善美、马清和主编:《雷沛鸿文集》(续编),广西教育出版社,1993 年版。

陈友松主编:《雷沛鸿教育论著选》,人民教育出版社,1992 年版。

韦善美、潘启富选编:《雷沛鸿文选》,广西师范大学出版社,1998 年版。

相关文献

广西教育厅教育设计委员会编订:《广西教育改进方案全稿》,1933 年 6 月印。

《县政须知》,广西省政府民政厅印行,民国二十三年(1934 年)3 月。

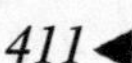

广西省政府编:《广西省改良风俗规则》,民国二十三年(1934年)。

广西普及国民基础教育研究院编:《中心区之一般观察》,1934年9月版。

国民革命军第四集团军政训处编印:《新广西》,民国二十四年(1935年)7月版。

广西邕宁县表证中心国民基础学校编辑股编:《广西省邕宁县表证中心国民基础学校校刊》,南宁大成印书馆,民国二十五年(1936年)3月版。

潘景佳:《怎样举行村街民大会》,民团周刊社,民国二十七年(1938年)5月13日初版。

白崇禧:《国防与教育》,桂林全面战周刊社出版。

古研:《现代中国及其教育》,《民国丛书》第四编第42册,上海书店影印本。

任时先:《中国教育思想史》下册,上海书店1984年影印本。

钱实甫:《世界第一个特殊学校》,南宁民团周刊社,民国二十七年(1938年)5月初版。

《国民基础学校各科教学法》,广西省政府教育厅编审室编,1938年版。

梁上燕、亢真化著:《广西的三位一体制》,南宁民团周刊社,民国二十七年(1938年)5月24日初版。

梁上燕著:《强迫教育之实施》,南宁民团周刊社,民国二十七年(1938年)5月25日版。

亢真化、梁上燕合著:《改良风俗的实施》,民团周刊社,民国二十七年(1938年)6月20日初版。

卢显能著:《国民基础学校的社会活动》,民团周刊社,民国二十七年(1938年)11月5日初版。

杨鸿烈:《教育之行政学的新研究》,商务印书馆,民国二十八年(1939年)版。

吴彦文编著:《广西之特种教育》,广西省政府教育厅编审室,民国二十八年(1939年)2月初版。

李宗仁等著:《广西之建设》(合订本),桂林建设书店,民国二十八年(1939年)10月10日初版。

邱昌渭述:《抗战与教育》,南宁民团周刊社,1939年版。

徐锡珩编著:《劳动生产教育》,桂林文化供应社,1944年5月版。

金步墀编著:《广西之国民基础教育》,广西省政府教育厅编审室,民国二十八年(1939年)2月版。

卢显能:《国民基础学校应用表册》下册,南宁民团周刊社,1939年版。

梁上燕:《乡土教材编辑法》,民团周刊社,民国二十八年(1939年)6月10日初版。

雷殷:《地方自治》,1939年版。

叶志平:《保卫大西南运动下之新姿态之广西》,邵阳青年图书馆,民国二十九年(1940年)1月15日初版。

黄旭初:《国民基础教育与广西建设》,广西省政府编译委员会,民国二十九年(1940年)2月版。

刘介著:《广西特种教育》,广西省政府编译委员会,民国二十九年(1940年)5月初版。

卢显能等编:《国民基础教育实施法》,广西省政府教育厅编审室,民国二十九年(1940年)版。

广西中山纪念学校编:《普及国民基础教育途中之广西中山纪念学校》,桂林光中印务股份有限公司,民国二十九年(1940年)6月版。

童润之著:《广西之国民中学教育》,广西省政府编译委员会1940年版。

梁上燕:《广西省教育改进办法与经过》,桂林建设书店发行,民国二十九年(1940年)6月版。

《广西省国民中学课程教材及训导》,广西省政府教育厅编印。

苏希洵编:《广西教育概况》,民国三十年(1941年)2月版。

黄旭初:《县政建设与基层建设》,桂林建设书店,民国三十年(1941年)8月1日初版。

广西邕宁县立国民中学编:《国民中学教育论丛》第1辑,南宁图书供应社,1948年版。

李彦福等编:《广西教育史料》,广西人民出版社,1990年版。

舒新城编:《中国近代教育史资料》(上、中、下),人民教育出版社,1981年版。

《孙中山全集》第1—11卷,中华书局,1985年版。

宋恩荣主编:《晏阳初全集》(一)、(二)、(三),湖南教育出版社,出版时间分别为1989年、1992年和1992年。

罗荣渠主编:《从"西化"到现代化——五四以来有关中国文化趋向和发展道路论争文选》,北京大学出版社,1990年版。

许锡挥编:《许崇清文集》,广东教育出版社,1994年版。

北京师范大学编:《林砺儒文集》,广东教育出版社,1994年版。

任钟印主编:《世界教育名著通览》,湖北教育出版社,1994年版。

陈侠、傅启群编:《傅葆琛教育论著选》,人民教育出版社,1994年版。

李桂林、戚名琇、钱曼倩编:《中国近代教育史资料汇编·普通教育》,上海教育出版社,1995年版。

岳玉玺、李泉、马亮宽编选:《傅斯年选集》,天津人民出版社,1996年版。

陶行知:《中国教育改造》,东方出版社,1996年版。

吴咏慧:《哈佛琐记》,北京生活·读书·新知三联书店,1997年版。

费孝通著:《乡土中国·生育制度》,北京大学出版社,1998年版。

广西省政府教育厅编审室编印:《国民基础学校各科教学法》,1938年版。

吴彦文编著:《广西之特种教育》,广西省政府教育厅编审室,民国二十八年(1939年)2月初版。

《广西中等教育述要》,广西省政府教育厅编印,民国二十八年(1939年)2月初版。

中 文 著 作

广西雷沛鸿教育思想研究会编:《雷沛鸿教育思想研究文集》(一),广西教育出版社,1992年版。

广西雷沛鸿教育思想研究会编:《雷沛鸿教育思想研究文集》(二),广西教育出版社,1995年版。

韦善美、程刚著:《雷沛鸿教育思想研究》,辽宁教育出版社,1994 年版。

雷坚编著:《雷沛鸿传》,广西教育出版社,1997 年版。

钱宗范主编、韦善美审订:《雷沛鸿的生平与事业》,广西教育出版社,1998 年版。

郭道明主编:《雷沛鸿国民教育概论》,广西师范大学出版社,1998 年版。

桑兵著:《晚清民国的国学研究》,上海古籍出版社,2001 年版。

吴承明著:《中国的现代化:市场与社会》,北京生活·读书·新知三联书店,2001 年版。

韦善美著:《教育泛论》,广西师范大学出版社,1990 年版。

熊明安著:《中华民国教育史》,重庆出版社,1990 年版。

李华兴主编:《民国教育史》,上海教育出版社,1997 年版。

姜文闵编著:《哈佛大学》,湖南教育出版社,1988 年版。

李渊庭、阎秉华编写:《梁漱溟先生年谱》,广西师范大学出版社,1991 年版。

马勇著:《梁漱溟教育思想研究》,辽宁教育出版社,1994 年版。

宋恩荣、熊贤君著:《晏阳初教育思想研究》,辽宁教育出版社,1994 年版。

郑大华:《民国乡村建设运动研究》,社会科学文献出版社,2000 年版。

暨南大学校史编写组:《暨南校史(1906—1996)》,暨南大学出版社,1996 年版。

黄延复、马相武著:《梅贻琦与清华大学》,山西教育出版社,1995 年版。

滕大春主编:《外国教育通史》第 5 卷,山东教育出版社,1993 年版。

钱曼倩、金祥林主编:《中国近代学制比较研究》,广东教育出版社,1996 年版。

广西壮族自治区地方志编纂委员会编:《广西通志·教育志》,广西人民出版社,1995 年版。

钟文典主编:《20 世纪 30 年代的广西》,广西师范大学出版社,1995 年版。

朱浤源著:《从变乱到军省:广西的初期现代化,1860—1937》,台北:"中央研究院"近代史研究所,1995 年版。

莫济杰、[美]陈福霖主编:《新桂系史》(1—3 卷),广西人民出版社,1995

年版。

译 著

[美]滂恩(又译庞特、庞德,Roscoe Pound),雷沛鸿译:《法学肄言》(*Introduction to Study of Law*),商务印书馆社会科学小丛书版,民国十七年(1928 年)版。

[英]戴雪(A · V · Dicey)著,雷宾南译:《英宪精义》,商务印书馆万有文库版,民国十九年(1930 年)。

[美]庞德著,雷沛鸿译:《法学史》,商务印书馆,民国二十二年(1933 年)版。

[美]罗 · 庞德著,沈宗灵等译,杨昌裕等校:《通过法律的社会控制、法律的任务》,商务印书馆,1984 年版。

[英]拉斯基著,张士林译:《政治典范》,商务印书馆,民国二十六年(1937 年)版。

[英]拉斯基著,何子恒译:《现代国家自由论》,商务印书馆,民国二十一年(1932 年)版。

[英]蒲徕士著,梅祖芬译,张慰慈校:《现代民治政体》(Modern Democracies)第一编,商务印书馆,1923 年版。

赵祥麟、王承绪编译:《杜威教育论著选》,华东师范大学出版社,1981 年版。

[美]简 · 杜威著,单中惠编译:《杜威传》,安徽教育出版社,1987 年版。

上海社会科学院法学研究所编译:《法学流派与法学家》,知识出版社,1981 年版。

[美]爱 · 麦 · 伯恩斯著,曾炳钧译,柴金如校:《当代世界政治理论》,商务印书馆,1983 年版。

外文著作

Larg, Diana, Region and Nation: *The Kwangsi Clique in Chinese Politics, 1925—1937*, London, Cambridge University Press. 1974.

Levich, Eugene William, *The Kwangsi Way in Kuomintang China 1931—1939*, Anmonk, New York, M. E. Sharpe, 1993.

后记

1990年，笔者在广西师范大学历史系攻读中国近现代史硕士学位时，经林茂高老师引导，开始与雷沛鸿研究结缘以来，已十多个年头。1992年，在导师钟文典教授的指导下，以《雷沛鸿教育思想的历史考察》为题，通过了硕士论文答辩。1993—1994年负笈北上，到中国人民大学清史所做访问学者，师从李文海教授，也以雷沛鸿作为研究的相关课题之一。1996年秋，有幸考入广州中山大学历史系，在导师林家有教授的指导下，攻读中国近现代史博士学位，并以《雷沛鸿与民国广西教育、社会"双改造"研究》作为论文选题，通过了答辩。数年来，在历史系的优良学术传统和严谨学风的熏陶下，在近代史专业的陈胜粦、桑兵、邱捷、周兴樑 、吴义雄等教授的不吝赐教下得益良多。特别是导师林家有教授做人为学的谆谆教诲和身体力行的示范，令本人终生难忘。在论文的撰写和书稿的修改过程中，林老师总是以平等和宽容的态度加以点拨，让弟子学会走自己的路。今拙稿易名为《教育与社会改造——雷沛鸿与近代广西的教育和社会》，付梓在即，赐序一篇，以资鼓励，并极力玉成出版。此外，书稿得以完成，与章开沅、龚书铎、张磊、李华兴、郭齐家、朱 源、韦善美、马清和、梁碧莹、徐俊忠、周大鸣、杨启秋、郭凡、万毅、陈文源、杨海文等师友的指教、关心和支持分不开。广东人民出版社柏峰女士曾认真通读了全稿,并提出宝贵意见。天津古籍出版社责任编辑倪金荣先生为本书的出版付出了辛勤的劳动。张丽红、黄剑、安东强、余文锋等同学帮助打印部分文稿或校对文字。广西自治区图书馆张鹤立、中山大学图书馆冯丽蓉等同志在资料方面提供了不少方便。在此一并表示衷心的感谢。妻子谭群玉、女儿曹泽尹则为本书的出版做出了特殊的贡献。

与雷沛鸿研究结缘,成了持久战。结果迟迟不敢示人,恐辜负好些人的期望。与其说十年磨一剑,不如谓日久生疲塌。说实在的,目前自己对书稿仍不满意,权当求学心路历程的阶段小结,呈现出来,接受读者的评判和指正。

曹天忠

2003 年冬

于广州中山大学康乐园

再版后记

拙著《教育与社会改造——雷沛鸿与近代广西教育和社会》出版后,境内外学界反映良好;市面上销售也基本告罄,这多少有点出乎意料。每有读者反映购不到该书,或者师友要求赠书而著者无之,颇感不便,故不时有人怂恿将其再版。为了满足读者的要求,更主要的是接受学界的建议和意见,补充近来研究新得,遂决定增订再版。本次再版,在内容上主要增写了第八章,改写了结语,并改正书中一些文字的错误。本书得以及时再版,得力于商场健将、实业家黄东先生的关心和支持以及天津古籍出版社蔡世华先生的高效接洽。业师林家有先生的栽培,朋友潘光哲教授等的鼓励,责任编辑辛勤劳动,在此一并表示衷心的感谢!期待读者的批评指正。

著者曹天忠

2009 年岁末于康乐园